ESTE
CORAZÓN
VENENOSO

Título original: *This Poison Heart*

1.ª edición: marzo de 2022

© Del texto: Kalynn Bayron, 2021
Publicada por acuerdo con Bloomsbury Publishing Plc., New York,
New York, USA. Todos los derechos reservados.
© De la cubierta: Bloomsbury Publishing Plc., 2021
© De la traducción: Paz Pruneda Gozálvez, 2022
© De esta edición: Fandom Books (Grupo Anaya, S. A.), 2022
Juan Ignacio Luca de Tena, 15. 28027 Madrid
www.fandombooks.es

Asesora editorial: Karol Conti García
Ilustración de cubierta de Raymond Sébastien

ISBN: 978-84-18027-59-8
Depósito legal: M-33694-2021
Impreso en España - Printed in Spain

PAPEL DE FIBRA
CERTIFICADO

KALYNN BAYRON

ESTE CORAZÓN VENENOSO

Traducción de Paz Pruneda Gozálvez

FAND✪M BOOKS

Para los amantes de las plantas

CAPÍTULO 1

Rosas blancas. Género: *Rosa*. Familia: *Rosaceae*. Nombre común: *Evening Star* (estrella nocturna).

Cada fin de semana, lloviera o hiciera sol, el señor Hughes depositaba una docena de ellas en la tumba de su esposa. Así había venido haciendo durante el último año. No le importaba el *genus* o la especie, solo que fueran doce rosas las que le esperaran cada domingo, envueltas en papel de estraza y atadas con un cordel. Mi madre iba a tener que decirle que el camión que las traía no había llegado la tarde anterior, como se suponía que debía hacer, al haber volcado en la autopista Brooklyn-Queens. El conductor había salido ileso, pero nuestro cargamento de «estrellas nocturnas» había quedado desparramado por los seis carriles de circulación.

—Lo siento mucho, Robert —dijo mi madre cuando el señor Hughes, vestido con su mejor traje de domingo, entró en la tienda—. Ha habido un accidente y no hemos podido recibir nuestro cargamento habitual. Tendremos un nuevo envío en los próximos días.

El hombre se estiró las solapas de su recién planchada americana azul marino, con el labio superior temblando, mientras se llevaba la mano a la boca y suspiraba. Parecía como si fuera a plegarse sobre sí mismo. Su pena era obvia y aparente. A veces tenía ese efecto en una persona.

—Pero tenemos unas preciosas peonías —sugirió Amá—. De la variedad Prima Ana. Son magníficas, Robert. Puedo hacerte un ramo ahora mismo.

Empujé mis gafas por el puente de la nariz echando un vistazo al arreglo floral en el que estaba trabajando.

La frente del señor Hughes se frunció.

—No sé, Thandie. Las rosas blancas eran sus favoritas.

Mi madre posó una mano sobre la del señor Hughes mientras este sacaba un pañuelo para secarse los ojos. Tan solo quedaba una rosa blanca en un jarrón del mostrador trasero, un resto de un ramo de novia que tuve que preparar el día anterior. Bajé la vista a mis manos, abriéndolas y cerrándolas. Quería ayudar. Pero no podía. Era demasiado peligroso.

—La echo tanto de menos, Thandie —comentó el señor Hughes con voz ahogada por la tristeza.

—La gente que amamos nunca se va de nuestro lado —dijo Amá—. Procura recordarlo. Sé que es duro. Uno siente como si el mundo entero debiera dejar de girar, pero no es así. Y tenemos que encontrar el modo de recoger los pedazos.

Amá siempre sabía qué decir. El señor Hughes y su esposa solían venir juntos a la tienda. Ahora, ya solo lo hacía él, y me daba tanta pena que me costaba soportarlo. El arreglo de mesa delante de mí estaba empezando a marchitarse.

—Espere un momento, señor Hughes —intervine.

Me miró intrigado. Mis ojos se posaron en mi madre durante un segundo más del necesario. Su rostro se tensó por la preocupación.

Saqué la solitaria rosa del jarrón y corrí por el pequeño vestíbulo para salir por la puerta de atrás. El limitado espacio de tierra de ocho por diez metros que nuestro casero tenía la osadía de llamar «jardín» era donde depositábamos las plantas más grandes que no cabían en la tienda. Un reciente cargamento de agnocastos abarrotaba ahora el lugar, con sus espinosas flores violeta empezando a abrirse por el húmedo calor del verano.

Mis manos temblaban mientras me arrodillaba e iba despojando a la rosa de sus aterciopelados pétalos, hasta llegar al pistilo, el sórdido corazón de la flor. Cualquier parte de la planta ha-

10

bría sido suficiente para crear otra igual, pero tener el pistilo lo hacía todo más fácil. Un hormigueo familiar bajó por mi brazo. Había empezado en mi hombro haciéndome cosquillas hasta el codo, y después por el antebrazo. Alcé la vista hacia las recién instaladas estacas de madera de la valla trasera. Me recordaron lo que podría suceder si perdía el control, aunque solo fuera durante un segundo.

Cavé un pequeño hoyo en el suelo y coloqué el pistilo en el interior. Tras cubrirlo con la tierra suelta, posé mis manos sobre él, hundiendo los dedos en la tierra y cerrando los ojos.

«Solo respira».

Un cosquilleo, cálido y extrañamente reconfortante, se extendió por la yema de mis dedos. Una ola de anticipación me atravesó mientras un robusto tallo de hoja perenne surgía de la tierra e inmediatamente brotaban de él un montón de pequeños vástagos. Comenzaron a crecer entre mis dedos separados. El sudor humedecía mi espalda y mi frente. Apreté los dientes hasta que me dolieron los músculos de las sienes. Los nuevos tallos se desplegaron hacia el sol, con sus troncos engrosando y las espinas irrumpiendo, aunque nunca lo suficientemente cerca como para pincharme los dedos. Los capullos florecían blancos como la nieve entre nuevas hojas verdes como esmeraldas. Justo antes de que los pétalos se desplegaran, retiré las manos, apretándolas de nuevo contra mi pecho. Una sensación de vértigo me recorrió. Diminutos orbes de luz bailaron por el borde de mi visión mientras aspiraba profundamente y llenaba mi pecho del pegajoso aire veraniego, antes de expulsarlo. Mis latidos se ralentizaron hasta adoptar un ritmo normal.

Seis rosas blancas moteaban las recién formadas ramas. Hice un repaso del resto del jardín. Un arbusto de agnocasto había echado nuevas raíces como tentáculos, provocando fisuras en su tiesto de plástico. Sus brillantes flores lavanda se extendían hacia mí. No podía arriesgarme a crear otro macizo de rosas para ofrecerle al señor Hughes la docena que necesitaba. Tendría que bastar con esas.

11

Saqué unas tijeras de podar del bolsillo de mi delantal y corté las rosas. Me apresuré de vuelta al interior. Mientras se las tendía a mi madre, el rostro del señor Hughes se iluminó.

—Primero me dices que no queda ninguna y luego Briseis se marcha y encuentra las flores con aspecto más radiante que haya visto nunca —comentó feliz.

—Las estaba guardando especialmente para usted —respondí—. Solo tengo seis. Espero que le sirvan.

La sonrisa de su cara hizo que mi pequeña mentira piadosa valiera la pena.

—Son perfectas —declaró.

Amá me lanzó una prieta sonrisa.

—Voy a preparártelas.

Envolvió las rosas en un fino pliego de papel marfil y marrón, extrajo una tira de yute blanco de la bobina grande del mostrador e hizo un nudo de tres vueltas.

—Angie y yo estamos aquí por si necesitas cualquier cosa —dijo, tendiéndole las flores—. No dudes en llamarnos.

—No quiero molestaros —respondió él.

—No —negó mi madre con firmeza—. No digas eso. No es ninguna molestia.

Asintió frotándose los ojos.

—Dile a Ma que te he dado las gracias por la cena de la otra noche. Os la debo.

—Se lo diré —replicó mi madre—. Y no nos debes nada, salvo, quizá, un poco de tu famoso pastel de melocotón.

El señor Hughes se rio, con los ojos aún húmedos por las lágrimas.

—Os tendré surtidas. Lo hago siguiendo la receta de mi abuela. No hay nada parecido en el mundo entero.

Sonrió. Mi madre rodeó el mostrador y le dio un abrazo.

Yo me escabullí tras mi arreglo floral y respiré hondo. Esta vez había podido ayudar, pero eso no debía convertirse en costumbre. La última vez que llevé mis habilidades hasta el límite fue después de una discusión que tuve con mi madre. Ni siquiera recuerdo por qué fue, pero mi exagerado trasero estaba enfadado y decidió sentarse en el jardín y hacer crecer un poco de manzanilla como distracción. Cogí un puñado de hojas de té sueltas y las esparcí por la tierra.

Y entonces, apreté demasiado fuerte. Hice crecer docenas de margaritas como las de la planta de la camomila, pero también hice que las raíces del arce noruego de nuestro vecino se extendieran por el suelo, agrietando el jardín y haciendo un agujero en la valla. Ma tuvo que contarle al tipo de la puerta de al lado que a veces los árboles atraviesan una etapa de crecimiento rápido, como la de los niños cuando alcanzan la pubertad, y por alguna razón, que no conseguí explicarme, ese maldito idiota la creyó.

Ayudé a Ma a reparar la valla, pero cada vez que miraba la nueva, con sus pálidas estacas, un pellizco de vergüenza atravesaba mi cuerpo.

Las flores de mi arreglo estiraron sus suaves pétalos hacia mí. Cada vez que estaba triste o asustada o feliz, parecían advertirlo y reaccionaban en consecuencia. El dolor y la tristeza las hacían marchitarse; la felicidad, reanimarse, y con miedo y rabia parecían dispararse.

Llevaba criando plantas en envases de cartón de leche reciclados y tarros vacíos de cristal desde que era una niña. Amá solía decir que tenía más mano para las plantas de la que había visto nunca, incluso desde que era una bebé. Descubrió exactamente hasta qué punto estaba dotada una vez que me dejó en el solario de la casa de mi abuela. Tenía yo tres años. Se fue a coger su bolso, y cuando regresó, yo estaba enredada entre los vibrantes y verdosos tallos de un filodendro de aterciopeladas hojas, una planta que estaba muerta y marchita cuando salió de la habitación.

A partir de ese momento, Amá y Ma empezaron a ponerme pequeñas pruebas. Primero me colocaron al lado de una planta muerta, que al instante reverdecía y crecía dando nuevos brotes si yo le prestaba atención. Más adelante, cuando me hice un poco mayor, me entregaron semillas que yo plantaba haciendo que brotaran en minutos. No sabían cómo ni por qué podía hacer esas cosas, pero lo aceptaron, lo nutrieron y dejaron que creciera, al igual que las plantas, hasta que tuve unos doce años.

Después de eso todo cambió. Pasé momentos muy duros tratando de mantener mi poder bajo control. A cualquier parte que fuera, si había algo verde y creciendo, era como si se disparara una alarma que alertaba de mi presencia. La flora buscaba mi atención y, para ser sincera, yo también quería prestársela.

La campanilla de la puerta sonó cuando el señor Hughes abandonó la tienda, y volví al trabajo, al arreglo que vendrían a recoger en menos de una hora. Corté unas cuantas ramitas de paniculata y las coloqué junto con los manojos fucsias de mirto de crespón e hipericum y las rosas de tono rosáceo en un jarrón alto. Pasé los dedos por las rosas y estas se abrieron.

Mi madre encendió el altavoz *bluetooth* y la voz de Faith Evans flotó en el aire mientras ella ladeaba la cabeza al ritmo de la melodía.

—Tiene buen aspecto —indicó, mirando el arreglo que tenía delante—. Me gustan los colores.

—Gracias. Llevo trabajando en él desde ayer. Debería estar listo en breve.

Se acercó y me rodeó con el brazo.

—Gracias por lo que has hecho con el señor Hughes. Significa mucho para él tener esas flores, pero… —dirigió la vista al vestíbulo, hacia la puerta trasera— debes tener mucho cuidado.

—Lo sé —repuse, leyendo la preocupación en sus ojos—. Lo he tenido. He conseguido las seis de un único pistilo.

—¿En serio? —Mi madre bajó la voz y se inclinó aún más a pesar de que solo estábamos nosotras en la tienda—. Eso es casi un récord, ¿no?

Asentí. Ella siempre se había sentido fascinada por lo que yo podía hacer, pero su curiosidad estaba mitigada por la preocupación. No podía culparla.

Alzó la vista hacia mí.

—¿Cómo te sientes? ¿Mareada?

Asentí de nuevo. Una sombra de incomodidad cruzó su rostro.

—¿Hay algo más que quieras que te haga hoy? —pregunté evitando sus ojos.

—No, pero hay algo que puedes hacer cuando acabes este arreglo. —Posó la mano en mi mejilla—. Trata de relajarte un poco. El instituto estará cerrado durante el verano, cielo. Sé que este ha sido un año duro.

Alcé las cejas con burlona sorpresa.

Mi madre entornó los ojos hacia mí.

—Está bien. «Duro» sería subestimarlo mucho.

Este curso había puesto a prueba mis dotes como actriz. Y no solo por mi deseo de subirme a un escenario, sino por la hilera de plantas en maceta que mi profesora de Literatura mantenía en el alféizar de la ventana, a las que les salieron raíces tan altas como yo, o por los árboles del patio que se arquearon hacia la ventana junto al pupitre que tenía asignado en la clase de Ciencias, algo que todo el mundo había advertido. Tuve que fingir que estaba sorprendida, como si pensara que aquello era muy extraño, y especular en voz alta sobre el asunto. Quizá se trataba de algún producto químico que se había filtrado en la tierra procedente de algún vertido tóxico. O quizá todas las hormonas que el Gobierno inyectaba en nuestra comida estaban escapando de los cubos de basura del comedor, empapaban el suelo y conseguían que los árboles crecieran de forma extraña e inusual. No tenía ningún sentido, pero algunas personas se aferraron a la idea, y ahora tenía que hacerme ver en las distintas protestas para exigir que se analizara la tierra que rodeaba el colegio, como si no hubiera inventado todo aquel embrollo solo para impedir que me descubrieran. Si alguien hubiera prestado más atención, habría averiguado que en cada colegio al que había asistido se había producido una «contaminación» similar.

—Me encanta tenerte en la tienda —dijo Amá—. De verdad que sí. Pero no te sientas obligada a ello.

—Me encanta trabajar aquí —respondí—. Ya lo sabes.

—Quiero que te diviertas un poco este verano. Podemos arreglarnos.

—Pero quiero ayudar. Ya sabes a lo que me refiero.

Amá sacudió la cabeza. A mis madres les gustaba fingir que les parecía bien que yo bajara el ritmo durante el verano, pero la verdad era que necesitaban ayuda extra. Los pedidos no paraban de llegar y entraban un montón de clientes, y aunque el negocio parecía asentado, los impuestos y el alquiler estaban consumiendo nuestras ganancias. No podían permitirse contratar más personal, así que yo debía asumir mi responsabilidad.

La campanilla de la puerta volvió a sonar, y Ma entró balanceando un recipiente de plástico lleno de cruasanes encima de una endeble bandeja de cartón con tres tazas de café. Me apresuré a agarrar los cafés antes de que se volcaran.

—Bien hecho —dijo Ma.

Me dio un beso en la frente y dejó la comida sobre el mostrador.

—Hoy tenemos un día ajetreado —informó mi madre—. He recibido una llamada respecto al paquete básico de boda. Querían saber si podríamos tenerlo para el viernes.

—Podemos tenerlo para el viernes —aseguró Ma dando una palmada, y luego se volvió hacia mí—. ¿Te toca trabajar hoy, cariño?

—Sí.

—De eso nada —rechazó Ma. Me cogió de la mano y tiró de mí hasta sacarme de detrás del mostrador. Me desató el delantal, me lo quitó y se lo lanzó a Amá—. Te quiero mucho, pero tienes que salir de aquí y hacer cosas propias de adolescentes.

—¿Como qué?

—No lo sé. —Se giró hacia mi madre—. ¿Qué hacen los jóvenes hoy en día?

—No me lo preguntes como si fuera una vieja —dijo Amá—. Les gusta ver Netflix y relajarse, ¿no?

—Me marcho. —Cogí uno de los cafés y dos cruasanes—. Por favor, no vuelvas a decir «Netflix y relajarse» nunca más.

—Ah, y también les gustan los vídeos de bailes de TikTok —añadió Ma—. ¿Cuál era el nombre de uno de ellos? ¿El Renegado?

Hizo un movimiento raro con el brazo, y luego se agarró el hombro haciendo una mueca de dolor.

—Puedo hacerlo, pero por la forma en que mis ligamentos han sonado…

—No me lo perdería por nada del mundo, Ma —dije—. Gracias.

—De nada, cariño. —Sonrió.

Mientras Amá y Ma se reían hasta que se les saltaron las lágrimas, yo cerré la puerta de la tienda y subí la escalera hasta el tercer piso de nuestro edificio.

Amá había comprado prácticamente cada pieza de mobiliario de nuestro apartamento en IKEA. Ma lo odiaba porque a pesar de que los productos eran sólidos, tener que ensamblarlos a veces requería un nivel de paciencia que ninguna de ellas poseía. Aun así, Amá estaba obsesionada con hacer que el espacio pareciera más amplio, lo que no era fácil de conseguir en menos de setenta y cinco metros cuadrados.

Enderecé los desemparejados cojines del sofá y organicé el correo aún sin abrir en una pila sobre la mesa antes de dirigirme a mi habitación. Cuando empujé la puerta, el cálido y húmedo aire me golpeó en el rostro y empañó mis gafas. Necesitaba con urgencia un aparato de aire acondicionado, y Amá había pegado una nota junto al interruptor que decía: «¿Tienes el dinero para el aire acondicionado?». No lo tenía, así que debía soportar unos tibios veintiséis grados. Los carteles y fotografías que había colgado de las paredes se habían enroscado por los bordes. Todo estaba perpetuamente húmedo. La única ventaja era que mis plantas adoraban esa atmósfera tropical.

Las plantas bajo la ventana se volvieron hacia mí. Los jacintos de los bosques se abrieron como pequeños gramófonos, y los ramilletes de paniculata que ocupaban toda una esquina de la habitación pareció como si realmente estuvieran respirando. Los tajetes y las bocas de dragón se giraron todos hacia mí. Estas eran plantas tranquilas. Las plantas tranquilas podían reavivarse a mi lado, pero no se soltaban de sus raíces ni destruían vallas para acercarse a mí. Y tampoco perdían sus colores naturales cuando yo estaba cerca.

Me dejé caer sobre la cama. La hiedra que había estado cultivando en la ventana serpenteó hacia mí, deslizándose a través del suelo y trepando por el poste de la cama, a la vez que echaba nuevas hojas y rizados zarcillos mientras trataba de alcanzarme. La hiedra no era una planta tranquila. Era reactiva y ruidosa. El único lugar en que podía tenerla era en mi habitación, donde nadie pudiera verla salvo mis madres y yo.

Era agotador tener que contenerme todo el tiempo, observando constantemente cada uno de mis movimientos y poniendo mucho cuidado en no provocar la respuesta de algún roble rojo o helecho de maceta. Lo único que funcionaba era ignorarlas, y ni siquiera esto servía tanto como me hubiera gustado. Lo peor era que me sentía mal por tener que ignorarlas, como si negara algo que formaba tan parte de mí como el color de mis ojos o los rizos de mi pelo. Pero en los confines de mi abarrotado dormitorio podía dejarme llevar, y el alivio que eso traía consigo era algo que estaba deseando sentir más que cualquier otra cosa.

El sol se filtraba a través de mi ventana y proyectaba un gran rectángulo vacío en el suelo de madera. La vaporosa luz inundó mi habitación. Dejé que la deslizante enredadera rodeara las puntas de mis dedos y que se abriera paso por mi brazo. Siempre me he preguntado por qué las plantas me preferían a la luz del sol cuando estaba en su naturaleza extenderse hacia esta. Ma me contó una vez que era porque yo *era* la luz. Ella era así de sentimental y yo la adoraba por ello, pero pensaba que tal vez se tratara de otra cosa, algo para lo que no tenía todavía una explicación, razón por la cual había solicitado seguir un curso

18

de botánica de grado universitario en el City College durante el verano.

Cuando pasé a secundaria Amá me regaló un libro de botánica. Pensó que si me convertía en bióloga, quizá podría descubrir de dónde venía mi poder y para qué servía exactamente. Me pareció una buena idea la primera vez que lo mencionó, pero a medida que había ido creciendo, ese «para qué» se había vuelto menos importante que «el porqué». No estaba segura de que las respuestas que necesitaba pudieran encontrarse en un libro de texto, aunque tampoco sabía por dónde más empezar.

Abrí mi ordenador portátil y entré en el portal del instituto para comprobar mi correo. Un nuevo mensaje de mi tutora me esperaba en la bandeja de entrada.

A lo largo del curso, sus mensajes habían sido siempre de dos tipos: o bien recordatorios de que necesitaba esforzarme más para subir las notas si quería graduarme a tiempo, o bien para decirme que estaba destacando en la clase de Ciencias Ambientales y sugerirme que dedicara esa misma energía a las otras asignaturas. Pero dado que el instituto estaba cerrado durante el verano, el mensaje debía de tratar de mi curso de botánica. Mi corazón se aceleró.

Hola, Briseis:

Espero que estés pasando un verano estupendo. Recibí tu solicitud para asistir al Curso Introductorio de Botánica en el City College, pero, lamentablemente, ese curso exige que los participantes tengan una media de bachillerato de un 3.0 o mejor. Se trata de un curso universitario para obtener créditos universitarios. Tu media de secundaria era de 2.70 al final del semestre, así que me temo que no reúnes la calificación requerida. Sin embargo, eres una estudiante de Ciencias Ambientales increíble, así que vamos a trazar un plan para que puedas subir tu nota de bachillerato y así poder asistir al curso más adelante. Por favor, no pierdas la esperanza, Briseis. Sigue intentándolo. Sé que vas a hacerlo muy bien en tu último año.

Con mis mejores deseos,
Casandra Rodríguez
CONSEJERA ESCOLAR
INSTITUTO MILLENNIUM BROOKLYN

Cerré la tapa del ordenador y lo aparté a un lado, tragándome las lágrimas. La paniculata se hinchó, las bocas de dragón se retorcieron y la hiedra se enroscó en el cabecero metálico de la cama con tanta fuerza que chirrió en protesta. Inspiré hondo y las plantas se calmaron.

Nada había ido bien en este año de instituto. A pesar de ser muy buena en Ciencias Ambientales y en los talleres de Botánica, eso no me había servido para librarme de Educación Física. Intenté convencer a Amá y a Ma de que correr por la pista de atletismo y jugar al bádminton eran formas de tortura, pero aun así tuve que ponerme la ropa de deporte y codearme con gente que pensaba que usar desodorante era algo opcional. Sin embargo, Educación Física fue el menor de mis problemas en el instituto. El miedo que arrastraba conmigo porque alguien pudiera descubrir lo que era capaz de hacer, o peor aún, por perder el control y hacer daño a alguien, era una carga muy pesada.

Eché un vistazo a mi escritorio, que era poco más que una tabla de madera apoyada sobre unos cajones de plástico que Ma había encontrado en una tienda de segunda mano. Ahí estaba mi microscopio junto a mis revistas de investigación y cuadernos con coloridos pósits pegados entre las páginas. El libro de botánica que Amá me había regalado yacía abierto, sus páginas gastadas y las esquinas dobladas, con párrafos enteros resaltados y subrayados. Yo no quería seguir una carrera de ciencias. Solo quería entenderme un poco mejor, y algo que había encontrado durante mi investigación me conmocionó de un modo como

20

nada lo había conseguido antes e hizo que se me erizara el vello de la nuca.

Hacia el final del libro de botánica había una sección titulada «Envenenamientos» —una subdisciplina de la botánica que implicaba el estudio de las plantas venenosas—. Eso había aguijoneado mi curiosidad y despertado algo muy profundo en la boca de mi estómago: una mezcla de miedo y excitación.

Cuando tenía ocho años, una niña llamada Tabitha Douglass me desafió a que comiera cinco brillantes bayas rojas que colgaban de un arbusto bajo por detrás de nuestra escuela de primaria. El fruto era amargo y manchó mis labios y mi lengua, pero lo hice. Me comí las cinco. Tabitha se comió seis, una más para superarme. Para cuando nuestra profesora salió a avisarnos de que era hora de entrar en clase, Tabitha estaba hecha un ovillo, gritando agónicamente y vomitando todo lo que tenía dentro. Tuvieron que llevarnos corriendo al hospital. Amá irrumpió en la sala de urgencias como si alguien le hubiera dicho que su hija estaba a las puertas de la muerte, gritando y sollozando con Ma a su lado, pero yo estaba bien. No tenía calambres en el estómago, ni dolor de cabeza, ni latidos de corazón irregulares. Tabitha sufrió una diarrea incontrolable durante una semana y no pudo comer nada más que sopa y gelatina.

El médico concluyó que yo no había tomado tantas bayas como ella. Técnicamente era cierto, pero solo había tomado una menos. Sin embargo, debía haber tenido los mismos síntomas. Debía haber sentido algo.

Ese incidente me marcó. Pensaba en él cada vez que tocaba algo ligeramente tóxico: ambrosía, hiedra venenosa, estramonio. Todas me hacían sentir como si hubiera metido la mano bajo un grifo de agua fría, y esa misma sensación de frescor fue la que se había extendido por mi estómago el día en que tomé esas bayas estando en segundo de primaria. Aún no había explorado todos los aspectos de ese extraño don, pero ese recuerdo permaneció siempre en el fondo de mi mente: las plantas venenosas.

Una ola de excitación me recorrió cuando el recuerdo afloró de nuevo. Esa era la otra cosa por la que estaba deseando que llegara el verano: para buscar una muy específica y tóxica planta. Agarré mi bolsa, bajé a la tienda y asomé la cabeza por la puerta.

—Me voy al parque un rato —anuncié.

El rostro de Amá se tensó.

—¿Al parque?

El miedo en su voz era demasiado sutil para que nadie salvo yo pudiera reconocerlo. En su mente, estar en un lugar tan verde como un parque, con todos esos campos a cielo abierto y árboles y flores silvestres, era una tentación demasiado fuerte, y quizá también una amenaza. Le preocupaba que llevara las cosas demasiado lejos y que algo pudiera suceder sin que hubiera forma de ignorarlo o arreglarlo. Ma, en cambio, no estaba tan segura de que tuviera que poner tanto cuidado constantemente. Ella y Amá no dejaban de pensar en ello. Ambas querían que yo estuviera a salvo, pero siempre había miedo a lo que pudiera pasar, de cuáles serían los límites de ese poder, o de dónde venía. No tenían respuestas ni tampoco yo. Aún no.

—¿Llevas el móvil? —preguntó Ma mientras envolvía una docena de tulipanes papagayo en brillante papel dorado.

—Sí —repuse.

—Entonces te veré a la hora de cenar.

CAPÍTULO 2

Paré delante del monumento conmemorativo al Marqués de Lafayette a las puertas del parque Prospect, tratando de reunir el coraje para entrar en él. Un hombre con un sombrero tipo safari colocó a sus hijos delante de la estatua y empezó a sacar fotos mientras estos sonreían. Los turistas pululaban alrededor de la entrada del parque haciéndose selfis y causando todo tipo de molestias, totalmente ignorantes del peligro que corrían al estar tan cerca de mí. Clavé los ojos en mis zapatillas y en el sendero enladrillado bajo estas.

«Mantente centrada. Deja la cabeza gacha. Ve directamente a La Cañada».

Bordeé la estatua de Lafayette y me interné en el parque. La hierba se extendía como una amplia alfombra verde moteada por campos de sóftbol y retoños de árboles. Cogí un sendero que atravesaba Long Meadow, la enorme pradera verde donde la gente ya estaba disfrutando a placer. Entendía por qué les gustaba practicar yoga, correr u observar a los pájaros en el parque, pero tuve que sacudir la cabeza ante un grupo de padres del barrio de Park Slope apostados con letreros, dispuestos a echar a los vendedores de helados y polos para que sus hijos no se sintieran tentados por esas chucherías a base de lácteos.

Me detuve en la línea de árboles al otro lado de la pradera, donde comenzaba La Cañada. Ese era el único bosque de Brooklyn, y el único lugar suficientemente recóndito para probar

23

algunas de mis teorías más peligrosas sobre lo que yo era capaz de hacer.

Me adentré por el camino principal y continué moviéndome. El lugar al que me dirigía no estaba en el sendero marcado, y mi corazón se aceleró a medida que me acercaba.

«Mantente firme».

Los árboles que flanqueaban el sendero se sacudieron como si los hubieran despertado de un profundo sueño. Sus gruesas y frondosas copas se enredaron entre sí por encima de mi cabeza. Ignoré el gruñido de sus ramas mientras trataban de alcanzarme.

Manteniendo los ojos en el suelo, viré bruscamente y me desvié del camino trazado hasta un frondoso macizo de helechos por el que nadie, aparte de mí, se hubiera atrevido a pasar.

Cuando alcancé mi destino, el árbol frente al que me planté conservaba un aspecto tan corriente como la última vez que estuve allí. El imponente olmo era idéntico a las otras docenas que se erguían a su alrededor, pero esa era precisamente la cuestión. No quería que nadie pudiera llegar a lo que estaba ocultando. Ni niños sin helado en busca de algo dulce, ni perros liberados de sus correas. No había nada ni nadie que mereciera la clase de muerte dolorosa que mi secreto podría desencadenar. No debería estar criándolo en absoluto. Ir al parque suponía un riesgo, pero no podía mantener la planta en casa, donde Amá y Ma pudieran reconocer lo que era y obligarme a deshacerme de ella. Los sombríos e inexplorados senderos sin rastro de presencia humana de La Cañada eran mi única opción.

En la base de ese olmo vulgar, a bastante distancia del sendero principal, y con el suficiente monte bajo de por medio para que incluso el vagabundo más curioso no se atreviera a acercarse, me arrodillé y separé la hierba alta, dejando a la vista un pequeño arbusto moteado de flores blancas con forma de paraguas. Los parasoles me recordaban un encaje. Parecían la clase de flor que podría integrar en un ramo de boda de la tienda.

Pero solo si quisiera matar a la novia.

Los dos días de lluvia precedentes habían transformado la tierra en una fangosa sopa, pero la planta aún se mantenía recta. Saqué fotos de ella con mi móvil, adjuntándolas a un documento de Google que había creado y llamado *Cicuta de agua*. Había estado supervisando su crecimiento y el aspecto que mostraba en las distintas fases de su desarrollo, además de las condiciones que la hacían crecer mejor, a la vez que anotaba lo que no funcionaba.

Llevaba criando la cicuta de agua durante un mes, intentando distintas variables. La marga arenosa y húmeda parecía funcionar mejor que el suelo seco y rocoso, y cuando enterraba mis dedos en la tierra cerca de sus raíces, el arbusto crecía más fuerte, más alto. Si me concentraba lo suficiente, brotaban nuevas flores, aunque no tan fácilmente como lo hacían en las plantas que no eran venenosas. Requería mucho más esfuerzo criar una cicuta de agua, y necesitaba concentrarme con más firmeza para estar segura de que nada saliera mal. El agotamiento y malestar que me sobrevenía era también mucho más intenso. Eso debería haber bastado para hacerme abandonar el peligroso trabajo. Pero no podía. Me tenía totalmente atrapada.

Mi teléfono vibró. Un mensaje de Ma apareció en lo alto de la pantalla.

Ma: Vamos a pedir comida a domicilio para luego.
¿Te apetecen tallarines tailandeses?
Bri: Suena genial. ¡Solo verdura, por favor!

Deslicé el móvil en mi bolsillo y saqué una bolsa de plástico de la mochila. Esto era en lo que había acabado mi mes de trabajo. Iba a recortar uno de los tallos más pequeños y llevarlo a casa para estudiarlo. Solo lo conservaría lo suficiente para tomar algunas notas, apuntar mis observaciones, y luego me desharía de él. Unas pocas horas. Eso era todo lo que necesitaba para hacer la investigación.

Al pasar la mano a lo largo de uno de los tallos, una fría sensación de hormigueo afloró en las yemas de mis temblorosos dedos. Los pétalos y las hojas se estiraron hacia mí con una urgencia que no había visto en otras plantas. Era como si la cicuta de agua no pudiera esperar a tomar contacto con mi piel. La extraje de la tierra, poniendo mucho cuidado en no tocar la raíz, y la guardé en la bolsa.

Abandoné La Cañada con la planta metida en la bolsa que había ocultado en mi mochila y volví caminando a casa. Al llegar, me asomé para echar un vistazo a Amá y a Ma, que estaban muy ocupadas metiendo los arreglos prefabricados en la cámara frigorífica de las flores, antes de dirigirme a mi habitación.

Había estado debatiendo sobre si cultivar la cicuta durante meses, antes de reunir el valor para hacerlo. Me preocupaba entrar en el parque y no ser capaz de impedir que las otras plantas advirtieran mi presencia. Pero, sobre todo, tenía miedo de que mis madres pudieran descubrirlo. Estaba segura de que cultivar un arbusto venenoso en el parque no era precisamente lo que tenían en mente sobre cómo debía pasar mi verano. Querían que saliera por ahí con los pocos amigos que tenía e hiciera lo que fuera que solía hacer la gente de mi edad. Pensaba que no entendían lo duro que era para mí mantener un equilibrio entre las amistades y la necesidad de sentirme cerca de mis plantas, guardando en secreto lo que era capaz de hacer y navegando por el mundo de forma que no atrajera la atención de cada brizna de hierba, cada árbol, cada arbusto.

Una vez en mi habitación, cerré la puerta y dejé la mochila sobre la cama. Me planteé echar el pestillo, pero me imaginé a Amá quitando las bisagras y decidí no hacerlo. Me acerqué al microscopio y me senté frente al escritorio. Cambié de gafas —escogí unas con lentes de aumento— y me puse unos guantes de plástico. Al sacar la cicuta de la bolsa, corté una ramita que arrojé en una bandeja metálica de mi mesa. Abrí un cuaderno para apuntar mis observaciones.

Las plantas más altas podían crecer hasta dos metros de alto, pero esta muestra apenas llegaba a los treinta centímetros. Sus hojas ovaladas de unos quince centímetros de largo, dispuestas alternativamente, tenían forma dentada y afilada, y las venas terminaban al principio y no en la punta.

La raíz era la parte más letal. Con el tiempo, cuando las flores se hicieran más grandes, el veneno se acumularía en el tercio inferior de la planta, dejando las hojas y las flores prácticamente inocuas, mientras no fueran ingeridas.

Separé las raíces a un lado. Parecían como pequeñas y pálidas zanahorias y también olían como estas. Rezumaron un espeso líquido color pajizo cuando hice una incisión con un escalpelo. Esa era la sustancia que podría producir náuseas, vómitos, convulsiones y, finalmente, la muerte.

Un par de manos me agarraron por los hombros.

El escalpelo resbaló cortándome el pulgar a través del guante.

—¡Oh, mierda, Briseis! ¡Lo siento mucho! —soltó Ma—. Solo intentaba darte un pequeño susto. No sabía que estuvieras estudiando.

Me quité rápidamente el guante. El tajo de mi pulgar se tiñó de rojo. La sangre cosquilleó la palma de mi mano y descendió por mi brazo en finas tiras.

Alcé la vista hacia Ma. No podía pensar con claridad.

—Yo-yo necesito…

—Traeré el botiquín. —Y salió corriendo de la habitación.

El miedo me agarrotó el pecho. La respiración se volvió rápida y entrecortada. Un dolor frío se abrió paso desde mi pulgar a la muñeca y luego al antebrazo. Miré la hora en mi móvil.

Los segundos pasaban veloces.

Ma regresó con el botiquín y me cogió la mano. Yo me aparté de ella. Ella no podía tocar el venenoso líquido, pues moriría, del mismo modo que estaba a punto de hacerlo yo.

—Necesito verlo, cielo —explicó.

—No… No, es… ¿Podrías pasarme unas gasas?

Me tendió unas cuantas gasas que presioné contra el corte. No me importaba la herida ni el dolor. El veneno ya estaba actuando. No había forma de detenerlo, ni forma de revertirlo.

No lograba articular las palabras para hacérselo comprender. Ni siquiera sabía lo que yo estaba haciendo. Una ola de culpabilidad me arrolló. Cuando muriera, se echaría la culpa.

La hiedra irrumpió repentinamente de su tiesto de barro, rompiéndolo con un ruidoso chasquido. Ma dio un salto hacia atrás cuando las plantas doblaron su altura para llegar hasta mí, y rodearme los tobillos.

—Oye, Ma —conseguí mascullar—. Te… te quiero. Un montón.

Consiguió esquivar la maraña de enredaderas.

—¿Estás bien, cielo? Solo es un poco de sangre. Ni siquiera creo que necesites puntos. Espera. —Me tocó la mejilla —. ¿Estás en *shock*?

Sacudí la cabeza.

—¿Puedes avisar a Amá?

—Sí, claro —contestó, aún con mirada confusa. Se marchó y yo volví a mirar el reloj. Habían pasado tres minutos. El veneno solo necesitaría quince para matarme. Todo era por mi estúpida culpa. Había cedido a mi curiosidad en lugar de tener cuidado como Amá y Ma me habían enseñado.

Cuatro minutos.

Todas las plantas de mi habitación se habían girado hacia mí.

Amá entró en la habitación como una exhalación.

—Deja que lo vea… ¡Oh, Dios! ¿Te has cortado el dedo? ¿Dónde está? ¡Si lo ponemos en hielo, pueden volver a coserlo!

Ma apareció tras ella.

—Thandie, es un corte, no una amputación.

Cinco minutos.

Miré mi mano. El hormigueo había cesado y ahora estaba localizado en la punta del pulgar. Intenté respirar despacio para poder percibir cómo me sentía.

No supe reconocer si mi pulso estaba acelerado debido a la cicuta o porque estaba asustada. Aún no había sudores, ni convulsiones, ni visión borrosa. El escalpelo descansaba sobre mi mesa. La sangre que se había vertido en ella había comenzado a ponerse negra. Ese era el veneno actuando sobre las células, rompiéndolas. Si estaba haciendo eso dentro de mi cuerpo, ya debería haber empezado a sentir algo.

Seis minutos.

Amá se arrodilló a mi lado.

—Bri, cariño, ¿te encuentras bien? —Miró la maraña de hiedra alrededor de mis tobillos.

Retiré la mano a un lado para que no pudiera tocarla.

—Yo… Creo que sí. —Aunque lo cierto es que no estaba nada convencida.

—Intentemos respirar hondo y calmarnos —sugirió Ma. Cogió a Amá por el brazo y la guio hasta mi cama. Luego se volvió para mirarme—. Briseis, cielo, lo siento.

—No, es culpa mía —respondí—. No pasa nada.

Nueve minutos.

Algo iba mal, pero no de la forma que esperaba. No estaba sucediendo nada.

—Me has dado un susto de muerte —le dijo Amá a Ma.

—Siéntate ahí y respira —la urgió esta—. Pareces más conmocionada que Briseis.

Amá le lanzó una mirada afilada, y luego se volvió hacia mí.

—¿Seguro que estás bien, cariño? —Asentí—. Ponte una tirita y un poco de pomada en la herida.

Ma se acercó y tomó mi cara entre sus manos.

—Voy a hacerte un letrero, para que lo cuelgues de tu puerta, que diga «Futura botánica trabajando», y así sabré cuándo no debo entrar de este modo.

Me obligué a mostrar una breve sonrisa.

—Te quiero —dijo.

Ella y Amá se marcharon. Me desenredé de la maraña de hiedra y me curé el dedo. Metí los trozos de planta y el ensangrentado escalpelo en una bolsa de plástico, lo guardé todo en una caja de zapatos vacía y lo arrojé por el conducto de basura del rellano.

Después me senté al borde de la cama en medio de una gran confusión. Habían pasado treinta minutos y… nada.

Cogí un libro de la estantería y pasé las páginas hasta llegar a una ilustración de la cicuta de agua. El contacto con el líquido de la raíz era letal cuando entraba directamente al torrente sanguíneo a través del corte. Según todo lo que sabía sobre la planta, debería estar sufriendo una muerte agónica. Las paredes de mis células tendrían que haberse desintegrado. Mi sangre, incapaz de coagular, fluiría como el agua, derramándose por cada orificio. Pero con cada momento que pasaba, respiraba con más facilidad. El hormigueo también había cesado. Solo quedaba un dolor sordo.

Las horas pasaron. Amá cerró la tienda. Me trajo un plato con los tallarines tailandeses y una botella de agua, y luego se marchó para ver con Ma una reposición de los capítulos de *Penny Dreadful* en el salón. Picoteé de mi comida, pero se me había cerrado el estómago. Repasé mi lista de contactos en el móvil y encontré el nombre de Gabby. Empecé a escribirle un mensaje, cambié de idea y, en su lugar, la llamé.

—Hola, Bri. Hace mucho que no hablamos —dijo Gabby, con una ligera entonación aguda en su voz—. ¿Qué te cuentas?

—Nada —contesté—. Solo quería llamarte.

Había pasado un mes desde la última vez que hablamos. Nos habíamos intercambiado algún mensaje, pero escuchar su voz me trajo un puñado de sentimientos encontrados que había intentado evitar.

Gabby sabía algo de lo que yo podía hacer, pero intentaba fingir que no era así. En el baile de graduación, yo estaba a su lado cuando su novio le regaló un ramillete con aspecto de estar recién salido de un contenedor. Volvió a florecer recuperando su aspecto fresco después de unos pocos segundos en mi presencia. El novio de Gabby estaba demasiado ocupado mirándole las tetas para advertirlo, pero ella se dio cuenta.

Se convirtió en un asunto tácito entre nosotras. No hablamos de que la hierba se ponía más verde por donde yo pisaba, ni de por qué el arce que crecía delante de nuestro edificio se mantenía verde mucho más tiempo que cualquiera de los otros árboles de nuestra calle, ni de cómo las flores que le di a su madre cuando se graduó en la Escuela de Enfermería se conservaron casi un año. Yo había intentado durante años contarle toda la verdad de lo que era capaz de hacer, pero nunca parecía ser el momento oportuno para entrar en más detalle.

—He pasado un día raro —comenté.

—Todos los días son raros para ti, Bri.

Eso me dolió. Quería contarle lo de la cicuta, pero supuse que este tampoco era el momento apropiado. Entonces decidí contarle la versión que no hacía mención a mi extraña habilidad.

—Ma me dio un susto mientras estaba diseccionando una planta. Casi me corto el dedo.

—Maldición —dijo, riéndose—. ¿Estás bien?

—Sí. Eso creo.

—Espera un momento. ¿Qué hacías diseccionando plantas en vacaciones?

—Eso es lo que me va.

—No tendría por qué ser así, ya lo sabes —insistió—. Podrías hacer algo que no tuviera nada que ver con las plantas. ¿Has intentado alguna vez…, no sé…, no ser tan misteriosa con las plantas?

Hubo un incómodo silencio. Pensé en maldecirla en voz alta. Ella tendría que devolverme el insulto, y entonces podría estar furiosa con ella en vez de decepcionada.

—Mis madres poseen una floristería —recalqué—. No puedo precisamente alejarme de ellas…, de las plantas, quiero decir.

Gabby resopló.

—¿Entonces eso significa que te vas a pasar el verano trabajando?

—Ese era el plan, pero Amá y Ma quieren que me tome un descanso.

—Ojalá mi madre me dejara tener un descanso —declaró—. Dice que voy a tener que pagar mi propio teléfono este verano, así que estoy haciendo de canguro para los vecinos de arriba.

—¿De canguro? Supongo que es algo sencillo. Dinero fácil, ¿no?

—Nada de eso. Ese niño es un auténtico demonio. El otro día le dijo a su abuela que cerrara el pico y nadie se atrevió a regañarle. Es un maleducado. Mi abuela me habría arrancado el alma.

Me pregunté si yo podría sobrevivir diciéndole a mi abuela que se callara. Probablemente no, pero nunca me habría arriesgado.

—Oh, vaya. Más vale que te andes con ojo.

—Más vale que él se ande con ojo. O pondré su pequeño trasero en el rincón de pensar.

—¿Cuál es el rincón de pensar?

—Chica, es el rincón de la habitación con cojines y mantas donde le mandas para que piense en su comportamiento. Es como un castigo *light*.

—¿Y funciona?

—No. Solo piensa en cómo ser todavía más malo cuando se levante.

Ambas nos reímos. Miré el corte de mi pulgar. Me palpitaba, pero no estaba tan mal.

—Oye, Briseis…

—¿Sí?

Suspiró.

—No sé, Bri. Quizá tengas que hacer caso a tus madres. ¿Y si intentas divertirte este verano? No tienes por qué cultivar brotes de soja o patatas o lo que sea. Al menos no todo el tiempo. No es eso lo que la mayoría de la gente hace, en todo caso. Podemos ir a algún espectáculo, o a un concierto, o algo. Sé que ya has visto casi todo, pero aun así…

Yo no cultivaba patatas ni brotes de soja. Me gustaba cultivar flores, enredaderas y, ocasionalmente, algún letal arbusto de cicuta. Tenía las palabras que quería decirle en la punta de la

32

lengua. Podía soltarlas y quizá —solo quizá— por fin lo entendiera.

Gabby se rio.

—Si puedes alejarte de tus hierbajos…

No. Nada había cambiado. Y esa era la razón por la que ya no hablábamos tanto como solíamos.

—¿Has hablado con Marlon últimamente? —pregunté.

—Ayer. ¿Y tú?

—Llevo tiempo sin hacerlo.

Marlon se había mudado a Staten Island con su abuela en las vacaciones de primavera y hablábamos cada vez menos. Pero con Gabby, nuestra amistad había alcanzado ese punto complicado que no tenía nada que ver con la distancia. Tenía la impresión de que todo el curso había sido una cuenta atrás para el final de algo. Como si estuviéramos a punto de bajarnos de una montaña rusa en la que llevábamos montadas desde quinto de primaria cuando nos conocimos y nos convertimos en las mejores amigas. Estábamos seguras de que ya no éramos las mejores amigas y que lentamente lo nuestro era algo que se parecía cada vez menos a una amistad y más a gente que ni siquiera se gusta entre sí.

Me recosté sobre la almohada, observando cómo la paniculata del rincón de la habitación se expandía y se contraía. Durante un minuto intenté olvidarme de mi pulgar y de la cicuta de agua. Intenté fingir que lo que yo podía hacer no se había ido abriendo paso hasta ocupar cada parcela de mi vida, como una mala hierba invasora. Quería poder controlar lo que fuera esta cosa, ayudar a mis madres en la tienda y, quizá, tener amigos que me entendieran mejor. No parecía que fuera mucho pedir.

—Podríamos encontrar algún sitio donde ir —propuse, tratando desesperadamente de mantener a raya mi tristeza—. ¿La biblioteca o el museo? Algún lugar tranquilo.

—Y sin ninguna planta —añadió Gabby.

Suspiré al teléfono. Eso era una pulla y ella lo sabía.

—Sí —dije sintiéndome derrotada. Y pasé a otro tema—. ¿Te he contado que han vendido nuestro edificio? La renta para el apartamento y la tienda volverá a subir.

—Mierda. ¿Y qué vais a hacer?

—No lo sé.

Había un montón de cosas en el aire y yo estaba preocupada sobre lo que sucedería si no podíamos ganar más dinero. Todo era un desastre.

Una voz llegó chirriante a través del teléfono.

—¡Gabby! ¿No has sacado el pollo del congelador?

—¡Mierda! —exclamó Gabby. Conocía ese tono de terror en su voz. Su madre, la señora Lindy, no bromeaba cuando se trataba de comida. Si le había dicho a Gabby que sacara el pollo y no lo había hecho, iba a haber problemas.

—Más vale que uses el secador o algo así.

—¡Mamá, lo siento! ¡Lo saco ahora mismo!

—Llevo todo el día en el trabajo, ¿y tú no has podido descongelar el pollo? —protestó la señora Lindy de fondo.

—Tengo que colgar, Briseis —dijo Gabby, y cortó.

Me tumbé en la cama sintiendo el latido de mi corazón y escuchando mi propia respiración. Quizá el veneno no entrara en el corte, o quizá era una cantidad tan pequeña que no me había afectado. Miré mi pulgar. El tajo estaba supurando a través de la tirita.

Mi mente regresó a cuando conocí a Gabby y a Marlon. Nuestro profesor de Educación Física, el señor Cates, nos colocó en el mismo grupo de carreras de relevos alrededor de la pista. Después de la primera vuelta, todos fingimos estar lesionados y pasamos el resto de la clase sentados en un banco bajo el fresco aire otoñal, hablando de nuestras películas favoritas y burlándonos del señor Cates porque vestía *shorts* de gimnasia demasiado pequeños y sus rodillas y codos tenían siempre el color de la ceniza. Los árboles que abarrotaban la zona exterior de la verja no tenían hojas, en preparación para el invierno. Todos excepto aquel que teníamos más cerca, que floreció mientras nos reíamos juntos. Gabby fue la primera en advertirlo. Dejó caer su mano sobre el hombro de Marlon y señaló a los árboles. Sus ojos se abrieron enormes y temerosos. Si tenían miedo de los árboles, también tendrían miedo de mí. Supe en ese mismo instante que tenía que ocultar lo que podía hacer.

Lo detesté. Tendría que haber dejado que surgiera y volver todos los árboles verdes o hacer que creciera la hierba y confesarlo. Quizá eso hubiera sido mejor que fingir. Quería saber lo que se sentiría siendo yo misma, total y completamente, desde el primer salto. Sin secretos, sin encubrimientos.

Pero ya era demasiado tarde para eso. Mis amigos se estaban apartando de mí, mis madres estaban preocupadas por mí, el instituto era un desastre, y este poder agazapado dentro de mí estaba intentando liberarse. ¿Cuánto más debería soportar antes de llegar a un punto de inflexión? ¿Antes de hacer algo que no tuviera vuelta atrás?

CAPÍTULO 3

A la mañana siguiente, me senté al borde de la cama con los pies desnudos apoyados en el suelo. Mientras miraba alrededor de la habitación, frotándome el sueño de los ojos, sentí palpitar el corte de mi dedo. Como si fuera una avalancha, el terror del día anterior me recorrió de arriba abajo.

Debería estar muerta.

Durante la noche, los trenzados zarcillos de hiedra habían ido extendiéndose por el suelo y entrelazándose unos con otros como una alfombra de hojas. Me tambaleé sobre ellas para coger mis gafas de la mesa y salí al pasillo para empezar mi rutina matinal. Me cepillé los dientes y husmeé entre los interminables productos capilares del armario buscando un acondicionador en espray. Mi peinado de rizos apretados realizado seis días atrás parecía un tanto encrespado, pero me dije que aún podría aguantar con un pequeño ahuecado al menos durante un día o dos más. Me levanté los laterales con un poco de fijador y un cepillo blando. Si los bordes estaban lacios, no importaba que el resto pareciera un tanto enmarañado. En el peor de los casos me haría un recogido y tiraría para adelante.

—¿Y cómo? —La voz de Amá atronó desde el salón, con tono entrecortado—. No podemos permitírnoslo.

Me acerqué sigilosa hasta pegar la oreja contra la puerta del baño.

—Ya se nos ocurrirá algo. Siempre lo hacemos —contestó Ma.

—Pero no podemos hacer que el dinero brote de la nada —comentó Amá—. Ya estamos reduciendo gastos. No podemos continuar así.

—Lo sé —contestó Ma—. Los costes de los pedidos han subido. La cámara frigorífica también necesita repararse. No está enfriando como debería y las existencias que se desaprovechan nos están costado más dinero. Pero es la renta que va a cobrarnos el nuevo propietario lo que acabará con nuestro margen de beneficios. Volveré a revisar las cuentas para asegurarme de que no estamos pagando demasiado por los suministros, y luego tendremos que reunirnos con nuestro contable y revisar los impuestos, los libros…

—Todo eso ya lo hemos hecho —replicó Amá.

Ma respondió con un pesado suspiro. Sus conversaciones sobre dinero habían ido haciéndose más desesperadas a lo largo de los últimos meses.

—Yo puedo trabajar por las noches, los fines de semana, lo que haga falta —dijo Ma.

—Y yo puedo aceptar más trabajos como autónoma —comento Amá, con la voz tensa, como si hubiera estado llorando—. Miraré en la universidad. Sé que han sacado varios puestos de adjunto para el otoño —suspiró—. Me gustaría saber cuándo se supone que vamos a poder disfrutar un poco de la vida. Llevarnos a Briseis de vacaciones o algo así.

—No lo sé, cariño —respondió Ma—. A mí también me gustaría.

Terminé de arreglarme en el baño y entré en el salón.

—Puedo coger un trabajo a tiempo completo durante el verano.

—No —rechazó Amá—. De eso nada. Has tenido que esforzarte mucho este año y sé que es porque has estado muy tensa. Necesitas descansar en alguna parte y relajarte.

—Me sentiré menos estresada cuando sepa que podemos pagar las facturas —alegué—. Quienquiera que dijera que el dinero no resuelve los problemas era un mentiroso.

—Este no es un problema que debas resolver tú, mi brillante y preciosa niña —repuso Ma, mientras sus ojos se empañaban. Normalmente Amá era la llorona, no Ma. Ella era emotiva en un sentido diferente. Verla al borde de las lágrimas hizo que se formara un nudo en mi garganta—. Tendremos que hacer algunos sacrificios para poder mantener las cosas a flote después del verano. La nueva renta entrará en vigor a partir de otoño, así que quizá tengamos que conservar la tienda y mudarnos a un lugar más pequeño.

—Podemos buscar un apartamento de un solo dormitorio —propuso Amá, mirando a Ma—. Briseis podría quedarse con la habitación y nosotras dormir en un sofá cama.

Ma asintió.

—Y podemos dejar la plaza de garaje alquilada. Y quizá también el coche. De todas formas, apenas lo usamos.

—Mmm, ¿dormir en un sofá cama? ¿Deshacernos del coche? ¿Tan mal van las cosas?

Esas eran grandes decisiones. Quizá esto no fuera solo un bache en el camino. Amá y Ma se miraron la una a la otra solemnemente.

—Todo va a salir bien —aseguró Ma.

—No tenéis por qué mentirme. —Me senté entre ellas—. Sé que lo hacéis porque no queréis preocuparme, pero ya es demasiado tarde para eso. Así que dejemos de fingir que todo va bien cuando no es así. ¿Qué era lo que me solíais decir a todas horas? «Está bien no estar bien». Y ese es nuestro caso ahora.

Amá asintió y Ma sonrió. Ella y yo teníamos grandes ojos marrones. La gente decía que nos parecíamos, y era agradable tener a alguien tan encantador que cuidara de mí. Amá y yo no teníamos rasgos similares, pero sí el mismo sentido del humor y la misma risa.

—Compremos unos panecillos y abramos la tienda —dijo Ma, posando la mano en mi mejilla—. Esto es duro. Ya pensaremos en algo más tarde, pero ahora mismo estoy hambrienta.

Amá la miró pestañeando y le apreté la mano. Había estado pensando en decirles lo ocurrido con la cicuta de agua y cómo me costaba entender por qué seguía con vida, pero ese no era el momento.

Nos vestimos y fuimos andando hasta la panadería en la calle Bergen. El aire de la mañana era cálido y pesado, y nos cogimos de la mano conmigo en el centro para recorrer la primera manzana.

—Siento como si tuviera cinco años —comenté.

Amá me apretó la mano con fuerza.

—Tú siempre serás mi niña cabezona.

Lo bueno de caminar por Brooklyn era que la gente iba tan concentrada en llegar a donde tenía que hacerlo que no siempre prestaba atención a lo que sucedía a su alrededor. No advertía los robles que se reanimaban al verme pasar ni las flores que caían de los cestos colgantes erguirse de nuevo. La mezcla de la jungla del asfalto y de los preocupados neoyorquinos era la mejor combinación para poder mantener mi anonimato.

Dos grandes arces flanqueaban la entrada a la estación de tren directamente enfrente de la panadería, y había un escuálido roble un poco más adelante, pero aparte de eso, no había mucho más por lo que preocuparse. Si la cola de gente hubiera salido por la puerta, nos habríamos dado la vuelta para marcharnos. Pero no fue así, así que nos deslizamos en el interior y me quedé con la espalda apoyada contra el enorme escaparate. Con un poco de suerte, los árboles se ocuparían de sus asuntos.

La tienda olía a pan fresco, beicon y café. La gente hablaba entre sí mientras hacían la cola. Mantuve la vista baja. Cuando llegó nuestro turno, Ma pidió y nos movimos hacia un lateral para esperar la comida. Una furgoneta de reparto pasó traqueteando y alcé la vista a la calle. Fue una reacción natural ante el fuerte ruido, no había pretendido mirar. Vislumbré los dos enormes arces. Se estaban inclinando hacia delante, sus ramas arañando el pavimento; las raíces irrumpiendo bajo la acera, enviando trozos de escombros por los aires. Aparté rápidamente la vista. Un murmullo recorrió la tienda, susurros ahogados y miradas confusas. El cuerpo de Amá se puso rígido. Ma inhaló con fuerza.

—¿Nos marchamos? —preguntó Amá con un susurro frenético.

Ignoré los árboles mientras la gente empezaba a sacar sus móviles para hacer fotos. Una mujer soltó un grito cuando las ramas se arrastraron hasta la entrada. Cerré los ojos con todas mis fuerzas y apreté los puños.

Ahora no, por favor. Aquí no.

Una sensación de vértigo se apoderó de mí. Me tambaleé hacia un lado. Amá deslizó una mano alrededor de mi cintura.

—Están retrocediendo —comentó.

Ma recogió nuestra comida y salimos. La multitud salió rápidamente del local para observar anonadada los arqueados árboles mientras nosotros corríamos calle abajo. Al doblar la esquina, la sensación de mareo de mi estómago disminuyó, pero detrás de mí escuché el distintivo sonido de madera crujiendo y chasqueando como si la estuvieran retorciendo a punto de quebrarse. Necesité echar mano a todas mis fuerzas para no mirar atrás.

ↄ

El trabajo no nos dio tregua hasta la una de la tarde, donde hubo un respiro. Comprobé mi teléfono. Gabby me había enviado un mensaje diciendo que probablemente no iba a poder quedar con Marlon y conmigo. Ni siquiera habíamos elegido una fecha. Era una excusa. Me guardé de nuevo el teléfono en el bolsillo y me acerqué al fregadero para intentar sacarme el polen y los restos de plantas incrustados en mis uñas mientras intentaba no llorar.

El teléfono de Amá sonó.

—¿Hola? —contestó.

Me miró lanzándome un rápido guiño antes de que su expresión cambiara abruptamente. A la mirada de genuina confusión le siguió otra de reconocimiento. Su boca se convirtió en una prieta línea, y dejó que su mirada paseara por el suelo.

—¿Puede esperar un minuto? —pidió. Apretó el hombro de Ma y rodeó el mostrador—. Necesito subir un momento.

Y se marchó.

Unos minutos más tarde, la campanilla de la tienda sonó.

—Hola, Jake —dije.

—¿Qué te cuentas, Briseis? —respondió Jake con una enorme sonrisa.

Ma solía hacer de canguro de Jake los fines de semana cuando su padre estaba fuera de la ciudad por negocios, y ahora él venía a la tienda para ayudar dos o tres veces a la semana. Se negaba a aceptar dinero, así que le pagábamos con bocadillos, wifi gratis y las mundialmente famosas cenas de domingo de Ma. Se conformaba con eso.

—¿Qué tal el instituto? —preguntó, dándome un gran abrazo.

—Cerrado por vacaciones.

—Yo también debería haber parado por vacaciones —comentó—, pero estoy haciendo tres cursos *online*.

—Eso es mucho trabajo —dije.

—¡A quién se lo vas a contar! —replicó—. He cogido la asignatura de Cálculo para repasarla porque debo cursarla en otoño y se me dio fatal el nivel de matemáticas de la universidad. Pero eso no tiene nada que ver con mi plan para convertirme en un gurú de la belleza.

—¿Y cómo es eso? —quiso saber Ma.

—No lo sé, pero he sabido que ganan mucho dinero —comentó Jake—. ¿Qué dificultad puede tener? Te pintas la cara, las cejas, te empolvas un poco y listo.

—Sí, pero estoy segura de que hay mucho más detrás de eso, pero oye, uno debe seguir sus sueños —aseguré.

—Exacto —confirmó Jake—. Esa es la razón por la que sigo viniendo aquí. Ninguna de vosotras me juzga.

El teléfono de Ma sonó en su bolsillo. Cuando contestó, tenía la misma expresión de preocupación que había mostrado Amá.

—Briseis, ¿puedes venir conmigo? —Se volvió hacia Jake—. ¿Te importaría cuidar la tienda durante unos minutos?

—Sí, claro —contestó Jake, mirándonos—. ¿Va todo bien?

Ma asintió, haciendo un gesto para que la siguiera hacia la escalera. Subió los peldaños de dos en dos.

—¿Qué ocurre? —pregunté mientras me apresuraba tras ella.

Ella continuó subiendo sin responderme.

Cuando entramos en el salón, mi madre estaba sentada en el sofá con la barbilla apoyada en las manos.

—¿Qué está pasando? —insistí, sentándome a su lado. Tomó mis manos entre las suyas y las apretó. Otra ola de ansiedad me recorrió—. Amá, me estás asustando. ¿Qué ha pasado? ¿Es por la renta? ¿Vamos a tener que mudarnos antes?

Sacudió la cabeza.

—¿Ha… ha muerto alguien?

—No, cariño, nada de eso. —Respiró hondo—. He recibido la llamada de una abogada que se encarga de la herencia de la hermana de tu madre biológica.

Escuché lo que dijo Amá, pero no tenía sentido. Mi madre biológica había muerto cuando yo era pequeña. No sabía que tuviera una hermana.

—No lo entiendo.

Amá apretó mis manos con fuerza.

—Según su abogada, ha fallecido y te ha dejado su patrimonio.

Mi mente se quedó en blanco.

—¿Su patrimonio? ¿Y eso qué significa?

—No tengo claro a qué se refiere —contestó Amá—. La abogada se puso en contacto con la agencia de adopción, quienes acaban de transmitirme el mensaje. Tu… tu tía no quería desbaratarte la vida, pero al parecer eres su único pariente con vida. Te ha dejado algo lo suficientemente importante para que una abogada especializada en herencias esté implicada.

Ma permanecía callada. Esperé a que hablara porque ella siempre tenía buenos consejos, pero se quedó ahí, inmóvil, con una mirada de preocupación en su rostro.

—No sé qué decir —comenté.

Mi adopción se había hecho de forma abierta, pero mi madre biológica nunca quiso ponerse en contacto. No era demasiado importante. Simplemente la forma en la que sucedían las cosas, pero ahora, alguien relacionado con ella, conmigo, ¿me dejaba una herencia? No podía entenderlo.

—No pasa nada, cariño —comento Amá—. Yo tampoco sé qué decir.

Ma continuaba junto a la puerta, observándonos, y luego se miró las manos entrelazadas.

—No tenemos que hacer nada —comentó Amá suavemente—. No tenemos que responder, o podemos hacerlo…, si tú quieres. Pero no quiero agobiarte para que tomes una decisión.

La preocupación se plasmó en sus ojos y en las débiles líneas alrededor de su boca.

—Así que alguien que comparte mi ADN me ha dejado algo en su testamento. Genial. —Eché un vistazo a la habitación. La puerta estaba entreabierta y pude ver la maraña de hiedra trepando por el poste de mi cama—. Veamos de qué se trata.

Mis madres eran las dos personas a las que más quería en el mundo, y por eso me entristecía ver que estaban tan tensas por este asunto. Sacar a la luz el tema de mi familia biológica siempre era un tanto delicado para ellas, sobre todo porque me querían y no deseaban que nada me apenara. Cuando era más joven había sentido curiosidad y ellas habían respondido a mis preguntas lo mejor que supieron. Al hacerme mayor, ese tema surgía cada vez con menos frecuencia, aunque nunca estuvo prohibido.

—Quizá se trate de un buen pellizco de dinero gracias al cual no tendréis que trabajar de noche como bailarinas exóticas para pagar las facturas —comenté—. No os juzgaría si lo hacéis, pero sé que las nueve y media es vuestra hora de irse a dormir.

Amá se rio y yo me incliné para apoyar mi cara contra su cuello, como solía hacer cuando era pequeña, respirando su olor y sintiéndome inmediatamente calmada con el latido de su corazón.

—Asumamos los hechos y luego continuemos a partir de ahí. Pero nada de estresarse, ¿de acuerdo? —añadí.

Ma se sentó y nos envolvió a las dos en un abrazo. Nos quedamos así durante un rato antes de que ambas regresaran a la planta baja. Yo permanecí allí, escuchando cómo la hiedra susurraba tras la puerta de mi dormitorio.

CAPÍTULO 4

Unos días más tarde, esperábamos ansiosas en el salón la llegada de la abogada, la señora Redmond. Mientras estábamos sentadas en el sofá, la puerta de mi dormitorio crujió al abrirse y una maraña de enredaderas empezó a reptar por el suelo. Me puse en pie de un salto y la empujé de vuelta al interior, cerrando la puerta.

—No irán a salir mientras ella esté aquí, ¿verdad? —preguntó Amá horrorizada.

—No creo —contesté, a pesar de que no estaba del todo segura—. ¿Habéis visto mi habitación? Es como la jungla. Todas las plantas se han salido de sus macetas.

—¿Crees que es porque estás nerviosa? —preguntó Amá.

Me encogí de hombros.

—Quizá.

No me había parado a pensar en lo que una herencia podría significar para nosotras. Había buscado en Google lo que implicaba que alguien te dejara un patrimonio y había obtenido toda clase de respuestas, desde deslumbrantes mansiones y colecciones de coches a montones de trastos inútiles. Un hombre de Florida apareció en los periódicos cuando su largo tiempo perdido tío le dejó todo un contenedor lleno de siniestras muñecas antiguas. Yo no iba a permitir que mi vida se arruinara por una pavorosa *Anabelle* hecha realidad, así que me dije que si se hacía cualquier mención a las muñecas, renunciaríamos.

45

El timbre de la puerta sonó.

Todas miramos hacia la entrada durante unos segundos antes de que Ma se levantara.

—Está bien —dijo—. Pensemos en positivo.

Al otro lado del umbral había una mujer alta con un traje de falda marrón que parecía de una talla equivocada. Su cabello casi negro, en el que destacaba un mechón gris en el centro de la cabeza, estaba recogido en un moño. Su piel tenía un tono marrón oscuro, con pequeños ojos del mismo color y una boca amplia y dentada.

—Hola, ¿cómo están? —saludó. Tendió una mano y el maletín que estaba sosteniendo se abrió de golpe, arrojando una ducha de papeles al suelo—. Uf. Lo siento. —Se arrodilló y empezó a meterlos atropelladamente en el interior, mientras lanzaba una rápida mirada hacia mí, y Ma la ayudaba a recuperar el resto de sus cosas.

—Por favor, entre y tome asiento —le indicó Amá.

La mujer caminó un tanto tambaleante y se sentó en el sillón frente a mí.

—¿Puedo traerle algo de beber? —preguntó Ma.

—Oh, no, estoy bien —contestó la mujer—. Tú debes de ser Briseis. —Me sonrió calurosamente—. Briseis. Ese nombre suena tan familiar. —Tamborileó los dedos sobre la parte superior del maletín—. Procede de la mitología griega, ¿no?

—Sí, señora —contesté.

—Amantes mitológicos, ¿eh? —preguntó.

—No exactamente —contesté, mirando hacia mi madre.

—Lo siento —repuso la mujer, un tanto aturdida—. Creo que me estoy despistando. —Abrió su maletín y sacó varios papeles—. Soy Melissa Redmond. Represento la herencia de Circe Colchis. Tengo entendido que su hermana pequeña, Selene, era tu madre biológica.

—No teníamos noticia de que su madre biológica tuviera ningún pariente vivo —comentó Amá con voz suave. Cruzó las piernas y empezó a agitar el pie arriba y abajo rítmicamente,

46

como si estuviera cronometrando. Solía hacerlo cuando estaba tensa o nerviosa. Me acerqué más a ella.

—Oh, ¿no lo sabían? —se extrañó la señora Redmond sorprendida—. Bueno, entonces, probablemente todo esto les parezca muy inesperado. —Su frente se frunció mientras sacudía la cabeza—. Siento tener que mencionarlo. Normalmente cuando la gente hereda, saben lo que les espera. Esta es una situación particular, ¿no es cierto?

—En eso estoy de acuerdo —comentó Ma.

La señora Redmond asintió.

—Dispongo de una información limitada del caso, pero si no sabían nada sobre Circe, ¿debo asumir que no conocen en absoluto lo de su propiedad?

—Esta es una novedad para nosotras —aseguró Amá.

La señora Redmond suspiró.

—De acuerdo entonces, iré directamente al grano. —Sacó un fajo de papeles y los depositó sobre la mesa auxiliar—. La finca es considerable, y esa es la razón por la que he venido. Y te corresponde únicamente a ti, Briseis.

—Entonces, ¿es una casa? —pregunté—. ¿Algo así como una gran mansión?

La señora Redmond se rio.

—Una gran casa. Pero también hay posesiones personales y la tierra donde está construida. Unas dieciséis hectáreas.

Ma soltó un gemido.

—¿Dieciséis hectáreas? ¿Cómo de grande es eso? —pregunté—. Aquí solemos medir las cosas por las manzanas que ocupan.

La señora Redmond lo consideró durante un momento.

—Piensa en un campo de fútbol sin las zonas del fondo. Eso es aproximadamente media hectárea.

—¿Y tenemos dieciséis? —Mi mente bullía desbocada. Eso era un montón de tierra, y probablemente implicaría un montón de cosas vivas creciendo en ella.

La señora Redmond asintió. Pude sentir la mano de mi madre temblar sobre mi pierna.

—¿Y dónde está? —pregunté.

—Más al norte del estado. Justo a las afueras de Rhinebeck.

—¿Y es mía? —insistí.

—Es tuya —asintió la señora Redmond—. Es muy excitante, ¿no es cierto? Como he dicho, cuando se trata de testamentos y herencias, la mayoría de la gente está esperando que le toque algo. Pero en este caso veo que parecen genuinamente sorprendidas. Discúlpenme. Es agradable no tener que contemplar a gente discutiendo sobre lo que ha heredado.

Ma se encogió de hombros.

—Parece conflictivo.

—Los legados son siempre delicados —explicó la señora Redmond—. Especialmente cuando hay algo de valor de por medio. —Centró su atención en la pila de papeles—. Todo quedó arreglado antes de que la señorita Colchis falleciera. Podemos saltarnos la validación del testamento si tienes un tutor legal que pueda firmar el papeleo por ti. Y cuando cumplas dieciocho años, todo será puesto a tu nombre. —Me tendió un largo sobre color manila—. Lo que sí les pido es que cuando vayan a visitar el lugar mantengan la mente abierta. La señorita Colchis era una persona excéntrica. En el sobre encontrarán las llaves, y las notas que me pidió que te entregara, Briseis.

—¿Qué clase de notas? —pregunté.

—No estoy segura —respondió la señora Redmond—. Están escritas para que solo puedas verlas tú. Mi trabajo es asegurar que se cumplan sus deseos al pie de la letra, y se me da muy bien hacerlo —sonrió orgullosa—. Una vez representé a una mujer que dejó toda una casa y varios millones de dólares a tres gatos atigrados y un perro sabueso. Sus hijos intentaron revocar el testamento, pero estaba blindado y me aseguré de que esos animales recibieran todo lo que les pertenecía.

—Afortunadas mascotas —comentó Amá con incredulidad.

La señora Redmond asintió.

Ma sacó su móvil.

—¿La finca está cerca de Rhinebeck? Eso queda a dos horas y media de aquí.

—Está un poco a trasmano —asintió la señora Redmond—. O más bien muy a trasmano, pero es toda tuya, Briseis. Existen varias estipulaciones que voy a tener que ver contigo. —Leyó de una hoja amarilla de cuaderno—. La señorita Colchis pidió que no la vendieras ni cambiaras la propiedad hasta que cumplieras dieciocho años. Parecía creer que la encontrarías agradable una vez que tuvieras la oportunidad de verla. La finca lleva en la familia desde hace varias generaciones.

—¿Qué clase de impuestos vamos a tener que pagar por un lugar tan grande? —preguntó Amá.

Había empezado a pensar en el asunto desde todos los ángulos posibles.

—Los impuestos, los seguros y las tasas municipales se pagan a través de un fondo —comentó la señora Redmond—. Y así se ha hecho durante muchos años. Es más fácil cuando la casa ya ha sido completamente pagada, y da menos preocupaciones.

Abrí el sobre y dos llaves cayeron en mi regazo: una pequeña, de aspecto moderno, y otra más grande que parecía mucho más antigua, como una llave maestra.

—Es una gran casa, con muchas habitaciones —explicó la señora Redmond—. Creo que la llave grande debería abrir la mayoría de las puertas del interior. Tendrán que hacer algo de limpieza, quizá alguna decoración, pero estoy segura de que les encantará.

Sostuve las llaves en mi mano. Una gran casa sonaba agradable, pero ir allí significaba que tendría que abandonar Brooklyn, donde podía evitar los espacios verdes si lo deseaba, e incluso así se me hacía difícil el mero hecho de existir. Este nuevo lugar sonaba como si estuviera literalmente en medio de dieciséis hectáreas de tierra virgen. Estaba abierta a escuchar lo que la señora Redmond tenía que decir, pero ahora que lo había hecho, no estaba segura de querer enfrentarme a ello.

Un sonido de arañazos se escuchó desde detrás de la puerta de mi dormitorio. Ni siquiera me atreví a mirar en esa dirección.

—¿Dónde está la trampa? —inquirió Amá—. Suena demasiado bueno para ser cierto, lo que probablemente signifique que lo es. Así que, ¿dónde está la trampa?

—Nada es nunca tan bueno como parece, ¿no es cierto? —comentó la señora Redmond. Y se estiró la falda—. Voy a ser sincera con ustedes. Rhinebeck es pintoresco. Es una zona turística. Pero una vez que lo hayan superado, verán que no es exactamente lo que esperaban.

—¿A qué se refiere con eso de lo que esperábamos? —Yo estaba buscando una excusa. Con todo lo que estaba sucediendo, esto no era lo que necesitaba. No quería marcharme a un lugar donde el día a día pudiera ser más duro para mí—. Suena un poco terrorífico.

La señora Redmond se rio y su cara se relajó.

—Pues sí que lo he hecho bien, asustándolas antes de que hayan siquiera llegado allí. Lo que quiero decir es que Rhinebeck está lleno de llamativos personajes, pero no deberían dejar que eso las echara atrás.

—He vivido en Nueva York toda mi vida —repuso Ma—. Y he visto una buena cuota de llamativos personajes.

Amá se volvió hacia Ma.

—Soy pesimista por naturaleza. Descríbamelo tal y como lo ve, que siempre estará mirándolo por el lado positivo.

Ma se quedó pensando un momento. Confiaba en que le dijera a Amá que había demasiado que pensar y que sería mejor si nos quedábamos en Brooklyn.

—Quizá esto sea exactamente lo que debía sucedernos ahora mismo.

Mi corazón se hundió.

—Llevamos mucho tiempo luchando —continuó—. Y tendremos que seguir haciéndolo aún más con el aumento de la renta. Vamos a tener que pagar unos cuatro mil doscientos dólares al mes.

—¿Lo dices en serio?

No sabía que nos lo habían subido mil dólares. Miré alrededor del apartamento. Era mono, pero no tanto como para cuatro mil doscientos dólares, y un aumento tan grande me parecía ilegal, pero los propietarios siempre hacían cosas así de feas.

—Una de tus madres tendrá que firmar aquí por ti, y he traído duplicado de todos los documentos —comentó la señora Redmond—. En cuanto firmes, podrás ir a echar un vistazo.

—Podríamos ir durante el verano —sugirió Ma—. A echarle un ojo…

—Espera —dije, poniéndome en pie—. No sabemos nada sobre ese lugar. Está en el quinto pino. Y… ¿y apartado de la ciudad? Apartado de la civilización.

Amá captó lo que intentaba decir e inmediatamente se puso de mi lado.

—Ella tiene razón. Esto es demasiado. No creo que…

—Por favor —intervino la señora Redmond suavemente. Se acercó y posó una mano en mi hombro—. Ese lugar ahora te pertenece. Si no tomas posesión, todo revertirá en el condado y harán lo que quieran con él. Venderlo, subastarlo a promotores. —Parecía como si la idea la perturbara—. Odiaría ver que eso sucede. Son tantos los lugares antiguos que terminan siendo pasto de nuevas construcciones o promociones. La finca forma parte de la historia de Rhinebeck, y está apartada del núcleo del pueblo. Tendrán privacidad y la oportunidad de explorarla en paz.

—Un poco de privacidad suena muy agradable —comentó Ma, haciendo un gesto de asentimiento—. Estoy harta de saber exactamente por qué discuten nuestros vecinos. Cuando me los cruzo en el vestíbulo, siento como si tuviera que posicionarme del lado de uno de ellos.

—¿Y quién va a cuidar de la tienda? —preguntó Amá.

—Jake puede hacerlo —contestó Ma—. Tendremos que pagarle, pero estoy segura de que lo hará.

Mi madre se pellizcó el puente de la nariz.

—No podemos permitirnos pagarlo, Angie. Ojalá pudiéramos, pero me temo que no es así.

Miré a un lado y al otro entre Amá y Ma. Los ojos de Ma estaban iluminados y Amá estaba intentando reconfortarme, pero ya casi podía imaginar la visión de una gran casa que estaba pagada tomando forma en su cabeza. Lo necesitaban. Todas lo necesitábamos.

—Podemos pagar a Jake si recortamos el inventario —dije.

Amá suspiró.

—Cariño, si recortamos nuestro inventario, no ganaremos lo suficiente para…

Le apreté suavemente el brazo y se detuvo, intercambiando una mirada preocupada con Ma.

Podían recortar el suministro que compraban para la tienda si yo hacía aumentar las existencias, aunque eso requeriría que utilizara mi poder, lo que siempre parecía un riesgo. Nunca me habían pedido que produjera flores para la tienda, y yo había estado demasiado asustada para intentarlo. Si lo echaba todo a perder, podría poner en peligro el negocio.

—Yo… quiero intentarlo —dije.

Amá me estrechó en un abrazo y nos sentamos en el sofá.

—Volvamos a repasarlo todo línea por línea —indicó Ma—. Como ha dicho Amá, todo esto parece demasiado bueno para ser verdad. No quiero firmar ninguna locura.

—Puedo quedarme todo lo que necesiten. —Se ofreció feliz la señora Redmond—. Estaré encantada de aclarar cualquier duda que tengan.

Cuatro horas más tarde, tras haber repasado el documento de arriba abajo, hacer preguntas, y tomarnos un respiro para bajar a la tienda y convencer a Jake de que se ocupara de la floristería durante el verano, Ma firmó los documentos. Jake accedió a ayudarnos de forma más regular y, a cambio, accedimos a que se quedara en nuestro apartamento durante el verano para que no tuviera que pagar un alquiler por dormir en el sofá de su amigo.

A primera hora de la tarde, la señora Redmond recogió sus cosas y se dispuso a marcharse.

—Me alegro mucho de haber podido conocerlas a todas.

—Y nosotras también de conocerla a usted —respondió Ma—. Espero que todo esto funcione.

—Estoy segura de que así será —asintió la señora Redmond—. Y recuerden, pueden llamarme si tienen cualquier pregunta adicional. Estaré disponible en cuanto haya solucionado todo el papeleo con el condado. La propiedad necesita cambiar de titular, pero puedo echarles una mano cuando llegue el momento. Por ahora, tómense un tiempo para asimilarlo todo.

Cuando se marchó, nos sentamos en silencio durante un buen rato antes de que Ma hablara.

—Tenemos la renta cubierta hasta el otoño. A partir de ahí es cuando la cosa se complica, pero no hay por qué renovar el alquiler. Podemos mudarnos si queremos.

—Creo que estamos yendo demasiado lejos —comentó Amá—. No sabemos en qué clase de sitio se ubica la casa, ni en qué estado se encuentra. ¿Y el trayecto? Pensar en él hace que me duela la cabeza.

—Amá, te tragas dos horas de atasco para intentar llegar al almacén, que está a solo seis kilómetros de aquí.

No estaba segura de cómo iba a salir nada de esto, pero mi familia me necesitaba para sentirse a gusto con la decisión. Dejar Brooklyn no era precisamente lo que quería hacer. Este era mi hogar. Pero si nos íbamos a Rhinebeck, si esa finca era algo con lo que podíamos apañarnos, mis madres se sentirían mucho menos estresadas y yo podría escapar de aquí; empezar donde nadie supiera quién era y lo que podía hacer.

—¿Y qué me dices de tus amigos? —preguntó Amá—. ¿Y del instituto?

—¿Te refieres a Gabby y a Marlon? ¿Los amigos a los que nunca veo porque les asusto demasiado? —Sentí que un nudo se formaba en mi garganta. Lo tragué tratando de apartar el dolor—. ¿Y a las clases que apenas consigo aprobar porque no puedo concentrarme? Vivo angustiada por temor a perder el control y a hacer daño a alguien. Lo único que quiero hacer cuando no estoy ahí es ir al parque y culti… —Me callé antes de decir nada más—. No hay nada aquí que no me importe dejar durante un tiempo. Mientras os tenga a vosotras dos, estaré bien.

—Sabía que algo no iba bien con tus amigos, cariño —comentó Amá suavemente—. Solíais estar siempre juntos, pero no he vuelto a ver a Gabby y a Marlon ni a nadie últimamente. Ni siquiera te oigo hablar de ellos. Al menos, no como solías hacer. Pensaba que era porque estabas madurando, centrándote en los estudios, quizá yendo por tu lado. Pero es mucho más que eso, ¿no es así?

Asentí, conteniendo las lágrimas.

Ella me sostuvo la mano con fuerza.

—Tal vez salir de aquí durante el verano nos haga bien a las tres. Veamos de qué va todo esto y ya decidiremos. ¿Te parece bien, cariño?

Apoyé mi cabeza en su hombro.

—De acuerdo —dije—. Vayamos.

Ma dio una palmada, asustándonos a Amá y a mí.

—Hagamos las maletas y marchémonos en unos días —sugirió—. Yo puedo acercarme un par de veces por semana para ayudar a Jake. En cualquier caso, todo el trabajo está en la red. Podemos hacer que esto funcione. Esto podría ayudarnos a volver al buen camino.

Su entusiasmo era contagioso, pero incluso si me permití imaginar que todo esto iba a funcionar, no podía desprenderme de la incómoda sensación que había empezado a crecer en mi interior. No sabía si podría mantener mis habilidades controladas en un lugar tan alejado de los altos edificios de hormigón y las calles asfaltadas de la ciudad. Al parecer, estaba a punto de averiguarlo.

CAPÍTULO 5

Amá y Ma se pasaron los siguientes días planeando nuestro viaje a Rhinebeck. En cuanto llegaba Jake, se ponían a repasar con él todo lo que haría falta hacer mientras estuviéramos fuera. Ma le explicó que vendría los lunes, miércoles y sábados para ayudar.

Amá insistió en que mantuviéramos los pedidos regulares de la mayoría de nuestras existencias, pero yo le dije que quería reponer el surtido de rosas rojas porque se vendían más que cualquier otra cosa. Me escabullí al jardín trasero y alineé unas macetas, las llené de tierra y coloqué rosas ya florecidas en ellas. Amá se ofreció a hacerme compañía, pero yo no quería que ella o Ma estuvieran cerca por si algo salía mal.

Al remover la tierra con mis dedos, el familiar hormigueo hizo que se me pusiera la carne de gallina. Cerré los ojos y me concentré con todas mis fuerzas en la cálida sensación de los dedos.

«Solo creced. Solo estas flores. Nada más».

El tallo de un rosal se abrió paso a través de la tierra. Mi corazón se aceleró y mi cabeza comenzó a latir mientras iba pasando de una maceta a otra. El jardín trasero se transformó en un oasis de pétalos carmesíes, oscuras hojas verdes y tallos. Debía de haber unas doscientas flores listas para cosechar, tan perfectamente formadas que parecían falsas. Sabía que se mantendrían así durante semanas, quizá más. Confié en que Jake no cuestionara la peculiar longevidad de las rosas.

55

Mi visión se enturbió. Estaba sin aliento, como si hubiese corrido varios kilómetros, y tan mareada que no conseguí mantener el equilibrio cuando me levanté. Me apoyé contra la fachada trasera de la tienda y me deslicé hasta el suelo, acunando mi cabeza entre las manos, con las palmas húmedas por el sudor. Solo deseaba que aquello funcionara sin tener que sentir miedo por lo que pudiera suceder.

La puerta de la tienda chirrió al abrirse. Ma asomó la cabeza por ella, me echó un vistazo y tiró de mí para llevarme adentro. Me desplomé en una silla detrás del mostrador y me quité las gafas. Ma llenó de agua un vaso y me lo tendió. Di un sorbito, temiendo que pudiera regurgitarla si la bebía demasiado rápido.

—Lo has hecho muy bien —declaró—, pero ya es suficiente. Estaremos bien.

—No, puedo ayudar —insistí. Me puse en pie y una arrolladora oleada de náuseas me hizo volver a sentarme—. Necesito un minuto para reponerme.

Ma humedeció una toallita de papel bajo el grifo y me la colocó en la frente. Me pasó las gafas y deslizó una mano bajo mi barbilla.

—De eso nada. Déjalo estar. Ya encargaremos lo que haga falta. No pierdas un minuto más pensando en ello, ¿me has oído?

Dirigió la vista al vestíbulo y luego de vuelta a mí. Había algo en sus ojos que me asustó. Era incertidumbre, miedo. ¿De qué? Podrían haber sido cincuenta cosas diferentes, pero en ese momento tuve miedo de que se tratara de mí. Me cogió del brazo y me guio fuera de la tienda.

A la mañana siguiente, cargamos el coche. Le entregué a Jake mi llave de la casa y, antes de que nos marcháramos, le pedí que regara mis plantas. El navegador indicaba que llegaríamos a Rhinebeck en dos horas y veintitrés minutos. Amá señaló que esa era la duración exacta de la banda sonora del musical *Hamilton*, y supe lo que íbamos a escuchar durante el trayecto. Ma sería Hamilton, ella haría de Eliza y yo interpretaría a Angelica, Peggy y Mariah Reynolds; aunque me pidieron que me relajara durante la canción *Niégate a eso,* porque mi expresión corporal no era demasiado acertada. Se trataba de giros y gestos demasiado dramáticos y no les convencieron. Mantuvimos las ventanillas bajadas y el volumen alto durante todo el camino. Cuando entramos en la ciudad de Rhinebeck, los coros del final de la última canción aún estaban sonando. Amá sollozó con la despedida de Eliza mientras Ma le sostenía dramáticamente la mano como si fuera el verdadero fantasma afligido de Alexander Hamilton, y yo me moría de vergüenza en el asiento de atrás.

—¿En qué tono estáis cantando? —pregunté—. No creo que ninguna de esas notas exista en la vida real.

—Es un *si*-lencio —contestó Ma, volviéndose hacia mamá—. Ya casi hemos llegado. ¿Te encuentras bien?

Amá asintió, secándose la cara con la blusa.

Según Google, Rhinebeck tenía una población de siete mil setecientas personas. Me dije a mí misma que eso era suficiente para impedir que sintiéramos como si nos hubiéramos mudado al centro de ninguna parte. Pero mientras atravesábamos las calles alineadas con tiendas de lo que era literalmente un pueblo, comprendí que por sus siete mil habitantes, comparados con los más de dos millones de personas de Brooklyn, era como trasladarse a la luna. No había ningún tráfico. La gente paseaba por las aceras como si no tuvieran ningún otro sitio a dónde ir. Había carriles para bicicletas, y los coches, de hecho, cedían el paso a los ciclistas.

Y había árboles. Un montón de árboles flanqueando las calles. Por todas partes donde miraras se veían arces rojos y fresnos blancos en todo su esplendor. Su belleza captó mi atención durante un minuto antes de darme cuenta de lo difícil que eso me iba a poner las cosas.

—No sé qué pensar —declaré.

Amá se rio.

—Cariño, esto es el paraíso.

—¿Lo es? —pregunté. Yo estaba pensando en otro lugar.

Amá condujo respetando el límite de velocidad de cuarenta kilómetros por hora a través del centro, y muchas personas nos saludaron con la mano. Asomé la cabeza entre los asientos de delante.

—¿Deberíamos responderles?

Ma se encogió de hombros.

—Supongo.

Saludé a un hombre mayor que me sonrió y me mostró el pulgar hacia arriba. Volví a recostarme en mi asiento.

—¿No lo veis? Es como en esa película de miedo, *Déjame salir* —comenté—. No quiero a una mujer blanca viviendo en mi cuerpo, mamá.

—Hija, déjalo ya —replicó Ma, y ella y Amá se rieron—. Sé que estamos acostumbradas a mantener la guardia, pero da la impresión de que esa no es la forma en que hacen las cosas por aquí.

—Yo ya lo detesto —declaré.

Amá me miró por el espejo retrovisor.

—¿Quieres dar la vuelta? —Estaba muy seria y creo que lo habría hecho de habérselo pedido.

Me apoyé contra la ventanilla y pensé en Gabby y en Marlon.

—No, señora.

Tuvimos que desviarnos varias veces hasta dar con una estrecha carretera de dos carriles que salía del pueblo. Después de unos minutos, ya no hubo ningún otro coche a la vista, y el triángulo azul de nuestro GPS empezó a girar en círculo.

—Genial —protestó Amá. Buscó debajo de su asiento y extrajo un mapa real. Se lo tendió a Ma.

—De acuerdo, vale —dijo esta—. Deja que solo… —Giró el mapa varias veces y luego lo alisó sobre su regazo—. Si eso es el norte… —señaló con el dedo y yo me llevé la mano a la boca para no gritar—, entonces tenemos que seguir por este camino y… ¿En qué dirección se pone el sol? No importa. Estos números del lateral son la latitud, ¿verdad?

Amá suspiró.

—No necesito conocer la latitud.

—¿No? —preguntó Ma—. De acuerdo, entonces creo que estamos a unos cuatro kilómetros.

—¿Kilómetros? —Me incorporé en el asiento—. Estamos a punto de perdernos.

—No me gustaría tener que dar la vuelta por aquí, Angie —indicó Amá.

—No he vuelto a leer un mapa desde que estaba en el colegio —contestó Ma—. Y después de eso teníamos la aplicación de MapQuest, así que…

—¿Qué es MapQuest? —pregunté.

Amá soltó un gruñido.

—Bri, cariño, últimamente me estás haciendo sentir muy mayor, y, para ser sincera, lo detesto.

Ma ahogó una risa.

—MapQuest es un programa que te imprime direcciones.

—¿En papel? —pregunté—. ¿Tenías que leerlo mientras conducías?

Amá suspiró de nuevo.

Los bosques se hicieron cada vez más espesos a medida que nos alejamos, abarrotando la carretera con unas copas tan densas que tapaban el cielo. A través de sus troncos pude vislumbrar la oscuridad que insinuaba la inmensidad de la espesura más allá. Eso me intranquilizó y se me hizo un nudo en el estómago cuando la carretera empezó a serpentear a través de los árboles hasta una bifurcación unos tres kilómetros más adelante. Mi madre viró a la derecha. Las indicaciones desaparecieron, y más adelante empezamos a ver carteles hechos a mano en los que se leía «No pasar» y «Propiedad privada».

—¿Estás segura de que es la dirección correcta? —preguntó Ma.

Amá se volvió hacia ella:

—Tú eres quien tiene el mapa.

La carretera se estrechó y luego terminó abruptamente ante dos enormes pilares. Parecía como si en su día hubiera habido una puerta enrejada, pero eso debió de ser mucho tiempo atrás, porque ahora los desgastados pilares de ladrillo estaban medio derruidos. Amá entró en el sendero de acceso y la casa apareció ante nuestros ojos.

—¿Es esto? —preguntó—. No puede ser cierto.

Se erguía como si hubiese brotado del suelo, como algo vivo. Su zócalo estaba cubierto de un grueso musgo verde. Una celosía en un lateral estaba completamente revestida de una maraña de frondosas enredaderas. Cientos de zarcillos sobresalían, extendiéndose por, prácticamente, cada superficie de pizarra gris de la casa, hasta enroscarse alrededor de su torreón cónico y entrelazarse unos con otros por la balaustrada, trazando unos puntiagudos arcos sobre ventanas y puertas como marcos de cuadros. Un ribete negro como la tinta resaltaba todos los ángulos. En el lateral de la casa había un enorme contenedor de basura verde y, por lo que pude percibir del terreno, alguien había descuidado claramente la tarea de segar.

—¿Acaso he… he heredado la mansión de *La familia Addams*? —balbuceé.

Amá aparcó el coche y salió. Ma la siguió, pero yo me quedé atrás. El lugar estaba muy apartado del pueblo, y pude ver los terrenos de la casa extenderse muy lejos de nosotros, bordeados por el bosque en todos sus lados. No distinguí ninguna otra casa o edificio. Si accidentalmente hacía que algo sucediera, no habría nadie alrededor para verlo. Esperaba que esa posibilidad despertara en mí un montón de pensamientos en bucle sobre controlar mi poder, o preocuparme por mantener a mis madres y a mí a salvo. En su lugar, una repentina ráfaga de excitación palpitó por mi cuerpo. Me sorprendió no sentir otra cosa que no fuera miedo e incertidumbre.

Ma me hizo un gesto para que bajara del coche, así que agarré mi bolsa, respiré hondo y abrí la puerta.

Cuando me apeé, las enredaderas que estaban más cerca de la puerta principal susurraron y de ellas brotaron docenas de aterciopeladas flores rosas. Inmediatamente aparté la vista.

Ma estiró el brazo y me cogió la mano.

—No pasa nada. Agárrate a mí. Respira.

Extraje las llaves que me había entregado la señora Redmond. Esa primera ráfaga de excitación había seguido su curso y lo único que quería hacer era pasar al interior. Subí los escalones de entrada, atravesé el amplio porche e introduje la llave en la cerradura. Una bocanada de aire estancado nos recibió cuando empujé la pesada y anticuada puerta para abrirla. Amá me rodeó con su brazo mientras Ma buscaba el interruptor de la luz. Cuando encontró uno y lo accionó, la entrada quedó bañada por un vaporoso resplandor amarillo.

El interior de la casa me recordó a las casas de piedra caliza roja en las que vivía la gente del pueblo, con la carpintería original de madera, estanterías empotradas y una ancha escalera que conducía a una amplia planta superior. Cada habitación en la que se ramificaba el vestíbulo de entrada era tan grande como todo nuestro apartamento, y estaba llena de mobiliario tapado con deslucidas telas sucias. La luz del sol se filtraba a través de los cuadrados azules y verdes de cristal esmerilado dispuestos siguiendo patrones geométricos por encima de las estrechas ventanas que flanqueaban la puerta principal. El aire estaba lleno de polvo en suspensión. Un sabor casi mineral se me pegó a la boca.

Amá soltó una patada a una pila de papeles y un ratón se escabulló de debajo.

—Este lugar es un peligro de incendios.

—Necesita muchos cuidados y cariño —indicó Ma—. Y una buena limpieza, pero vale la pena, así que intentemos buscar el lado positivo.

Amá suspiró pesadamente.

—Deberíamos empezar por sacar afuera esta basura —sugirió, mirando una gran bolsa de plástico que parecía estar retorciéndose. Probablemente a causa de más roedores.

Me estremecí al pensarlo.

—Qué asco.

—Primero demos una vuelta —propuso Ma—. Marquemos con estacas los dormitorios…

—Y dejémonos poseer por el fantasma de un furioso hombre blanco —dije bromeando.

Los ojos de Amá se abrieron de golpe.

—No contéis conmigo para eso.

Amá provenía de una familia, liderada por mi abuela, cuyas prácticas de magia popular se remontaban a muchas generaciones. No estaba tan implicada en ella como mi tía Leti o la abuela, pero la respetaba. Mucho. No se mezclaba con fantasmas, espíritus, espectros ni nada de eso, y no porque creyera que era una tontería, sino porque sabía que probablemente había algo de verdad.

Mientras recorríamos la casa, comprobando cada habitación, esperaba sentirme fuera de lugar, como si me estuviera entrometiendo en el espacio de alguien, y sin embargo una sensación de calma se apoderó de mí. La casa era vieja y un desastre, pero tenía esa atmósfera especial de haber sido vivida. Como si la gente se hubiera reído y amado aquí, compartiendo comidas e historias, celebrando cumpleaños y vacaciones. Era acogedora. Me pregunté cuánto tiempo pasaría antes de que la realidad cayera de golpe para robarme este momento de asombro y excitación.

La planta baja tenía dos salones separados, un comedor formal, una cocina enorme, un puñado de roperos grandes con abrigos de invierno y botas para dos o tres personas. Solo había un cuarto de baño y rogué al Jesús Negro para que hubiera otro más en la planta de arriba.

Cerca de la parte posterior de la planta principal, el pasillo parecía estrecharse y la alfombra que cubría el centro estaba desvaída y desgastada casi por entero, hasta terminar delante de una enorme puerta de madera, con la superficie tallada con anchas hojas de caña índica y hiedra persa. Pasé mi mano por el intrincado diseño.

—Esto es realmente precioso. —Intenté girar el ornamentado y cincelado pomo. Cerrado.

—Sigamos adelante, ya volveremos más tarde —sugirió Ma.

—¿En serio? —pregunté—. Ma, así es como uno se pierde la habitación que solía ser una morgue o lo que sea y luego…, boom, todas nos veremos poseídas por demonios.

—¿Queréis parar ya con el tema de la posesión? —pidió Amá, agarrándose al brazo de Ma.

—No te preocupes, cariño —dijo Ma, lanzándole una sonrisa diabólica—. Yo te protegeré.

—¿Cómo? —replicó—. ¿Cómo vas a protegerme de un fantasma?

Ma la estrechó contra su pecho mientras yo sacaba las dos llaves que la señora Redmond me había entregado y las probaba en la cerradura. La llave maestra funcionó. La puerta se abrió con un crujiente gemido.

La habitación que teníamos delante era del tamaño de la floristería —quizá más grande— y dispuesta de una forma similar. Un ancho mostrador, salpicado de distintas clases de básculas, jarras de medir y cucharones de varios tamaños, discurría a lo largo de la habitación. Detrás de este y ocupando la pared del fondo, las estanterías se elevaban dos pisos completos, hasta toda la altura de la casa. Una escalerilla se deslizaba por un raíl que rodeaba toda la habitación, como en una vieja librería, solo que aquí no había libros en las estanterías, solo tarros de cristal. Docenas y docenas de tarros de cristal de todas las formas y tamaños posibles.

—Me siento tan confusa —confesó Ma, paseando su mirada por la habitación.

Pasamos al interior, con Amá aún aferrada a Ma como si temiera por su vida. El aire era dulce y ahumado, algo parecido al persistente aroma del incienso. Una fina capa de polvo lo cubría todo. Dejé mi bolsa sobre el mostrador, caminé hasta la escalerilla y la coloqué delante del muro de tarros de la pared. Planté un pie en el primer peldaño.

—Por favor, ten mucho cuidado, cariño —dijo Amá—. No sé a qué distancia queda el hospital más cercano.

Probé a apoyar mi peso sobre el peldaño. Ma se acercó y me sujetó la escalerilla mientras yo trepaba a mitad de camino. Esta se tambaleó y crujió, y me agarré a la estantería, bajando la vista a Ma.

—Tienes que mantenerla inmóvil —indicó Amá.

—Esta cosa se tambalea como el demonio —resopló Ma. Y plantó un pie junto a la pequeña rueda de la parte baja.

Cuando estuve segura de que tenía la escalerilla firme, me incliné hacia delante y saqué de la balda un gran tarro de cristal con tapa de plata. Leí la raída y descolorida etiqueta: «Gaulteria». La dejé en su sitio y examiné las etiquetas de los otros tarros.

—Canelo. Panicum. Hamamelis.

—¿Hama… qué? —preguntó Amá.

—Hamamelis —dijo Ma—. Viene en líquido. Se puede usar para las hemorroides.

Amá arrugó la nariz.

—¿Cómo dices?

Me reí.

—Pero bueno, no andas muy equivocada. Es un antiinflamatorio natural.

—Está bien. Pero ¿para qué es el panicum? —preguntó Amá.

Me encogí de hombros. No estaba muy segura. Continué subiendo otro peldaño, leyendo las etiquetas a medida que lo hacía. Tomillo. Tradescantia. Orquídea. Mirra. Y así continuaban una tras otra en orden alfabético inverso. Debía de haber más de doscientos tarros, y la mayoría de ellos estaban llenos.

—¿Qué es este lugar? —pregunté. Lo que quiera que fuese, me resultaba familiar.

En lo alto de la escalera me subí a una estrecha plataforma que rodeaba la parte superior de la habitación, permitiendo el acceso a las estanterías más altas. Una robusta barandilla de caoba estaba anclada a la estructura formando una especie de balcón. Me agarré a ella mientras me movía a lo largo de la pasarela para examinar el resto de los tarros. Un indescriptible armario empotrado ocupaba la pared al final de ella. Abrí la puerta. Dentro había tres estanterías, todas alineadas con tarros de cristal, pintados de negro para oscurecer su contenido. Empujé mis gafas hacia el puente de la nariz y tomé un tarro para verlo de cerca.

Raíz de cicuta de agua.

El tarro se me resbaló, pero pude atraparlo antes de que se estampara contra el suelo.

—¿Estás bien? —preguntó Ma.

—Sí —contesté mientras las imágenes de la raíz de cicuta diseccionada volvían a mi mente—. Son solo más plantas secas.

Leí los nombres del resto de tarros para mis adentros mientras el corazón amenazaba con salirse de mi pecho. Hojas de adelfa y tallos, acónito, ageratina, trompetas de ángel, coralillo asiático, manzanilla de la muerte, aceite de ricino.

Eran todos venenos.

Letales.

Agité el tarro. No parecía que hubiera nada dentro, pero tampoco quería correr el riesgo de abrirlo. Mi estómago se revolvió hasta formar un nudo. Cerré el armario y volví a descender con piernas vacilantes.

Ma estaba hurgando en un cajón debajo del mostrador.

—Mirad. Aquí hay etiquetas, bolsas, bramante, al igual que tenemos en la tienda. ¿Acaso la gente que vivía aquí vendía estos productos?

—Es una farmacia —declaró Amá—. Creo. O, si no, algún tipo de dispensario antiguo de medicina natural. Mi abuela solía ir a un lugar parecido cuando yo era pequeña.

Quizá para eso servía la mayor parte de este lugar, para medicinas naturales o infusiones o algo, pero eso no podía ser todo. Alcé la vista hacia el pequeño armario con venenos. Esas plantas ni siquiera podían manejarse con las manos desnudas, y mucho menos ser ingeridas como medicina, no sin sufrir consecuencias fatales. Pasé un dedo por el corte de mi pulgar.

—¿Queréis que comprobemos las habitaciones de arriba? —preguntó Ma.

Asentí, agarré mi bolsa y cerré la pesada puerta al salir.

La pared junto a la escalera que subía a la primera planta estaba alineada con pinturas y fotografías de gente: familias, niños, y un trío de mujeres sonriendo y abrazándose. Me detuve a mirarlas más atentamente. Todas tenían los mismos grandes ojos marrones, y dos de ellas llevaban gafas. Compartían la misma sonrisa dentada, la misma masa de prietos rizos coronando sus cabezas —cada una con distintos largos— y la misma piel marrón reluciendo bajo el sol. Se las veía felices así, cogidas del brazo, delante de esta misma casa. Se parecían a mí.

Amá posó una mano en mi hombro.

—¿Estás bien, cariño?

—Debo de estar emparentada con ellas, ¿no es cierto?

—Eso creo —contestó, acercándose y estudiando la foto—. Son magníficas. Como tú, cariño. —Se volvió hacia mí—. ¿Seguro que estás bien?

—Sí —respondí. Pero de pronto todo me parecía más pesado.

Otras fotografías y obras de arte atestaban el muro. Un enorme cuadro de un perro negro con ojos amarillos colgaba en un marco plateado. En otro más pequeño se veía a un hombre tumbado en el suelo mientras las hiedras crecían de la tierra por encima, retorciéndose como un árbol de forma extraña. Amá me empujó por los últimos escalones.

En la planta alta encontramos otro salón más pequeño y un cuarto para la colada con lavadora y secadora. Mamá casi gritó de emoción al verlo; ya no tendría que aventurarse al maloliente sótano de nuestro edificio para lavar la ropa. Y finalmente había cuatro enormes dormitorios, todos amueblados con grandes camas de dosel con sábanas y cojines a juego. Gigantescos armarios y tocadores estaban dispuestos contra las paredes y cada habitación tenía su propio cuarto de baño. La idea de poder completar mi rutina de aseo diaria sin interrupciones me hizo delirantemente feliz. Allá en el apartamento, Amá siempre parecía estar ansiosa por ir a comprar helado justo en mitad de mi proceso de peinado, a pesar de que ella había sido toda su vida intolerante a la lactosa y de que todas compartíamos un único baño. Quizá mereciera la pena vivir en medio de la nada si a cambio podía tener mi propio cuarto de baño.

Ma descubrió una bañera con patas de garras en el baño del dormitorio más grande, y ella y Amá hicieron todo un baile de alabanza para celebrarlo.

Deambulé hasta entrar en el cuarto junto al suyo y busqué el interruptor. Las bombillas se encendieron con un ritmo irregular, iluminando lentamente la estancia. Incluso cuando alcanzaron su máxima luminosidad, el cuarto estaba demasiado oscuro. Descorrí las pesadas cortinas azul marino, lo que provocó una nube de polvo, y eché un vistazo al resto de la habitación.

Había dos ventanas estrechas, un tocador y un armario a juego, y un arcón cerca de la pared en el que se encontraban pulcramente dobladas mantas y sábanas. Una chimenea ocupaba la pared del fondo, y sobre la repisa de mármol descansaban una docena de tiestos con los restos de unas plantas marchitas.

—Tenéis un aspecto lamentable —declaré mientras removía la tierra con los dedos. Rápidamente cobraron vida, recuperando su verdor y haciendo brotar nuevas hojas. Violetas africanas, geranios color rosa pastel, jazmines y media docena de otras variedades despertaron de su letargo. Un montón de plantas tranquilas, como aquellas que tenía en mi habitación de Brooklyn.

Desbloqueé las ventanas y las abrí de golpe. Una cálida brisa se filtró en la habitación llevándose parte del aire estancado. Traté de vislumbrar más allá de la parte posterior de la casa, pero no conseguí tener una buena vista desde mi habitación. Bajé al vestíbulo y miré a través de la ventana que daba al jardín trasero.

Una gran extensión de césped flanqueaba una densa fila de árboles. Más allá estaba el bosque hasta donde la vista se perdía, con varios senderos serpenteando por él. Algo se revolvió en la boca de mi estómago. Me pareció advertir un sutil movimiento en la inclinación de los árboles. Inmediatamente me aparté de la ventana.

Una rápida serie de media docena de estornudos atravesó el aire. Regresé a la habitación de mis madres y encontré a Amá estornudando sin parar mientras Ma sacudía las cortinas.

—Voy a necesitar mi antihistamínico —dijo Amá—. Y quizá un traje especial para riesgos biológicos.

Me subí de un salto a la cama, y una vaharada de polvo lo envolvió todo. Ella chilló y tiró de su camiseta para ponérsela sobre la cara.

—¿Estás intentando matarme?

Me bajé con cuidado. Sus alergias eran un problema en verano y estar en medio del campo solo iba a empeorarlo.

—¿Qué vamos a hacer con los dormitorios que nos sobran? —pregunté.

—Podemos convertir uno en oficina o algo así —sugirió Ma—. Y el otro dejarlo como habitación de invitados para cuando tu abuela venga a visitarnos.

—Le encantará este lugar —comenté. Quedarnos aquí durante el verano, o quizá más tiempo, me estaba pareciendo cada vez más el movimiento correcto.

—Si es que nos quedamos —añadió Amá—. Aún no hemos llegado tan lejos.

—Tú solo mantén la mente abierta, cielo —dijo Ma.

—Lo intento —contestó ella, pero había un claro matiz de preocupación en su tono.

—Terminemos de hacer la ronda —dije.

Me encaminé hacia la puerta, pero Ma se arrodilló y alzó la vista hacia el tiro de la chimenea. Extendió el brazo y agarró una especie de cadena. Tiró de ella. Esta chirrió mientras se abría. Una pila de hojas putrefactas y un pájaro muerto cayeron de repente.

Amá pareció absolutamente sobrepasada.

—Al menos ahora está despejado —dijo Ma—. Podemos poner algunos troncos ahí dentro y colocar una alfombra de piel de oso. Será muy romántico.

Amá puso los ojos en blanco y se llevó una mano a la cadera.

—No veo nada romántico en tener un pollo asado en la chimenea.

Ma inspeccionó el retorcido montón de plumas.

—Estoy casi segura de que es un cuervo, pero voy a limpiarlo. No te preocupes.

Mientras discutían, volví a salir al vestíbulo para echar un vistazo. Había más fotografías alineadas en las paredes, algunas en color, otras en blanco y negro, y también cuadros que merecían estar colgados en un museo. Al final del pasillo distinguí una estrecha puerta con un tirador de bronce. La abrí y me encontré a los pies de un pequeño tramo de escaleras.

—Hay otra planta —grité.

Amá y Ma se unieron a mí a los pies de la escalera. Una débil luz descendía desde alguna parte más arriba.

—¿Queréis que vaya yo primero? —propuso Ma.

No tuvo que preguntarlo dos veces. Amá y yo nos echamos a un lado para dejarla pasar.

—Por Dios, sí que tenéis sangre fría —comentó, sacudiendo la cabeza. Y empezó a ascender lentamente la escalera. Un instante después nos llamó—. Podéis subir.

CAPÍTULO 6

Subí los peldaños agachando la cabeza para no golpearme con el techo inclinado de la escalera, y emergí en una pequeña habitación bajo una cónica cubierta.

—Estamos en el torreón —dije, mirando a través de la pequeña ventana oval que daba sobre el sendero de entrada.

Una estantería atestada de libros rodeaba la habitación por entero. Había cajas por cada rincón y un puñado de muebles viejos. Varios cuadros colgaban de las paredes, pero a diferencia de los demás, todos representaban a la misma persona: una mujer de resplandeciente piel del más cálido marrón dorado, con cabellos y ojos oscuros. En un retrato enmarcado en oro se la veía sentada ante una mesa en la que estaban diseminados un montón de objetos extraños. Un pequeño fuego ardía en un plato delante de ella mientras vertía el líquido de una copa en las llamas. Al lado del plato había un enorme sapo verde, una concha marina y una cuerda roja enrollada. La mujer estaba mirando hacia mí, con sus gruesos labios separados como si estuviera a punto de decir algo.

—¿Creéis que está emparentada con ellos? —pregunté—. ¿Con Circe y las demás personas que aparecen en los retratos del vestíbulo?

Ma estudió el cuadro.

—Quizá. Se les parece mucho, al igual que tú.

—Creo que deberíamos empezar por trasladar algunos de los trastos fuera de las habitaciones y poner las sábanas en la

70

lavadora para que podamos tener un lugar limpio donde dormir —sugirió Amá.

—Buena idea —dijo Ma. Y se dieron la vuelta para bajar por la escalera.

—Me quedaré un minuto más —indiqué.

Ma asintió y siguió a Amá escaleras abajo. Yo no quería marcharme todavía. No hasta que tuviera la oportunidad de mirar de cerca el otro cuadro de la misteriosa mujer. En él aparecía sentada al lado de un hombre, su mano derecha extendida sobre un pequeño plato color cobre, los ojos fijos en el trabajo. Podía distinguir las pinceladas del pintor en el rojo de su vestido. La mujer daba la impresión de estar absolutamente concentrada en lo que fuera que hubiera en el plato, y el hombre permanecía sentado prestando suma atención, sus ojos marrones muy abiertos, observándola con una mezcla de miedo e intriga.

Miré a mi alrededor intentando imaginar quiénes serían las personas que habían vivido aquí antes, cómo serían. Estaba claro que les encantaban los libros y tenían cierta debilidad por la mujer de los cuadros. Las imaginé de pie donde yo estaba, decidiendo qué libros leer y qué piezas de mobiliario antiguo iban a guardar en la torre. Una oleada de curiosidad como no había sentido desde que era muy pequeña se apoderó de mí.

Busqué el sobre color manila que la señora Redmond me había entregado, lo saqué de mi bolsa y lo abrí. Dentro había un sobre blanco más pequeño. Mi nombre de pila estaba escrito en el anverso. Deslicé un dedo para levantar el sello. En el momento de abrirlo, un grito atravesó el estancado aire del ático.

El corazón se me subió a la garganta. Guardé la carta en mi bolsillo y bajé apresuradamente la escalera mientras el grito volvía a repetirse. La puerta principal estaba abierta. Corrí hasta el porche y salté los cuatro escalones para aterrizar en el agrietado sendero asfaltado de la entrada. No podía ver a Amá ni a Ma por ninguna parte.

Un gemido resonó desde el lateral de la casa. Fui tan rápido que resbalé al doblar la esquina. La punta de mi zapatilla

71

tropezó con una piedra y caí de bruces junto al enorme contenedor verde.

Amá yacía sobre una pila a mi lado, con periódicos desperdigados a su alrededor. Ma, junto al contenedor, estaba doblada en dos riendo histéricamente.

—¡Creo que voy a hacerme pis encima! —declaró.

Amá se levantó. Briznas de hierba y hojas se habían pegado a su pelo. Se las sacudió.

—¡No tiene gracia!

Rodé hasta quedar sentada y me ajusté las gafas. Me dolía la rodilla y tenía el codo raspado. Una fría y hormigueante sensación se expandió por mis palmas y ascendió por mi cuello.

Miré a Amá.

Las hojas que tenía adheridas me resultaron familiares, ¿sería algo que había usado en un ramo? ¿Algún arreglo floral? Miré más de cerca.

—¡Oh, no!

Fue todo lo que pude decir antes de que unas intensas y coloradas manchas brotaran en el rostro y el cuello de Amá, por sus brazos extendidos y las piernas desnudas. Las manchas se convirtieron en abultadas ronchas y la zona alrededor de su ojo izquierdo empezó a hincharse.

Se rascó la piel.

—¿Qué demonios es esto? ¿Por qué me pica todo?

Las dos habíamos caído sobre una maraña de maleza. Los racimos de hojas en grupos de tres se contaban por cientos.

—Es hiedra venenosa —indiqué.

—¡Oh, mierda! —exclamó Ma, súbitamente muy seria. Estiró el brazo para ayudar a Amá.

—¡No, espera! —grité—. No la toques. El veneno se extendería a ti.

Amá se levantó y me miró.

—¿Estás bien? No te veo ninguna roncha.

—Aún no —aclaré rápidamente—. Puede llevar algunos minutos antes de que aparezcan.

Sabía que ya debería estar notando algo.

—¿Y qué hacemos ahora? —preguntó.

—Tenemos que lavarnos —expliqué—. El aceite de la planta es lo que causa la reacción. Debemos quitárnoslo de encima.

La fría sensación de mi piel se disipó mientras las imágenes de la raíz de cicuta diseccionada en mi mesa regresaban a mi cabeza. Esta sensación no se acercaba ni de lejos a aquella.

—Vamos —dijo Amá.

La seguí hasta su habitación. Se metió en el baño y abrió el grifo de la bañera. Ma, mientras tanto, frenética, consultaba en Google los síntomas de Amá, y le preguntaba si le costaba respirar o tragar. No era así, por lo que al menos no tendríamos que ir a urgencias.

—Me voy a mi cuarto de baño a bañarme —anuncié.

—Muy bien —dijo Amá—. Date prisa antes de que la cosa empeore.

Me fui a mi baño y cerré la puerta. Abrí el grifo de la bañera. El agua salió marrón durante unos segundos antes de aclararse. Me quité la blusa y me miré en el espejo de cuerpo entero que había detrás de la puerta. Esperé a que aparecieran las marcas de urticaria.

Me giré y traté de examinarme la espalda: no había nada allí, ni tampoco en la curva de mi vientre donde la camisa se había levantado al caer. No había manchas en mis piernas. La sensación de frío había desaparecido completamente. Quizá se debiera a que la hiedra venenosa era menos tóxica que otras plantas, pero aun así, las ronchas y ampollas ya deberían haber aparecido por todo mi cuerpo. Me senté en el borde de la bañera observando cómo el agua se arremolinaba en el desagüe y sintiendo como si estuviera pasando algo por alto. Algo importante.

—¿Briseis? —llamó Ma desde el otro lado de la puerta.

Cerré el grifo.

—¿Sí?

—Voy a tener que ir al pueblo para comprar alguna loción con calamina para Amá. Está hecha un desastre.

—¿Al pueblo? —Me reí—. Suena muy rural.

—Bueno. Aún nos estamos amoldando. ¿Cuánta calamina crees que vas a necesitar, cariño? ¿Un bote entero?

Me miré de nuevo en el espejo.

—No creo que a mí me haya afectado tanto como a Amá. Estoy bien.

—De acuerdo. Mándame un mensaje si cambias de opinión. Vuelvo enseguida.

Oí cómo se marchaba y cerraba la puerta. Me quité el resto de la ropa sucia, me lavé la rozadura del codo y me puse unas mallas y una camiseta extragrande que había metido en mi bolsa antes de salir de casa. Recorrí de nuevo el pasillo para comprobar cómo estaba Amá. Llamé a su puerta.

—No entres aquí —declaró—. No quiero que me veas así.

Deduje por su tono que solo estaba medio bromeando, así que agarré el picaporte y abrí. Estaba tendida sobre la cama en ropa interior, mirando al techo. Cada centímetro de su piel que no estaba protegido por la camiseta sin mangas o los *shorts* que llevaba cuando cayó estaba cubierto de ronchas.

—Me gustaría rascarme la piel sin parar —comentó.

—No lo hagas —advertí—. Eso lo empeoraría aún más.

—¿Es que puede empeorar más? Genial. —Volvió la cabeza para mirarme—. Tú no te estás rascando. ¿Es que no te ha salido nada?

—Supongo que no —contesté mirando al suelo. Todo un manojo de hojas se me había metido en la boca cuando caí, pero no pensaba contarle nada.

—Qué afortunada —repuso.

—Ma volverá pronto. ¿Qué puedo hacer?

—Nada, cariño —respondió. No pudo aguantar más y se rascó el antebrazo. El alivio se extendió por su rostro—. ¿Por qué no sigues echando un vistazo a la casa? Comprueba que la nevera funciona para que podamos comprar algunos víveres. Pero mándale un mensaje a Ma y dile que traiga comida preparada para esta noche.

Bajé a explorar la cocina. Todo lo que necesitábamos estaba ahí: platos, vasos, vajilla de plata, cazos y sartenes, pero los aparatos parecían tan viejos como la propia casa. Un enorme artilugio negro con un puñado de puertas rectangulares en el frente estaba dispuesto en un pequeño nicho forrado de azulejos en la pared del fondo. Le envié a Ma un mensaje y le pedí que trajera algo de comida cuando volviera.

Mis pensamientos regresaron a la carta que la señora Redmond me había entregado. Saqué la arrugada nota de mi bolsillo y me dirigí al porche delantero. Abrí la carta y leí la letra manuscrita.

Queridísima Briseis:

Espero que cuando recibas esta carta te encuentres bien. Me doy cuenta de lo raro que todo esto te debe parecer, y siento que todo haya acabado en cartas, testamentos y abogados. Debería haberte contado estas cosas cara a cara, pero no pudo ser.

He vivido toda mi vida aquí, en esta misma casa que ahora pretendo dejarte. Fui feliz aquí con Selene. Me resulta irónico que, a pesar de estos dones, no seamos inmunes al sufrimiento.

Hice una pausa.

«Dones».

Espero que hagas de esta casa tu hogar porque no hay nadie más a quien pueda pertenecer este lugar. Es tuyo por derecho. Hay cosas que no puedo explicar totalmente. Selene había confiado en salvarte, pero no podemos escapar de nuestro destino. Esto es lo que tenía que ser.

En la torre, detrás del retrato de Medea, encontrarás una caja fuerte. La combinación es 7-22-99. Allí podrás hallar más respuestas, pero no debes, bajo ninguna circunstancia, compartir el contenido de estas instrucciones con nadie. Tendrás preguntas, pero todo lo que necesites saber está contenido entre estos muros. Seguramente, como puedo imaginar, haya cosas transpirando en tu vida sobre las que tendrás preguntas y tal vez te hayas sentido un tanto apartada. Por favor, debes saber que con el tiempo llegarás a entenderlo todo.

Tuya,
Circe

Volví a guardar la carta en el sobre. Estaba a punto de correr hasta la torre para ver si realmente había una caja fuerte detrás del cuadro cuando un coche apareció por el sendero.

Ma aparcó justo delante de la puerta.

—Necesito que me eches una mano, cariño.

La ayudé a coger dos bandejas con comida para llevar y una bolsa de papel llena de cosas de la farmacia. Dejamos la comida en la encimera de la cocina y los ojos de Ma se posaron en los fogones.

—Fíjate en eso —comentó, sonriendo—. Mi bisabuela tenía una cocina de fogones así cuando yo era pequeña, e incluso entonces ya era más vieja que el demonio. Tienes que prender fuego en la parte del centro para hacer que funcione.

—¿Con leña? —pregunté.

—Sí —asintió—. Eso podría ser divertido. ¿Me haces un favor y empiezas a quitar algunas de las sábanas que cubren los muebles de la habitación delantera para que podamos sentarnos y comer? Había pensado usar la mesa, pero he visto un ratón escabulléndose a través de esos elegantes bultos hace un rato.

—¡Qué asco! —exclamé. La curiosidad sobre lo que pudiera haber en la torre no era tan fuerte como para ahogar los ruidos que mi estómago había empezado a hacer. Estaba hambrienta.

Ma sacó las cosas de la farmacia para llevárselas a Amá y yo fui quitando los paños que cubrían los muebles del salón. Todo parecía como si perteneciera a un castillo en la campiña inglesa, y no a una casa en la parte norte del estado de Nueva York. El sofá y los sillones estaban tapizados a juego con una tela verde esmeralda con begonias amarillas bordadas. Había una mesita auxiliar y una otomana bajo más fundas. Lavé unos platos y tenedores de la cocina y los llevé a la habitación delantera junto con la comida. Conecté mi portátil y puse una película.

Unos pasos en las escaleras atrajeron mi atención. Ma fue la primera en bajar, llevándose un dedo a los labios como señal para que no dijera una palabra. Amá apareció detrás de ella, cubierta de pies a cabeza con loción rosa de calamina, con su brillante gorro rojo colocado a media cabeza. Me reí de todas formas y Ma dejó que sus manos cayeran pesadamente a los lados.

—Lo sé, lo sé —dijo Amá—. Ríete lo que quieras.

Se sentó despacio en el sofá como si estuviera hecha de cristal. Ma la ayudó a colocarse, pero ella no dejó de cambiar de posición cada pocos minutos, jadeando y resoplando porque no conseguía estar cómoda.

—¿Qué era ese pringue que te puso la abuela cuando los mosquitos te machacaron viva el verano pasado? —pregunté.

Amá ladeó la cabeza hacia atrás y suspiró.

—No lo sé, cielo, pero ojalá tuviera un poco ahora mismo.

Saqué mi móvil, y miré la hora.

—¿Crees que es muy tarde para que la llame y se lo pregunte?

—Es un ave nocturna —dijo Amá.

Ma arqueó una ceja.

—«Ave» no es la palabra correcta. ¿Quizá «criatura nocturna»? ¿«Demonio nocturno»?

Amá intentó con todas sus fuerzas no sonreír. Ma y la abuela se querían mucho, pero tenían un modo muy divertido de demostrárselo. La abuela siempre se burlaba de Ma por poner azúcar en sus cereales, y Ma siempre le decía que su peluca estaba torcida. Era una puya tras otra, y luego ambas terminaban en el sofá llorando de risa con los episodios del *Juez Mathis*.

Marqué el número de la abuela, que respondió al segundo tono.

—Hola, mi niña —saludó. Su voz era como una canción familiar, el fuerte acento del sur sonaba muy meloso—. ¿Qué tal va todo por ahí arriba, mi niña? Tu madre me dijo que ibais a pasar el verano en un sitio llamado Rhinebeck.

Me levanté y caminé hasta el vestíbulo.

—Sí, abuela. Aquí estamos. Pero Amá se ha caído en unas matas de hiedra venenosa.

—¿Que ha hecho qué? —Soltó una profunda y cavernosa risa.

—Abuela, está muy fastidiada. Iba vestida con *shorts* y una camiseta sin mangas. Tiene ronchas y ampollas por todas partes. Ma le ha comprado una loción de calamina, pero aún está dolorida.

—La loción de calamina no va a hacerle nada, mi niña.

—¿Puedes decirme lo que le diste el verano pasado? ¿Esa cosa para la mordedura de bichos?

—Lo hice yo misma. Un poco de esto, un poco de lo otro.

Eché un vistazo hacia la botica.

—Tengo un puñado de hierbas y esas cosas por aquí. Si me lo dices, podría hacerlo yo.

—Mmm —farfulló—. ¿Sabes qué?, tu tía Leti fue siempre muy buena mezclando ungüentos, bálsamos y esas cosas. Tu madre lo intentó, Dios la bendiga, pero nunca consiguió pillarle el truco. ¿Tienes pensado hacer algo tú misma?

—Quizá —contesté sincera.

—Necesitas encontrar un cacharro algo grande para meterlo todo.

Me dirigí a la botica mientras ponía el móvil en altavoz. Encontré un gran cuenco de cristal en la estantería y lo dejé sobre el mostrador.

—Lo tengo —dije.

—Mi niña, no vas a tener todas las cosas que necesitas.

—Es posible —contesté, alzando la vista a la pared con los tarros—. Lo apuntaré si no lo tengo.

—Necesitas flores de caléndula, un poco de aceite de jojoba, sal, aceite de lavanda y algo de barro.

Empujé la escalerilla a un lado y encontré los tarros con todo lo que había mencionado. Había dos tarros grandes con la etiqueta «Barro». Abrí las tapas y eché un vistazo al interior.

—Abuela, ¿se supone que el barro tiene aspecto de polvo?

—Sí, nenita —dijo—. Necesitas algo que tenga color a arena y huela como la tierra después de la lluvia. ¿Lo tienes, nenita?

Uno de los tarros estaba lleno de un polvo marrón claro que olía a humedad y a tierra. Tendría que ser ese.

—Ya lo tengo, abuela.

—¿En serio? —inquirió, con tono de sorpresa—. ¿Dónde os habéis metido para que hayas encontrado todo lo que necesitas delante de ti?

—Es una vieja casa —expliqué—. Pero hay una tienda con toda clase de productos naturales aquí.

Soltó un bufido.

—Espera a que se lo cuente a tu tía. Viajará en el primer avión para haceros una visita.

Recolecté los otros ingredientes que había mencionado.

—¿Cuánta cantidad debo usar?

—Ve añadiendo un poco cada vez. Sabrás cuándo debes parar.

Me reí. Así es como lo hacía todo, a sentimiento, por instinto.

—Cuando lo tengas todo, mézclalo en el cuenco. Usa tus manos para removerlo, no una cuchara u otra cosa parecida.

—¿Debo usar mis manos?

Se rio.

—No se puede hacer de otra forma. Estas preparando un bálsamo para alguien que quieres, para curarla. Tienes que hacerlo con las manos desnudas y con todo tu corazón. ¿Entendido?

No necesitaba entenderlo del todo para saber que tenía razón. Si así era como ella lo haría, seguiría sus palabras.

—Está bien.

—Tengo que colgar, nenita —dijo—. Dile a tu madre que ponga su trasero en otra parte, y a Ma que te he dicho que el *Juez Mathis* se traslada a las once de la mañana.

—Lo haré —aseguré.

—Tú cuídate. Y ándate con ojo. He soñado con Mamá Lois. Solo aparece cuando va a haber algún problema. No estará pasando nada raro por allí, ¿verdad?

Mi corazón se aceleró. Mamá Lois era la abuela de la abuela, y llevaba muerta desde mucho antes de que yo naciera. Cuando la abuela soñaba con ella, eso significaba que algo iba mal.

—Aún no, pero supongo que ya lo descubriremos.

Hubo una larga pausa.

—Te quiero, nenita. Llámame el fin de semana, ¿vale?

—Lo haré. Yo también te quiero.

Colgué y terminé de mezclar las hierbas y aceites en el cuenco, con mis manos desnudas. Añadí los ingredientes hasta que formaron una pasta pegajosa que se parecía al espeso emplasto que mi abuela había preparado para mi madre el verano pasado. Al hundir mis dedos en él, el calor afloró a mis palmas. La caléndula seca pasó del marrón al amarillo brillante y el intenso aroma terroso de los pétalos se elevó.

Mi abuela tenía razón. Todo se había integrado y algo en mis entrañas me dijo que estaba listo.

Me lavé las manos y llevé el cuenco adonde estaba Amá.

—¡Aquí está! —dijo excitada—. ¡Cielo, lo has conseguido! —Se volvió hacia Ma—. Cariño, trae un pincel. Estás a punto de pintar cada centímetro de mi cuerpo con esto.

Amá me besó y se llevó el cuenco consigo mientras subía la escalera. Ma tenía cara de querer ponerse a gritar.

—Supongo que estaré ahí arriba, pintando a tu madre —declaró.

—Ese es tu trabajo —dije riendo.

—¿Te vas a quedar despierta, cielo?

—Sí, al menos un rato —contesté.

Me abrazó y se marchó arriba murmurando algo sobre que no tenía un pincel.

Quité el volumen a mi portátil. Tan pronto como escuché su puerta cerrarse, me deslicé escaleras arriba, pasando por delante de los retratos y pinturas, que parecían cobrar vida en la oscuridad. Los enormes ojos amarillos del perro me seguían mientras caminaba a toda prisa. Me dirigí a la torre con un millón de preguntas dando vueltas en mi mente. ¿Habría realmente una caja fuerte allí, detrás del cuadro? ¿Qué podría haber dentro para necesitar esa clase de secreto?

Una única bombilla iluminaba el abarrotado espacio ahora que el sol se había puesto, y el retrato de la mujer que Circe había llamado Medea y que colgaba de la pared me pareció más amenazador que a la luz del día. Su expresión era seria, quizá incluso enfadada, y sus ojos eran puro acero, pintados de una forma que me hizo sentir como si me estuviera mirando sin importar el lugar donde me pusiera. Solté el cuadro del clavo del que colgaba y lo dejé en el suelo. Detrás había una caja fuerte plateada de pared con una cerradura de combinación.

Giré la rueda. Derecha, izquierda, derecha. 7-22-99.

Se abrió.

—Por favor, que sea un millón de dólares —dije para mis adentros.

Una sola carpeta descansaba en el interior. No era demasiado gruesa para tener un millón de dólares dentro. Me sentí decepcionada. La saqué y me senté en una mecedora bajo la bombilla para poder ver mejor.

Había tres sobres en el interior. Cada uno tenía mi nombre, y estaban numerados del uno al tres. Era la misma caligrafía de la carta que la señora Redmond me había entregado. Estaba claro que esta mujer, la hermana de mi madre biológica, quería comunicarse conmigo, pero vacilé. Circe era una extraña. No conocía mi color favorito, ni mi comida preferida, ni que no podía dormir si llevaba los calcetines puestos. No sabía nada sobre mí y yo tampoco sabía de su existencia hasta hacía unos pocos días. La casa iba a ayudar a mi familia, pero estas cartas, lo que quiera que fueran, me parecían una carga que no quería tener.

Volví a meter los sobres en la caja fuerte y a colgar el cuadro. Cuando estiré el brazo para apagar la luz, algo fuera de la ventana captó mi atención.

Había alguien de pie en la oscuridad, mirando a la casa.

Me acerqué a la ventana para poder verlo mejor. Era una mujer joven con una corona de pelo gris plateado, que se mecía al viento de forma que parecía que su cabeza estaba rodeada por una luminosa nube. Tuve que parpadear varias veces para asegurarme de que estaba realmente allí.

Ella me miró a los ojos como si supiera que estaba ahí de pie, mirándola desde arriba. Sonrió, y yo bajé corriendo para decirles a mis madres que había una extraña en el sendero de entrada.

CAPÍTULO 7

Llamé a la puerta de mis madres.

—Pasa —dijo Amá.

Asomé la cabeza.

—Hay alguien ahí fuera.

—¿Qué? —exclamó Ma desde el baño—. Es casi medianoche.

—Lo sé, pero está plantada en el sendero de entrada. La he visto desde la ventana de arriba.

Ma apareció como una exhalación desde el baño llevando camiseta y unos pantaloncitos de dormir.

Amá dio un salto y sacó su pistola paralizante del bolso. Apretó un botón y una descarga de electricidad estática atravesó el aire con un ruidoso chasquido.

—No estoy para juegos. Métete en el ropero.

—¡Amá! No pienso meterme en ningún sitio.

Me di la vuelta rápidamente y seguí a Ma escaleras abajo antes de que Amá me obligara a esconderme. Ma se acercó a la ventana que estaba junto a la puerta principal y miró afuera. Estiró el brazo para girar el pomo de la puerta.

—¿Qué demonios estás haciendo? —preguntó Amá, que llegó corriendo por detrás de nosotras.

—Estoy viendo a alguien —dijo Ma.

—¿Y por eso pensabas abrir la puerta? —preguntó Amá, mirando a través de la ventana a su lado—. Investigar a la gente rara en el sendero de entrada puede hacer que acabes con el culo en rodajas, Angie. Ya has visto la serie *Us*. Sé sensata.

—Puede estar herida o algo así —replicó Ma. Descorrió el cerrojo de la puerta y la abrió poco más de un palmo—. ¿Puedo ayudarla?

No escuché una respuesta.

Amá suspiró.

—«¿Puedo ayudarla?». ¿En serio, Angie? —Pasó delante de Ma y abrió la puerta del todo. Volvió a apretar el botón de su pistola paralizante—. ¡Está en una propiedad privada! —gritó—. Nunca se ha topado con alguien como yo… —Se calló de golpe.

—¿Qué pasa? —pregunté ansiosa—. ¿Qué sucede?

Amá salió al porche, con su pistola chasqueando en la oscuridad.

—Aquí no hay nadie.

—¿Cómo? No puede ser —dijo Ma, apresurándose al exterior—. Yo he visto a alguien. —Rápidamente arrastró a Amá al interior y cerró la puerta, echando el cerrojo—. Quizá deberíamos llamar a la policía.

Amá negó con la cabeza.

—¿De verdad queremos hacer eso? ¿Necesitamos hacerlo? Hemos visto toda clase de cosas raras allá en Brooklyn. —Sostuvo en alto su pistola—. Yo puedo manejar esto.

—Somos nuevas aquí —le recordó Ma—. No tenemos ni idea de qué clase de gente rara hay por esta zona. Puede no ser nada de lo que preocuparse, o serlo todo.

Una de las veces en que de hecho vi a Ma llamar a la poli fue justo después de que presenciara cómo un coche se salía de la calzada y atropellaba a un tipo en la acera. Estaba intentando pedir una ambulancia, pero los polis aparecieron poniendo las cosas mucho peor de lo que era necesario. Por eso evitaba llamarles a menos que fuera imprescindible.

—Estaba allí, y luego se fue —dijo Amá—. Desaparecida.

—La gente no desaparece, Thandie —Ma se sentó en el sofá, masajeándose las sienes—. Yo vi a alguien y también lo hizo

Bri. Quizá se fue corriendo cuando saliste de la casa gritando como un alma en pena.

—No estaba gritando —protestó Amá. Y me miró—. ¿Estaba gritando?

—Define «gritando» —repliqué—. Probablemente fue tu aspecto lo que la asustó.

Estaba cubierta de pies a cabeza del bálsamo que le había preparado. Sus feas zapatillas de cuero con los talones aplastados se resbalaban de sus pies mientras se movía alrededor del vestíbulo. El flácido gorro rojo ponía la guinda al aterrador conjunto. Amá bajó la vista a su aspecto, hizo una pausa, y luego se encogió de hombros como si supiera que tenía razón.

—Está bien. Quizá la he asustado, pero ¿acaso era una velocista? Porque ya no hay ni rastro de ella.

Encontré en Google un número de la comisaría de Rhinebeck que no era para urgencias y le pasé mi móvil a Ma. Esperamos casi una hora antes de que llamaran a la puerta.

Ma se levantó para abrir, y yo agarré la pila de papeles que la señora Redmond nos había dejado para mostrar que teníamos derecho a estar allí. Amá dejó a un lado su pistola, y luego empezó a pasear de un lado a otro.

Ma hizo entrar a una mujer alta. No vestía uniforme, pero tenía una placa de identificación que colgaba de una cinta alrededor de su cuello. Iba bien arreglada —pantalones negros, camisa abrochada y una bléiser— y llevaba un *walkie-talkie* enganchado a su cinturón.

—Soy la doctora Khadijah Grant. Dirijo la Oficina de Seguridad Pública aquí en Rhinebeck. ¿Qué tal están esta noche?

—Cuando se fijó en Amá tuvo que retirar su sonrisa.

—Hemos estado mejor —contestó Ma—. ¿La Oficina de Seguridad Pública? ¿Así que no es oficial de policía?

—No, señora —contestó la doctora Grant amablemente—. Soy trabajadora social licenciada, y mi departamento se ocupa de los incidentes que nos llegan por las líneas que no son de emergencia.

—Tengo una pistola paralizante —avisó Amá, señalando la mesita auxiliar—. Solo para que lo sepa.

La doctora Grant la miró sonriendo como una máscara. Probablemente la utilizaba para tranquilizar a la gente mientras observaba todo a su alrededor. Ya había advertido la pistola.

—Mientras no intente usarla conmigo, no debería ser un problema.

—No pensaba hacerlo —contestó Amá—. Pero me alegro de tenerla. Les ha llevado un buen rato llegar hasta aquí.

—Les pido disculpas —dijo la doctora Grant—. Hemos empezado a desmantelar recientemente el departamento de policía local. Varios oficiales han demostrado ser más un problema que un beneficio para los residentes de por aquí. En consecuencia, hemos reducido el número de agentes del cuerpo y remitido los fondos a programas que sirvan mejor a la comunidad. Mi departamento actúa como parachoques entre lo que queda de la policía y la comunidad para garantizar la seguridad de todos.

—Bueno, maldita sea —dijo Amá—. Parece como si todos estuvieran más adelantados aquí, en el campo.

—Eso es lo que me gusta pensar —replicó la doctora Grant—. Hace tiempo que nadie vivía en esta dirección, así que no tenemos personal que patrulle con regularidad hasta este lugar. Me aseguraré de añadir una patrulla entrenada de la comunidad a esta ruta. Tiene mi palabra. —Su expresión se tornó preocupada—. En el comunicado decían que habían tenido un merodeador…

—Sí —contestó Ma—. Había alguien de pie en el sendero. Desapareció cuando abrimos la puerta.

—¿Y qué aspecto tenía esa persona? —preguntó la doctora Grant.

—No pude verla bien —indicó Ma—. La vi a través de la ventana, pero parecía aproximadamente de mi altura, alrededor de metro setenta y cinco, quizá.

—Briseis la vio —indicó Amá.

La doctora Grant, que estaba tomando notas en una pequeña libreta, se detuvo abruptamente. No levantó la vista, pero su bolígrafo dejó de moverse.

—¿Y qué es lo que viste, Briseis? —preguntó, con la mirada aún baja.

—Estaba oscuro —expliqué—. Era una chica. Quizá. No estoy segura, pero alguien estaba definitivamente ahí fuera.

Sabía lo que había visto pero me encontré ocultando los detalles.

La doctora Grant sacó el *walkie-talkie* de su cinturón.

—Necesito que una patrulla de la comunidad barra el exterior del 307 de Old Post Road. —Volvió a enfundarlo y caminó hasta la puerta principal.

—No es probable que se esté escondiendo ahí fuera, ¿verdad? —pregunté.

—Espero que no —repuso Ma, mirando a Amá—. Por su bien.

Amá resopló.

Unos minutos más tarde, un coche con la pegatina de Rhinebeck Seguridad Pública en las puertas apareció y de él salieron dos hombres. Cada uno se dirigió a un lado opuesto de la casa con sus linternas encendidas, proyectando largas columnas de luz en la oscuridad. La doctora Grant abrió la puerta y, cuando terminaron de darse una vuelta, se acercaron.

—Hemos hecho un barrido rápido —comentó uno de ellos mientras seguíamos a la doctora hasta el porche—. Pero la propiedad es enorme. ¿La han comprado ustedes recientemente?

—Se la han dejado a mi hija en herencia —contestó Ma—. Hemos venido a pasar el verano para echar un vistazo al lugar.

La doctora Grant se volvió hacia mí y advertí preocupación en sus ojos.

—He vivido en Rhinebeck toda mi vida. Cuando empecé con mi gabinete, establecí contacto con la gente de la policía. Solían recibir toda clase de llamadas sobre este lugar, pero ha estado muy tranquilo desde hace casi diez años. No hemos recibido una sola llamada de aquí…, hasta hoy. Cuando vi el aviso con la dirección, pensé que se trataba de un error.

—Esperemos que esto no se convierta en algo periódico —dijo Amá—. No me gusta jugar cuando se trata de la seguridad de mi esposa o mi hija.

La doctora Grant asintió.

—Lo entiendo.

—¿Saben alguna cosa sobre la gente que vivió aquí antes? —pregunté. Ella se movió de donde estaba.

—Eran una familia bastante retraída. Rhinebeck es una población pequeña. A la gente le gusta hablar. Un puñado de tonterías, si quieren saber mi opinión, pero como he dicho, siempre había quejas sobre personas extrañas yendo y viniendo.

—¿Personas extrañas? —repetí. Su tono parecía un eco de lo que la señora Redmond nos había dicho antes de que dejáramos Brooklyn: «personajes llamativos». Aquello no me gustó demasiado.

—Rhinebeck es una comunidad dentro de una comunidad —explicó midiendo sus palabras—. Aparte de los turistas, hay toda clase de gente por aquí. Artistas, famosos, personas que solo intentan ganarse la vida… —Se detuvo cuando estaba a punto de decir algo más—. Estoy segura de que solo se trata de algún gamberro de por aquí. Probablemente pensaría que el lugar aún seguía vacío. Yo al menos así lo creía.

—Pues ya no está vacío —dijo Amá.

—No, señora. Y me aseguraré de que la policía y los bomberos lo sepan para que no haya más confusión.

—¿Entonces todo está despejado ahí fuera? —preguntó Ma.

—Eso creo —dijo la doctora Grant—. Daré un paseo alrededor del perímetro antes de irme. Sugiero que comprueben que todo está bien cerrado. Las llamaré por la mañana para asegurarme, si les parece bien.

—No es necesario —contestó Ma—. Pero le agradecemos el ofrecimiento.

La doctora Grant le tendió a Ma su tarjeta.

—Si tienen algún problema, cualquier cosa, llamen a este número para localizarme directamente. Vendré enseguida. Rhinebeck es único, y no me gustaría que tuvieran que marcharse antes de haber tenido la oportunidad de establecerse. Espero que les guste estar aquí.

Después de que se marchara, recorrimos cada habitación de la casa y nos aseguramos de que todas las puertas y ventanas estuvieran cerradas. La casa parecía más siniestra a medida que avanzaba la noche. Los rincones oscuros, más profundos; los pasillos, más largos. Cogí una manta y me hice un ovillo a los pies de la cama de mis madres, intentando fingir que todo estaba bien. Ma dijo que estaba bien. Incluso Amá intentó decirme que estaba bien, aunque no paraba de mirar hacia la ventana y había dejado su pistola en la mesilla para poder tenerla a mano.

Extraños en el sendero de entrada; una casa que era mía y, a la vez, no era mía; mis amigos allá en la ciudad probablemente sin pensar en absoluto en mí; una mujer muerta pensando en mí hasta tal punto que me había dejado su casa y todo lo que la rodeaba.

No todo estaba bien.

❧

En cuanto el sol iluminó la habitación a través de una ranura en las cortinas, Amá se levantó y se dio una ducha durante casi media hora tratando de aliviar el picor de su piel. Yo aún seguía sin rastro de sarpullidos. Ma se marchó para comprar el desayuno y regresó con bollos, fruta y café, que tomamos en el salón delantero.

La luz de la mañana y el delicioso desayuno habían evaporado la incómoda sensación de la noche anterior. Amá aún seguía inquieta, pero había dejado la pistola a un lado, lo que era una buena señal.

—Propongo que empecemos a limpiar por arriba hasta que lleguemos a la planta baja —dijo Ma—. Podemos utilizar el

89

contenedor que está en el lateral de la casa. Tiene un número en él. Llamaré para ver si pueden venir a recogerlo cuando esté lleno.

Yo hubiera preferido un plan que implicara siesta, Netflix y quizá pedir una *pizza,* pero eso hubiera sido demasiado fácil. Nos abrimos paso hasta la torre cargadas con bolsas de basura y cajas vacías que habíamos encontrado en la planta baja. Evité mirar el cuadro de la pared. No quería preocuparme por el contenido de las cartas de la caja fuerte.

Llenamos una bolsa tras otra de viejos periódicos y revistas. Organicé los tiestos vacíos de plantas en pilas y barrí el polvo y los excrementos de ratones. Ayudé a Ma a sacar una silla rota y luego volví mi atención hacia las estanterías con libros.

Saqué de las baldas libros de poemas e historias de nombres como Eurípides, Eumelus y Pausanias. Cada uno de los tomos estaba desgastado, sus páginas con las esquinas dobladas y con notas a lápiz en los márgenes. Les quité el polvo y reorganicé la librería por orden alfabético.

—Creo que Circe sentía cierta atracción por la mitología griega —comenté.

Amá sacó un ejemplar de *La metamorfosis.*

—Recuerdo haber leído algo en la universidad —dijo—. Aunque no se me quedó grabado. Sin embargo, sí me acuerdo del mito de Orfeo.

—Haber visto *Hadestown* no cuenta como conocer el mito de Orfeo —replicó Ma.

Amá se llevó una mano a la cadera.

—Pagué cien dólares por barba por esos asientos. Sí que cuenta.

—Echad un vistazo a esto. —Ma retiró un trapo color *beige* de lo que pensaba era otra pila de cajas, pero debajo había un libro del tamaño de un póster, descansando sobre un pedestal de la altura de mi cadera. Ma estudió sus proporciones—. Este mamotreto debe de pesar casi veinticinco kilos.

Agarré un trapo y quité el polvo de la tapa de cuero donde el título había sido impreso en letras carmesíes: *Venenum Hortus.*

—¿Latín? —preguntó Amá.

—*Venenum* es veneno —dije en un susurro. Bajo las mangas de mi blusa sentí la piel de gallina. Un cosquilleo en mi tobillo atrajo mi atención al suelo. Una de las macetas no estaba vacía, después de todo. Algo que no reconocí al principio rodeaba mi pierna, pasando del marrón al verde mientras pequeñas hojas con forma de concha de tortuga y finas venas blancas entrecruzando su superficie afloraban por docenas.

—*Peperomia prostrata* —declaré.

—No quedaba nada de esa cosa —dijo Amá con voz tensa—. Esos tiestos estaban vacíos. No había más que polvo dentro. Nunca… nunca te había visto hacer crecer algo que estaba tan muerto.

Intenté pensar en algún momento en que hubiera hecho algo así, ya fuera a propósito o por accidente, pero tenía razón. Nunca había devuelto una planta a la vida a partir de sus polvorientos y decadentes restos. Evitando su mirada de preocupación, desenredé suavemente sus tallos de mi pierna, volví a empujar el tiesto contra la pared y concentré mi atención en el gigantesco libro.

—Las plantas están clasificadas en latín —indiqué—. Así que esa parte la reconozco. Creo que la otra palabra es… —Saqué mi móvil y busqué en internet la palabra *hortus*. Quería estar segura—. *Hortus* significa «jardín». Es «jardín venenoso».

Nos apiñamos alrededor del libro mientras Ma abría la tapa. Las costuras crujieron como unos nudillos doloridos. La primera página era una hoja de papel semitransparente. A través de ella pude distinguir el contorno de una planta. Ma descubrió suavemente el dibujo que había debajo. Los detalles eran agudos, los colores vívidos, como una fotografía. El único indicio de que estaba pintada a mano eran los trazos del lápiz donde el artista había pintado sobre su boceto.

—Es precioso —dijo Amá.

No necesité leer la inscripción en latín para saber lo que era. Las flores blancas como sombrillas lo decían todo. Era la misma planta que había cultivado en el parque Prospect. La misma planta que debería haberme matado. *Cicuta douglasii*, cicuta de agua. Respiré hondo, apartando los recuerdos de lo sucedido en mi habitación con la planta, o más exactamente, de lo que no había sucedido.

Ma pasó las páginas, revelando nuevos dibujos primorosamente detallados de cada planta venenosa que conocía y de algunas que no. Reconocí los aterciopelados pétalos rosas de la adelfa y las bolitas blancas con su pupila ennegrecida de la actaea, ambas capaces de detener el corazón en menos tiempo que la cicuta. Pero había una enredadera con zarcillos negros como un cielo nocturno, salpicada con hojas índigo y cientos y cientos de espinas color sangre que nunca había visto. La clasificación en latín la definía como *Vitis spicula*, pero el nombre común era garra del diablo.

—Esta no me gusta —dijo Ma bajito, sacudiendo la cabeza—. No, señora. Sigamos adelante y pasemos página.

Lo hizo con tanta fuerza que el pedestal se tambaleó.

Había corchetes al lado de los dibujos que etiquetaban las partes con intrincado detalle. Había medidas y dibujos que despiezaban las plantas desde su superficie a su interior. Todo con sus correspondientes diagramas, desde los minúsculos apéndices, pequeñas coberturas de estructura similar al pelo de algunas plantas, a las puntas de cada hoja, cada vena, cada nudo.

Al pie de cada página, dividida por una gruesa línea negra, estaban las instrucciones detalladas para el cuidado y cultivo de las plantas, impresas en perfecta caligrafía. Explicaban cuánto sol, sombra y agua necesitaba cada una, qué tipo de tierra y cuándo había que cosecharla.

Pero había algo más, algo que normalmente no se veía en los libros sobre el cuidado y el cultivo de plantas: un pequeño recuadro titulado «Usos mágicos». Era diferente para cada planta. En la dedalera, por ejemplo, el párrafo decía: «Para protección, usar tinte para crear una equis en el suelo de una morada». En la ipomoea: «Colocar las semillas bajo la almohada para evitar pesadillas; la raíz puede ser un sustituto de John el Conquistador».

—Usos mágicos, ¿no? —preguntó Ma.

Tenía una vaga idea de lo que eso podía significar. Muchas plantas tenían usos medicinales, como el bálsamo para el que mi abuela me había dado instrucciones, pero no sabía cómo funcionaba eso cuando se trataba de plantas venenosas.

Cuando llegamos a la última página, Amá jadeó.

—Un momento —dijo—. ¿Qué es eso?

En la parte superior de la página estaba el nombre *Absyrtus Cor*. El vibrante dibujo de la planta era la cosa más extraña que había visto nunca. Tenía gruesos tallos como sogas y penachos de hojas negras, pero la parte superior de la planta recordaba anatómicamente a un perfecto corazón humano completo, con sus válvulas, lóbulos y lo que parecían venas discurriendo a través de su carnosa superficie rosa. En la esquina derecha inferior de la página estaba el nombre del artista en tinta negra. Ma pasó el dedo sobre él.

—Briseis, cariño —dijo Amá al mirar el libro—. Creo que tu madre biológica dibujó esto.

Me quedé mirando el nombre. La redondeada mayúscula de la S, cuya curva era más fina, como si la pluma se hubiera salido de la superficie del papel durante una fracción de segundo. Amá pasó el brazo alrededor de mi hombro y sentí un nervioso aleteo en mi estómago.

—Sé que llegamos aquí a toda prisa —comentó con voz baja y controlada. Era su forma de hablar cuando estaba seria, y necesitaba que yo prestara atención a lo que estaba diciendo—. Quizá no lo meditamos adecuadamente. —Intercambió una mirada de preocupación con Ma—. Esto es mucho para digerirlo de golpe. La casa, el pueblo, y ahora estos indicios de la gente que dejó esto para ti. Si te resulta demasiado incómodo, si estás volviendo a planteártelo, hacemos las maletas y nos marchamos. Sin hacer preguntas.

Pasé mi mano por el dibujo, sobre el nombre de Selene.

—Dices eso, pero la renta seguirá subiendo en septiembre, y aún tenemos facturas por la tienda y…

—No —interrumpió Ma. Ella también había cambiado a un tono de voz más serio—. No nos quedaremos aquí si esto te está haciendo daño, ¿lo entiendes? Nada que tenga que ver con nuestras facturas lo merece. Conseguiremos que funcione, con o sin este lugar. No te atrevas a ignorar tus sentimientos en este sentido.

—Estoy bien. —No era toda la verdad. No quería regresar a Brooklyn y enfrentarme a todo lo que había dejado atrás, pero estar aquí me estaba resultando abrumador y más complicado de lo que había imaginado. Selene estaba siempre al fondo de mi mente, pero ahora era más real, más presente—. Hay mucho que pensar, pero estoy bien. En serio.

—¿Estás segura? —insistió Ma.

—Una palabra tuya —dijo Amá— y nos iremos.

—No —repetí—. Estoy bien. Lo prometo.

Ma me dio un fuerte abrazo. Se le daba bien interpretar la expresión de la gente y supo que necesitaba estar un minuto a solas.

—Creo que vamos a tomar un poco de ese café. —Tiró de Amá para llevársela escaleras abajo mientras yo me quedaba atrás.

No podía apartar la vista del dibujo del Absyrtus Cor. Las hojas negras y los tallos color sangre, los rosados lóbulos de la parte superior, las azuladas estructuras como venas de su superficie. Selene debió de dedicarle mucho tiempo al dibujo. Cualquier otra planta del libro era letal. Esta lo habría sido también, a juzgar únicamente por su color, pero estaba segura de que no existía en la naturaleza. Era demasiado rara. La habría visto en otros libros. Alguien la habría mencionado en alguna revista científica o artículo. Quizá la conjuró partiendo de su imaginación.

Miré hacia el cuadro de la pared. La mujer, Medea, me devolvió la mirada, como si me estuviera desafiando a abrir la caja fuerte y ver lo que había en el interior. Sentí un pellizco de culpa. Si quería ser sincera, deseaba conocer más cosas, pero me preocupaba que eso significara estar siendo desleal a Amá y a Ma.

Sacudí la cabeza. Estaba dándole demasiadas vueltas. Tenía una oportunidad aquí, en esta aislada casa en medio de ninguna parte, para hacer algo que nunca me había atrevido a hacer, para dar rienda suelta a mis habilidades. Miré el tiesto con la *Peperomia prostrata*. Esta se volvió hacia mí, y en lugar de intentar con todas mis fuerzas fingir que no estaba pasando, respiré hondo y dejé que mis hombros se relajaran.

La planta triplicó el largo de sus tallos, volcó su tiesto y se estiró hacia mí. Dejé que se enroscara alrededor de mi pierna y rocé con cuidado sus suaves hojas. Sentí una especie de calma, de pertenencia. Circe sabía algo sobre mi poder, y decidí, en ese mismo instante, descubrir hasta qué punto. Descolgué el cuadro de Medea y me rendí a una curiosidad que no me había abandonado desde que la señora Redmond apareció en nuestro umbral. Giré la rueda de la caja, saqué las cartas y abrí la primera de ellas.

CAPÍTULO 8

El sobre marcado con el número uno contenía un intrincado mapa dibujado a mano, no una carta. Una única frase estaba garabateada en la parte inferior:

Sigue el mapa y abre el segundo sobre cuando llegues a la verja.

Pegada con celo en una de las esquinas había una llave de aspecto antiguo. Tiré de ella suavemente y la sostuve en mi mano. Mi mente se llenó de preguntas sobre el secreto de Circe y a dónde me llevaría este. Las dejé crecer y ramificarse en un centenar de nuevas posibilidades. Esta mujer debía de saber algo sobre mí, pero ¿por qué no decírmelo directamente, ya que tanto parecía gustarle escribir cartas? Tenía que haber una razón para que no pudiera confesar claramente lo que quería, y una nueva curiosidad se apoderó de mí mientras reflexionaba sobre cuál podía ser esa razón.

Cerré la caja fuerte y volví a colgar el cuadro. Tuve que desenredar los tallos de alrededor de mi pierna y enderecé el tiesto. Metí las otras cartas en mi bolsa y añadí la nueva llave a la anilla con las otras dos que la señora Redmond me había entregado.

Salí corriendo de mi habitación y me topé directamente con Ma, que se echó hacia atrás, sorprendida.

—¿Te persigue alguien? —preguntó.

Me ajusté las gafas y contesté:

—No. Voy a echar un vistazo al exterior.

—Ah, vale. Esta propiedad es lo bastante grande como para perderse por ella, así que no te alejes demasiado. ¿Llevas tu teléfono? ¿Quieres coger la pistola de Amá?

—Llevo el teléfono. Y no necesito la pistola disuasoria. Tengo mi espray de pimienta.

—Esa es mi chica —dijo Ma. Entornó los ojos mirándome—. Ahí afuera hay un montón de espacio abierto, nunca antes has estado en el campo. Estamos muy lejos de la ciudad, de otras personas… —Se quedó callada.

Miré al suelo. ¿Acaso iba a pedirme que extremase las precauciones? Deslizó una mano bajo mi barbilla y mis ojos se quedaron a la altura de los suyos.

—Libérate. Ten cuidado, pero no demasiado. Este es el lugar perfecto para que bajes la guardia.

Era un permiso que no sabía que necesitara. La agarré y le di un fuerte abrazo antes de ponerme los zapatos y salir dando un rodeo hasta la parte trasera de la casa.

Una amplia explanada de hierba medio seca que parecía no haber sido segada en años se extendía hasta muy lejos de la casa. Saqué el mapa. Una línea roja marcaba el sendero por el que Circe quería que fuera, justo por el centro del jardín trasero. Di unos pasos tentativos por la hierba que me llegaba a la altura de las rodillas. Esta se inclinó hacia mí mientras me adentraba, abriendo una vibrante franja verde en medio del marrón.

A medida que me aproximaba a la línea de árboles, una serie de gemidos atravesaron el aire. Los árboles se retorcían sobre sí mismos. Habían advertido mi presencia.

«Libérate».

Eso es lo que Ma me había dicho. Deseaba poder bajar la guardia, pero desconfiaba de que mis poderes no hicieran algo terrible, así que volví a centrarme en el mapa. Pude oír a los árboles enderezarse cuando mi mente pensó en otra cosa.

Tres senderos llevaban a la espesura, pero el mapa decía que debería seguir un cuarto sendero. Lo giré entre mis manos y en ese momento estuve segura de haber adquirido las mismas habilidades de Ma como lectora de mapas.

Después de estudiarlo detenidamente, advertí una leve depresión que marcaba el terreno donde en su día debió de haber estado el otro sendero, que ahora estaba totalmente cubierto de vegetación. Cientos de aristolochias se habían entreverado hasta oscurecer el camino. Hojas más pequeñas con forma de cuchilla y bordes serrados —ortigas— se habían entrelazado a su vez con ellas, formando una cortina impenetrable. No eran letales a menos que fueras alérgico, pero sus hojas y tallos contenían microscópicos dardos peludos cargados de un veneno suave. Al contacto con la piel causaban sarpullidos y escozor que podía alargarse durante días. No quería tener que empaparme de loción de calamina, pero después de mi encuentro con la hiedra venenosa y la cicuta, me pregunté si tendría que preocuparme siquiera.

Volví a mirar el mapa. El propio dibujo ya incluía todas esas plantas, pero la tinta roja pasaba directamente a través de estas. Di un paso adelante y, para comprobar mi teoría, extendí el brazo acariciando las hojas de las ortigas, y luego me preparé para sufrir el dolor. No llegó.

Una sensación de frío invadió mi mano. Era más intensa que la que había sentido con la hiedra venenosa, pero nada que ver con el paralizante dolor que noté con la cicuta. Se extendió hasta la muñeca, se detuvo, y luego retrocedió a las puntas de los dedos.

Di otro paso. La imbricada cortina de hiedra y ortigas se deshizo ante mí. Las capas de follaje se apartaron, revelando un cuarto sendero bastante desgastado. Hice una pausa, y las plantas respondieron a mi vacilación. Se curvaron sobre la entrada de tal forma que me resultaba imposible ver más allá.

—Está bien —dije en voz alta, tratando de calmar los latidos de mi corazón desbocado—. De acuerdo.

Volví a extender la mano con dedos temblorosos. Las enredaderas se apartaron. Me adentré en el sendero y el manto de hojas y enredaderas se cerró detrás de mí.

Los rayos de sol de finales de la tarde se filtraban a través de las aberturas de las copas. La picea negra y el pino rojo gruñeron cuando se giraron como sombras acechantes, creando para mí un corredor por el que caminar. El suelo se aplanó como si me estuviera abriendo paso. Unos muros hechos con ramas retorcidas bordeaban el camino. La línea roja del mapa serpenteaba a través del bosque antes de salir a un espacio abierto marcado con una equis.

Transcurrieron quince minutos antes de que llegara al claro. Este se hallaba rodeado por enormes robles viejos. Por toda la extensión, pequeñas criaturas negras me miraban fijamente con sus alas desplegadas, los ojos brillantes y los bigotes colgando sobre sus barbillas como duendes. El corazón casi llegó hasta mi garganta y solté un gemido ahogado, dando un paso atrás.

Me llevó un par de segundos comprender que se trataba de algún tipo de planta con flor. Me alegré de que no hubiera nadie alrededor para advertir lo rápido que mi mente había saltado a los duendes en lugar de a las plantas.

Tras rehacerme, me agaché para tocar una de las flores negras como la tinta. Inmediatamente se dobló hacia mí, acariciando mi palma. Estas flores no eran venenosas. No sentí ninguna sensación de frío en la mano. Saqué mi teléfono y busqué en Google «planta con forma de murciélago negro». Descubrí que lo que estaba mirando eran cientos de *Tacca chantrieri*, comúnmente llamada flor de murciélago negro. Sus pétalos parecían las alas de un murciélago desplegadas al volar. Tenía una docena de bigotes surgiendo de su cáliz y unos saquitos blancos de semillas como ojos luminosos.

La equis marcada en rojo del mapa estaba situada al otro lado del claro y, de acuerdo con el dibujo, más allá había un gran rectángulo con un puñado de rectángulos más pequeños colocados en su interior. ¿Un edificio? ¿Algún tipo de recinto? No sabría decirlo. Los árboles del lado más alejado del claro estaban pegados unos a otros, y a medida que me acerqué, se movieron. Los robles se inclinaron de forma antinatural, gruñendo estruendosamente mientras se apartaban a un lado de la fachada de una estructura de piedra cubierta de vegetación.

Una imponente verja de hierro asomaba a través de la maraña de buganvillas color púrpura, como una pícara sonrisa herrumbrosa. Gruesas y espinosas enredaderas trepaban hasta la parte superior del muro como serpientes gigantes. Giré el cuello para ver si esto daba sobre la propiedad de otro, pero el muro no era más largo que quizá dos autobuses aparcados uno detrás de otro. Era algún tipo de recinto.

Saqué la segunda carta de mi bolso y la abrí.

Briseis:

Detrás de la verja hay un jardín con todas las plantas que se necesitan para surtir la botica. No tengo ninguna duda de que habrás estado en el interior de la tienda, y aunque aún no lo entiendas del todo, confío en que lo harás..., con el tiempo. Ha constituido un pilar para esta comunidad durante generaciones.

Abre la carta marcada con el número 3 cuando llegues a la puerta de luna o redonda. Ahí es donde, estoy segura, se aclararán la mayoría de tus preguntas.

Algo chasqueó en el bosque por detrás de mí. Me giré en redondo justo cuando un hombre emergía de los árboles por el otro lado del claro. La sangre brotaba de una gran herida en su frente. El labio inferior presentaba un corte limpio. Sus ropas colgaban de su cuerpo, hechas jirones. Se tambaleó hacia delante.

—Estás... estás aquí —farfulló, con el pecho jadeando.

Retrocedí hasta la verja, saqué mi espray de pimienta y lo apunté directamente hacia él.

Las ronchas burbujeaban en su piel mientras se acercaba cojeando con la respiración entrecortada, tensa y dificultosa, como si respirara a través de una pajita.

—Después de todo este tiempo, tantos años... —dijo.

Los tajos de su piel se abrieron como flores a punto de reventar y la sangre goteó como savia carmesí.

Me había adentrado tanto en el bosque que nadie podría oírme si empezaba a gritar. Con la espalda apoyada en la verja, no podía correr. Tendría que echarle el espray, quizá luchar con él. Cuadré los hombros cuando se acercó. Era más alto que yo, pero muy delgado, y mucho más mayor. Sus dedos extendidos estaban hinchados y con ampollas y, al ladearse hacia mí, su otra mano apareció a la vista.

Sostenía un gran cuchillo en forma de machete.

—¡Apártese de mí! ¡Váyase!

—Necesito... Lo necesito —balbuceó el hombre. Estaba a un brazo de distancia, y yo no podía retroceder más—. Por favor, Selene.

—¿Selene? Yo no soy...

Un susurro por encima de mi cabeza atrajo mi atención. Dos enredaderas se deslizaron de la parte superior del recinto y se asomaron, como brazos gigantes, para atrapar al hombre en una maraña de espinas venenosas. Este gritó cuando lo alzaron del suelo y lo arrojaron hacia la línea de árboles como a un muñeco de trapo. Su cabeza golpeó contra el tronco de un arce y emitió un ruido tremendo; el cuchillo se le cayó de la mano. Rodó hacia un costado, arañando la tierra. Sus quejidos se convirtieron en gritos de pánico cuando las enredaderas volvieron a atraparlo enroscándose en torno a sus tobillos.

Corrí hasta el sendero que se alejaba del claro y eché la vista atrás, solo una vez, para ver la cara aterrorizada del hombre cuando una manta de ortigas lo cubrió como una mortaja.

Retrocedí a toda velocidad por el sendero hacia la casa, sintiendo el corazón en la garganta. Me abalancé sobre el bosque, atravesando la cortina de ortigas, y corrí por la pradera pendiente arriba. Irrumpí por la puerta principal y de una patada la cerré de golpe tras de mí.

Mi madre apareció en el vestíbulo.

—¿Ahora damos portazos? —preguntó, entornando los ojos.

¿Cómo se supone que iba a explicar lo que había visto?

—¡Hay un tipo ahí fuera! ¡En el bosque!

Ma llegó corriendo por la escalera.

—¿Cómo? ¿Dónde?

Amá fue rápidamente a buscar su bolso y sacó su pistola paralizante.

—¡Fuera! ¡En la parte de atrás de la casa!

Ma miró por la ventana mientras Amá marcaba el número de la doctora Grant maldiciendo entre dientes.

—¿Están cerradas las demás puertas? —preguntó Ma, elevando la voz.

Amá se marchó a comprobarlo mientras gritaba al teléfono.

—Nos dijo que la llamáramos directamente, y alguien más está merodeando por los alrededores de la casa. ¿Con qué rapidez puede llegar hasta aquí?

Ma volvió su atención hacia mí. Apretó la mandíbula mientras me examinaba.

—¿Estás herida?

—No —dije—. Estoy bien. Solo un poco asustada. —Aún estaba intentando recuperar el aliento y procesar lo que había sucedido.

Amá regresó rápidamente a la entrada y nos quedamos ahí juntas, en silencio, hasta que el sonido de las sirenas atronó en la distancia. Cuando oímos un crujido de ruedas recorrer el pavimento, seguido de varias puertas de coches abriéndose y cerrándose, Ma se acercó a la puerta. La abrió de golpe y la doctora Grant apareció. Varios oficiales de uniforme empezaron a rodear la casa.

—¿Otro merodeador? —inquirió la doctora Grant, preocupada—. Esta vez se lo he notificado al departamento de policía. ¿Qué ha sucedido?

Amá miró hacia donde yo estaba para que explicara los detalles.

—Bueno… Había un tipo ahí fuera. Estaba hecho un desastre. Vino hacia mí… Llevaba un cuchillo.

Ma tragó saliva. Amá me pasó un brazo alrededor de los hombros mientras todo su cuerpo temblaba, pero no pude distinguir si era de miedo o de rabia.

La doctora Grant habló por su *walkie-talkie*. Pidió a los agentes que comprobaran la parte de atrás de la casa, y les advirtió de que el hombre llevaba un cuchillo. El músculo de su sien se tensó y luego se relajó.

—¿Te hizo daño?

—No —contesté—. Pensaba rociarlo con mi espray, pero él… —Me detuve de golpe—. Y salí… corriendo

La doctora Grant soltó un largo y prolongado suspiro.

—Me alegra saber que no te hizo daño.

—Pero podría habérselo hecho —replicó Amá—. Cualquier cosa podría haber sucedido ahí fuera. —La rabia teñía su voz. Se volvió hacia la doctora Grant—: Podría estar seriamente herida… O algo peor.

—Entiendo su preocupación —dijo la doctora Grant—. Briseis, has dicho que el hombre estaba hecho un desastre. ¿A qué te referías exactamente?

—Estaba lleno de cortes —indiqué—. Y un montón de heridas abiertas y úlceras, como… —Me detuve. Amá vestía una camiseta sin mangas y pantalones cortos, y su piel estaba toda hinchada donde la hiedra venenosa la había rozado. El hombre tenía manchas similares, pero peores. Mucho peores. Como si hubiera entrado en contacto con algo más venenoso que un roble o una hiedra. La imagen de las plantas que se alineaban a lo largo del sendero oculto regresó a mi mente.

—¿Qué está pasando? —demandó Amá—. Esta es la segunda vez que alguien de aspecto raro aparece por aquí. —Se volvió a Ma—. No deberíamos haber venido. Esto ha sido un error.

Mi corazón se hundió. Estaba muerta de miedo, pero aún temía más marcharme sin descubrir lo que había detrás de aquella verja.

—Cariño, no hagas eso —replicó Ma suavemente—. No tomes una decisión en caliente.

—Angie, todo esto me da mucho miedo —reconoció Amá—. No me gusta.

Era extraño ver a mi madre tan asustada. Ma era siempre la más sensata y Amá la que decía las cosas sin pensar y tenía tolerancia cero por las tonterías. No le importaba la confrontación y no se asustaba fácilmente. Verla tan alterada me sorprendió.

Una voz chasqueó en el *walkie-talkie* de la doctora Grant:

—Tenemos al sospechoso. Pida una ambulancia para esta dirección.

La doctora Grant salió por la puerta principal. Amá y Ma la siguieron, discutiendo sobre si tendríamos que quedarnos o marcharnos. Unos momentos después, una sirena sonó en alguna parte a lo lejos. Miré por la ventana y vi una ambulancia que enfilaba a toda prisa el sendero de entrada.

Un grupo de agentes emergió desde el lateral de la casa llevando con ellos al hombre que había visto. Parecía como si estuviera inconsciente. Cojeaba, su cara estaba hinchada y un hilillo de baba colgaba de su barbilla.

—¿Qué demonios le ha pasado? —preguntó la doctora Grant mientras los agentes custodiaban al hombre hasta la camilla.

—Ni idea —respondió un oficial—. Estaba tendido cerca de los árboles. Dijo algo sobre haber sido atacado, pero perdió la consciencia antes de poder contarnos el resto.

—¿Atacado? —se extrañó Amá, lanzándome una mirada—. Él es quien fue detrás de mi hija. —Su miedo se había evaporado y solo pude ver la rabia apoderarse de ella mientras clavaba los talones y se cruzaba de brazos—. Tiene suerte de que no lo haya atrapado yo.

—¿Ha podido pincharse con algo? —preguntó uno de los enfermeros.

—Aún no lo sabemos —contestó la doctora Grant—. Estaba ahí fuera acosando a la dueña de la propiedad. Asegúrense de no perderlo de vista. Les seguiremos hasta el hospital. ¿El Northern Dutchess?

El camillero asintió y la ambulancia salió rápidamente por el sendero. Los oficiales, detrás en sus coches patrulla. La doctora Grant se quedó a tomarme declaración. Le conté exactamente lo sucedido, excepto la parte en que las plantas cobraban vida y arrojaban al hombre contra los árboles. Eso me lo guardé.

—¿Qué va a sucederle? —pregunté.

La doctora Grant caminó hasta el porche. Las ojeras bajo sus ojos eran profundas y oscuras. No recordaba haberla visto tan cansada la última vez.

—Probablemente lo acusen de allanamiento y conducta criminal. ¿Dijiste que llevaba un cuchillo? Si consigo que mi gente vuelva y lo encuentre, eso supondría otro cargo más.

—No creo que nadie deba volver ahí. Me refiero a que ahora es nuestra propiedad. La gente no debería estar merodeando. —No quería explicar mi razonamiento con demasiado detalle, pero Amá y Ma asintieron como si estuvieran de acuerdo conmigo y eso fue suficiente por el momento.

—También podemos dictar una orden de alejamiento contra él, si lo prefieren —indicó la doctora Grant.

Amá ladeó la cabeza hacia un lado, incrédula.

—¿Y qué supone que podemos hacer con una orden de alejamiento cuando regrese? ¿Arrojarle el papel a la cara?

La doctora Grant sacudió la cabeza.

—Sé que no es mucho. Me acercaré al hospital para hablar con él, y ver si puedo descubrir lo que le hizo venir hasta aquí en primer lugar.

Suspiró y guardó la libreta.

—Todavía no sé si vamos a quedarnos o no —comentó Amá con tono aún furioso—. Así que tal vez no necesitemos una orden de alejamiento.

—El hombre me llamó Selene —confesé en voz baja.

Pensaba que quizá la doctora Grant querría conocer ese detalle.

—¿Cómo? —preguntó Ma.

Se volvió hacia Amá y luego hacia mí.

La doctora Grant se me quedó mirando, con cara de estar perdida.

—Mi madre biológica se llamaba Selene. Ella vivió aquí. Ese hombre creyó que yo era ella.

Una mirada de absoluto asombro tiñó la expresión de la doctora Grant. Rápidamente levantó un brazo y tosió en el hueco de su codo. Cuando volvió la vista de nuevo hacia nosotras, exhaló larga y lentamente, evitando mi mirada.

—¿Así que has heredado este lugar de tu madre?

—Selene era mi madre biológica. Ellas son mis madres —indiqué haciendo un gesto hacia Amá y Ma—. Y supongo que, técnicamente, he heredado la casa de su hermana, Circe.

—Por supuesto —dijo la doctora Grant.

—Así que… Sí —dije—. Ese tipo me llamó Selene, pero no sé por qué pensó eso. Ella murió hace mucho tiempo.

—Te pareces a ella —contestó la doctora Grant.

Su voz de mando se había suavizado, pero su boca mostraba una apretada línea como si se estuviera mordiendo el interior del labio.

Amá alzó una ceja.

—¿La conoció?

De pronto la doctora Grant pareció mucho menos segura de sí misma. Se irguió y se aclaró la garganta.

—Fui al colegio con Circe. Me dio mucha pena saber que Selene había fallecido. Aún lo lamento. Rhinebeck es un lugar pequeño. Entonces se dijo… —Guardó silencio, sacudiendo la cabeza—. Pero eso es el pasado, ¿no es cierto? No sirve de nada recordar cosas dolorosas.

¿Por qué era doloroso para ella? Había conocido a Selene a través de Circe, pero parecía bastante afectada hablando de su muerte.

—Voy a acercarme al hospital para ver qué puedo descubrir sobre el intruso —dijo—. Llamaré cuando sepa algo más y podamos considerar qué opciones tienen ustedes.

Ma suspiró, dejando que sus hombros cayeran hacia delante y sacudiendo la cabeza.

—De acuerdo.

La doctora Grant se marchó y nos retiramos al interior de la casa.

Amá se dejó caer en el sofá.

—Tenemos que hablar. —Me senté a su lado y ella pasó la mano por mi mejilla—. Debemos considerar seriamente la idea de volver a recoger nuestras cosas y salir pitando de aquí.

—Yo no quiero marcharme —declaré.

—Cariño, lo sé, pero esto es absurdo —repuso Amá—. ¿Quiénes son esas personas y por qué se acercan a esta casa? ¿Se habrá emitido alguna circular? ¿Alguna señal para todas las personas raritas? ¿Qué puede ser?

—No lo sé, pero ese hombre estaba confuso —comenté—. Y le dieron un buen meneo ahí fuera. No creo que regrese.

—Y hablando del tema —dijo Amá—. ¿Qué demonios le ha sucedido?

—Parecía como si alguien le hubiera partido en dos un par de veces —señaló Ma, sacudiendo la cabeza—. ¿Estás segura de que no lo tocaste, cielo?

—Yo nunca golpearía a nadie. A menos que realmente lo mereciera.

Ma y yo nos reímos, pero Amá guardó silencio.

—No lo sé —razonó—. Creo que deberíamos marcharnos.

Empecé a protestar, pero Ma me dio unos golpecitos en la mano y me interrumpió antes de que pudiera decir nada más.

—Lo pensaremos —sugirió—. No queremos tomar una decisión que luego podamos lamentar, de una forma o de otra. Consultaremos con la almohada. Y entonces hablaremos por la mañana. ¿De acuerdo?

Amá resopló y asintió a regañadientes. Ma me soltó un codazo y se dispuso a cerrar la puerta para la noche.

Dormí a los pies de su cama por segunda vez. Soñé con la verja, con el hombre extraño de los bosques. Mi mente inquieta conjuraba imágenes de plantas sensibles rodeándome mientras permanecía en los sombríos bosques, y del hombre sosteniendo su machete, que no llegaba a tocar mi cabeza por poco.

Me desperté sobresaltada, tratando de coger aire, con el corazón palpitando a toda velocidad. Amá y Ma dormían a pierna suelta, pero para mí se había terminado el sueño.

CAPÍTULO 9

—¿Qué os parece si nos vamos al pueblo a dar una vuelta? —propuso Ma a la mañana siguiente—. Compramos algo de comer y echamos un vistazo.

Amá parecía menos disgustada de lo que había estado por la noche, pero aun así noté que seguía nerviosa.

—¿Queréis salir ahora mismo? —pregunté. Había pasado toda esa noche de insomnio pensando en lo que habría detrás de la verja. Quería llegar hasta allí.

—Sí —contestó Ma—. Vamos. Si tenemos que quedarnos a pasar el verano, necesitamos saber qué cosas puede ofrecernos este lugar, porque los excrementos de ratón y las pelusas de polvo no creo que le sirvan a tu madre.

—Maldita sea, desde luego que no —aseguró Amá sonriente—. Necesito comida. Estoy hambrienta.

Me vestí y seguí a Amá y a Ma hasta el coche. Eché la vista atrás hacia la casa y los terrenos. Lo que fuera que hubiera detrás de la verja tendría que esperar un poco más.

Cuando llegamos al pueblo, Amá aparcó el coche en una calle lateral. Recorrimos la avenida principal que discurría por el centro de Rhinebeck. Tiendas y restaurantes alineaban la calle del Mercado por ambos lados. La gente caminaba en grupitos, algunos de la mano.

—Esto es tan… —Ma buscó la palabra adecuada para describirlo.

—¿Pintoresco? —sugirió Amá.

Ma arqueó una ceja.

—Iba a decir *blanco,* pero supongo que *pintoresco* también sirve.

Nos detuvimos delante de una tienda cuyo escaparate estaba abarrotado de toda clase de velas. El olor que emanaba hizo que me lloraran los ojos.

—¡Oh! —El rostro de Amá se iluminó—. Entremos. Me encanta el olor a cosas buenas.

Ma puso cara de querer vomitar. Yo examiné las otras tiendas buscando una excusa para no tener que entrar. Al otro lado de la calle divisé una pequeña librería con un cartel en el escaparate: «Compre uno, llévese otro gratis».

—Yo voy a mirar esa librería —dije.

—Claro, cielo —contestó Amá mientras deslizaba su brazo bajo el de Ma.

—Te mandaré un mensaje cuando acabemos para decidir dónde queremos comer.

Y desaparecieron en la tienda de velas.

Mi teléfono vibró mientras cruzaba la calle. Lo saqué del bolsillo y comprobé el mensaje: «Eres una traidora».

Ma me miraba desde el escaparate de la tienda de velas con un gesto de dolor en su cara. Le lancé una sonrisa.

Una mujer mayor que llevaba un delantal naranja se acercó a ella y le tendió una cesta. Ma asintió y me hizo un saludo con la mano. La mujer siguió su mirada y cuando sus ojos se encontraron con los míos tuvo que mirarme dos veces. Sus ojos se abrieron desorbitados por lo que solo pude suponer sería sorpresa, y luego mostró la sonrisa más forzada que hubiera visto nunca.

Ancianas de sonrisa maníaca, tipos mayores con machete en los bosques, extrañas en el sendero de entrada… Estaba comenzando a entender lo que la señora Redmond y la doctora Grant trataban de insinuar. Era evidente que algunas de las personas de Rhinebeck tenían un mundo propio. Me di la vuelta y caminé rápidamente hacia la librería.

Prácticamente cada tienda por la que pasaba tenía plantas en el exterior o colgando de sus toldos, y pude sentir cómo susurraban en sus macetas al verme pasar. Árboles plantados en alcorques flanqueaban la acera hasta donde alcanzaba la vista.

«Ignóralos. Respira». No podía liberarme aquí, no al aire libre.

La librería estaba encajonada entre una sastrería y una farmacia, con la puerta abierta sostenida por un cactus moribundo. Cuando pasé a su lado, reverdeció y se estiró hacia mí. Aparté el tiesto de la puerta y dejé que esta se cerrara a mi espalda con un chasquido.

El polvo flotaba en suspensión sobre los rayos de luz que se filtraban a través del escaparate. Mientras curioseaba por las atestadas estanterías, el olor mohoso de los libros, la mayoría de ellos bastante usados, inundó mi nariz. Divisé una pila de viejas guías de campo de John James Audubon en una caja en el suelo. Costaban dos dólares cincuenta cada una, y estaban en perfecto estado. Las fotos aún se conservaban muy brillantes y siempre me habían gustado las portadas con los colores del arcoíris.

Un fuerte porrazo reverberó repentinamente en la tienda. Me di la vuelta para ver a un chico joven, probablemente de mi edad, tendido en el suelo. La pila de libros que llevaba estaba desperdigada a su alrededor como hojas muertas.

—¿Estás bien? —pregunté, mientras le tendía el brazo y le ayudaba a ponerse de pie.

—Sí —contestó, evitando mirarme a los ojos y sacudiéndose el polvo. La vergüenza emanaba de él como el calor del sol. Recogí algunos de los libros que se le habían caído y se los tendí.

—¿Seguro que te encuentras bien? —volví a preguntar.

Durante un momento no contestó. Se me quedó mirando, con los ojos marrones muy abiertos.

—Sí. He… he tropezado. —Recogió el resto de los libros. Uno de ellos se titulaba *Botánica para jardineros*. Sin pensarlo dos veces se lo quité de la mano.

—¿Este forma parte de la oferta de compre uno y llévese otro gratis?

Asintió.

—¿Te gusta la jardinería?

Casi me acobardé. Me preparé para ello, pero ¿de verdad teníamos que empezar por ahí? Debería haber dejado el libro donde estaba.

—Podría decirse así. —Hice un gesto hacia las guías de campo—. ¿Y qué me dices de estas? ¿También están a la venta?

Estiró el cuello para examinar los títulos.

—¿Quieres esas? Son muy antiguas.

—Pero las fotos son geniales —dije.

Sonrió y se pasó la mano por la parte alta de la cabeza.

—Puedes llevártelas.

—¿Lo dices en serio? —pregunté.

—Sí.

Pasó por delante de mí y sacó toda la pila de la caja. Las llevó hasta el mostrador.

—¿Cuál es la trampa?

Parpadeó unas cuantas veces.

—Mmm, no hay trampa.

—Parece que hay truco, pero está bien —dije.

Cuando sonrió, algo en él me resultó familiar. No fui capaz de ubicarlo.

—Entonces, ¿eres nueva en el pueblo o estás de visita? —preguntó.

—Aún no estoy segura —contesté.

Agarré un ejemplar de *Al final de la escalera* y lo dejé sobre el mostrador. Me sentía mal por que me quisiera regalar las guías de campo, así que supuse que al menos podría encontrar algo por lo que pagar.

—¿También te gustan los libros de miedo?

—No me gusta discriminar cuando se trata de libros buenos. Puedo leer cualquier cosa. Pero sí, me gustan las historias de miedo, sobre todo cuando tratan sobre nosotros, ya sabes.

—¿Has leído *La casa de las hojas*? —preguntó.

No pude dejar de sonreír.

—Lo he hecho. Ya ves. A eso es a lo que me refería. Yo sería incapaz. Si alguna vez encontrara en mi casa una terrorífica puerta, saldría corriendo. —Hice una pausa. Yo era la nueva propietaria de una antigua casa escondida entre los bosques a las afueras de un pueblo desconocido. Sonaba exactamente como el principio de una novela de terror y hablar de puertas extrañas y mitos se acercaba mucho a la realidad de la casa.

Tecleó el precio en la caja registradora.

—Así que por ahora te he gustado…

Apretó los labios, aturdido.

Arqueé una ceja.

—¿Cómo dices?

—Rhinebeck. —Sacudió la cabeza como si estuviera disgustado consigo mismo—. Me refería a si te gusta.

—Oh, bueno, es diferente —contuve una sonrisa—. Tranquilo. Excepto por la gente que se está dejando ver por donde vivimos, pero da igual.

—¿De dónde… de dónde eres?

Metió los libros en una bolsa y me la pasó.

—De Brooklyn —contesté.

—Ah, guau. La ciudad, ¿no?

Técnicamente no. Al menos no Manhattan, o lo que fuera.

—¿Y qué me dices de ti? ¿Eres de por aquí?

—Me crie aquí —contestó.

—Entonces sabrás dónde puedo ir a comer algo con mis madres.

—¿Has probado ya el Ginger?

—No. ¿Qué clase de comida tienen? ¿Está buena?

Echó la cabeza hacia atrás y juntó las manos.

—Está buenísima. Es la auténtica comida del sur. ¿Sabes ese tipo de comida que te dan ganas de bailar cuando la tomas? Pues así.

Me reí y él se rio, y de pronto me sentí triste. Gabby y yo solíamos comprar *pizza* en un local a la vuelta de la esquina de nuestro instituto a menudo. Echaba de menos a mis amigos.

O más bien, debido a cómo habían ido las cosas, echaba de menos a los amigos de antes.

—Puedo llevarte allí y enseñarte dónde está —sugirió.

Necesitaba un minuto para asimilar la situación. Él era un extraño y mi guardia solía estar muy alta cuando se trataba de gente nueva. Era capaz de erigir un muro como había hecho con todo el mundo o bien podía hacer algo diferente. Las palabras de Ma resonaron en mi cabeza: «Libérate».

—Es muy amable de tu parte —dije.

—Hay un montón de sitios buenos alrededor, pero muy pocos lugares donde piensen que la sal es importante como condimento. No quiero que tengas que pasar por eso. Podemos ir ahora si quieres.

—De acuerdo. Pero espera un momento.

Le mandé un mensaje a Amá.

Bri: Vayamos a un sitio llamado Ginger.
Amá: Suena bien. ¿Nos encontramos allí en diez minutos?
Bri: Ok.

Abrió la puerta para dejarme pasar y colgó el cartel de cerrado.

—¿No te preocupa perder clientes?

—Tú eres la única que ha entrado hoy —contestó con un matiz de tristeza en su voz. Lo miré esperando encontrarlo con la frente fruncida, pero en su lugar vi que tenía una expresión muy confusa. Seguí su mirada hacia el cactus, ahora verde y florecido. Mi corazón se aceleró cuando cogió el tiesto y lo sostuvo ante sus ojos—. Esta cosa estaba muerta.

Intenté pensar en alguna excusa para su resurrección que sonara ligeramente creíble.

—Los cactus son increíblemente resistentes. Pueden aguantar sin agua durante mucho tiempo.

—Sí, pero estaba todo marrón y mustio.

El cactus se inclinó ligeramente hacia mí. No creo que él lo notara, pero me volví y empecé a andar.

—Estoy segura de que puedo encontrar ese lugar si no quieres llevarme —le dije por encima del hombro.

Él rápidamente dejó la planta en el suelo y cerró la puerta. Corrió para alcanzarme mientras yo trataba de alejarme de la tienda.

—Soy Karter, por cierto.

—Briseis.

—Oh. Es muy bonito.

—Gracias. —Su voz sonaba baja y se le notaba un tanto torpe. Parecía bastante agradable. No sentí como si intentara ser alguien que no era. Deseé poder experimentar cómo era eso.

Mi teléfono zumbó. Ma estaba esperando en el Ginger con Amá.

—Por aquí —indicó Karter doblando súbitamente a la derecha para atajar por un callejón entre dos tiendas.

A lo largo del camino se veían plantas en macetas de terracota. Karter caminaba delante y yo fingí no haber visto el *lemongrass* y la lavanda creciendo con más fuerza. Casi me choco con él cuando emergimos del callejón.

Se volvió y me sonrió.

—Aquí estamos.

Ginger era un restaurante recóndito apartado de la ruta turística. Confié en que eso significara que era bueno.

—¿No vas a entrar? —pregunté.

—Oh —replicó Karter alzando las cejas—. Quería enseñarte dónde estaba. No quiero molestar.

—Pues si no quieres…

—¡Sí quiero! —se apresuró a contestar, con más énfasis del necesario—. Quiero decir que me gustaría.

—Pues vamos.

Abrió la puerta para dejarme pasar y entré en ese pequeño lugar mágico. Olía a maíz tostado y al aroma familiar del vinagre que acompaña la verdura cocida en la olla durante horas. Ese olor, las risas provenientes de la cocina, la mujer que asomó la cabeza y que se parecía a mi abuela, todo me hizo sentir como en casa.

Amá y Ma estaban sentadas en una mesa junto al escaparate. Ma sonrió a Amá cuando esta echó la cabeza hacia atrás y rio. Parecían muy felices en ese momento, lo que hizo que todo lo demás que sucedía fuera menos importante. El rostro de Amá se iluminó cuando nos vio entrar a Karter y a mí.

Me volví hacia él antes de acercarme.

—Solo para que lo sepas, mis madres están un poco locas.

—¿Cómo de locas? —preguntó Karter—. A mi madre también le pasa lo mismo.

Ma le ofreció una silla.

—Siéntate —indicó con un poco de ansiedad.

Karter se sentó y le tendió la mano.

—Soy Karter. Trabajo en la librería a una manzana de aquí. Me alegra conocerla.

—Qué educado —dijo Amá, como si no estuviera sentado delante de ella.

Extendió el brazo para estrechar su mano. Las manchas de ungüento salpicaban su antebrazo.

—No te preocupes por eso. No soy contagiosa. Me rocé con una hiedra venenosa. —Retiró el brazo—. Siento picores en lugares que no sabía que existían.

Pude notar cómo mi cara se sonrojaba. Tenía la esperanza de que esperaran hasta la comida para empezar a avergonzarme.

—Estuvimos a punto de usar una brocha para extenderle el ungüento —explicó Ma mientras examinaba el menú despreocupadamente.

Me hundí en mi asiento. Karter sonrió.

Ma soltó un silbido.

—Te pareces a Trevante Rhodes en joven, es tan guapo.

Amá asintió totalmente de acuerdo y yo bajé la vista a mi regazo. Esto era mucho peor de lo que imaginaba.

—Y dinos, Karter, ¿qué hay de bueno aquí? —preguntó Ma.

—Todo —contestó. Estaba intentando con todas sus fuerzas no reírse.

Amá abrió la boca para hablar, y yo sacudí la cabeza.

—Por favor. No. —Ni siquiera sabía lo que iba a decir, pero estaba segura de que acabaría abochornándome.

Sonrió, y apretó los labios. Hicimos nuestro pedido, ya que casi era la hora de comer. Amá eligió pescado y verdura, y Ma lo mismo, pero con macarrones con queso de acompañamiento.

—Si tiene pan rallado por encima, creo que perderé el control —advirtió Ma.

—¿Pan rallado? —repitió Karter—. Eso debería ser ilegal. No se hacen esas cosas por aquí.

—Oh, ¡cuánto me gustas! —dijo Ma, dándome un codazo en el hombro.

—Encontré algunas guías de campo en la librería —comenté, intentando cambiar de tema—. De esas antiguas con brillantes colores. Y además en perfecto estado.

—¿Ah, sí? —dijo Amá. Y se volvió hacia Karter—: Allá en casa tenemos una floristería, así que a Briseis le encantan las plantas.

—¿En serio? —preguntó Karter—. O sea, que era eso. ¿Y cómo se llama?

—Bri —dijo Amá mirándome.

Siempre me pareció un detalle muy tierno que la tienda se llamara así por mí. Era otro modo de intentar reconocer lo que yo podía hacer. Todo iba bien cuando yo usaba mi poder para hacer crecer los narcisos en sus tiestos, pero desde entonces las cosas habían evolucionado mucho. La cara de susto que pusieron cuando la planta de la torre volvió a la vida tras estar prácticamente muerta me preocupó. Siempre habían sido un gran apoyo para mí, pero no conocían las distintas formas en que este poder podía manifestarse, ni tampoco yo. Cada vez que sucedía algo nuevo, yo debía prepararme. Una cosa era tener miedo por mí, y otra muy distinta tener miedo de mí.

Traté de apartar todo eso de mi mente cuando el camarero trajo nuestro pedido a la mesa.

Karter tenía razón. La comida era tan sabrosa que Amá no dejo de emitir pequeños gemidos de placer mientras hacía un pequeño baile en su asiento. Ma comenzó seis conversaciones diferentes pero perdía el hilo continuamente por lo delicioso que estaba todo. Cuando terminamos, bebimos limonada y té frío con azúcar mientras Ma hablaba sobre la floristería y de cómo estar en un lugar como Rhinebeck era tan diferente a estar en Brooklyn.

—Es un gran cambio —reconoció Karter—. Rhinebeck es pequeño.

—¿Te lo parece? Ya sabes, como tú has nacido aquí... —preguntó Amá—. Yo no fui consciente de lo pequeña que era mi ciudad de nacimiento hasta que me trasladé a Brooklyn.

—Sí. A veces es demasiado pequeño. Y uno se pregunta qué es lo que se estará perdiendo. —La tristeza relampagueó en sus ojos mientras se volvía hacia mí—. Tengo que volver.

Sacó su cartera para pagar pero Ma no le dejó.

—Yo me encargo —añadió—. Estás invitado.

—Gracias —dijo—. Se lo debo. Ha sido un encuentro encantador.

—A nosotras también nos ha encantado conocerte, Karter —dijo Ma.

Eché mi silla hacia atrás.

—Te acompaño.

Karter se adelantó para abrirme la puerta.

—¡Cielo, es tan educado! —gritó Amá a mi espalda—. No seas muy mala con él, ¿de acuerdo?

Salí de allí rápidamente.

Karter ahogó una risita.

—Tus madres son lo más.

—Oh, Dios mío, me siento mortificada —declaré.

Podía notar cómo nos miraban a través del escaparate.

—Supongo que en cierto modo ese es su trabajo, ¿no? Avergonzarte. Sé que mi madre lo hace.

—Actúan como si fuera su trabajo —asentí—. Y se merecerían un aumento de sueldo, porque realmente se les da muy bien.

Caminamos hasta la librería, donde me encontré con la abogada que había venido a nuestro apartamento, la señora Redmond, plantada en la puerta. Estaba hablando a voces por su teléfono.

—¿Lo dices en serio? —preguntaba—. Eso no va a funcionar. —Su sonrisa se ensanchó cuando me vio—. Ahora te llamo.

—¿Señora Redmond? —exclamé al verla.

—Briseis, ¿qué tal estás? —Estiró el brazo y me dio un torpe apretón.

—¿Vosotras dos os conocéis? —preguntó Karter.

Miré a una y a otro y entonces comprendí por qué las facciones me resultaban familiares. Saltaba a la vista que la señora Redmond era su madre. Compartían los mismos ojos de un marrón profundo, la misma barbilla cuadrada.

—Por trabajo —comentó la señora Redmond—. Pero ¿cómo os habéis conocido?

Karter se quedó mirando a su madre. Algo silencioso se cruzó entre ellos.

—Acabamos de conocernos —respondí rápidamente—. Me pasé a echar un vistazo a la tienda.

Karter me mostró una sonrisa forzada.

La señora Redmond posó una mano sobre mi hombro.

—Mi oficina está justo en la planta de arriba, por si alguna vez necesitas algo. ¿Lo estás pasando bien? ¿Has podido empezar a explorar? ¿A hacerte una idea del lugar?

—No mucho. Hemos tenido algunos problemas con gente que ha aparecido por la casa de manera fortuita.

El rostro de la señora Redmond se tensó.

—Sí. Tuvimos que llamar a la policía. Una mujer llamada doctora Grant vino a vernos.

—¿La doctora Grant? —repitió la señora Redmond—. No sabía que aún estuviera al mando. Estas ciudades pequeñas a veces son como una trampa. La gente nunca se va, incluso cuando deberían hacerlo.

—Tengo que volver al trabajo —interrumpió Karter—. Me ha encantado conocerte a ti y a tu familia, Briseis.

—¿Has conocido a su familia? —se interesó la señora Redmond. Mostraba el mismo entusiasmo que Ma—. ¡Eso es estupendo! —Parecía genuinamente emocionada, pero Karter puso los ojos en blanco dando la impresión de que estuviera poseído.

Se volvió hacia mí.

—¿Lo ves? Tú no eres la única a quien avergüenzan.

—De eso nada —replicó la señora Redmond despectiva—. Si acaso, es todo lo contrario, pero nunca me oirás quejarme.

Comprobó su teléfono.

—Me voy a comer. Vuelve a la tienda, no sea que entre algún cliente.

Karter resopló.

—No creo que tengas que preocuparte por eso.

Ella posó una mano sobre el hombro de su hijo y se lo apretó.

—No seas tan pesimista. Siempre se puede encontrar la salida a algo que parece no tenerla, pero hay que intentarlo con ganas.

Se dio la vuelta y se marchó, escribiendo furiosamente un mensaje de texto en su móvil.

—El negocio es duro, ¿no?

—Sí. —No me dio ninguna explicación más, así que lo dejé estar.

—¿Trabajas todos los días? —pregunté—. Yo trabajo en nuestra tienda todo el tiempo a pesar de que mis madres preferirían que saliera e hiciera algo más. Creo que quieren que me convierta en una delincuente juvenil.

Karter soltó una carcajada antes de hablar.

—Suelo venir mucho en verano, sobre todo por las tardes. Se está muy tranquilo. Tengo mi móvil y utilizo la red de wifi gratis del local de al lado. —Abrió la puerta con la llave y deslizó el cactus a su lugar para mantener la puerta abierta. Yo lo seguí al interior—. Mi madre y yo hacemos turnos para ocuparnos de todo.

—¿Y ella también es abogada? ¿Cómo hace para encontrar tiempo y ocuparse de las dos cosas?

—Le dedica muchas horas. Demasiadas, a veces. Es una de esas personas que siempre está currando, ya sabes. No para nunca.

—Eso puede ser bueno.

—A veces. —La tristeza en su tono había regresado—. Aunque también se pasa con el trabajo.

Por mucho que me estuviera divirtiendo en mi primera excursión al pueblo, mi mente regresó a la verja de hierro del bosque y lo que pudiera haber detrás. Circe había mencionado que se trataba de un jardín, pero quería verlo con mis propios ojos.

—Tengo que volver —indiqué—. Pero escucha, me ha gustado mucho conocerte.

—Y a mí también —respondió sonriendo—. Podría…, eh, ¿podría llamarte? —Mientras se inclinaba sobre el mostrador, su codo se deslizó y su muñeca golpeó la superficie con un fuerte chasquido.

Intenté no sonreír.

—¿Quizá podamos tomarnos un café o algo así? —Se frotó el brazo.

Definitivamente no estaba ligando, pero yo aún intentaba descubrir cuáles eran sus intenciones. Quizá solo fuera un chico con potencial de amigo, a pesar de que ahora los colegas así eran muy pocos y difíciles de encontrar. Ese pensamiento envió una oleada de pánico a través de mi cuerpo. No sabía si mis madres y yo íbamos a quedarnos, y si lo hacíamos, ¿sería mi amistad con él diferente a la de Gabby o Marlon cuando inevitablemente descubriera lo que yo era capaz de hacer?

Sin embargo, era muy cómodo hablar con él a pesar de que parecía ser bastante raro, y a mis madres les había causado muy buena impresión.

Para ser sincera, necesitaba un amigo, quizá más que cualquier otra cosa.

—Un café suena muy bien. Hagámoslo.

Intercambiamos nuestros números y me marché.

Mientras me dirigía de vuelta al Ginger, mis madres aparecieron al doblar la esquina.

Ma miró por encima de mi hombro.

—¿Dónde está Karter?

—Ha vuelto al trabajo. Y muchas gracias a las dos por haberme avergonzado así.

—Lo siento, cielo —dijo Amá—. Da gusto verte hacer cosas con chicos de tu edad. Parece agradable.

—Es agradable —asentí.

Amá y Ma alzaron las cejas al unísono e intercambiaron miradas maliciosas.

Sacudí la cabeza.

—No en ese sentido. Sois lo peor.

—¿Lo somos? —comentó Ma incrédula—. Yo preferiría pensar que somos las mejores.

—Las mejores sin comparación, si lo piensas detenidamente —añadió Amá, intercambiando gestos de asentimiento con Ma.

—Yo ya estoy lista para volver si vosotras lo estáis —anuncié.

Amá me atrajo hacia ella y me besó en un lado de la cara.

—Mi niña cabezona.

Cuando llegamos a la casa, Amá decidió que necesitaba darse un baño de harina de avena para calmar su urticaria. Ma se sentó en el sofá y cayó rápidamente en un coma poscomida. Yo pasé la tarde debatiéndome sobre si debería volver al jardín o no.

Me puse las zapatillas y volví a quitármelas tres veces. Mi increíble falta de decisión era legendaria cuando se trataba de hacer los deberes y a veces las tareas de casa, pero este era otro nivel muy diferente. El incidente con el hombre en el claro aún seguía muy fresco en mi mente, pero por encima de todo estaba el miedo. Miedo a que pudiera encontrar algo de lo que no consiguiera huir. Cuando finalmente reuní el valor para regresar, ya había oscurecido, lo que me pareció una excusa perfecta para retrasarlo un día más.

CAPÍTULO 10

A la mañana siguiente, me desperté antes que Amá y Ma. Me senté al borde de la cama y sopesé mis opciones: quedarme y ayudar a mis madres a limpiar, o quizá enfrentarme a alguien con un cuchillo en el bosque de camino al recinto secreto donde se me había dicho que me esperaban todas las respuestas.

Lo sucedido me había impactado. Aquel hombre me había llamado Selene, diciendo que necesitaba algo, y luego se vio atrapado por una maraña de enredaderas venenosas. Tuve que salir de allí precipitadamente, y no pensaba regresar sin haberme preparado antes. Ya había cogido el espray; esta vez deslicé la pistola paralizante de Amá en mi bolsillo, cogí mi bolsa, y me aseguré de que el teléfono estuviera bien cargado antes de salir por la puerta.

La ladera de hierba en pendiente seguía verde por donde yo había cruzado el día anterior. Tomé una ruta paralela para intentar igualar el color, pero eso solo empeoró su aspecto. Cuando me acerqué a la maraña de enredaderas, estas retrocedieron antes de que tuviera tiempo de extender el brazo. ¿Acaso sentían mi presencia y respondían?, ¿o es que yo deseaba que me revelaran el sendero hasta el claro y el extraño recinto? No lo sabía, pero ambas posibilidades me intrigaron lo suficiente como para continuar. Eché la vista atrás hacia la casa y me adentré entre los árboles.

123

Cuando llegué al claro, examiné toda la zona. Hasta donde podía ver, no había nadie acechando en las sombras. Estaba sola, aparte de los árboles y las flores, pero no me sentía así. Era como si debiera estar allí. No sabía cómo ni por qué, pero debía ser cierto.

Me planté delante de la verja con piernas temblorosas. La alfombra de flores de murciélago negras se curvó hacia mí como si estuviera esperando ansiosa a que la abriera. Un millar de pensamientos rondaron por mi cabeza. No sabía lo que había detrás de la verja ni por qué Circe creía que era tan importante que lo descubriera, pero no podía seguir huyendo de ello.

Sostuve la llave que me había pegado al mapa con dedos trémulos. Al introducirla en la cerradura, un zarcillo de buganvilla se enroscó y rodeó mi muñeca, retorciéndose suavemente antes de soltarse, para dejarme un precioso brazalete de flores púrpuras. Pocas cosas me asombraban ya cuando se trataba de lo que el follaje era capaz de hacer a mi alrededor, pero esta me dejó fascinada.

La cerradura cedió con un chasquido y las enredaderas rodearon los barrotes de hierro de la verja, tirando de ellos para abrirme paso. Di unos pocos pasos tentativos al interior.

La verja de pronto se cerró de golpe y casi se me salió el corazón por la boca. Los árboles se enderezaron, cubriendo la entrada para que no pudiera verse a través de la reja. Nadie podría seguirme, pero ¿dónde me había adentrado exactamente?

Las hojas muertas crujieron bajo mis pies cuando seguí el sendero a través de un corredor de piedra que terminaba en un brusco giro a la izquierda, como la entrada a un laberinto. Doblé el recodo y me descubrí mirando a un gran patio triangular. Un árbol se erguía en el centro, con su tronco nudoso —tan ancho como un coche— dando paso a un dosel de ramas que se extendían como un paraguas gigantesco. Clavados en las paredes interiores del recinto de piedra había unos ganchos metálicos de los que colgaban rastrillos, palas pequeñas y mangueras enroscadas. Numerosas regaderas de distintos tamaños jalonaban el suelo. Una herrumbrosa espita surgía del muro.

Parterres cultivados cubrían el patio siguiendo el patrón de un tablero de ajedrez, cada uno de ellos dividido en cuartos por estacas de madera. Cada partición estaba plagada de plantas, pero todas parecían muertas, con sus hojas amarillentas y los tallos rotos. Un pequeño poste de madera con una placa clavada en la parte alta se erguía delante de cada parterre. Caminé hasta el que tenía más cerca y rasqué una gruesa capa de musgo verde para leer las palabras de debajo.

ANGELICA
Angelica archangelica

Me abrí paso entre los parterres, limpiando el resto de las placas. Todas esas docenas de arriates tenían una etiqueta a juego con cada uno de los tarros de la botica. Volví a estudiar el mapa. Los rectángulos representaban los parterres cultivados, y una gruesa línea negra dibujada en el centro representaba el muro que dividía la parte delantera del jardín de otra zona más atrás. Seguí el sendero y pasé bajo un enorme árbol.

A unos tres cuartos de distancia del camino, un arco circular se elevaba en el centro de un muro alto. El muro estaba cubierto de una retorcida masa de enredaderas negras salpicadas de hojas color púrpura oscuro y espinas carmesíes. Esa era la planta que había visto en el gran libro, la garra del diablo, aún más terrorífica en persona que en la ilustración.

Saqué la carta que se suponía debía leer cuando llegase a ese punto, y la abrí.

A partir de aquí comienza el Venenum Hortus, el Jardín Venenoso. Cada planta que crece en esta zona de tierra envenenada puede matar a una persona adulta unas cinco veces. La mayoría de la gente que quisiera entrar en contacto con estas plantas tendría que cubrir cada centímetro de su piel expuesta, e incluso así tal vez no fuera suficiente para protegerles. Aunque quizá tú aún no

125

entiendas el motivo, confío en que comprendas lo que quiero decir cuando digo que tú, mi querida Briseis, no necesitas esa protección.

Lo sabía.

Circe, una mujer muerta a la que nunca había conocido, sabía mi gran secreto, un secreto que yo misma apenas comenzaba a intuir.

Tu madre, Selene, trató de ahorrarte toda esta responsabilidad, pero el destino tiene su propia forma de encontrarnos. Debes decidir si quieres continuar este trabajo, porque eres la única que queda que puede hacerlo, y es más importante de lo que puedas imaginar.

Las enredaderas se entrelazaron unas con otras como una maraña de serpientes. Algo en lo más profundo de mis huesos, en el mismo lugar donde estaba enraizado este poder, me urgía a seguir adelante. Entré a través del arco en el mortífero jardín.

La nariz me ardía, mis ojos lagrimearon, y el frío se extendió por mi garganta como un vaso de agua helada. Tosí, tratando de apartar el escalofrío, y me sequé los ojos con el dorso de la mano. La sensación fue remitiendo lentamente, dejando apenas un hormigueo en el interior de la nariz y en la boca.

—Está bien —dije en voz alta, rehaciéndome—. Estoy bien. Estoy genial.

La forma en que el frío me había invadido significaba que algo venenoso, tal vez letal, flotaba en el aire.

Los muros de piedra estaban cubiertos por una espesa hiedra verde oscuro, cuyos zarcillos se enroscaban alrededor de cada rugosa piedra. De tamaño más pequeño que el jardín delantero, el Jardín Venenoso estaba dispuesto de forma similar, en parterres cultivados, todos rotulados con los nombres de las plantas que crecían en ellos, ahora marchitas y parduzcas.

SOLANACEAE
Atropa belladonna

AGERATINA
Ageratina altissima

HIGUERETA
Ricinus communis

CORALILLO ASIÁTICO
Abrus precatorius

ADELFA
Nerium oleander

CICUTA DE AGUA
Cicuta douglasii

En el extremo más alejado crecía un árbol bajito en un parterre circular. Su etiqueta decía «Manzanilla de la Muerte *(Hippomane mancinella)*». El árbol era tan letal que supuestamente la gente no podía respirar el aire a su alrededor, y mucho menos comer los frutos en forma de manzana que producía.

Di un paso atrás y a punto estuve de tropezarme con algo en el suelo, un pájaro muerto. A mi alrededor había docenas de ellos, con sus cuerpos destrozados en distintos estados de descomposición. La mayoría habían quedado reducidos a un montón de huesos amarillentos y plumas. Alcé la vista. Lo que pensaba que eran las ramas entrelazadas de los árboles fuera del jardín era, en realidad, un dosel de ortigas retorcidas, hiedras y rosas con pétalos tan negros como la tinta y espinas más largas que mis dedos, trenzadas entre los barrotes de una especie de estructura de arcos metálicos curvos.

Mientras me paseaba entre los parterres, repasando los letreros, me pareció evidente que Selene había hecho una elección.

No quería que yo tuviera nada que ver con este lugar y, por alguna razón, Circe estaba intentando deshacer eso, incluso desde la tumba. No estaba segura de que me preocupara lo que Circe creyera que yo debía saber. ¿Acaso *esto* era algo que solo yo podía hacer? Pero ¿qué se suponía que debía hacer exactamente? ¿Llevar su tienda por ellos? No parecía que Rhinebeck tuviera una población ansiosa por mantener un negocio de remedios naturales.

Un susurro sonó sobre mi cabeza cuando los zarcillos de las enredaderas se descolgaron de lo alto del muro produciendo la más hermosa cala color lila que hubiera visto nunca. Lo interpreté como un regalo, al igual que el brazalete de buganvillas. Cogí la flor y me la coloqué detrás de la oreja mientras la enredadera retrocedía.

Abandoné el jardín totalmente aturdida. Circe y Selene habían estado cultivando las plantas más letales del planeta en este jardín. Por lo que pude ver, recolectaban algunas de sus partes para almacenarlas en la botica junto con plantas que tenían usos más comunes. Tenía más preguntas que respuestas, y a nadie que me contara toda la verdad. Saqué mi móvil y llamé a Amá.

—Hola —contestó.

—Hola, ¿podrías pasarme el número de la doctora Grant? Quiero saber si tiene alguna información sobre el tipo que estaba afuera en el jardín.

—Uf, claro. Puedo llamarla yo, si prefieres.

—No, no pasa nada. Sé que el tipo era terrorífico, pero confío en que no muera. —Mi teléfono vibró cuando el número de la doctora Grant apareció en la pantalla—. Gracias, Amá.

—Te quiero, cielo.

—Y yo a ti.

Colgué y llamé a la doctora Grant.

—Doctora Khadijah Grant —contestó.

—Hola, doctora Grant. Soy Briseis Greene.

Hubo una larga pausa.

—Hola, señorita Greene. ¿Va todo bien?

—Sí, señora, todo bien. Me estaba preguntando por el hombre al que recogió en casa. ¿Cómo está?

—¿Estás preocupada por él? —Se mostró sorprendida—. Hasta donde yo sé, aún sigue ahí dentro. Está fuertemente sedado debido a la naturaleza de sus heridas, que eran bastante severas.

—¿Entonces sigue en el hospital?

—Así es. En el hospital Northern Dutchess. Pero no te preocupes, lo tenemos vigilado. Pensamos interrogarlo cuando esté más consciente.

—¿Sabe su nombre? —pregunté.

Hubo otra pausa.

—Alec Morris. Tiene setenta y tres años y ha vivido en Rhinebeck toda su vida. Eso es todo lo que tengo por el momento. Ignoro por qué un hombre de su edad estaba corriendo alrededor del bosque con un cuchillo, pero invadir una propiedad privada es delito. Como ya he dicho, no quiero que nadie os moleste, a ti o a tu familia, antes de que hayáis tenido la oportunidad de estableceros.

De acuerdo con mamá, era posible que nunca llegáramos a hacerlo. Un incidente más y recogería nuestras cosas para marcharnos.

—Gracias —dije—. Se lo agradezco mucho.

Había obtenido la información que necesitaba sin tener que mentir demasiado.

—No hay problema —contestó la doctora Grant.

Colgué, pero antes de que pudiera guardar el teléfono en mi bolsillo, este vibró.

Karter: He encontrado más guías de campo.
He pensado que tal vez quieras tenerlas.
Bri: ¿Por cuánto?
Karter: Corre de mi cuenta. ¿Puedo pasar a dejártelas?
Bri: Claro. 307 Old Post Road. El GPS no funciona demasiado
bien por aquí, así que debes ir con cuidado.

Unos pequeños puntitos aparecieron y luego desaparecieron varias veces antes de que entrara otro mensaje.

Karter: Está bien. ¿Te veo en quince minutos?
Bri: Claro.

Cerré la puerta principal del jardín secreto y observé cómo los árboles ocultaban rápidamente la entrada, haciendo casi imposible que se distinguiera. Durante todo el camino de vuelta a la casa, marañas de plantas venenosas ondularon a través del suelo, como una ola superficial de hojas verdes y negras y brillantes espinas. Se retiraron en la línea de árboles, retorciéndose sobre sí mismas. Las enredaderas se separaron, y pude escabullirme.

Al echar la vista atrás, sentí unos ojos sobre mí, como si algo o alguien me estuviera observando. Así había ocurrido la otra vez, cuando el hombre del machete me estaba esperando y acechando. Eso debía haberme bastado para impedir que regresara al jardín, pero lo que le había sucedido, la forma en que el bosque había cobrado vida para atacarlo y protegerme, me hacía sentir segura en una situación que, obviamente…, no lo era. Las enredaderas se cerraron a mi espalda y caminé rápidamente por la ladera en pendiente hacia la casa.

Antes de subir la ladera, Ma apareció dando grandes zancadas por el césped con una enorme sonrisa en su cara. Karter iba tras ella.

—Mira quién ha venido a visitarte —dijo Ma.

—Hola —saludé.

Karter me miró de arriba abajo.

—Hola. Eh, ¿qué estabas haciendo?

La pregunta me pilló desprevenida. Eché un vistazo a mi ropa y advertí que llevaba toda la camiseta sudada y tenía flores adornándome como otras personas llevan joyería.

—Explorando. Pero escucha, tengo que ir a cambiarme. ¿Quieres entrar?

—Sí, claro que quiere —contestó Ma.

Lo guio al interior de la casa y yo corrí escaleras arriba. Dejé el brazalete de flores y la flor de cala en la encimera del cuarto de baño y me di una ducha. Me puse unos pantalones vaqueros y una camiseta medio limpia que llevaba en la bolsa, cubrí mi pelo con un pañuelo amarillo y bajé a la planta principal. Karter me esperaba en la habitación delantera, riéndose de buena gana con Amá y Ma.

Amá se secó las lágrimas de los ojos.

—¡Solía quitarse la blusa y correr por la tienda como si nadie pudiera verla! Nunca vi a una niña a la que le gustara estar desnuda tanto como a Briseis.

Carraspeé.

—¿Nos vamos? —Deslicé mi brazo bajo el de Karter y tiré de él hacia la puerta, antes de que mis madres dijeran nada más—. Podemos perderlas de vista si corremos —susurré.

Karter sonrió.

—¿A dónde vais tan deprisa? —preguntó Ma cuando salimos al porche.

Una destartalada camioneta estaba aparcada en el sendero de entrada. El parachoques principal había desaparecido y la pintura roja original había envejecido hasta convertirse en distintos retazos oxidados.

—Vamos a dar una vuelta —contesté.

—¿Vamos? —inquirió Karter. Le apreté del brazo—. Ah, sí, claro. A dar una vuelta.

—De acuerdo, bueno, poneos los cinturones —dijo Ma—. Y deja el teléfono encendido para que puedas llamarnos.

—Sí, vale. —Me subí al asiento del pasajero mientras Karter se deslizaba en el del conductor.

Ma se aseguró de que pudiéramos ver cómo echaba un vistazo a la parte delantera de la camioneta.

—Tengo tu matrícula, Karter.

Karter me miró nervioso.

—¿Lo dice en serio?

—Sí.

—¿Me he perdido algo? —preguntó—. Hace un minuto estábamos riéndonos y haciendo bromas.

Todo el vehículo se estremeció cuando encendió el motor.

—Les gusta bromear, pero cuando se trata de mí no admiten ni media broma. Especialmente Ma.

Me despedí de ella desde la camioneta. Ella caminó de vuelta al interior de la casa, manteniendo el contacto visual con Karter hasta que este apartó la vista para ajustar el espejo retrovisor.

Apretó los labios.

—No tiene por qué preocuparse. En serio.

Parecía molesto y me sentí mal por él.

—Ma es bastante inofensiva —aclaré—. Creo que estarás bien.

Karter manejaba la camioneta como si esta tratara de alejarse de él, movía bruscamente el volante para mantenerla derecha. Cada bache que cogíamos hacía que la cabina vibrara y crujiera. Sentía como si no hubiera nada entre la carretera y yo, y si nos metíamos en algún hoyo más, eso acabaría definitivamente con mi rabadilla.

Me miró con ojos llenos de amabilidad.

—Lo siento. La camioneta es vieja.

—No pasa nada. Mi columna tal vez necesite ser recolocada cuando salgamos, pero es muy chula.

Se rio y la tensión se redujo.

—Perdona otra vez por lo de Ma. Esto también es nuevo para nosotras, así que ahora mismo se muestra muy sobreprotectora.

—Llamas a tu madre Ma, ¿te importa si te pregunto por qué?

—Bueno, las dos son «mi madre». Y las llamo «mamá» dependiendo de la situación, pero Ma es la abreviatura de mamá. Nos funciona bien.

—Tiene sentido. Pensé que tal vez fuera su nombre de pila o algo así.

—Ya, pero no. —Me reí—. ¿Llamarla por su nombre de pila? No se me ocurriría jamás en toda mi maldita y negra vida.

—Entendido —dijo Karter, asintiendo—. Y dime, ¿a dónde vamos?

—¿Puedes llevarme al hospital?

Me miró detenidamente frunciendo el ceño.

—¿Estás bien?

—Estoy bien, pero se trata de ese hombre... —Me detuve de golpe. No estaba segura de hasta dónde podía contarle—. Un tipo apareció en la propiedad ayer. Estaba muy malherido, y quiero comprobar cómo se encuentra.

Karter miró al frente mientras conducía.

—¿Un encuentro fortuito?

—Sí. Debió de meterse en algo venenoso y tuvimos que llamar a una ambulancia.

Puso una mueca.

—Guau, bienvenida al pueblo, ¿no? Un tipo extraño en los bosques en... ¿tu segundo día? El hospital no queda muy lejos. Te llevaré si crees que es buena idea.

—No sé si es buena idea, pero quiero ir.

Al menos esa parte era totalmente cierta.

Una bolsa de papel estaba colocada en el asiento entre los dos y Karter la movió hacia mí.

—Creo que hay cuatro o cinco ahí dentro.

Las guías de campo estaban en perfecto estado, al igual que las que me había dado la vez anterior.

—¿Estás seguro de que no quieres vender estas? Puedo pagarte.

—Solo ocupan espacio en la estantería. Tómatelo como un regalo de bienvenida.

—Gracias.

—¿Has tenido oportunidad de echar un vistazo alrededor? —preguntó Karter cuando nos incorporamos a la carretera principal.

—No mucho. Entrar en tu tienda y comer en el Ginger ha sido nuestra primera excursión.

—¿Quieres pasear por el centro? Puedo enseñarte un par de sitios.

Quería ir al hospital, pero estaba disfrutando de mi tiempo con Karter más de lo que había imaginado. Si esta iba a ser una repetición de cada amistad que había tenido, entonces era el momento de levantar mis defensas, vigilar cada uno de mis movimientos, mantenerme alejada de cualquier lugar donde pudiera perder el control y no asumir ningún riesgo. Pero si pensaba empezar de nuevo…

—Claro —respondí—. Estaría genial.

CAPÍTULO 11

Karter condujo hacia la ciudad y hablamos como si nos conociéramos desde hacía más de un día. En un primer momento me había dado la impresión de ser alguien rarito y un poco patoso. Pensé que sencillamente era tímido, pero a medida que pasábamos más tiempo juntos, tuve la sensación de que solo era un tío que hablaba de forma pausada. Era relajado y divertido. Se hacía muy fácil estar con él.

—Esta es la calle Montgomery —indicó cuando entramos en el centro del pueblo—. Una vez que llegas a la parte sur del centro, se convierte en la calle Mill.

Pasamos por un mercadillo de granjeros, de coloridos tenderetes y animados puestos.

—La calle del Mercado es donde se encuentra la mayoría de las tiendas. La tienda de golosinas de Samuel Smith es mi local favorito —comentó, señalando hacia una tienda con un ribete azul y un banco rojo delante—. El tipo que interpretaba a Ant-Man en la película es uno de los copropietarios o algo así.

—¿En serio? ¿Paul Rudd? —Ma piensa que Paul Rudd es el hombre blanco más elegante que haya visto nunca.

—Es un tío guay —dijo Karter riéndose—. En la tienda de Samuel tienen esos caramelos llamados Clodhoppers. Son de mantequilla de cacahuete, masa y galleta salada recubierta de chocolate con leche. Están buenísimos.

—Vale, ahora me ha entrado mucha hambre.

—Puedo llevarte si quieres ir —se ofreció—. Quiero decir, solo si te apetece —corrigió rápidamente, manteniendo los ojos en el volante.

—Eso me gustaría, me gustaría mucho, ¿quizá otro día? Quiero llegar al hospital antes de que sea demasiado tarde.

—Oh, claro, por supuesto —contestó Karter—. No va a irse a ninguna parte.

Sonreí, y mientras atravesábamos el pueblo, imaginé qué aspecto tendrían los arces que alineaban las calles en otoño, cuando su follaje se convirtiera en un caleidoscopio de dorados y rojos. Avanzábamos lo suficientemente despacio para que pudiera captar sus sutiles movimientos, gestos que no estaba segura de que otras personas pudieran advertir. Esos movimientos —la suave oscilación de las hojas, una casi imperceptible prolongación de las ramas— eran como inhalar profundamente y lo hacían por mí. Por primera vez en mucho tiempo, los percibí más como un don que como una carga.

—Este lugar no parece real —comenté.

—Lleva tiempo acostumbrarse.

—¿Cómo fue criarse aquí? —pregunté—. Porque no voy a mentirte, he visto exactamente otras seis personas de color desde que llegamos, y tu madre y tú sois dos de ellas.

—El hecho de que nos hayas visto a todos es prácticamente lo único que necesitas saber —sacudió la cabeza—. Bueno, pero ahora en serio, no está mal. La gente por lo general es bastante agradable. Aquellos que viven aquí todo el tiempo no salen mucho. Los turistas son molestos especialmente en verano, pero bueno, ¡qué se le va a hacer!

Pasamos por delante de un imponente edificio con un letrero que decía Taberna de Beekman Arms.

—Aquí todo parece sacado de un libro de historia. ¿Es muy antiguo este lugar?

—Bastante —contestó—. Me refiero al pueblo. Aunque la gente de por aquí también es mayor. Creo que la media debe de estar alrededor de sesenta y cinco años.

—¿En serio?

—Probablemente —sonrió Karter—. Hay un salón de bingo al final de la calle del Mercado que está abarrotado cada fin de semana.

—¿Así que ahí es donde está la fiesta los sábados por la noche? Bueno es saberlo.

—Si por «la noche» te refieres a las cinco y media de la tarde, entonces sí. —Giró en redondo—. El hospital está en esta dirección.

Para cuando llegamos, ya era media tarde. Karter aparcó la camioneta y se volvió hacia mí.

—¿Quieres que vaya contigo?

—Claro, pero ni siquiera sé si me van a dejar verlo.

—Supongo que pronto lo sabremos, ¿no?

Caminamos hasta el interior, y una mujer con una blusa de estampado floral con el cuello pulcramente planchado nos miró con gesto suspicaz desde su puesto detrás del mostrador de información.

—¿Puedo ayudaros? Parecéis perdidos.

—Estoy buscando a un paciente —dije—. Se llama Alec Morris. Llegó ayer en ambulancia.

Ella tecleó en su ordenador y leyó en la pantalla que tenía delante.

—Está en la habitación 316. Al parecer está bajo custodia, así que no podréis verlo sin la escolta de la policía.

Suspiré. Eso tenía sentido. La doctora Grant había dicho que lo mantenían vigilado.

—Gracias —dije, decepcionada.

Me volví para caminar hacia la puerta, pero Karter deslizó su brazo bajo el mío y tiró de mí en dirección al ascensor.

—Deberíamos recoger tu medicación aprovechando que estamos aquí —comentó.

—¿Eh?

Y apretó mi mano suavemente.

—Oh —repliqué, comprendiendo su ardid—. Buena idea.

Karter sonrió a la recepcionista mientras nos metíamos en el ascensor. Tan pronto como la puerta se cerró, me soltó del brazo.

—No van a dejar que lo veamos.

Se quedó pensativo durante un momento.

—Yo puedo hacer que se distraigan para que tú te cueles.

—Espera. ¿Cómo dices?

—Me resbalaré y caeré o algo así —sugirió con una sonrisa—. Es posible que no tenga ni que fingir. Tengo dos pies izquierdos.

—No me había dado cuenta —mentí. Aunque obviamente ya lo había advertido. Resultaba bastante gracioso que la persona que me iba a ayudar a colarme en la habitación del extraño del bosque fuera probablemente el chico más descoordinado que había visto nunca. Me coloqué bien las gafas—. ¿Entonces se te da bien engañar a la gente? ¿Es algo por lo que deba preocuparme?

—No. —Mostró esa enorme sonrisa dentada tan suya—. Pero tenlo en cuenta por si alguna vez necesitas hacer planes chapuceros que posiblemente no vayan a funcionar.

El ascensor subió hasta la tercera planta. Las puertas se abrieron y seguimos los rótulos hasta la habitación 316. Era la última habitación del ala izquierda, y un oficial de policía estaba sentado delante de la puerta mirando su teléfono. Me escondí detrás de un carrito de la basura tirando de Karter para que se ocultara a mi lado.

—¿Qué vamos a hacer? No puedo plantarme ahí delante.

Karter se mordió el labio inferior, juntando sus pobladas cejas. De pronto dio una palmada.

—Está bien.

Se levantó y salió de detrás del carrito, atrayendo la atención del policía.

—Mierda —exclamé por lo bajo.

El tobillo izquierdo de Karter se torció súbitamente y su pierna se dobló bajo su peso. Cayó al suelo gimiendo y empezó a rodar.

El oficial se levantó de un salto y una enfermera apareció doblando la esquina. Corrí para ponerme tras ella, confiando en que eso hiciera mi acercamiento a la habitación 316 menos evidente. La enfermera se arrodilló al lado de Karter mientras este se agarraba el tobillo. Una fina capa de sudor cubría su frente. No estaba bromeando cuando dijo que tal vez no tuviera que fingirlo. Le miré a los ojos y él hizo un gesto hacia la puerta antes de soltar otro gemido. Con mucho sigilo, me deslicé por detrás del policía y de la enfermera mientras ambos intentaban reconfortarlo. Caminé de espaldas hasta que alcancé la puerta y luego rápidamente me colé en el interior y cerré tras de mí.

El paciente estaba atado a los raíles de la cama y roncaba sonoramente. La habitación era pequeña, con una sola ventana que daba al aparcamiento. La insípida decoración monocroma hacía que el espacio pareciera un tanto agobiante.

Me aclaré la garganta. El hombre se revolvió sobresaltado. Alzó la cabeza de la almohada y su mirada se posó en mí. Su ojo derecho estaba hinchado y cerrado, pero el corte en el labio había sido cosido. El monitor que controlaba los latidos de su corazón pitaba con fuerza.

—¿Qué es lo que quiere? —dijo con voz grave y ahogada. Di un paso para acercarme. Él entornó su ojo izquierdo inyectado en sangre—. Ah, eres tú.

—No me conoce —dije—. Usted me llamó Selene al verme por primera vez, pero yo no soy ella.

Su rostro, hinchado y amoratado como estaba, se suavizó.

—Lo siento. Te pareces mucho a ella. Es muy raro.

—¿La conocía?

Asintió.

—Y a su hermana, Circe. Ahora ya no están. Todos se han ido. Siento haberte asustado. Estaba confuso. Me sentí un poco despistado ahí fuera.

—Hablando de eso —empecé—. ¿Cómo hizo para llegar a la verja? Está en una propiedad privada y es…

Alzó la ceja izquierda, un gesto sencillo que pareció causarle un dolor desproporcionado.

—Es difícil llegar hasta allí —añadí.

Me miró atentamente.

—Sé lo difícil que es. —Se revolvió en la cama, haciendo una mueca con cada movimiento—. Por eso llevé mi machete. Tenía que ir despejando el camino, y aun así… —Alzó una mano delante de él. La piel se había desprendido de varios de sus dedos y las uñas se le habían puesto negras. Se recostó sobre la almohada soltando una áspera risa seca—. Debería haberlo sabido. Hay una razón por la que nadie puede llegar hasta ahí. Pensé que serían trampas o cepos, o quizá algún elaborado sistema de seguridad. Sabía que estaría todo muy crecido. Pero no tenía ni idea de que el maldito bosque fuera a cobrar vida e intentara matarme.

De haber habido en ese momento alguna planta cerca, me habría localizado, atraída por las palpitaciones de mi corazón.

—No te preocupes —declaró—. No volveré a acercarme por ahí. Apenas he sobrevivido tal y como está. No tiene sentido poner otra vez a prueba mi suerte.

—Pero ¿por qué quiso ir allí?

—La casa estuvo oscura durante años. Después de la muerte de Selene, Circe cerró la tienda.

—¿La botica?

El monitor pitó y uno de los manguitos de su brazo se apretó.

—Medicina natural. Remedios. Y también otras cosas, pero yo no soy la persona indicada para contarlo.

Miró hacia la ventana.

La parte de la medicina natural tenía sentido, pero ¿cuáles eran esas otras cosas?

Se volvió hacia un costado y la sábana se deslizó. Estaba cubierto de profundas heridas de aspecto doloroso. Rápidamente se cubrió de nuevo.

—Para eso necesitaba las hierbas. La diabetes daña los vasos sanguíneos y dificulta que las heridas se curen. He probado cada ungüento y cada crema que mi médico me ha recomendado, pero nada funciona como la consuelda. Sin embargo, tenía que ser la consuelda que Circe y Selene estaban cultivando. Es la mejor. Sabía que cultivaban las hierbas en alguna parte de su propiedad, así que me acerqué a descubrir dónde era. Llevo mucho tiempo sin usarla, va a hacer casi diez años. Estaba desesperado. No sabía que os habíais mudado. Vi que entrabas en el bosque y pensé... Pensé que eras Selene. Que había vuelto de entre los muertos para ayudarme.

—No pretendo ser grosera, pero la muerte es bastante permanente —comenté.

—Si tú lo dices... —Sacudió la cabeza—. No importa. Estaba confuso. Quizá todavía lo esté. Lo siento, de verdad.

Mi instinto me decía que lo que estaba contando era verdad, y me sentí mal.

—Escuche. Puedo conseguir la consuelda para usted. Aún queda un poco en la casa.

Se volvió hacia mí.

—¿Harías eso? ¿A pesar de haber invadido tu propiedad y haberte dado, probablemente, un susto de muerte?

—No es ninguna molestia.

—Te pareces a Selene. —Sonrió y su voz sonó triste—. Tú también tienes un corazón generoso.

—Pero no soy ella —aseguré con firmeza—. Me llamo Briseis.

Sus ojos se abrieron.

—Como el mito griego.

Asentí.

—Le conseguiré la consuelda si promete no volver a husmear alrededor de la casa nunca más. No es seguro. —No para él, en todo caso, y no solo debido a las plantas. Amá y Ma podrían volver a mandarlo al hospital si aparecía otra vez.

Alzó la mano derecha. Las heridas de su antebrazo estaban abiertas y supurando.

—Palabra de *scout*.

—Volveré cuando esté mejor.

Salí de la habitación del señor Morris. El oficial había retomado su puesto junto a la puerta y giró la cabeza hacia mí.

—¿Cómo ha entrado ahí?

—Lo siento, me equivoqué de habitación.

Me apresuré por el pasillo y doblé la esquina hasta llegar a la sala de espera. Karter estaba ahí sentado mirando el puesto de enfermería, con el talón apoyado sobre una mesita. Sostenía una bolsa de hielo en el pie y el teléfono en su oreja.

—Es una torcedura. No es importante. Y no va a fastidiar nada.

Se apoyó sobre el respaldo del asiento.

Extendí la mano. Tenía que estar hablando con su madre.

—Deja que hable con ella. Es culpa mía.

Negó con la cabeza.

—Mamá, tengo que irme. Voy a llevar a Briseis a casa.

Ella dijo algo y él gruñó en respuesta antes de colgar.

—Lo siento —dije.

—No pasa nada. —Se puso en pie, comprobando el peso sobre su tobillo lesionado—. Está preocupada por que vaya a perder mi turno en la librería. No le importa nada lo de mi tobillo.

—¿Qué quieres decir con que no le importa? Es tu madre.

Ladeó la cabeza, frunciendo la frente. Abrió la boca para decir algo y luego cambió de opinión.

—Vamos.

Karter caminó cojeando hacia el ascensor. Deslicé mi cuerpo por debajo de su brazo colocando una mano alrededor de su cintura para que pudiera apoyarse en mí.

Sonrió.

—Gracias.

—Ya te tengo.

—¿Quién es el tipo? —preguntó—. Supongo que sigue vivo.

—Está hecho una pena, pero creo que se pondrá bien.

142

Ayudé a Karter a llegar hasta su camioneta.

—Me ofrecería a conducir, pero probablemente terminaríamos volviendo al hospital con algo mucho peor que un tobillo torcido. Ni siquiera tengo carné.

—Estoy bien —aseguró Karter—. En serio.

Me subí al asiento del pasajero. Me sentía culpable por haberle arrastrado a esto.

—O sea, que tu madre estaba bastante enfadada, ¿no? Lo siento. No pretendía meterte en líos.

—Como he dicho, no es culpa tuya.

—Fui yo quien te pedí que me trajeras aquí.

Echó la cabeza a un lado.

—Entonces tal vez sea culpa tuya. —Entornó los ojos, y ambos nos reímos—. Nuestra relación es… complicada. Siempre he sentido como si lo estuviera fastidiando todo, como si no estuviera haciendo o diciendo lo correcto.

Me recosté en el asiento mientras él ponía en marcha la camioneta y salíamos del aparcamiento.

—Lo siento —comentó, mirando hacia delante—. Quizá he hablado demasiado.

—No, está bien —le tranquilicé—. Así que ¿tenéis una relación un poco tensa?

Titubeó un segundo antes de dejar que sus hombros cayeran. Sacudió la cabeza.

—Yo no diría tensa. La quiero más que a nadie. Ella espera mucho de mí. Y me hace sentir como si siempre la estuviera decepcionando.

—¿Porque te has torcido el tobillo?

—No es solo eso. —Suspiró profundamente—. No es nada. Necesito dejar de ser tan sensible.

—No, no digas eso —repliqué—. Ser sensible está bien.

Su boca se curvó en una sonrisa divertida. Su teléfono vibró en el bolsillo mientras enfilaba el camino de entrada a la casa. Aparcó el coche en el sendero, miró la pantalla de su móvil y suspiró.

—Ella nunca sabe cuándo parar.

Me apeé de un salto cogiendo la bolsa con las guías de campo.

—Lo que quiera que esté sucediendo entre tu madre y tú espero que vaya a mejor. Y si lo necesitas puedes hablar conmigo de cualquier cosa.

Sonrió, pero con la boca pequeña.

—¿Quieres que quedemos mañana para desayunar? —propuso.

—O puedes venir aquí y yo prepararé el desayuno. —Ma apareció rodeando la camioneta y frotándose las manos.

—¿Cómo has podido oír lo que ha dicho? —pregunté—. ¿Estabas acechando en el porche?

—Sí —contestó Ma, en absoluto arrepentida.

—Eso suena a un buen plan —dijo Karter.

—Ven hacia las nueve. Prepararé un letal gofre belga.

—No has hecho un solo gofre en tu vida —repliqué. Nunca había conocido a alguien que preparara la comida o la cena tan bien como ella pero que fuera incapaz de hacer un desayuno decente ni para salvar su vida. Esa era la razón por la que en la panadería nos conocían tan bien—. ¿Acaso no quemaste los huevos revueltos la última vez?

Ma me atrapó en un abrazo de oso y no pude decir nada más.

—Te veré mañana, Karter. Y trae buen apetito.

—Aquí estaré —contestó—. Adiós, Briseis.

Dio la vuelta con la camioneta y se marchó.

Ma sonrió cuando me liberé de su abrazo y me ajusté las gafas.

—En serio —espeté—. ¿Por qué actúas así? ¿Estás bien? ¿Necesitas echarte un rato? —Posé mi mano en su frente para ver si tenía fiebre.

—Para ya, niña —dijo sonriendo—. Estoy feliz por ver que sales de casa y haces amigos.

—¿De verdad vas a preparar gofres? Acabamos de mudarnos. Amá se cabreará si quemas este lugar.

—Estará bien. Cuéntame más cosas sobre Karter. Te gusta, ¿no?

—Es muy simpático —dije, haciendo una pausa para considerar a dónde pretendía llegar—. Me gusta como amigo y, sinceramente, eso es lo que necesito ahora mismo.

—Y eso es más importante que cualquier otra cosa —concluyó Ma.

Yo siempre podía saber si alguien me gustaba. La gente no solía atraerme, o bien me gustaban directamente o nada en absoluto, y Karter me gustaba. Pero eso significaba que en algún momento tendría que decidir cuánto debía contarle y cuánto debía ocultar, y odiaba esa parte.

CAPÍTULO 12

Encontré a Amá en la cocina. Frotaba las baldas como si su vida dependiera de ello. Tenía los ojos enrojecidos como si hubiera estado llorando.

Advirtió la preocupación en mi cara.

—Son mis alergias. Este lugar está lleno de polvo. ¿A dónde has ido?

—Fui a dar una vuelta con Karter durante un rato.

—¿Viste algo interesante?

—Más o menos. Pasamos por delante de un lugar llamado la Tienda de Golosinas de Samuel. Tiene muy buen aspecto. Sirven café y esas cosas. Tal vez podamos ir algún día.

—¿Mañana? —preguntó Amá.

—No, mañana Ma va a preparar gofres.

—Un momento. ¿Quién va a preparar gofres?

—Karter va a venir mañana a desayunar, y yo voy a preparar gofres —dijo Ma entrando en la cocina y mostrándome un ceño exageradamente fruncido—. Mira lo que he encontrado antes.
—Se acercó al armario y sacó lo que parecía la primera plancha de hierro de gofres que se hubiera fabricado. La dejó sobre la encimera con un ruido sordo—. Esto me ha inspirado.

Amá se quedó mirándola como si tuviera dos cabezas.

Ma cruzó los brazos sobre el pecho.

—Me cabrea que las dos creáis que no puedo hacer gofres. Ni que se tratara de una ingeniería aeroespacial.

—Lo sé —contestó Amá—. Pero, cielo, ¿alguna vez has intentado hacer gofres?

Traté de contener una carcajada, pero no pude. Ni tampoco Amá. Ma se dio la vuelta y se marchó.

—Mañana os demostraré que estáis equivocadas —replicó por encima de su hombro—. Y entonces querréis que os prepare gofres todo el tiempo, y me negaré.

Amá suspiró y se arrodilló para limpiar el zócalo de los armarios.

—Bri, asegúrate de tener la cámara lista cuando empiece a cocinar, pero también estate preparada para llamar a los bomberos.

—Oh, ya estoy en ello —dije—. Voy a empezar a revisar algunas cosas del piso de arriba. Mmm… Encontré algo cuando estuve husmeando afuera.

—¿Ah, sí? —inquirió—. ¿De qué se trata?

Quería contárselo todo, pero me contuve. Aún estaba intentando descubrir lo que Circe había querido comunicarme a través de las cartas y entender por qué mi inmunidad tenía que ver con el trabajo que había mencionado.

—Un jardín —anuncié—. Está todo descuidado y prácticamente muerto, pero creo que puedo arreglarlo.

—Si alguien puede hacerlo, esa eres tú. —Se sentó con las piernas dobladas bajo su cuerpo—. ¿Te gusta estar aquí, cariño? Sé que no es Brooklyn. Es diferente. Pero, para ser sincera, si conseguimos resolver lo de esa gente que aparece fortuitamente y el problema del polvo, tal vez consiga llegar a apreciarlo. He oído a los pájaros piar por las mañanas, cielo. Pájaros. Y no a esas asquerosas palomas.

—Las palomas ni siquiera pían.

—No, están demasiado ocupadas robando la comida de la gente, cagándose en todos sitios y zureando. Eso es precisamente a lo que me refiero. Este lugar tiene pájaros auténticos, y a pesar de que este polen me está matando, el paisaje es muy bonito. Creo que me gusta.

147

Amá era una chica de ciudad hasta la médula, una neoyorquina, la reina del «ocuparse de sus propios asuntos». No creía que cruzar la calle imprudentemente fuera algo real y yo pensaba que no sería capaz de vivir sin sus sándwiches cubanos favoritos de la bodega que había más abajo de la calle. Nunca imaginé que podría ser feliz en cualquier otra parte salvo en Brooklyn, pero aquí se la veía menos estresada de lo normal. Sonreía más y me daba más libertad de la que había tenido hasta ahora.

Habíamos pasado tanto tiempo preocupándonos únicamente por cómo íbamos a pagar las facturas que la sola posibilidad de no tener que hacerlo más era suficiente para que mis ojos se llenaran de lágrimas, porque sabía lo que eso significaba para ella, para las tres.

Se levantó y cogió mis manos entre las suyas.

—He estado hablando con Ma y ella me ha hecho pensar. Quizá puedas bajar un poco tu guardia mientras estemos por aquí.

—¿Qué? —Me sorprendió. No me esperaba eso de ella en absoluto.

—Quizá ambas debamos relajarnos un poco. He estado tan preocupada por ti y por tu poder... Lo único que quiero es protegerte. Te quiero mucho. —Acarició suavemente las líneas de mi palma y las lágrimas se agolparon en sus ojos—. Pero tienes este don por alguna razón, ¿no es cierto? Así que tal vez mantenerlo embotellado no sea el movimiento correcto. Sal a explorar, cultiva algunas plantas. Encuéntrame algo bonito que poner en la ventana, ¿de acuerdo?

Enterré mi cara en su hombro.

—Es una alegría verte así.

Me sostuvo contra ella.

—¿Así cómo?

—Feliz. No tan preocupada y pidiéndome que ponga flores en la ventana.

Recorrió el perfil de mi cara con sus dedos.

—Supongo que todas hemos estado muy tensas, y sufriendo mucho estrés. Ahora que tenemos este lugar, quizá podamos soltar una parte de esa ansiedad. Pero ya veremos, cielo. Vayamos día a día.

—Te quiero, mamá.

Me besó en la coronilla estrechándome con fuerza.

—Y yo a ti más. Y ahora sal a ese jardín y cultiva algunas peonías para mí. Ya sabes que me encantan.

—Espera un momento. —Salí de la cocina y me dirigí a la botica. Me subí a la escalerilla y busqué el tarro que había visto la primera vez que entramos: raíz seca de peonía. Rescaté un trozo y lo llevé de vuelta a la cocina.

Lo posé suavemente en su palma y tapé su mano con la mía. Inhalé profundamente. Una cálida sensación afloró de la punta de mis dedos. Un ligero mareo me invadió, pero respiré hondo y me dejé llevar por esa sensación. Relajé la barbilla, deseché la idea de que algo iba a salir mal y permití que la energía fluyera a través de mí.

El mareo desapareció de inmediato. La raíz se movió. Mamá inhaló con fuerza. Un pequeño tallo verde irrumpió entre mis dedos hasta alcanzar los treinta centímetros de alto. Un capullo floreció, y reveló los pétalos más negros que había visto nunca, con el sombrío centro tan rojo como la sangre.

—Es una peonía ónix —anuncié—. Es la especie más rara de peonía que existe.

Me quedé fascinada ante esa planta única, pero también sorprendida por mi propia resistencia a este poder.

Quizá preocuparme tanto por tratar de controlarlo fuera lo que causaba el malestar y el cansancio que siempre había sentido después de hacer que las flores brotaran. Esta vez no sentí nada de eso. Cuando alcé la vista, Amá me estaba observando.

—¿Qué pasa?

—Tú, cielo —me miró como si me viera por primera vez—, eres mi chica mágica.

Colocó la flor en un vaso con agua y cuando me alejé hacia el vestíbulo la música empezó a sonar. Las familiares notas musicales de Josephine Baker cantando *Blue Skies* en su característico tono susurrado inundaron la casa.

Ma asomó la cabeza.

—¿Ha puesto Amá esa música?

—Sí. Dice que este lugar está empezando a gustarle.

La boca de Ma se curvó en una extasiada sonrisa.

—¡Quién lo hubiera imaginado! —comentó, y volvió a su tarea de quitar el polvo a las estanterías y al alféizar de las ventanas, tarareando al compás de la música.

Subí al piso de arriba y saqué el mapa que Circe me había dejado para estudiar la disposición en forma de tablero de ajedrez de los parterres del jardín. Crecerían mejor si transfería las plantas que compartían el mismo tipo de tierra a los mismos parterres. Aquellas que necesitaban un suelo más ácido se desarrollarían en los parterres con plantas similares, en lugar de separarlos en lotes individuales con estacas de madera.

Puse papel blanco entre las páginas de mi cuaderno por encima del mapa, pensando que quizá podía trazar la posición de los parterres y hacer un boceto de la forma en que debía reorganizar las plantas.

La brillante hoja de papel blanco sobresalía casi ocho centímetros por encima de la parte superior del mapa. Pasé los dedos sobre el áspero borde. Parecía como si hubiera sido cortado con unas tijeras sin filo.

Me levanté de un salto y agarré mis gafas lupa que había guardado en una pequeña caja junto con todo mi equipo de investigación antes de mudarnos. Me las puse y examiné el deshilachado borde del mapa. Faltaba una parte. Y cerca del centro, una minúscula gota de tinta se había corrido de donde fuera que hubiera estado anteriormente. Había algo más allá del muro al fondo del Jardín Venenoso.

Me calcé las zapatillas y corrí escaleras abajo. Amá y Ma estaban ocupadas, así que salí por la puerta principal y rodeé la casa en dirección al sendero oculto. La cortina de enredaderas retrocedió cuando me acerqué, pero esta vez no me preocupé por cómo los árboles o la hierba pudieran comportarse. El bosque a mi alrededor respondió creando una ondulante ola de arbustos, despejando el sendero de palos y piedras, para abrirme paso. Aferré el mapa en mi mano mientras me dirigía hasta los umbríos confines del bosque.

Los árboles se inclinaron hacia el otro lado para permitirme abrir la puerta con la llave. Rápidamente pasé al interior y me dirigí directamente hasta la puerta de la luna. Me había mostrado valiente en el bosque, pero no sabía si debía sentirme tan segura en esta parte del jardín. Un error ahora podría ser fatal.

Me interné en el Jardín Venenoso. Una vez más, la sensación de agua helada descendiendo por mi garganta me cogió por sorpresa. La fría sensación de ardor me escoció al principio, pero se desvaneció más pronto que en mi visita anterior. Tragué con fuerza. Solo me quedó un leve hormigueo, pero no me dolía.

Lentamente me acerqué al muro trasero. Las copas de los árboles se colaban a través de los arcos metálicos sobre mi cabeza. El muro estaba cubierto por una capa de hiedra venenosa y garra del diablo tan espesa que apenas podía distinguir las piedras de debajo. Toqué las hojas, y comprobé una vez más mi inmunidad.

En cuanto mis dedos acariciaron el follaje, las enredaderas se soltaron y se enroscaron alrededor de mis muñecas. Retiré la mano, pero me agarraron con más fuerza. Sus largas puntas dentadas presionaban sin pincharme. Sentí mi corazón a un ritmo furioso, intenté desenredarme.

Algunas de las hojas púrpuras se soltaron en el forcejeo pero volvieron a florecer bajo mi tacto. Otro zarcillo rodeó mi cintura y me apretó tan fuerte que me dejó sin respiración. Me arrastraron a través del suelo, las gafas se me resbalaron y me elevé hasta que sentí mis pies en el aire.

—¡Parad! —grité.

Las venenosas enredaderas me posaron suavemente en el suelo pero sin soltarme. La garra del diablo y la hiedra venenosa se separaron como el telón de un teatro delante de mí. Allí, en el muro de piedra, había una oxidada puerta metálica y, en el centro, lo que parecía un escudo de armas o algún tipo de blasón.

La garra del diablo se desplegó, liberándome de su presión. Froté mis doloridas muñecas. Una única espiral de hiedra se escurrió por el suelo. De ella brotaron tres escuálidos zarcillos que usó como dedos para recoger mis gafas y entregármelas de vuelta.

—Ah, gracias.

No supe qué más decir, así que limpié las lentes con mi blusa y me acerqué hasta la recién descubierta puerta para examinar el símbolo.

En el centro destacaba la cara de una mujer o —como advertí al aproximarme— tres caras. Una mirando directamente desde el centro y las otras dos vueltas hacia los lados. Por encima de los rostros había una corona de parra entrelazada. Y todo ello dispuesto dentro de una especie de escudo rodeado por zarcillos de plantas y hojas enroscadas. En la parte superior, un relieve con intrincados detalles mostraba una llave cruzada por dos antorchas.

El fondo de la placa donde se situaba el ojo de la cerradura estaba maravillosamente labrado con un diseño en espiral que me recordó a la garra del diablo.

Saqué mi llavero y probé a introducir las tres llaves en la cerradura, sin éxito. Me aparté ligeramente de la puerta y las enredaderas volvieron a su lugar para ocultar totalmente la entrada.

No había ninguna mención sobre otra llave en las cartas de Circe, pero me había dicho que todo lo que necesitaba saber podría encontrarlo en la casa. Quizá la llave estuviera allí en alguna parte. Solté un cansado suspiro cuando evoqué las innumerables pilas de periódicos y revistas, los cajones llenos de cachivaches y los roperos tan grandes como nuestro apartamento en Brooklyn. Ni siquiera sabía por dónde empezar.

ево

La idea de descubrir qué había detrás de la puerta en la parte trasera del Jardín Venenoso me carcomía mientras iba de un cajón a otro, de un armario a otro. Las preguntas se agolpaban en mi cabeza retorciéndose sobre cada idea que surgía. No podía dejar de pensar en lo que habría detrás y en por qué, en un jardín lleno de plantas que podrían matar a cualquiera que no fuera yo, era necesario cerrar con llave una puerta de acero que parecía pertenecer a la cámara acorazada de un banco.

Comprobé la caja fuerte una vez más para asegurarme de que no había olvidado nada e hice fotos de las páginas del libro grande para saber cómo debía cuidar las plantas del Jardín Venenoso que no había reconocido. Amá y Ma habían sacado un buen montón de basura de la torre, así que examiné los títulos de las estanterías uno a uno, comprobando entre sus páginas si había algún espacio oculto donde alguien pudiera haber metido la llave de la terrorífica puerta de un jardín amurallado en medio de los bosques.

Los libros del fondo de la estantería eran más antiguos que los que estaban en primera línea, con cubiertas de cuero y páginas amarillentas y frágiles. Saqué un pequeño y desgastado libro que parecía estar en peor estado que los demás. En su portada se podía leer la palabra «Medea», y debajo, el nombre de Séneca. Abrí la tapa y leí:

¡Oh, dioses! ¡Clamo venganza! Venid a mí ahora, os lo suplico, y ayudadme…

Hojeé el resto del libro. Había visto la película *Hércules* suficientes veces como para reconocer a algunos de los personajes, como Jason, el cabecilla de los argonautas, que pilotaba un barco llamado Argo. Pero la protagonista principal del cuento parecía ser Medea, la mujer de los cuadros que colgaban en la torre.

Dejé el libro a un lado y continué revisando las estanterías. Había más libros antiguos, algunos en fundas de plástico con las guardas desprendidas y pliegos sueltos. Llegué a una sección repleta de media docena de encuadernaciones idénticas.

153

Cada volumen forrado en cuero estaba lleno de listas de hierbas y plantas, todas con instrucciones detalladas de sus distintos usos y cuidados. Cada hierba, planta, árbol o arbusto en que podía pensar estaba ahí detallado, junto con docenas de otros que no reconocí. Al lado de cada uno se encontraban las instrucciones de uso. Todo el tomo estaba dedicado a la preparación de remedios herbarios para dolencias que iban desde el síndrome premenstrual a la artritis. Había bálsamos para golpes y sarpullidos, tinturas para dolores de estómago y de cabeza. Dejé los libros de vuelta en la estantería y cogí el ejemplar de *Medea* para llevarlo a la mesa del centro de la habitación y leerlo.

Me pasé media hora revisándolo. Medea era una mujer despreciada, tan llena de rabia y furia que conspiraba contra su desleal marido preparando un veneno para matar a su nueva amante. Me sentí tan alterada por la descripción de Medea matando a sus propios hijos para herir a Jason que tuve que cerrar el libro y volver a centrarme. La historia daba a entender que Jason era la persona por la que el lector debería sentir compasión, pero la figura trágica era claramente Medea. ¿Qué clase de persona haría eso a sus propios hijos?

Cogí otros tres libros del fondo de las estanterías: *Las metamorfosis*, *Fábulas* y *Heroidas*, y los llevé a mi habitación.

Pasé el resto de la tarde leyéndolos y tomando notas. Cada libro que mencionaba a Medea tenía una marca, párrafos subrayados con lápiz y notas garabateadas en los márgenes. Era devota de una diosa llamada Hécate, la guardiana de las encrucijadas de caminos y de las llaves. Se la conocía por cientos de nombres, y su mitología se remontaba aún más atrás que la de Medea, a un tiempo anterior a la existencia de los dioses de la mitología griega. Hécate y Medea siempre se mencionaban conectadas la una con la otra.

Ma asomó la cabeza.

—¿Estás bien? Llevas aquí dentro un buen rato.

Comprobé mi móvil. Eran casi las ocho de la tarde.

—He perdido la noción del tiempo. —Di un salto para incorporarme de la cama—. Le dije a Amá que iba a ayudarle a limpiar. Lo siento, me he entretenido con estos libros viejos que encontré.

—No te preocupes. Tenemos tiempo de sobra para limpiar. Yo tampoco elegiría limpiar teniendo un buen libro, cielo. Mientras estés bien, te dejaré tranquila.

—Estoy bien —aseguré—. Aunque tengo una pregunta.

—Dispara.

—¿Sabes algo sobre mitología griega?

Apretó los labios.

—Estudié Económicas en la universidad, cielo. La mitología griega no es algo a lo que me haya dedicado, pero tenía una amiga que sí lo hizo. Fue conservadora en el Museo Brooklyn durante unos años. No sé si aún sigue allí, pero puedo pasarte su correo.

—Eso estaría genial. He encontrado todas estas historias antiguas. Hay una mujer llamada Medea, y…

—¿Como la Madea de Tyler Perry?

—Uf, no —contesté sonriendo—. Es Medea, no Madea. Era la hija de un rey y devota de una diosa, y Circe tiene cuadros suyos por todas partes. Es muy raro, pero quiero estudiarlo.

—Hay un montón de cosas raras por aquí —comentó—. ¿Ese tipo que apareció ahí fuera? Era raro. Me pregunto si lo arrestarán cuando se recupere, si es que no lo han hecho ya.

—Era bastante mayor —repuse—. No creo que debamos presentar cargos ni nada parecido.

Ma suspiró.

—Probablemente tengas razón. Hablaré con Amá. Entre tanto, tengo *pizza* y una especie de cerveza de jengibre que probablemente sepa fatal. Está todo abajo.

El timbre de la puerta sonó. Escuché el crujido que hizo al abrirse, y luego Amá me llamó.

—¿Briseis? Hay alguien aquí que pregunta por ti.

—¿Es el joven Trevante? —inquirió Ma, mirando hacia el vestíbulo.

—Se llama Karter —corregí mientras comprobaba mi teléfono por si tuviera algún mensaje o llamada perdida.

Nada.

El pellizco de decepción que sentí me pilló desprevenida. Estaba deseando poder quedar de nuevo con él.

Bajé la escalera con Ma detrás de mí.

Cuando eché un vistazo más allá de mi madre, reconocí inmediatamente a la persona que estaba en el umbral.

Era la chica que apareció en el sendero de entrada la otra noche, la primera vez que llamamos a la policía. La misma que se desvaneció directamente delante de nosotras.

CAPÍTULO 13

Esperé a ver si Amá o Ma decían algo. Ma había visto a alguien, pero no tenía claros los detalles. Amá no la había visto en absoluto. Ninguna de las dos pareció reconocerla.

En el momento en que nuestros ojos se encontraron, memoricé todo sobre ella, como si mi mente estuviera asegurándose intencionadamente de no olvidar ningún detalle. Era la persona más llamativa que había visto nunca. Su piel tenía el intenso color ocre de las hojas de otoño, y su cabello canoso y plateado estaba recogido por detrás en una masa de apretados bucles. Las comisuras de su boca se curvaron hacia arriba cuando me vio.

—Siento molestarte —dijo posando su mirada en mí. Se metió las manos en los bolsillos de su chaqueta de estampado de camuflaje—. Sé que es un poco tarde. Soy Marie, la nieta de Alec.

—¿Quién es Alec? —preguntó Amá.

Mi mente empezó a pensar a toda prisa en alguna mentira que no me diera demasiados problemas. No podía contarles a Amá y a Ma que había visitado a Alec en el hospital.

—Un tío que conocí en el pueblo —contesté apresuradamente—. ¿Quieres pasar?

Marie ladeó la cabeza y sonrió.

—Claro. Muchas gracias.

Dio un paso para entrar en el vestíbulo, pero Amá y Ma se quedaron ahí, esperando a que les diera una explicación.

—Sígueme —indiqué evitando sus miradas—. Cogeré la consuelda para ti.

Mis madres se echaron hacia atrás, pero pude sentir cómo observaban a Marie seguirme a través del pasillo. Nos metimos en la botica.

—¿Cómo está Alec? ¿Van a dejarle salir pronto?

Marie puso los ojos en blanco.

—No. Pero está bien. Un poco molesto, pero bien. Él mismo se metió en el lío, y si está sufriendo mientras se cura... —Se encogió de hombros como si dijera «es lo que hay». Se llevó una mano a la cadera y me miró de arriba abajo tan lentamente que tuve que apartar la vista por la vergüenza.

Una incómoda sensación de confusión y, para ser sincera, de intriga se apoderó de mí. No podía ser mucho mayor que yo, quizá diecisiete años a lo sumo. No fui capaz de distinguir si su pelo estaba teñido de plata o si era su color natural. Llevaba unos pantalones vaqueros ajustados con rotos en algunas partes a la altura de su muslo, donde su piel quedaba a la vista, y una camiseta blanca bajo su chaqueta de camuflaje. Sus gruesas botas negras crujieron a través del suelo mientras daba una vuelta por la tienda. Había algo extraño en la forma en que se movía, como si lo hiciera a cámara lenta, o cada uno de sus movimientos fuera deliberado.

De pronto fui consciente de que mi aspecto también debía de ser un desastre y rápidamente intenté buscar algo en donde mirarme. Saqué mi móvil y fingí leer el correo mientras abría la cámara de fotos y la enfocaba hacia mí. En cuanto pude verme, quise estampar mi teléfono contra el suelo y desaparecer en el maldito éter. Por supuesto esta preciosa chica se había presentado cuando estaba en mi peor momento. Suspiré. Ya era demasiado tarde para hacer nada al respecto.

—Fuiste tú quien estaba afuera la otra noche. —Mantuve la voz baja para que Amá y Ma no pudieran oírlo—. Asustaste a mis madres.

Sonrió como si fuera divertido.

—No era la reacción que buscaba.

—Si te plantas frente a la casa de un extraño en la oscuridad, lo más probable es que asustes a alguien.

—No era mi intención —replicó suavemente—. Ha pasado mucho tiempo desde la última vez que la tienda estuvo abierta. Había oído que una nueva familia se había trasladado, así que me pasé para verlo. Pero después de todo no sois una *nueva* familia, ¿no es así?

—¿Quieres decirme lo que eso significa? —pregunté. Busqué en la estantería y distinguí el tarro con la consuelda cerca de la parte alta. Deslicé la escalerilla justo debajo y empecé a trepar para cogerla.

—Eres pariente de Circe. —De pronto estaba en la base de la escalerilla sosteniéndola con firmeza con una sola mano—. Puedo verlo con solo mirarte. ¿Te importa si te pregunto en qué grado?

—Su hermana, Selene, era mi madre biológica.

Hizo un pequeño ruido como una tos, pero cuando miré estaba seria, pensativa. Bajé con cuidado y dejé el tarro sobre el mostrador mientras ella se colocaba al otro lado.

—¿Puedo preguntarte algo? —dije.

—Por supuesto.

Una vez más, algo en ella me impactó. Era guapa. No, más que eso, impresionante. Pero no era solo su belleza. Sacudí la cabeza.

—Eh, lo siento… He olvidado lo que iba a decir.

Se encogió de hombros.

—Suele pasar.

Me estrujé el cerebro tratando de recordar lo que quería preguntarle.

—Existen tiendas, ya sabes, en internet, que venden la mayoría de este material.

—No quiero comprar nada por internet, y nadie más quiere hacerlo.

—¿Por qué no? —inquirí.

—Porque no conozco a la gente que lo vende —respondió francamente—. Y no sé lo que pretendían hacer cuando cultivaron las plantas.

—¿Acaso eso es importante? ¿La intención de la persona que las cultivó?

—Más que cualquier otra cosa. —Miró a la pared con los tarros de cristal, y apoyó las manos sobre el mostrador, inclinándose—. Una vez leí un estudio sobre eso. Decía que si tienes una planta y le hablas como si la amaras, crecerá más rápido y más alta; pero que si no le hablas, o la insultas, se estropeará y morirá.

—Eso es verdad —reconocí. Había leído ese mismo artículo e incluso había elaborado una pequeña redacción sobre el proceso para la asignatura de Ciencias Medioambientales—. Así que quizá haya algo de cierto en lo que piensas y sientes cuando cuidas una planta.

Ella asintió.

—Eso creo. Yo imagino que las plantas son como un tipo de personas. Si le dices a una persona que no vale nada, hieres sus sentimientos cada día y también se marchita. —Dejó que sus delicados dedos bailaran sobre la superficie del mostrador, y luego volaran hasta sus labios. Sus ojos eran como el corazón de los girasoles reina de terciopelo, marrones y en llamas. Ella sostuvo mi mirada—. Pero imagina decirle a alguien que es hermoso, magnético e impresionante un día tras otro. Imagina cómo florecerá.

Volqué el tarro de consuelda mientras movía los papeles para intentar evitar su mirada.

Marie se irguió, con una sonrisa forzada en los labios.

—En cualquier caso, las plantas y las hierbas de aquí son mucho mejores. Permanecen frescas más tiempo. No se pudren en sus recipientes. ¿Por qué crees que será?

—No… no lo sé —mentí.

Estaba empezando a hacerme una idea.

—Eres nueva en este lugar, pero esto no es nuevo para ti, ¿verdad? —observó Marie—. Lo llevas en la sangre. Es parte de quien eres.

No podía mirarla directamente porque no sabía dónde se posaría mi mirada. ¿En sus grandes ojos? ¿En la curva de su grueso labio inferior?

—¿Y tú cómo sabes lo que llevo en la sangre?

—Yo sé un montón de cosas —replicó—. Por ejemplo, que hay bolsas de papel bajo el mostrador. Y debería haber una palita y una balanza también.

Bajé la vista. Tenía razón.

—Me llevaré doscientos gramos de consuelda —indicó.

—Vale. —Le quité la tapa al tarro. El nombre de la especie era *Symphytum officinale*—. Este tipo de consuelda se llama consuelda común. Es buena, pero la variedad rusa, *Symphytum uplandicum*, iría mejor para las úlceras de Alec. El contenido de alcaloide es mayor en esa variedad.

Alcé la cabeza para mirar a Marie. Arqueó las cejas y mostró media sonrisa. Rápidamente vertí las hojas secas de consuelda en la balanza, pesé los doscientos gramos, y luego los eché en una bolsa de papel. En el cajón a mi derecha encontré una hoja con pequeñas pegatinas negras y usé una de ellas para cerrar la bolsa. Se la tendí a Marie. Ella sacó un billete de veinte dólares y lo deslizó por el mostrador.

—No puedo aceptarlo —dije.

—¿Por qué? Es lo que le pagaba a Circe.

—¿Cuándo? Todo el mundo me dice que este lugar lleva cerrado mucho tiempo.

—Hace bastante. —Acercó el dinero hacia mí—. Tienes facturas que pagar, ¿no? Confío en que puedas reabrir la botica. Este lugar es más importante para la gente de lo que puedas imaginar.

Había evitado mi pregunta sobre cuándo había pagado a Circe como si no se la hubiera hecho. Algo subyacía en sus palabras, otro significado. Este lugar.

Marie se inclinó hacia delante. Giraba las cuentas de su collar entre los dedos. Sus uñas estaban pintadas de un rojo fuego y una piedra de ágata color musgo con forma de calavera adornaba su dedo medio.

—Esto ha ido pasando de un miembro a otro de mi familia durante generaciones. ¿Ves estas cuentas? ¿Sabes de qué están hechas?

Me incliné para observar mejor el collar. Ella se mordió levemente el labio inferior y suspiró. La calidez de su aliento y la cercanía de su cara con la mía encendieron un fuego dentro de mí. Aparté esos pensamientos y traté de centrarme en el collar.

Lo que parecían ser cuentas de madera eran, en realidad, secas semillas rojas y negras.

—Son *Abrus precatorious* —dije—. Coralillo asiático.

Sus dedos tamborilearon sobre el mostrador.

—Inofensivas en esta forma…

—Pero letales de cultivar.

—Exactamente.

Circe había sabido, o al menos había sospechado, que yo era inmune, y comencé a preguntarme si tenía un conocimiento aún más profundo de este misterioso don de lo que yo había pensado.

—Circe las reemplazó para mí a lo largo de los años —explicó Marie—. ¿Ves estas? —Tocó dos de las semillas, agrietadas y desconchadas—. Quizá tú puedas arreglarlas para mí ahora que ella no está.

El tarro etiquetado como *Abrus precatorious* estaba vacío, pero ella probablemente ya lo sabía. No me estaba pidiendo que subiera por la escalerilla, quería que las cultivara para ella.

—Te pagaré cien dólares por semilla —dijo Marie.

La puerta de la botica se abrió de golpe y Amá y Ma irrumpieron en la habitación. Ma casi hizo una voltereta, y luego de un brinco se plantó en el umbral.

—Solo estaba… comprobando las jambas de la puerta —explicó, frotándose el hombro—. Están sueltas. Y las bisagras…, rotas. Vamos a tener que arreglarlas. —Pasó una mano por la jamba como si la estuviera inspeccionando, y luego se volvió hacia Amá—. Cariño, ¿puedes llamar a alguien para que lo arregle?

Amá sacó su teléfono y se lo llevó a la oreja sin ni siquiera desbloquearlo o marcar un número. Fingió hablar con alguien, luego hizo una pausa y volvió a meter el móvil en su bolsillo.

—Estábamos escuchando a escondidas —admitió—. Lo siento. Os dejaremos a solas.

Y salieron rápidamente de la habitación cerrando la puerta, que funcionó perfectamente, tras ellas.

Suspiré.

—Son unas cotillas.

Marie se rio mientras sacaba su móvil.

—¿Cuál es tu número?

—¿Quieres mi número?

—Sí —afirmó sin la menor vacilación.

Me llevó un momento recordar mi propio y puñetero número de teléfono. Necesitaba recomponerme, porque así me estaba poniendo en ridículo. Tras teclear los números me envió un mensaje para que tuviera su información.

—Llámame. Podremos hablar más sobre Circe, sobre este lugar o quizá de otras cosas. —Antes de que tuviera ocasión de responder, se dio la vuelta y salió de la habitación, no sin antes girar la cabeza para mirarme a los ojos—. Adiós, Briseis.

La forma en que dijo mi nombre envió una cálida corriente a través de mi cuerpo, y no del tipo que sentía cuando las flores eclosionaban. Desapareció por el vestíbulo y, menos de un minuto después, mis madres ya estaban plantadas delante de mí.

—Suéltalo —dijo Ma—. ¿Quién era esa? ¿Y por qué te estaba mirando *así*?

—¿Te dijo que te pagaría cien dólares por unas semillas? —Amá parecía terriblemente preocupada—. ¿Qué clase de semillas? ¿Opio? ¿Acaso aquí en el campo la gente joven se coloca tanto?

—¿Cómo? ¡No! Son... son plantas. —Debía ponerles al tanto de al menos una parte de lo que estaba pasando para que no se preocuparan—. Circe y Selene llevaban una botica. Eso ya

163

lo habíamos imaginado, pero el caso es que ellas plantaban y cultivaban todo por sí mismas en el jardín del que os hablé.

—¿Y de verdad hay gente deseando pagar dinero por estas cosas? —se extrañó Ma mirando las estanterías.

—Esa es la razón por la que gente fortuita se ha dejado caer por aquí —contesté—. El lugar llevaba un tiempo cerrado, pero ahora se ha extendido la noticia de que estamos aquí, y creo que la gente está deseando que la reabramos.

—¿Y lo haremos? —preguntó Amá. Se volvió hacia mí—. ¿Tú quieres hacerlo?

No se trataba de si yo quería hacerlo, sino de que se suponía que *debía* hacerlo. La única cosa que se me había dado bien en toda mi vida era justo lo que estas personas necesitaban que hiciera. No era una coincidencia. No podía serlo.

—Quiero intentarlo y volver a abrir la botica. Yo me encargaré de los parterres y veré si puedo recuperar las plantas. Podríamos dirigirla igual que la floristería allá en nuestra casa. Quizá podríais ayudarme a gestionar la parte económica…

Amá suspiró.

—En cierto modo se parece a lo que hacemos, pero no deja de ser un negocio. Es mucho trabajo.

Ma miraba pensativa.

—No tenemos que pagar ninguna renta por este espacio, y el inventario será lo que quiera que estés cultivando en el jardín, ¿no?

—Yo misma lo cultivaré todo —aseguré—. Solo tendremos que pagar por los envoltorios, quizá por las etiquetas, y eso es todo.

—Y no estás preocupada por…, ya sabes, ¿la forma en que eso te hace sentir? —inquirió Amá.

Negué con la cabeza.

—No si no intento controlarlo con todas mis fuerzas. Cuando dejo que fluya es más sencillo.

Ma sonrió.

—Los costes de ponerlo en marcha serían inexistentes. Obtendríamos prácticamente un cien por cien de beneficios. Bastaría con no hacer promesas sobre lo que este material puede o no puede conseguir por razones legales, pero más allá de eso, pienso que es factible.

Nos quedamos calladas un momento. Las tres estábamos pensando en ello, tratando de imaginar si nuestro plan podría funcionar. Pude ver a Amá preocupándose por cada detalle, considerándolo desde todos los ángulos, mientras Ma parecía haber decidido que era cosa hecha; ya había comenzado a garabatear listas de suministros y el posible horario comercial en el dorso de una bolsa de papel. Tras discutirlo media docena de veces y establecer un calendario basado en la velocidad en que yo creía podía reponer el contenido de la botica, tuvimos un sólido plan para la reapertura.

Amá y Ma conversaban muy animadas mientras se dirigían al piso de arriba y entraban en su habitación para acostarse. Me hacía feliz pensar que podríamos quedarnos, que yo podría pasar más tiempo con Karter y, con un poco de suerte, volver a ver a Marie. Su rostro se había quedado grabado en mi mente.

Cerré la botica y subí a mi habitación. Tras cepillarme los dientes, me puse un gorrito para dormir. Al pasar por delante de la chimenea las plantas junto al hogar se entrelazaron unas con otras volcando sus tiestos.

Cuando los enderecé, advertí algo extraño. A diferencia de la chimenea de la habitación de mis madres, esta no tenía restos de ceniza en su interior. Los caballetes donde debían colocarse los troncos parecían totalmente nuevos, con solo algo de polvo. Daba la impresión de que nunca se hubiera quemado nada ahí. Me agaché y estiré el cuello para mirar por el tiro de la chimenea. No pude ver nada, pero supuse que probablemente estaría bloqueado como lo había estado en la otra habitación, así que agarré la cadena y me aparté lo más lejos posible de la abertura antes de tirar de ella.

Esperé a oír el chirrido del metal contra el metal mientras el tiro se abría y me preparé para la consiguiente lluvia de pájaros muertos y hojas secas. En su lugar, solo obtuve un ruido sordo, un sonido que podría haberse confundido con el de un trueno lejano, mientras una nube de polvo me envolvía. El hogar se deslizó dentro del muro, y luego giró a la derecha revelando una pequeña habitación.

Me aparté tambaleante y tosí, con los ojos lagrimeando. Esperaba que Amá y Ma aparecieran corriendo, pero solo hubo silencio. Esto no era exactamente lo mismo que si una puerta desconocida surgía de ninguna parte, como en las historias de miedo de las que había estado hablando con Karter, pero se parecía lo bastante como para hacerme considerar brevemente la idea de saltar por la ventana más próxima.

La chimenea no era real. Era una falsa fachada y detrás de esta había un espacio del tamaño de un ropero grande. Un secreter abierto estaba colocado contra la pared del fondo, con una silla metida debajo. Sobre este, colgaba un gran mapa de un tablero de corcho. Saqué el móvil y con la linterna iluminé hacia arriba. Había tres alfileres clavados en el mapa, justo sobre Rhinebeck, y tres más diseminados por distintos continentes.

El escritorio estaba polvoriento, cubierto de papeles sueltos, dibujos de plantas, y libros colocados en ordenadas pilas. Imaginé a Circe, o quizá a Selene, sentadas y estudiando el mapa y los dibujos. Tallado en la oscura madera de cerezo de la superficie del escritorio había un símbolo que reconocí: el mismo blasón de la puerta oculta del Jardín Venenoso. Seguí las líneas y curvas de los tres rostros con mis dedos.

Enfoqué la linterna hacia la pared que tenía detrás. Solo había otro objeto colgando del enmohecido espacio: otro cuadro de Medea. Era más grande que los de la torre y su pesado marco de plata se había deslustrado con el tiempo. Medea aparecía sentada en el centro mirando al frente, con sus grandes ojos oscuros observándome directamente y el cabello suelto de prietos rizos rozando sus hombros desnudos. Las manos estaban ahuecadas en el regazo, y en su palma se veían seis semillas.

Retrocedí hasta apoyarme en la pared opuesta para así poder contemplarlo mejor, y al hacerlo advertí que Medea no estaba sola en la pintura. De pie detrás de ella, ocupando toda la parte superior izquierda del lienzo, había otra figura. Una mujer vestida con una ondulada capa negra plantada justo detrás. Sus ojos eran del color de la tinta y su piel como los aterciopelados pétalos de la cala *lilium*, negros y preciosos. Tenía una espesa mata de lustroso pelo negro como el azabache enmarcando su cabeza. Y colocada sobre las ondulaciones y picos de su cabello natural había una corona de brillantes rayos dorados.

Los otros retratos me habían puesto nerviosa, como si Medea estuviera observando cada uno de mis movimientos, pero este cuadro despertó en mí una honda sensación de incomodidad. Al igual que ella, y la mujer que la acompañaba, sabía exactamente quién era yo y, quizá, lo que podía hacer. Sus labios ligeramente separados y sus penetrantes miradas me causaron la inquebrantable sensación de que estaban esperando a que yo hiciera algo. Me di la vuelta y dejé esa habitación, tirando de nuevo de la cadena mientras observaba cómo la chimenea se desplazaba sigilosamente hasta colocarse de nuevo en su sitio.

CAPÍTULO 14

A la mañana siguiente, Karter estaba ante la puerta principal a las nueve en punto, y yo había añadido la habitación que estaba detrás de la chimenea a mi creciente lista de secretos.

—¿Cómo va tu tobillo? —pregunté.

—Mejor. Es solo una torcedura. —Levantó la pernera de su pantalón. Llevaba el tobillo vendado, pero cuando entró apenas le quedaba una leve cojera. Al otro lado del vestíbulo, un estruendo de cazos y sartenes resonó por toda la casa. Karter dio un brinco.

—¿Qué demonios ha sido eso? —gritó Amá desde alguna parte en el piso de arriba.

—Ma está en la cocina —expliqué.

Apareció en lo alto de la escalera.

—Confiaba en que se olvidara de preparar el desayuno. Karter, cielo, te pido perdón por adelantado. No tienes por qué comer nada que ella te ponga delante.

Karter me miró, claramente preocupado.

Contuve una risa.

—¿Creíste que estaba bromeando cuando dije que nunca en su vida había preparado un gofre?

—La verdad es que sí —contestó.

Conduje a Karter por el pasillo, y cuando doblamos para entrar en la cocina, vimos a Ma vestida de cocinera de los pies a la cabeza: la bata blanca, el gorro… Todo.

—¡Cielos! —exclamé.

Ma giró la cabeza.

—Observa y aprende, nenita —dijo—. Observa y aprende.

—¿De dónde has sacado ese atuendo? —pregunté.

Ma hizo un gesto como quitándole importancia.

—No te preocupes por eso.

Colocó todos los ingredientes que iba a utilizar sobre la encimera. Karter y yo nos sentamos en la estrecha mesa al fondo de la cocina mientras Amá entraba e inmediatamente sacaba su móvil. Ma mezcló los ingredientes y echó un trozo de mantequilla en la plancha de hierro. Eso produjo una especie de sonido sibilante.

—¿Es eso humo? —pregunté.

—Es vapor —contestó Ma.

Media hora después, nuestros ennegrecidos gofres estaban en la basura y habíamos abierto las ventanas para que las nubes de humo gris pudieran escapar. Ma condujo hasta el pueblo para comprar el desayuno bajo la condición de que nunca más volviéramos a hablar de sus habilidades para preparar gofres.

Después de desayunar, Karter y yo salimos al exterior. Apenas era media mañana, pero el cálido aire de verano ya era pesado. La combinación de estómago lleno y calor me hacía sentir perezosa. Rodeamos la casa hasta la parte trasera. Divisé la entrada al sendero oculto.

—Debes darle a Ma un sobresaliente por su confianza —comentó Karter—. Parecía convencida de que podría preparar ese desayuno. ¿De verdad no sabes de dónde ha sacado ese atuendo?

—Ni idea —respondí riendo—. Me siento fatal por ella, pero de verdad que se le da muy bien hacer la comida y la cena. No sé por qué se le resiste el desayuno. Normalmente solemos comprar panecillos con semillas.

—Probablemente sea una buena idea. —Se metió las manos en los bolsillos—. Bueno, ¿y ahora qué? ¿Pensáis quedaros una buena temporada o…?

Me coloqué bien las gafas.

—No creo que debamos hacerlo. Para empezar, yo no quería venir aquí.

—¿Por qué? —preguntó Karter.

—Estaba preocupada. Es un gran cambio y la ciudad es… familiar. Pero aquí todo es nuevo.

—Lo entiendo.

—Sin embargo, en cierto modo había cortado con mis amigos —confesé—. Quizá «cortado» no sea la mejor manera de definirlo. Es más bien como si cuando nos conocimos fuéramos una misma cosa y ahora fuéramos otra diferente. Nos hemos ido distanciando y yo me he sentido muy cómoda haciéndome cada vez más pequeña. —Me detuve—. Lo siento. Ahora soy yo la que te está dando la lata con mis cosas.

—Yo te hablé de mi madre, así que es muy justo que tú me hables de tus problemas. —Sonrió—. Para eso están los amigos, ¿no?

No pude evitar sonreír. ¿Acaso él pensaba en mí como en una amiga?

—En fin, aquí estamos, y creo que tenemos que hacer que funcione. Además, me estoy divirtiendo descubriendo cosas de Rhinebeck y de la casa.

—¿De la casa? —repitió—. ¿A qué te refieres?

—Me refiero a que he estado hablando con la gente. La doctora Grant, que está a cargo de la Oficina de Seguridad Pública, dice que desde siempre ha habido mucho movimiento por aquí. La casa tiene fama de atraer a gente extraña.

Karter se frotó la nuca.

—¿Puedo decirte algo?

—Ay —exclamé—. Eso no pinta nada bien. ¿De qué se trata? ¿Acaso murió alguien aquí? ¿O se utilizó como depósito de cadáveres o algo así?

Negó con la cabeza.

—Nada de eso, es solo que yo también he oído cosas sobre este lugar. Y de la gente que vivió aquí antes.

—¿En serio? —dije sorprendida—. ¿Y qué has oído?

Bajó la vista al suelo, cambiando el peso de su cuerpo de un pie a otro.

—La gente dice que las mujeres que vivían aquí practicaban la brujería.

—¿Qué? —Me reí, pero Karter no lo hizo—. ¿Tú crees en esas cosas?

—No lo sé. Supongo que no. Es solo algo que he oído. Aunque tal vez estaría bien averiguarlo.

—¿En caso de que las brujas aparezcan por aquí? —Iba a reírme de nuevo, pero el rostro de Marie se abrió paso en mi mente. Sacudí la cabeza. Qué ridículo…, ¿no?

El teléfono de Karter vibró y lo cogió.

—Estoy aquí con Briseis, mamá —dijo poniendo los ojos en blanco. Una mirada perpleja asomó a su cara. Sostuvo en alto su móvil—. Quiere hablar contigo.

Se lo cogí.

—Hola, señora Redmond.

—Hola, Briseis. ¿Va todo bien? ¿Qué tal os estáis amoldando? ¿Os gusta el lugar?

—Todo va bien —contesté.

—Eso es estupendo. No puedo expresarte lo feliz que estoy por que la casa no acabe en manos de un banco.

—Yo también me alegro —respondí.

Karter echó la cabeza hacia atrás y luego susurró:

—Le encanta hablar. Tú cuélgala.

—De hecho, tengo una pregunta —dije, haciendo un gesto de asentimiento a Karter—. ¿Había alguna otra llave que supuestamente tuviera que darme?

La señora Redmond hizo una pausa.

—Estoy casi segura de que te di todo lo que tenía. ¿Quieres que vuelva a comprobarlo?

—Si tiene la oportunidad… —repuse—. Aunque no es muy importante.

—¿Te has encontrado con alguna puerta que no puedes abrir? —inquirió.

Vacilé.

—Un par de roperos. Solo queremos comprobar que no hay ratones viviendo dentro.

—Eso puedo entenderlo —comentó la señora Redmond—. La propiedad es muy grande, y la señorita Colchis, tal como ella misma decía, nunca tiraba nada. Quizá haya otra llave en alguna parte de la casa.

Ya había buscado en la torre, en los dormitorios y en todos los armarios y cajones. Pero había encontrado una habitación secreta, de modo que aún existía la posibilidad de que hubiera pasado algo por alto.

—Escucha —dijo la señora Redmond—. Volveré a mirar en mi oficina para ver si me he dejado algo.

—Gracias —dije. Le tendí el teléfono a Karter, que colgó después de despedirse.

—¿Estáis teniendo problemas para abrir las puertas? —preguntó Karter—. ¿Estás segura de que está cerrada? A veces en estas casas viejas las bisagras se atascan y tienes que... —Se calló de golpe.

Seguí su mirada hasta la crecida hierba que nos rodeaba casi a la altura de las caderas. Las hojas se estaban estirando hacia mí como un millar de ansiosos brazos. ¿Cómo había podido ser tan estúpida? ¿Pasear así con él a través de la hierba? No había forma de que no advirtiera lo que estaba pasando, y para empeorar aún más las cosas, las hojas adquirieron un obsceno tono verde brillante. Se negaban a ignorarme.

Karter me agarró del brazo.

—¿Por qué están haciendo eso?

Debía tomar una decisión. Podía arrastrarle conmigo de vuelta a la casa y actuar como si estuviera tan confundida como él, empezando el vicioso círculo de mentiras y fingimientos, o bien podía hacer algo que no había hecho nunca. ¿Cómo sería poder contarlo todo abiertamente? Esta amistad con Karter era nueva y no quería tener que ocultarle las cosas como había hecho con Gabby allá en casa.

Estudié la expresión de Karter. Estaba ansioso, pero se había acercado a mí, y no alejado. Respiré hondo.

—Soy yo.

Parpadeó varias veces.

—¿Tú estás haciendo que la hierba haga eso? —Miró a través de la pradera—. ¿Cómo?

—Yo… No lo sé. Por favor, Karter. Por favor, no te asustes. —Se quedó callado pero no se movió. Lo interpreté como una señal de que quería conocerme más.

—Ven conmigo.

Cogí su mano y tiré de él hacia el sendero oculto. Nos detuvimos en la línea de árboles. Como si estuviera esperando ese momento, la cortina de enredaderas se separó delante de mí. Los ojos de Karter se agrandaron. Dio un paso atrás, soltando su mano de la mía.

—¿Qué… qué está pasando? —espetó.

Me volví hacia él. Si tenía miedo, podía marcharse. Me sentiría decepcionada, pero no sorprendida.

—Sé que es raro. Pero necesito hablar con alguien sobre lo que he encontrado.

El pecho de Karter se hinchó. Estaba medio agazapado, como si estuviera listo para esprintar en cualquier momento.

—Tú solo ven conmigo —dije—. Un pequeño trecho, ¿vale?

Karter exhaló.

—¿Ir contigo a dónde?

Di un paso para internarme en el sendero y eché la vista atrás hacia él.

—Será más fácil si puedo enseñártelo. ¿Por favor?

Extendí mi mano, confiando en que la cogiera y me diera la oportunidad de demostrarme que era capaz de hacerlo.

Dio un tentativo paso al frente, y luego posó su mano firmemente en la mía.

CAPÍTULO 15

Las otras veces, las plantas a lo largo del sendero se habían retirado abriendo un camino para mí. Ahora permanecieron cerca de mis pies, reptando como serpientes venenosas y ocupándolo, listas para atacar. Karter continuó agarrándome con fuerza del brazo mientras yo le guiaba a través de los árboles que crujían y gemían arqueándose hacia mí.

—Sigue moviéndote —dije—. Y quédate cerca.

Emergimos al claro y Karter aflojó su apretón, aunque yo no le solté. Las imágenes de Alec siendo zarandeado por unas enredaderas tan gruesas como mi brazo aún acosaban mi cabeza. Él había supuesto una amenaza para mí y este lugar lo había percibido y había actuado en consecuencia. Aún no estaba segura de qué mecanismo había hecho eso posible, pero si mantenía a Karter cerca, pensaba que podría estar a salvo.

Las flores de murciélago negras que salpicaban la pradera se movieron al unísono. Karter miró más allá de estas, y sus ojos se posaron en la verja.

—¿Qué hay ahí dentro?

—Más plantas —respondí, sin saber cómo contarle exactamente lo que había—. Eso es lo que quería enseñarte.

—Si solo son plantas, ¿por qué está tan protegido? —dijo, e hizo un gesto hacia la cerradura.

—Algunas de ellas son venenosas —expliqué. Saqué la llave de mi bolsillo y abrí la puerta. La buganvilla se retiró cuando las

174

oxidadas bisagras giraron para darnos paso. Volví a coger la mano de Karter y penetramos en el recinto vallado.

Karter se pegó más a mí.

—Estas cosas venenosas, ¿son como la hiedra venenosa o algo así?

—No, se parecen más bien a las adelfas o a la belladona.

Frunció el ceño.

—No tengo ni idea de lo que eso significa, pero suena como algo que no quiero conocer. —Alzó la vista al árbol que se erguía en el centro del jardín y hacia los parterres de alrededor—. ¿Son estos los venenosos?

—No. Estos son bastante inofensivos, pero… —miré hacia el muro que dividía el jardín por la mitad— las plantas que están ahí detrás son letales. Podrían matarte solo con rozar tu piel.

Tragó con fuerza, pero mantuvo la mirada en la verja.

—¿En serio? ¿Entonces no podemos pasar ahí dentro?

—No.

Se giró hacia mí.

—Pero si no me tocan la piel, ¿estaré bien? Tú has estado ahí, ¿no es verdad? Y estás bien.

—Sí. Pero el veneno… no me afecta del mismo modo que lo hace con otras personas.

Karter arqueó una ceja.

—Vale. Entonces tendré cuidado. Aunque aún no tengo muy claro lo que estás haciendo o como lo estás haciendo, pero me… me gustaría verlo todo.

Había un matiz de excitación en su voz, sin embargo tuve una visión de él tropezando con sus pies y cayendo en un parterre de ortigas.

—Te lo prometo, tendré cuidado —repitió, como si pudiera percibir mis dudas.

Deseaba compartir este lugar con él porque estaba harta de sentir miedo por acercarme a la gente. No quería ocultarme nunca más.

—Podemos pasar al otro lado de la verja. No toques nada. No te roces con nada, ¿de acuerdo?

175

—Te prometo que no lo haré —aseguró, estirando el cuello para mirar más allá de la puerta de luna.

Me acerqué a la abertura circular del muro divisor. Le guie a través de esta y me detuve nada más entrar. La puerta se cerró detrás de nosotros y se cubrió una vez más con la hiedra. Nadie podría saber que estaba ahí, a menos que la estuviera buscando.

—Guau —exclamó Karter, y carraspeó.

—¿Te encuentras bien? —pregunté, cuando la familiar sensación de frío descendió por mi garganta.

Su mirada se clavó de pronto en la parte alta del muro. El tronco de una enredadera tan grueso como un poste de teléfono se deslizó hacia abajo emitiendo un ruido sordo al chocar contra el suelo, para a continuación reptar por la tierra como una serpiente, enseñando unas espinas como colmillos.

Karter se tambaleó hacia atrás. Empezó a toser una y otra vez, mientras sus ojos no dejaban de lagrimear. Había cometido un error. Él no tenía que haber entrado ahí.

—Hazme un favor y no te muevas —indiqué, con el corazón desbocado. Las plantas estaban reaccionando hacia mí. Una frenética corriente de energía inundó el aire cuando los manojos de retorcidas enredaderas y la garra del diablo empezaron a desenroscarse desde lo alto de los muros. Me abalancé sobre Karter cuando una enredadera con aspecto de serpiente se estiró hacia él—. ¡No lo hagas! —grité.

—¿Te escucha? —preguntó Karter con ojos enloquecidos y el corazón a punto de salirse de su pecho.

No tenía muy claro que lo hicieran, pero no sabía qué otra cosa podía hacer. Puse las manos delante de mí.

—¡Parad!

La enredadera retrocedió sobre sí misma y se quedó inmóvil.

Karter miró a su alrededor con mirada asustada.

—¿Podemos irnos? —preguntó.

Abandonamos el Jardín Venenoso, y al hacerlo, la enredadera retrocedió y retomó su posición en lo alto del muro. Karter había recorrido de espaldas todo el camino y ahora estaba bajo la sombra del gran árbol. Tenía los ojos inyectados en sangre y la cara brillante de sudor. Se rascó el cuello.

—¿Voy a morir?

—No —contesté.

—¿Tú estás bien? ¿Y por qué siento como si fuera a morir?

Se sentó, respirando aire fresco. Después de unos minutos de toses, su respiración se calmó y sus ojos dejaron de llorar. Se pondría bien.

—No puedes volver a entrar ahí dentro. Lo siento. Pensé que si no tocabas nada estarías bien.

Había sido muy arriesgado y me sentía fatal.

—¿Y a ti no te afecta en absoluto?

—No hasta donde yo sé. Escucha —dije, antes de que tuviera oportunidad de hacerme más preguntas—. Sé que esto es… diferente. Ignoro lo que está pasando aquí, pero creo que tiene algo que ver con quienes vivieron aquí antes, con Circe y Selene.

Pensé que se asustaría, que quizá me diría que tenía que irse y no volvería nunca, pero siguió sentado en silencio, sumido en sus pensamientos durante un minuto, antes de volver a hablar.

—¿Y ellas te dejaron este lugar? ¿Cómo las conociste?

—No lo hice.

Ladeó la cabeza.

—Entonces, por qué…

—Selene era mi madre biológica.

Karter parpadeó.

—Ah.

—No es ningún secreto —repuse—. Fui adoptada. Siempre lo he sabido. Amá y Ma son las mejores.

—Aunque no las mejores haciendo gofres, pero no importa.

Las enredaderas sisearon y Karter se puso tenso, como si pensara levantarse y salir corriendo.

—Circe y Selene llevaban una tienda de medicina natural en la casa. Y yo voy a reabrirla.

—Parece un montón de trabajo —opinó mirando alrededor del jardín—. Aquí todo está muerto.

177

—Voy a arreglarlo —afirmé—. ¿Tal vez podrías ayudarme?

—Uf, yo mato a las plantas con solo tocarlas. Ni siquiera fui capaz de conservar con vida unos brotes de judías para mi experimento de ciencias. Y definitivamente no pienso volver allí. —Hizo un gesto hacia el Jardín Venenoso—. Sentí como si se me cerrara la garganta.

Me senté al lado de Karter. Un zarcillo de flores cayó del dosel de hojas por encima de nuestras cabezas. Se enroscó alrededor de mi cuello y luego se separó dejándome un collar de brillantes flores rosas.

Karter se quedó pasmado.

—¿Cómo… cómo lo has hecho?

—No lo sé exactamente. —Sentí el corazón en la garganta. Nunca me había mostrado tan abierta sobre lo que podía hacer con nadie más allá de mis madres, y me parecía una enorme apuesta.

—Es…

Me preparé para lo que podría decir. ¿Raro? ¿Terrorífico? ¿Extraño?

Su rostro se suavizó. Relajó los hombros y sacudió la cabeza.

—No lo sé. Quizá sea magia.

Parpadeé un par de veces, sorprendida, tratando de aclarar mis ideas.

—No sé nada de magia. He sido así toda mi vida, pero hasta que llegué aquí siempre he tenido miedo de perder el control y fastidiarlo todo o hacer daño a alguien.

—¿Y ahora ya no es así? —preguntó, mientras sus ojos saltaban de mí a las plantas y de nuevo a mí.

—No. —Y según lo decía comprendí lo mucho que estos últimos días me habían permitido verme de un modo como no lo había hecho nunca—. Han cambiado muchas cosas desde que llegué. Todo lo sucedido me ha hecho preguntarme si este lugar era donde tenía que estar. —No sabía si podría entenderlo pero confié en estar siendo clara—. Puedo mostrarte más cosas, si quieres. Voy a intentar reavivar todos esos parterres. Haré lo que sea para quedarme aquí porque nos está haciendo feliz a mí y a mis madres, de un modo que ni siquiera sabía que fuera posible. —Suspiré, sintiendo todo el peso de lo que había dicho—. Me vendría muy bien tu ayuda.

—Lo siento —dijo Karter.

Empecé a sentirme mal.

—Voy a tener que arrancar hierbas o rastrillar o algo así, porque no sé hacer nada especial. No soy como tú.

Alcé la vista hacia él, deseando creer que estaba diciendo lo que yo había entendido.

Se acercó más a mí, y me dio un golpecito con su hombro. Sus ojos se iluminaron.

—Todo esto no parece real. Pero estoy contigo. Tú eres como la hiedra negra venenosa.

No había modo de decirle lo mucho que eso significaba para mí. Por primera vez en la vida, sentía que tenía un amigo de mi lado.

—¿Quieres empezar ahora?

Sacó su móvil, rechazó cualquiera que fuera la notificación que salía en su pantalla y me mostró una sonrisa. Pasamos la tarde en el jardín, manteniéndonos alejados de la sección venenosa. Karter encontró una manguera y la conectó a la espita del muro. Agua de color óxido surgió en esporádicos borbotones hasta que empezó a fluir regular y clara. Regué la acacia hasta que la tierra y sus raíces estuvieron húmedas. Pasé una mano por su áspero y agrietado tronco, alzando la vista al retorcido dosel de ramas. El calor fluyó por las puntas de mis dedos. Las hojas doblaron su tamaño, expandiéndose hasta tapar el sol. Un zumbido llenó mis oídos cuando el árbol se agitó estirándose hacia el cielo.

Karter observaba con la boca medio abierta. No apartó la vista. E incluso dio unas palmadas cuando conseguí que un matojo de arrugada angélica volviera a la vida.

—Necesitan mucha agua y sombra para desarrollarse —expliqué. Ahora ya tenían ambas cosas, gracias a la manguera y al extenso dosel proporcionado por las ramas de la acacia. Me acerqué a ella. Un intenso olor a moho se alzó cuando pequeños racimos de flores blancas revivieron. Posé mis manos en la tierra bajo ellos y las plantas doblaron su tamaño.

—¿Crees que necesitas ayuda? —preguntó Karter sonriendo.

—Puedes rastrillar —sugerí.

—Por más tentador que suene, creo que me traeré una tumbona, y quizá un poco de limonada. Te haré compañía mientras tú practicas tu magia.

Si eso es lo que quería hacer, me sentiría muy feliz de permitírselo. Su compañía era lo que más deseaba.

Me abrí paso a través de la sección delantera del jardín, regando los parterres y viendo como despertaban de su letargo. En el rincón más cercano a la entrada había una pequeña parcela con una colección de decaídas y mustias plantas todas amontonadas. El parterre no estaba marcado en el mapa, pero una pequeña placa metálica colocada entre los tallos rotos y las hojas podridas decía «Jardín de Hécate». Vacié la regadera en él, empapando el suelo. Acto seguido hundí mi mano en la tierra, respiré el bochornoso aire y dejé que el calor fluyera de la punta de mis dedos. Unas flores tan negras como el cielo nocturno eclosionaron como fuegos artificiales: búgulas negras, tulipanes reina de la noche, eléboros e iris púrpura oscuro.

Oí a Karter jadear. Cuando me volví hacia él, cambió rápidamente su expresión de asombro por una sonrisa divertida. Bajó la vista al rótulo.

—¿Quién es Hécate?

—No estoy segura. —Ahí estaba otra vez ese nombre, Hécate. Lo había leído en una de las historias sobre Medea, pero no podía recordar en cuál. Me puse en pie—. Todas las plantas aquí tienen buen aspecto. Trasplantaré algunas de ellas, pero eso podemos hacerlo otro día.

—¿Y qué me dices de esas? —Hizo un gesto hacia el Jardín Venenoso—. ¿También vas a devolverlas a la vida?

Saqué mi móvil y miré las fotos que había hecho de las páginas del libro gigante en la casa. Algunas de las plantas necesitaban ser regadas con el rocío recolectado la mañana después de la primera luna llena del mes. Suspiré. Esas plantas venenosas requerían un alto mantenimiento y tendría que ocuparme de ellas por mi cuenta para impedir que Karter saliera herido.

—Tendrán que esperar. Creo que por hoy ya he terminado. Salgamos de aquí.

El alivio asomó a su cara. Confié en que se debiera a que hacía calor y ambos estábamos sudorosos y sedientos, y no porque quisiera salir pitando a su casa para no volver nunca más.

Hicimos el corto camino de vuelta a casa y llegamos justo cuando Amá y Ma estaban arrastrando un pequeño sofá por los escalones de la entrada. Toda la parte de abajo estaba hecha trizas.

—Confiaba en haber dejado a los roedores allá en Brooklyn —declaró Ma—. Creo que fui una optimista, ¿no?

El teléfono de Karter zumbó y comprobó la pantalla.

—Tengo que irme. —Dio a Ma un abrazo y se apresuró—. Gracias por el desayuno. Ha estado genial.

—Cielo, no tienes por qué mentirle —intervino Amá—. Necesita oír la verdad.

—Sabes que puedo oírte, ¿verdad? —replicó Ma—. Estoy aquí al lado.

Karter se rio.

—Te escribo más tarde, Briseis.

Se subió a su camioneta, se despidió con la mano y se marchó.

—Bri, cariño, tendrías que llevarte mi pistola paralizante si piensas estar ahí fuera en los bosques —sugirió Amá cuando la seguí al interior de la casa—. Puede haber animales salvajes.

—¿Quieres que use la pistola con los animales salvajes? —Empecé a reírme, pero advertí que lo decía en serio—. Amá, ¿cómo se supone que eso podría funcionar?

Ma sacudió la cabeza.

—No vamos a electrocutar animales salvajes. Deberíamos intentar hacernos amigas de ellos. Ahora estamos en su territorio.

Amá se pasó la lengua por los dientes.

—¿Hacernos amigas de ellos? ¿Quién eres tú, la Blancanieves Negra?

—Tú solo espera y verás —replicó Ma—. Para finales del verano, tendré ciervos y conejitos comiendo zanahorias de mi mano.

Amá sacudió la cabeza y luego se volvió hacia mí.

—¿Qué estabais haciendo Karter y tú ahí fuera? ¿Poniendo en orden el jardín?

—Está hecho un desastre, pero hoy le hemos dado un buen repaso.

—¿Necesitáis ayuda? —preguntó Ma—. Amá y yo podríamos ir y echaros una mano.

—No me ofrezco voluntaria para eso —rechazó Amá rápidamente—. Si tú quieres salir ahí fuera, adelante. Pero a mí déjame al margen. Te quiero, Bri, cariño, ya lo sabes, pero prefiero quedarme donde estoy.

—No pasa nada. Karter puede ayudar, y no me importa estar ahí yo sola. Es bastante agradable. Me da la oportunidad de… —miré hacia Ma— de liberarme.

Ma asintió y Amá pareció feliz por no tener que salir ahí fuera. Había compartido más cosas con Karter de lo que lo había hecho con ellas, y me sentía totalmente culpable por ello. Las dos no habían hecho más que apoyarme de todas las formas posibles. Pero si Karter se enfadaba o decidía que era demasiado, podía marcharse. Me sentiría apenada, pero encontraría la forma de superarlo. Mis madres no podían alejarse de mí, no querrían hacerlo. Era mejor intentarlo y asegurarme de que nunca tuvieran que elegir entre no quererme o sentir miedo.

⁂

Karter se pasó por la casa cada día de la semana siguiente. Me preocupó que su madre le hiciera cumplir sus turnos en la libre-

182

ría, pero, sin embargo, le sustituyó la mayoría de los días. Él me ayudó a improvisar una lona de plástico para recoger el rocío que necesitaban las plantas venenosas, pero ni una sola vez lo llevé al Jardín Venenoso. De todas formas, tampoco él quería regresar allí. Tosía cada vez que nos acercábamos a la puerta de luna, a pesar de que allí no había nada venenoso en el aire.

Hablábamos durante horas sobre cómo habían sido las cosas para mí durante mi infancia, cómo Amá y Ma habían reaccionado cuando descubrieron lo que yo era capaz de hacer, o cómo era la vida en Brooklyn, pero cuando la conversación giraba sobre él, siempre se mostraba esquivo. No hablaba en absoluto de su padre, y de su madre solo decía que era una adicta al trabajo hasta el punto de descuidar lo demás. Karter siempre cambiaba de tema cuando la conversación le parecía demasiado personal.

Las plantas del Jardín Venenoso crecían gracias a su infusión de agua de lluvia y rocío, aunque se tomaron su tiempo. Volvían a revivir bajo mi pulgar, pero para cuando ya había recolectado dos cosechas enteras del jardín delantero, solo una estaba preparada en el Jardín Venenoso.

Karter trabajaba en la parte delantera del jardín mientras yo recogía los coralillos asiáticos y regaba la cicuta de agua, las higueretas y las adelfas. Cada vez que lo hacía, dejaba que la parte más tóxica de las plantas entrara en contacto con mi piel desnuda, solo para probarme a mí misma y ver si Circe había estado equivocada sobre mí. Nunca desarrollé mucho más que una pequeña erupción o alguna roncha, pero ni rastro de ataques o sangrado de las membranas mucosas, síntomas que se suponía debían aparecer cuando ese veneno se introducía en el torrente sanguíneo.

Una tarde, tras dejar recogidos nuestros rastrillos y mangueras y cuando yo arrastraba una bolsa de eléboros negros hasta la verja, Karter hizo una pausa.

—¿Puedo preguntarte algo?

—No creo que nunca te haya dicho no a esa pregunta. —No había nada que hubiera querido saber y que yo no hubiera contestado.

—Sé que eres feliz con tus madres, pero ¿alguna vez has pensado en tu madre biológica?

—Mmm, claro. Creo que es normal, ¿no?

—Tiene sentido —asintió Karter—. ¿Sabes de qué murió?

La pregunta me pilló desprevenida. No pude contestarle inmediatamente. Mi mente regresó a cuando hice esa misma pregunta a Amá y a Ma. Creo que tenía diez u once años. Uno de mis compañeros de clase había ido a un funeral y me contó todos los detalles cuando regresó. Eso me hizo pensar más en la muerte de lo que lo había hecho hasta entonces. Así que pregunté qué le había sucedido a Selene justo en mitad de nuestra cena de espaguetis, y Amá me dijo que la agencia de adopción les había llamado para informarles de su muerte poco después de que la adopción se hubiera cerrado. Eso ya lo sabía, pero necesitaba conocer cómo. Me dijo que la agencia les había explicado que murió de una enfermedad.

—Estaba enferma —dije.

—Lo siento —repuso Karter bajando la voz—. Sé que todo esto le pertenecía. Mi padre murió cuando yo tenía doce años. Yo solía ir al parque donde hacíamos barbacoas para sentir que compartía ese espacio con él después de que se marchara. Me preguntaba si eso es lo que tú sientes ahora.

Mi garganta se tensó.

—Siento lo de tu padre. Nunca lo había pensado así, pero creo que es muy bonito.

Eché un vistazo alrededor. ¿Estaba compartiendo ese espacio con Selene y Circe? ¿Acaso Selene quiso alguna vez compartir esto conmigo? No lo creía, pero Circe sí lo hizo. Su carta lo dejaba bien claro, aunque aún había algo que me quedaba por descubrir. Cada vez que miraba al lugar donde estaba la puerta oculta, sabiendo que aún no tenía la llave, la atracción que sentía hacia él se hacía más fuerte. Había algo más que necesitaba ser revelado.

CAPÍTULO 16

Karter se marchó para hacer su turno de tarde en la librería, y yo aproveché para darme una ducha, poner música en mi baño que no quería compartir con nadie más, y darle a mi cabeza la atención que tan desesperadamente necesitaba.

Dos horas después, y tras una rutina completa sobre el cuidado del cabello sacada del documental Homecoming de Beyoncé, mi pelo por fin estaba desenredado, acondicionado, rizado y oculto bajo un gorro de plástico. Me había echado la crema y me sentía como si fuera una nueva persona. Juré para mis adentros que nunca más permitiría que Marie, o cualquier otra persona, me pillara con un aspecto tan desaliñado.

Encontré a Ma en el dormitorio que estaba utilizando como oficina improvisada.

Todo olía a sábanas recién lavadas y a mezcla de fragancias. Empleaba el tocador a modo de escritorio, y había instalado su portátil para revisar las facturas y la contabilidad. Se había saltado su primer viaje de vuelta a la floristería para echar una mano porque una amiga de Amá se había ofrecido voluntaria para ayudar a Jake.

—Oye, Ma. ¿Puedes darme la dirección de tu amiga de la universidad? Me gustaría preguntarle sobre unos libros que he encontrado.

—Perdona, cariño. Me había olvidado completamente.

185

Me envió un mensaje con la dirección y volvió a concentrarse en sus cuentas.

Regresé a mi habitación, abrí mi portátil y escribí un breve mensaje a la profesora Madeline Kent.

Profesora Kent:

Soy Briseis Greene. Mi madre, Angie Greene, me ha pasado su correo. Me gustaría hacerle unas preguntas sobre mitología griega, especialmente sobre la historia de Medea. Me he encontrado con diferentes versiones y he pensado que quizá tuviera información más detallada.

Muchas gracias por su tiempo,

Briseis

Pulsé en «Enviar». Y antes de que me diera tiempo a salir de la pantalla, obtuve una respuesta.

¡Hola, Briseis! Me alegra mucho hablar contigo. ¿Te parece bien si te llamo?

Le mandé mi número y mi teléfono sonó unos minutos después.

—¿Profesora Kent? Muchas gracias por llamar. Siento mucho molestarla.

Ella se rio.

—No es ninguna molestia. ¿Cómo está Angie? He estado tan ocupada últimamente que no he tenido tiempo de llamarla.

—Está bien. Hemos venido a Rhinebeck a pasar el verano.

—¡Oh! Rhinebeck es muy bonito en verano. He estado allí varias veces. ¿Cómo puedo ayudarte?

—Estamos limpiando la casa en la que nos hemos alojado, y la gente que vivió aquí antes era muy admiradora de la mitología, especialmente de Medea. Ma me dijo que era una experta.

186

—Tengo un doctorado en Estudios Clásicos y otro en Literatura.

—Así que definitivamente es una experta.

Se rio suavemente.

—Lo soy, y nunca pierdo la oportunidad de decirlo. En cuanto a Medea, es una figura trágica, pero no alguien con quien la gente se identifique fácilmente cuando piensa en mitología griega. Suele asociarse más con la ópera o con cursos donde se estudia la narrativa centrada en el tema de las mujeres despechadas.

—¿Se refiere a la forma en que mató a sus propios hijos para volver con su ex?

—A esa parte, sí. —La profesora Kent suspiró—. Creo que a través de la mayoría de las narraciones se pueden encontrar los pensamientos y creencias del autor. Cada vez que escuches una historia sobre alguna mujer malvada, deberías preguntarte quién la ha narrado. El relato de Medea se ha contado docenas de veces, pero siempre por hombres que parecían disfrutar con sus atroces acciones sin preguntarse lo que las causó. A veces su historia se utiliza para mostrar a las mujeres como unas locas impredecibles o vengativas. —Sonaba bastante irritada.

—He estado leyendo las historias, y lo que me ha parecido raro es que un personaje de ficción…

—No es ficción.

Hice una pausa.

—Un momento. ¿El qué no es ficción?

—Medea —dijo la profesora Kent—. No es un personaje de ficción. Al menos no completamente. Muchas de las historias que creemos que son ficción han demostrado tener una base de realidad. Y lo mismo sucede con Medea. Existen registros contemporáneos de una mujer que encaja con su descripción. Era considerada una bruja y compartía su nombre y sus orígenes, al ser la hija del rey de Colchis.

Sentí que el aliento se atascaba en mi garganta.

—¿Colchis?

—Sí. Una poderosa familia de la antigua Grecia. Dijiste que habías estado leyendo sobre ella. No todas las versiones de la historia son iguales, pero lo que está claro es que era la hija del rey de Colchis. A veces ese hecho se omite dependiendo de la preferencia del autor.

No recordaba haberme encontrado con ese nombre en los libros que había leído hasta el momento, pero había muchos otros que aún no había revisado.

—¿Y dice que era bruja?

La profesora Kent se rio.

—Sí. Por aquellos días ser una mujer era suficiente para que te etiquetaran como bruja, pero en su caso, tenía más que ver con su talento para elaborar venenos.

Sentí como si el aire hubiera sido aspirado de la habitación. Mi mente empezó a dar vueltas.

—¿Podría... podría redactar todas mis preguntas en un correo y enviárselas? Creo que hay muchas cosas que asimilar.

—Pues claro. Lo que te venga mejor. Saluda a Angie y a Thandie de mi parte, y llámame, escríbeme o mándame mensajes de texto cuando quieras. Nunca me canso de hablar de estos temas.

—Muchas gracias, profesora.

Colgué y permanecí inmóvil durante un minuto.

Todo lo que sabía sobre mitología griega procedía de haber visto *Hércules* demasiadas veces siendo niña, cuando deseaba quizá con excesivo entusiasmo haber sido una de las musas. Conocía la historia de Aquiles porque compartía mi nombre con el de su esposa y lo había buscado en internet solo para descubrir que Patroclo había sido el amor de su vida y Briseis probablemente solo su doncella. Y por supuesto, había escuchado la banda sonora de *Hadestown* más veces de las que podía contar. Pero eso eran solo historias. Mitos. Abrí un nuevo correo e intenté escribir mis preguntas para la profesora Kent con algo más de coherencia.

Profesora Kent:

1. Al ser usted una experta en el tema, quería preguntarle: ¿cuál es su tarifa por una consulta? Su tiempo es muy valioso y no pretendo que me resuelva mis dudas gratis. Por favor, dígame si tiene una aplicación para pagarle vía móvil o PayPal.
2. ¿Los mitos griegos están basados en la realidad? ¿Todos ellos o solo algunos? Y, si es así, ¿cuáles?
3. Ha dicho que Medea podría haber sido una persona real, ¿quizá una bruja? ¿Como la Malvada Bruja del Oeste o Sabrina?

Tenía más preguntas, pero no pensaba que la profesora Kent fuera la persona adecuada para contestarlas. Ese nombre, «Colchis», era el nombre de la familia de mi madre biológica. Eso me hizo preguntarme si su interés por Medea no se habría convertido en una insana obsesión.

Repasar todas esas cosas en mi cabeza me hizo sentir más curiosidad por lo que había detrás de la puerta del Jardín Venenoso. ¿Más cuadros de Medea? ¿Más libros? ¿Otra cosa?

Envié el correo a la profesora Kent y me puse a contemplar el dosel que cubría mi cama, recostada. Si se suponía que yo debía saber lo que había detrás de la puerta secreta, ¿por qué Circe no me había dejado una llave como había hecho con todo lo demás?

Cogí el teléfono y marqué el número de la señora Redmond. La voz de su buzón me contestó, pero no dejé mensaje. Preferí enviarle uno a Karter pidiéndole que me pusiera en contacto con su madre, pero cuando no me contestó a los cinco minutos que estaba dispuesta a esperar, decidí pedirle a Amá o a Ma que me llevaran al pueblo para poder pasarme por la oficina de la señora Redmond. Las encontré en el dormitorio sobrante, husmeando en un viejo armario lleno de abrigos de invierno.

—¿Alguien podría llevarme al pueblo?

189

—Claro —dijo Ma—. De todas formas tengo que ir a la compra. ¿Dónde quieres ir?

—La señora Redmond dijo que quizá tuviera otra llave para mí —respondí, e inmediatamente lamenté contarlo.

—¿Una llave para qué? —preguntó Amá.

—Para el armario de mi habitación —mentí—. Está cerrado y la llave maestra no parece funcionar.

Ma se apresuró a coger sus llaves, y yo cubrí mis todavía húmedos rizos bajo un pañuelo y salí a esperarla al sendero. Cuando llegamos al pueblo, aparcamos delante de la tienda de ultramarinos.

—Puedo ir andando desde aquí —dije, bajándome del coche. El bochornoso aire empañó mis gafas, y tuve que secarlas con mi blusa—. ¿Quieres que quedemos en esa cafetería que vimos el otro día, la que estaba al lado de la tienda de golosinas?

—Suena bien —dijo.

La oficina de la señora Redmond estaba a apenas dos manzanas. Mientras caminaba hacia allí, eché un vistazo a algunos de los escaparates de la calle del Mercado: una tienda de artículos de segunda mano, una pizzería y otra tienda donde vendían campanillas de viento y casitas para pájaros. Medio oculta en una calle lateral había una pequeña *boutique* con un letrero de pizarra que decía «Lucille». A través del escaparate vi a una mujer mayor con el pelo lleno de rastas detrás del mostrador. Nuestras miradas se encontraron, y justo cuando me disponía a apartar los ojos me pareció reconocerla. Me hizo un gesto para que entrara.

Empujé la puerta y pasé al interior.

—Me preguntaba cuándo nos encontraríamos —dijo, mirándome con ojos penetrantes.

Se llevó los dedos a los labios.

Aún seguía sin adivinar dónde la había visto.

—Lo siento, pero ¿nos conocemos? Tengo la impresión de haberla visto antes.

190

—Trabajo en el turno de mañana en la tienda de velas, un poco más adelante en esta misma manzana. Te vi el otro día al otro lado de la calle.

Sonrió, y el recuerdo de haberla visto mientras paseábamos por primera vez Ma y yo por el pueblo volvió de nuevo a mi mente.

—Conozco esa cara —dijo—. Vosotras las mujeres Colchis parecéis todas copias en papel carbón unas de otras. —Dio la vuelta al mostrador y tomó mis manos entre las suyas mientras las puntas de sus dedos recorrían mi palma. Inhaló con fuerza. Se la veía un tanto ausente.

—Soy Briseis —dije, soltándome suavemente de sus manos.

—Ya lo sé.

—¿Cómo?

—Se ha corrido la voz. Marie estuvo por aquí hace unos días cotorreando sobre la bonita chica de la botica.

El calor me subió a la cara y bajé la vista al suelo.

—Ah, el amor joven —exclamó con melancolía.

—¿Qué? No. Si… ni siquiera la conozco —repliqué.

—Espera y verás —replicó la mujer, con un destello de reconocimiento en sus ojos—. Y dime: ¿tenéis la tienda abierta de nuevo y funcionando? Me quedan pocos suministros. Ahora tengo que traer cada cosa de un sitio. Artemisa de Alabama, ruda de Georgia, hierba dulce de California… Es agotador.

—Voy… voy a reabrir pronto —contesté. Ahora en lo único que podía pensar era en Marie.

—Me alegra mucho oírlo —me guiñó el ojo—. La gente me llama Mamá Lucille. Si quieres puedes llamarme así. ¿Crees que podrías servirme un poco de lavanda, verbena y caléndula? ¿Tienes suficiente cantidad de esas? Con ochenta y cinco gramos de cada una me bastaría para resistir hasta que volváis a tener más suministro.

—Puedo reservar un poco —dije mientras echaba un vistazo alrededor de la tienda. Era pequeña, un espacio estrecho, pero las estanterías estaban repletas de velas. No se trataba de las de aroma a frutas como las que vendía para el baño en la tienda de cosmética en la que trabajaba por las mañanas. Estas velas eran de formas diferentes, clasificadas por colores, y metidas en pequeñas cajas de cristal.

—¿Para qué usa las plantas de la botica? —pregunté.

—Para muchas cosas. Para cargar las velas, añadirlas a los aceites, hacer tés y jabones, lo que se te ocurra.

—¿Cargar velas? —repetí—. ¿Eso qué significa?

Lo consideró un momento.

—Significa imbuir una vela con un propósito específico utilizando determinados aceites y hierbas.

Volví a mirarla. Tenía una pregunta en la punta de la lengua, pero me contuve. No quería que pensara que me estaba burlando de ella de algún modo, aunque no lograba entender lo que estaba diciendo sin preguntárselo.

—Es usted una… ¿bruja? —Me reí nerviosa.

Esperaba que se riera también, pero no lo hizo.

—¿Te importaría si lo fuera? —preguntó.

Parpadeé, y luego fingí mirar algo en el móvil.

—No… no sé. —Después de lo que la profesora Kent había mencionado sobre las brujas, y de los rumores que Karter había compartido conmigo, ya no me parecía una idea tan imposible—. Supongo que no.

Lucille me tendió un reluciente billete de cien dólares.

—¿Para qué es esto?

—Las hierbas.

Yo aún no había pensado en el precio, pero de alguna forma me parecía demasiado.

—Necesito conseguir algo de cambio.

—Así está bien —declaró—. Ponlo en mi cuenta. Debe de haber algún libro allí con mi nombre apuntado. Vas a verme muchas veces. Solía pasarme los jueves por la tarde y varias veces a la semana cuando se acercaban los solsticios. ¿Eso te vendría bien?

—Eso creo —contesté.

—¡Bien! —Volvió a tomar mi mano—. Has tenido algunas dudas sobre quedarte aquí, pero ahora estás en el buen camino.

—Como lo…

—Quédate —interrumpió—. Quédate y abre la tienda y… —guardó silencio. Su cálido entusiasmo se desvaneció para ser reemplazado por una mirada de total confusión y preocupación—. ¿Estás almacenando adelfa? ¿Te quedaría algo ahora mismo?

—No. Quiero decir… que la tendremos, cuando cultive un poco más, pero es letal, así que hay que tener cuidado.

—No —dijo muy seria—, no la almacenes. —Me dio unas palmaditas en el hombro, y luego se acercó al mostrador y escribió algo en un papel—. Estos son mis números. No tengo teléfono móvil porque no me gustan. Llámame aquí o a casa si necesitas algo. —Me pasó el papel.

Saqué mi móvil y comprobé mis mensajes. Aún no tenía respuesta de Karter. Guardé la información de Lucille en mi teléfono.

—Ahora tengo que irme —dije—. Me ha gustado conocerla. La llamaré cuando tenga su pedido preparado.

—Eso suena bien.

Dejé la tienda de Lucille y caminé el resto del trayecto hasta la oficina de la señora Redmond. Confiaba en encontrar a Karter en la librería antes de subir a verla, pero la puerta estaba cerrada y en el cristal colgaba un letrero: «Lo siento, hemos cerrado».

Subí el estrecho tramo de escaleras que conducía a la segunda planta del edificio. Había varias puertas de lo que debían de ser otras oficinas. Un rótulo colgaba de la primera puerta: «M. Redmond».

Llamé.

No hubo respuesta. Se oía el ruido de una televisión.

Marqué el número de Karter y esta vez me cogió.

—Hola, soy Briseis. ¿Estás ocupado?

—No mucho. Solo trabajando.

—Ah, ¿estás en la librería? Acabo de pasarme y no te he visto. Pensé que te habrías ido a casa.

—Tengo otro trabajo. Mi madre se encarga hoy de la tienda. Probablemente haya salido a comprar algo de comer.

—¿Tienes dos trabajos? —pregunté.

—Sí, nada importante. Tengo que ganar dinero.

—¿Crees que podrías pedirle a tu madre que me llame cuando pueda? Tengo una pregunta sobre la casa.

—Claro. ¿Va todo bien?

—Sí. No es demasiado importante.

—En cuanto hable con ella le diré que la estás buscando.

—Vale, gracias. ¿Quieres que quedemos para comer mañana?

Hubo una larga pausa. Comprobé la pantalla de mi móvil para asegurarme de que la llamada no se había cortado.

—Claro, te llamaré.

Colgó antes de que pudiera despedirme. Bajé a la calle y me dirigí a la cafetería. Eché un vistazo al interior para ver si Ma me estaba esperando, pero aún no había llegado. Mi teléfono vibró. Era un mensaje de Ma.

Ma: Reúnete conmigo en los ultramarinos lo antes posible.

Me dirigí a la tienda. Aceleré el ritmo cuando recibí otro mensaje.

Ma: ¿DÓNDE ESTÁS?

Recorrí a toda prisa la última manzana. En el aparcamiento de la tienda, dos vehículos de Seguridad Pública estaban aparcados junto a nuestro coche, y Ma hablaba con una mujer bajita y rubia, parecía furiosa.

Me acerqué tratando de recuperar el aliento.

—¿Qué está pasando?

La mujer rubia me miró y luego bajó la vista a su libreta.

—Compruébalo tú misma —dijo Ma señalando el coche.

Parecía en mal estado.

Tenía una posición extraña, con un lado más bajo que el otro. Los neumáticos presentaban unos profundos tajos, aunque la goma había sido cortada limpiamente.

—¿Alguien te ha pinchado las ruedas mientras estabas en la tienda? —pregunté.

—Amá se va a poner furiosa.

La mujer tomó declaración a Ma, que aseguró que las ruedas estaban en buen estado cuando entró en la tienda y totalmente pinchadas cuando salió. No había visto a nadie ni advertido nada raro.

Ma llamó a la compañía aseguradora. Enviaron una grúa para llevar el coche al taller de la misma calle.

Permanecimos en la calurosa sala de espera durante dos horas hasta que reemplazaron los neumáticos. Cuando Ma tuvo que firmar todo el papeleo, intentando no desmayarse al ver el coste, mi teléfono sonó. Era la señora Redmond.

Salí afuera para contestar a la llamada.

—¿Señora Redmond?

—Hola, Briseis. Karter me ha dicho que me estabas buscando.

—Sí, siento molestarla. ¿Quería saber si había encontrado alguna llave más?

—He estado muy ocupada. En realidad no he tenido tiempo, pero se me da muy bien asegurarme de que las cosas estén organizadas y que los deseos de mi cliente se cumplan al pie de la letra.

Su tono era seco y me sentí mal por haber insinuado que ella fuera desorganizada.

—Lo siento —dije—. La casa es vieja. Quizá no haya llave para algunas puertas.

—Ahora estoy en la oficina. Puedo llamarte después de haberla revisado.

—Está bien, gracias.

Ma se reunió conmigo en el coche. Nos subimos y ella apoyó la cabeza en el volante con gesto cansado.

—No dejan que compres solo dos neumáticos nuevos. Tienes que cambiar los cuatro para que el coche no esté desequilibrado, pero lo único en desequilibrio ahora es mi maldita cuenta del banco. Siempre tiene que suceder algo.

Mi teléfono volvió a sonar.

—Hola, señora Redmond.

—Hola, Briseis. Lo siento mucho. No tengo otra llave para ti, pero sí algo que mi secretaria debió de cambiar de sitio. Es un dibujo. Está aquí, por si quieres pasarte a recogerlo.

—Estaré ahí en cinco minutos. —Posé una mano en el brazo de Ma—. Todo va a ir bien. Voy a reabrir la botica y conseguiremos que entre un poco de dinero.

—Siempre viendo las cosas por el lado positivo.

Sonrió y se recostó en el asiento.

—Lo he sacado de ti —dije—. ¿Puedes llevarme hasta la oficina de la señora Redmond? Tiene algo que se olvidó de entregarme.

—¿No acababas de venir de allí antes?

—Sí, pero entonces no estaba, y ahora sí.

Me bajé del coche y subí de nuevo a la oficina de la señora Redmond. La puerta estaba entornada.

Entré y una campana electrónica sonó.

—Salgo ahora mismo —dijo desde otra sala.

Era una oficina abarrotada y escasamente decorada. Un pequeño escritorio atestado de papeles y carpetas estaba dispuesto en el centro de la habitación. Había una librería con solo dos o tres títulos, todos sobre temas legales. El sonido de agua corriendo y de una cisterna me reveló que la otra puerta de la oficina era la de un aseo. Un cuadro de las cataratas del Niágara colgaba de la pared. En el rincón, un pequeño televisor estaba colocado encima de un archivador. En la cadena local, un meteorólogo estaba advirtiendo de la llegada de un frente frío inminente que traería lluvia y viento a Rhinebeck y los alrededores.

La señora Redmond salió y me dio un rápido abrazo antes de sentarse en su mesa.

—Debí haber sido más meticulosa cuando reuní todos tus papeles. Lo siento, Briseis. De verdad. —Me pasó un dibujo—. Como te dije, normalmente soy muy buena organizando las cosas, pero mi secretaria debió de traspapelar esto. Lo encontré metido entre algunos papeles que iba a pasar por la trituradora.

Cogí el papel.

—No pasa nada, de verdad.

Era un dibujo del mismo blasón que adornaba la puerta del Jardín Venenoso y también el secreter del despacho oculto, pero había algo debajo que no reconocí: tres líneas horizontales, una encima de otra. Estaba segura de que no existían en los otros blasones. Suspiré, frustrada. Esto no era exactamente de gran ayuda, y no me servía para averiguar cómo encontrar la llave de la puerta del jardín.

—¿Y cómo van las cosas por casa? —preguntó la señora Redmond—. ¿Os está tratando bien ese viejo lugar?

—Todo está yendo bien —contesté—. Me refiero a que aún queda un montón de trabajo por hacer. El lugar está lleno de viejos cachivaches.

Sacudió la cabeza.

—Qué faena. ¿Y has podido echar un vistazo al resto de la propiedad? Sé que abarca un montón de hectáreas. Karter me dijo que pasabais mucho tiempo en el jardín, ¿no? Para ser sincera, eso me sorprendió un poco. La jardinería no es precisamente lo suyo.

—Me ha estado ayudando ahí fuera. Gracias por dejarle venir. Sé que tiene responsabilidades en la librería.

—Así es, pero según dice, todo es demasiado abrumador, demasiado que soportar. —Sacudió la cabeza—. ¿Qué puedo hacer yo? Solo soy su madre. Y no alguien tan apasionante como la chica nueva del pueblo. —La amargura teñía sus palabras, y en lo único que pude pensar fue en cuánto deseaba Karter estar a buenas con ella—. Briseis, llevo tiempo queriendo preguntarte algo. —Juntó sus manos delante de ella—. ¿Ha aparecido una chica joven en tu casa por casualidad? ¿Una mujer con el pelo plateado?

—¿Se refiere a Marie?

—Oh, no conozco su nombre. Te lo pregunto porque hace unas semanas, mientras preparaba el papeleo para la casa, tuve que acercarme por allí a comprobar que todo estaba cerrado. Habíamos tenido algunos merodeadores por el pueblo, y no quería que nadie entrara ilegalmente en la propiedad. —Bajó la voz y se inclinó hacia delante—. Vi a una mujer joven de pie en el sendero.

Se me erizó la piel.

—¿Y ella... dijo algo?

—No. Y eso fue lo más raro, me asustó. Se marchó antes de que tuviera la oportunidad de acercarme a ella. Pero ¿dices que la conoces?

—Bueno, solo nos hemos visto un rato. En realidad no la conozco.

—Claro —asintió la señora Redmond—. Estoy tan contenta por que pudieras quedarte la casa y ahora te estés haciendo cargo de ella... Por favor, no te ofendas por lo que voy a decir, pero no todo el mundo tiene buenas intenciones. Eres nueva aquí y has entrado en posesión de una gran finca. Quizá haya gente que quiera aprovecharse de ti.

No estaba muy segura de a dónde quería llegar.

La señora Redmond se echó hacia atrás.

—Lo siento, Briseis. Es la madre que hay en mí, siempre preocupándose. Ya sabes, Karter es...

Se detuvo en seco mientras miraba por encima de mí hacia la televisión. Un rótulo apareció en la parte inferior de la pantalla y el reportero adoptó un tono solemne.

—Tragedia anoche en Rhinebeck. Una de nuestras más antiguas residentes, Hannah Taylor, fue encontrada tras una exhaustiva búsqueda peinando gran parte del condado de Dutchess, y el resultado no fue el que todo el mundo esperaba.

La voz del reportero se entrecortó mientras anunciaba los detalles de la muerte de la mujer.

La señora Redmond sacudió la cabeza y sus ojos se empañaron.

—Oh, no. —Se quedó mirando la televisión con manos temblorosas.

—¿Señora Redmond?

Apretó los dientes y bajó la vista a su mesa.

—Hannah y yo fuimos juntas al instituto. Nos graduamos el mismo año.

Volví a mirar la televisión.

—Lo siento mucho.

Ella dejó caer la cabeza.

—¿Me disculpas, Briseis? Tengo que hacer algunas llamadas. La madre de Hannah debe de estar fuera de sí.

—Sí, por supuesto.

—Por favor, ten cuidado —dijo, con voz ahogada por la emoción.

—Lo tendré.

Alargué la mano, le di un suave apretón en el brazo y salí para reunirme con Ma.

CAPÍTULO 17

—¿Tienes lo que querías? —preguntó Ma, mirando de reojo el dibujo.

—No. No era una llave. Es un dibujo que estaba con los otros papeles. —Alcé la vista a la ventana de la oficina antes de que arrancáramos—. La señora Redmond acaba de enterarse de que una amiga suya ha fallecido.

—¿En serio?

—Ha salido en las noticias. Han encontrado su cuerpo en alguna parte de los alrededores.

—Eso es terrible. —Ma sacudió la cabeza y soltó un enorme suspiro mientras nos dirigíamos de vuelta a la casa.

—¿Te encuentras bien? —pregunté.

—Es curioso cómo la gente se queja de las cosas que suceden en la gran ciudad, pero a mí nunca me han pinchado las ruedas en Brooklyn. Me ha desconcertado.

Me giré hacia ella.

—Lo siento.

Ma estiró el brazo y me apretó la mano.

—No, cielo. No lo sientas.

—¿Lamentas haber venido aquí?

—¿Y tú?

—No —dije. Aunque no era del todo verdad—. Quizá un poco.

—¿Por qué? —inquirió Ma—. Has conocido a Karter. Parecías más feliz de lo que estabas últimamente.

—Sí, pero esto tiene que ser raro para Amá y para ti. Sé que lo hemos hablado y dijisteis que me apoyaríais, pero estamos viviendo en un lugar con gente que conoció a mi madre biológica y a su familia. Estamos viviendo en una casa que les perteneció. Y eso tiene que haceros sentir a Amá y a ti un poco incómodas.

—¿Quieres que seamos sinceras?

Inspiré hondo. Esa era la forma de Ma de decirme que quería tener una conversación seria.

—Sí —dije—. Estamos siendo sinceras.

Ma asintió.

—No sé por qué tu madre biológica escogió la adopción. Tú eras, y todavía eres, la cosa más maravillosa que he visto nunca. Te quise desde el momento en que posé mis ojos en ti, y durante mucho tiempo me pregunté por qué alguien querría alejarse de ti.

Un nudo se formó en mi garganta. Ma mantuvo los ojos al frente mientras continuaba hablando.

—Pero mi pensamiento estaba equivocado. Yo no estaba tan informada sobre el proceso de adopción como debía haberlo estado. No tengo derecho a juzgar a nadie, especialmente cuando la decisión de tu madre biológica hizo posible que tú entraras en mi vida. Lo que ella hizo, por la razón que fuera, fue una elección que nos permitió estar contigo.

»Pienso mucho en ella, y estar aquí me ha hecho pensar en ella todavía más. Espero que no llegara a esa decisión bajo otra circunstancia que no fuera la elección correcta para ella y para ti. —Se aclaró la garganta—. Y ahora estamos aquí, en su espacio, haciendo que sea nuestro, y te mentiría si dijera que no me preocupa cómo todo esto te está afectando.

—Y a mí me preocupa cómo todo esto os está afectando a Amá y a ti. —No pude evitar que las lágrimas resbalaran por mi cara—. No vine aquí porque quisiera saber más cosas sobre mi familia biológica. Vine aquí porque sabía que podría ayudarnos a salir de nuestra situación.

—Pero ese es el tema —dijo Ma—. No tienes que elegir, cielo. Puedes hacer ambas cosas. Por supuesto que quieres saber más cosas sobre esta gente, sobre su pasado, sobre sus vidas, y yo... nosotras... te apoyamos. Tú nos quieres a Amá y a mí, ¿no es cierto?

—Más que a nada en el mundo.

—Y el sentimiento es mutuo, mi niña. Te quiero más que a mí misma, y ya sabes lo mucho que me quiero.

Me reí entre lágrimas. Ma era la mejor a la hora de aligerar una situación difícil.

—Habla con la gente, investiga, mira los cuadros, pregunta... Ambas sabemos que tienes algo corriendo por tus venas que no puede explicarse fácilmente. Quizá esta sea tu oportunidad para llegar al fondo del asunto. Amá y yo estamos aquí, no importa lo que pase. Somos una familia. Nada va a cambiar eso, ¿entendido?

Amá y Ma eran muy diferentes en muchos sentidos, pero no en la forma en que me querían incondicionalmente y con todo su corazón. Estiré el brazo para apretarle la mano.

—Te quiero.

—Y yo a ti más.

Aparcamos delante de la casa, y ella se inclinó para abrazarme. Amá salió a recibirnos.

—¿Por qué estáis llorando? —preguntó.

—Solo tenía una charla íntima con nuestra niña —dijo Ma.

Salimos del coche y nos quedamos ahí paradas, mirando las ruedas nuevas. Amá posó el brazo alrededor de mi hombro y me secó la cara húmeda por las lágrimas con la manga de su camiseta.

—¿Algo que yo deba saber?

—No —contestó Ma—. Estábamos lamentándonos por mis gofres y pensando que saldrán mucho mejor la próxima vez.

Amá me estrechó contra ella en un gesto dramático.

—Oh, cariño, yo también lloraría si tuviera que tomar alguno de sus desayunos.

—La siguiente tanda de gofres va a ser la bomba. —Ma me guiñó un ojo.

—Creí que habíamos acordado no decir más tópicos —comenté.

—Eso no ha sido un tópico —repuso Amá—. Te está diciendo que su próxima tanda de gofres no se va a quemar, sino que va a acabar en llamas. Literal. —Miró el reluciente juego de ruedas nuevas y puso los ojos en blanco—. No puedo creerlo. ¿Por qué querría alguien pincharnos las ruedas?

—La gente del taller dijo que a veces sucede —comentó Ma—. Algunos gamberros locales, ¡quién sabe!

—Necesitarían una buena azotaina —gruñó Amá mientras subíamos los peldaños de entrada.

Unas ondulantes nubes color ceniza cruzaron el cielo. El olor a lluvia impregnaba el aire. A mis plantas les encantaría y eso me daría un descanso de tener que regarlas.

Entré en la casa y subí a mi habitación. Estudié el dibujo que me había dado la señora Redmond. Un boceto en blanco y negro que no tenía el detalle de las ilustraciones del libro grande. Me pregunté si habría sido Circe o Selene quien lo dibujó, y qué significarían las tres líneas de la parte inferior.

Tras asegurarme de que Amá y Ma estaban ocupadas en el piso de abajo, abrí la puerta oculta de detrás de la chimenea. Me deslicé en el interior y estudié más detenidamente el blasón labrado en el escritorio. No había líneas en ninguna parte. Abrí los cajones y miré buscando alguna marca, símbolo, cualquier cosa que pudiera ayudarme a descifrar lo que me estaba perdiendo, pero no encontré nada.

Frustrada, me dejé caer en la silla y bajé la vista al blasón. El acabado de laca estaba descolorido, como si se hubiera gastado con el tiempo. Seguí la marca desvaída y descubrí que llegaba hasta el borde de la mesa. Me escurrí en el asiento, para agacharme, y dirigí la luz de mi móvil hacia la parte inferior del escritorio. Tres líneas estaban grabadas en la madera, y vi un pequeño agujero justo encima de ellas.

—¡Madre mía! —susurré, con el corazón palpitando con fuerza en mi pecho.

Presioné un dedo sobre la hendidura. Se escuchó un suave clic y un compartimento se abrió de golpe con un ruido sordo. Di un brinco, golpeándome la cabeza con el borde del escritorio, y me llevé las manos al chichón. Las plantas de mi dormitorio se apiñaron en mi dirección, estirando sus raíces a través del suelo.

Un cuaderno de dibujo descansaba al fondo del oculto compartimento del tamaño de un cajón pequeño. Lo saqué y empecé a pasar las páginas. El Absyrtus Cor estaba dibujado ahí con detalles más intrincados que en el libro grande. El funcionamiento interno de la planta no se parecía a nada que hubiese visto antes. El tallo daba la impresión de estar cubierto de algo más similar a piel que a materia de la planta. Los lóbulos internos se mostraban completamente abiertos y los vacíos en su interior estaban envueltos en una pálida estructura parecida a una tela de araña. En la última página había una receta y algunas notas garabateadas en la esquina inferior:

El Elixir de la Vida

Absyrtus Cor
Azogue
Oro líquido
Transfigurar
Infusionar en un baño de miel

Esta carga es a veces demasiado dura de soportar.
El corazón debe conservarse, pero ¿a qué coste?
Debemos encontrar las partes que se han perdido
con el tiempo. Debemos hacerlo. Tenemos que reunirlas
para salvarla. Incluso si es demasiado tarde, aún debemos
hacerlo.
Absyrtus en partes, vida imperecedera.
Absyrtus formando un todo, maestro de la muerte.

Quizá deba dejar a un lado esta espantosa tarea y permitir
que esta familia pase a ser leyenda y mito
como nuestros antepasados antes que nosotros.

Encajada entre las últimas páginas del cuaderno había una única hoja de papel, sellada entre dos piezas de revestimiento de plástico. Mientras la estudiaba bajo el haz de la linterna, pensé que «papel» no era la palabra correcta para describirlo. Era más bien como un tejido. Podía distinguir cada una de las fibras asomando de sus bordes irregulares. Estaba cubierto de arriba abajo con una letra que recordaba a los caracteres griegos que había visto en los libros de Medea. Se veía acribillado de agujeros, así que supuse que el envoltorio era lo único que impedía que se deshiciera del todo.

Posé el libro encima del escritorio y tanteé el interior del compartimento para ver si había algo más. Un fragmento de tela arrugada estaba encajado al fondo. Cuando tiré de él para soltarlo, algo cayó al suelo.

Recogí el objeto. Era una pequeña llave de aspecto antiguo, hecha con algún tipo de material de color blanquecino demasiado pesado para ser plástico. Quizá algún tipo de hueso. Del tamaño de mi meñique, su cabeza estaba tallada con un hermoso corazón, al estilo de los del día de San Valentín. Otra forma estaba incrustada en su interior, esculpida en una brillante piedra roja, y esta parecía un minúsculo corazón humano.

Una oleada de excitación se apoderó de mí. Mis manos empezaron a temblar. Esto era lo que había estado buscando. Tenía que ser la llave de la puerta del jardín.

Mi móvil repicó en mi mano, y de no haber estado sosteniéndolo con fuerza llevada por la emoción, se me habría caído al suelo. Era Marie.

—¿Hola?

—Hola, Briseis. Siento llamarte tan tarde.

Miré el reloj de la pantalla.

—No pasa nada. Ni siquiera son las nueve. ¿Va todo bien?

—Me preguntaba si querrías venir por aquí.

Bajé la vista a la llave. Lo que de verdad quería era dirigirme directamente al jardín, pero la hora y el sonido de su voz me hicieron reconsiderarlo.

—¿Puedo preguntarte algo?

—Todo lo que quieras —dijo.

—Está bien, bueno… ¿Sabes algo sobre…?

—¿El jardín? —me cortó.

—Así que lo conoces.

—Nunca estuve dentro de su jardín, pero, sí, lo conozco.

—¿Te dijo Circe alguna cosa? ¿Sobre lo que había allí?

Hubo una larga pausa.

—¿Por qué no vienes y hablamos de ello?

—¿Ahora mismo? —Solté el pañuelo de mi cabeza y palpé mi pelo. Habían pasado varias horas, y lo había secado a medias antes de enroscarlo para poder estirarlo al máximo y acortar el tiempo de secado en más de la mitad, pero aun así seguía húmedo en las raíces.

Se rio suavemente.

—Vamos. Hace siglos que no tengo compañía.

—No tengo cómo ir. Yo no conduzco y…

—Te enviaré un coche.

—Puedo conseguir un Uber o un coche compartido. No es tan difícil.

Ella resopló en el teléfono.

—¿Sabes lo peligroso que puede ser compartir trayecto? Te enviaré mi propio coche con un conductor en quien puedo confiar para que te traiga sana y salva.

Creí no entenderlo bien.

—Espera. ¿Te refieres a un servicio de coches?

—Quince minutos.

—Dame treinta.

Resopló.

—Está bien. Te veré pronto. —Y colgó

Cerré la habitación secreta y guardé el recién descubierto cuaderno de dibujo y la llave debajo de mi colchón. Encendí el secador con el mínimo calor y el ventilador a toda potencia y me sequé la cabeza hasta estar segura de que podía soltarme los rizos. No podía reunirme con Marie teniendo el aspecto descuidado de la última vez.

Tras diez minutos bajo el secador y deshecho el recogido de la forma más rápida posible, mi pelo estaba peinado y listo para salir. Mis cejas eran un desastre y no me apetecía ponerme una capa de maquillaje, pero también quería estar medio mona. Me puse unos pendientes dorados de aro y pasé un dedo con vaselina por mis labios. Tras calzarme unas deportivas, bajé al piso de abajo. Amá y Ma estaban en la habitación delantera.

—¿Os parece bien si me voy un rato a casa de Marie? —pregunté.

—¿Quién es Marie? —dijo Amá.

—La chica que vino a casa el otro día.

Amá arqueó una ceja.

—Si te apetece, cielo, pero ¿crees que es buena idea? Acabas de conocerla.

—Parece bastante simpática —comenté.

Ma me miró sarcástica.

—¿Simpática, eh? ¿Por eso te has puesto los aros? Todo el mundo sabe que los aros significan que quieres estar mona.

—¿Y estoy mona?

—Siempre —contestó Amá—. ¿Necesitas que te llevemos?

—No. Va a mandar un coche.

Ambas se volvieron hacia mí con ojos muy abiertos.

—¿Un coche? —repitió Amá—. Qué gesto de gente rica…

—Dispara, Briseis, es soltera. Quizá sea un gran partido —comentó Ma.

Amá lo consideró un momento y luego asintió conforme.

—Tú asegura tu futuro, cielo.

Me puse colorada. Como un tomate.

—Sois tremendas…, y eso no es lo que está pasando. Ella conoce algunas de mis plantas de la botica y me ha invitado para que hablemos.

Mi teléfono vibró.

Marie: El coche está fuera.

—El coche está aquí.

Ma salió atropelladamente hacia la puerta con Amá pisándole los talones. Yo me acerqué y miré por encima de ellas. En el sendero de entrada había un lustroso sedán negro con los cristales tintados. La puerta del conductor se abrió y una alta mujer calva de anchos hombros vestida con un traje de chaqueta color sangre se bajó y dio la vuelta hasta colocarse del lado del pasajero. Abrí la puerta de la casa y salí al porche.

—¿Señorita Briseis? —preguntó la mujer.

La boca de Amá se abrió. Las cejas de Ma se arquearon tanto que casi desaparecieron en una única arruga que recorría su frente.

Besé a Amá y le di un abrazo a Ma.

—Os mandaré un mensaje cuando esté allí.

Corrí hasta el coche y la mujer abrió la puerta para dejarme entrar. Solo cuando estuve a su lado advertí que medía al menos un metro ochenta.

—Que conste que una servidora no tiene nada contra usted. —Sus profundos ojos marrones me miraron de arriba abajo y sonrió, con sus dientes de un blanco perfecto.

—No se preocupen, la señorita Morris se asegurará de que vuelva a casa sana y salva —les dijo a mis madres, que aún estaban de pie en el porche con la boca abierta.

Me subí al asiento trasero y ella cerró la puerta. El interior olía como a vainilla caliente, y la tapicería era del mismo tono rojo que el traje de la mujer. La puerta del conductor se abrió y se cerró, y el cristal divisorio descendió.

—¿Cómoda? —preguntó la mujer.

Asentí.

—Sírvase lo que desee —dijo.

Un pequeño arcón refrigerado lleno de soda y botellas de agua e iluminado por un anillo de luces blancas estaba instalado en el centro de la consola. Apreté mis labios para no tener que preguntar, en voz alta, qué demonios estaba pasando. Escogí una cerveza de jengibre.

—Esto es perfecto. Gracias.

Abandonamos el sendero para entrar en la carretera que me llevaba lejos de la casa.

—Me llamo Nyx —dijo la mujer—. Trabajo con la señorita Morris.

—¿Con Marie?

—Sí.

—¿Trabaja con ella? ¿En plan… llevando a la gente de un lado a otro y cosas así?

Nyx sonrió.

—Entre otras cosas.

Abrí la cerveza de jengibre y le di un sorbo.

—Probablemente no me dirá la verdad, pero voy a preguntárselo de todas formas. ¿Es esto un montaje?

Nyx arqueó una ceja.

—¿Puede ser más concreta?

—¿Me refiero a si ella no está intentando matarme o algo así? Mis madres están preocupadas.

Me sentiría furiosa si me hubiese puesto mis aros solo para acabar asesinada por la chica más guapa que había visto nunca.

Nyx se rio.

—No, estará segura con ella.

Esa respuesta me pareció un poco rara, pero también lo era beber cerveza de jengibre en el asiento trasero de un lujoso coche de camino a casa de una desconocida. Intenté entablar una conversación educada.

209

—Las pocas personas que he conocido desde que llegué han vivido en Rhinebeck toda su vida. ¿Es ese también su caso y el de Marie? ¿Son todos de por aquí?

—Yo no —contestó Nyx—. Vine aquí desde California hace algunos años. Pero la señorita Morris ha vivido aquí en Rhinebeck desde que era la tierra de Beekman.

—¿Quién es Beekman?

El nombre me sonaba familiar, pero no podía recordar dónde lo había oído.

Creí ver a Nyx fruncir el ceño por el espejo retrovisor.

—Un hombre mayor. Pero permítame que deje de hablar antes de que diga demasiado. Temo haberlo hecho ya.

—No pasa nada —dije—. Soy nueva aquí. No conozco los chismes del pueblo.

—Eso probablemente esté bien. Este lugar está lleno de gente metomentodo, y ahora que usted está en esa casa, estoy segura de que será la comidilla del pueblo.

—Sí. Estoy empezando a darme cuenta.

Cruzamos el pueblo por la calle del Mercado. El ajetreo del centro de Rhinebeck se evaporó cuando nos dirigimos hacia el sur. Veinte minutos más tarde, Nyx se adentró por un escarpado y estrecho camino. Miré por la ventanilla, pero era difícil ver nada con los cristales tintados.

—Ya estamos —anunció.

Se bajó del vehículo y dio la vuelta para abrirme la puerta. Me encontré en el sendero de entrada de una casa enorme y de aspecto muy lujoso. La inmaculada y segada pradera parecía un mar de moqueta verde. Algunas estatuas salpicaban el paisaje y sentí miedo por la forma en que se cernían en la creciente oscuridad, con su piel de mármol reflejando la suave luz que provenía de la casa. Más allá del camino había un vacío, pero pude escuchar ruido de agua al correr.

—El poderoso Hudson está más allá del risco —explicó Nyx.

—Entonces, ¿Marie es rica? ¿O sus padres son ricos? Porque este lugar parece increíblemente caro.

Nyx se rio e hizo un gesto hacia la puerta, pero no contestó a mi pregunta.

Mientras la seguía por la ancha escalinata hasta el frente de la casa, escuché algo más allá del ahogado curso del río. Hice una pausa en el camino y miré en dirección al risco. Entorné los ojos para vislumbrar en la oscuridad. Era un rítmico soplo de aire, como los aleteos de los pájaros.

—Por aquí —indicó Nyx, y me condujo dentro.

El interior de la casa era tan impresionante como el exterior. El suelo moteado de mármol gris, entrelazado con azulejos hexagonales color ébano, relucía como un espejo. El retrato de una mujer de aspecto regio que lucía un largo vestido estampado colgaba del vestíbulo al lado de acuarelas de exuberantes paisajes. Un inmenso candelabro de hierro sujeto a las vigas vistas bañaba toda la entrada con un cálido y ondulante resplandor.

Nyx me guio por un largo pasillo hasta una pequeña biblioteca.

Una biblioteca.

Dentro de una casa.

Una chimenea, de un tamaño tan enorme que se podía entrar en ella, ocupaba toda la pared del fondo. Las llamas se aferraban a los últimos rescoldos, arrojando una danzante luz ambarina alrededor.

—Por favor, póngase cómoda —indicó Nyx.

Cuando salió de la estancia, me acerqué a las estanterías que tenía más cerca.

Saqué un precioso libro ilustrado de cuentos de hadas y me acomodé en el sofá grande. Lo hojeé. Sus páginas estaban desgastadas. Algo en el aspecto de los libros antiguos, el tacto, el olor, me había suscitado siempre una sensación de calma. Los libros que Karter me había regalado y los que había encontrado en la torre me producían esa misma sensación. Nyx regresó unos minutos más tarde trayendo un surtido de embutidos, quesos y galletas en una gran bandeja. La dejó en la mesita auxiliar.

—No tenía por qué hacerlo —dije—. Ha debido de tener que andar casi una manzana para poder traerme esto, ¿no? ¿A cuánta distancia está la cocina en esta mansión?

—¿No tienes hambre?

Miré fijamente el rostro de Nyx. La habitación estaba relativamente oscura, pero no tanto como para no distinguir si estaba hablando conmigo o no. No había movido la boca en absoluto. Seguí su mirada divertida hasta el sillón de orejas junto a la chimenea, donde Marie estaba sentada con las piernas cruzadas y una media sonrisa dibujada en los labios.

Nyx me hizo un guiño antes de salir de la habitación cerrando la puerta tras ella.

—¿Estabas ahí todo el tiempo? —pregunté—. Lo siento mucho. No te he visto.

Ni siquiera me había fijado en el sillón cuando entré, y mucho menos en la preciosa chica sentada en él.

Lucía su pelo plateado recogido en un moño perfecto. Llevaba unos ajustados pantalones con goma en los tobillos y un jersey corto a juego. Su piel relucía a la luz del fuego. Y sus ojos… Me quedé mirándolos de nuevo. Sacudí la cabeza.

—Estaba esperando a que me llamaras para poder invitarte —dijo Marie—. Pero te has tomado tu tiempo, así que he tenido que ser yo la que diera el primer paso.

Me sonrojé.

—Iba a llamarte.

—¿Cuándo? —preguntó, clavando sus ojos en los míos. Sonaba como si de verdad quisiera saber la respuesta.

—Cuando estuviera más instalada —contesté con sinceridad.

Pareció satisfecha con mi respuesta y se relajó en su asiento.

—Debe de ser abrumador para ti ser la propietaria de la casa y todas sus… responsabilidades.

—¿Te refieres a la botica?

Parpadeó unas cuantas veces, y luego se acomodó en el sillón.

—Es un montón de trabajo, ¿no?, volver a ponerla en marcha…

—Sí —asentí. Eché un vistazo alrededor de la habitación, y luego de nuevo a Marie—. Esto es increíble. He visto *La bella y la bestia* las suficientes veces como para haber soñado con tener una biblioteca en mi casa.

—Puedes venir siempre que quieras. Llama a Nyx y ella irá a buscarte.

Estudié su cara.

—No pretendo ser grosera, pero todo esto es muy muy raro. ¿Vives aquí sola? ¿Por qué eres tan amable conmigo?

Marie echó la cabeza hacia atrás y dejó escapar la risa más melodiosa que hubiera oído nunca. Sonaba como campanillas.

—No sé qué quieres que te diga. Soy una persona amable, supongo. He tenido suerte, así que me gusta corresponder siempre que puedo.

—Vale, y tú vives aquí con… ¿Quién? ¿Tus padres?

—Mi abuelo, Alec. Es una especie de aficionado a la historia. La mayoría de los libros antiguos son suyos. —Hizo un gesto hacia las estanterías—. Él fue quien se encargó de la mayor parte de la decoración, y esa es la razón por la que todo el lugar parece estar hechizado por el fantasma de algún noble francés o algún tipo de chorrada así. Mira.

Señaló un retrato de un hombre totalmente vestido con armadura montando un gran caballo pardo espada en ristre.

—¿Quién es ese?

—Definitivamente, el alma de alguien atrapada en un cuadro.

Sonreí, y aunque no estaba segura, me pareció oír que suspiraba. De pronto se levantó, se acercó hasta el sofá y se sentó a mi lado. Levantó una rodilla y apoyó la barbilla sobre esta. La tersa piel marrón de su vientre asomó bajo el jersey.

—¿Y Nyx? —pregunté tratando de pensar en otra cosa—. ¿Es como tu ayudante o algo así?

Marie volvió a reírse.

—Es más bien como una guardaespaldas.

—¿En serio?

—¿Por qué no? —Sonrió Marie—. Podría tumbar a alguien sin problema.

—No, si te creo, pero ¿por qué necesitas guardaespaldas?

—Tengo… Mi familia posee mucho dinero. Hay gente que se acerca tratando de conseguir algo. Es una precaución.

Cogí unas lonchas del delicioso queso.

—¿Te gusta? —preguntó Marie.

—Sí.

Marie me sonrió.

—Algo sencillo.

—Si tú lo dices… ¿No vas a probarlo?

—No. Estoy bien. Coge todo lo que quieras.

Se acercó más a mí, inclinándose más de lo necesario. Olía a vainilla y manteca de cacao. Llevaba una fina cadena de oro alrededor del tobillo y las uñas pintadas de verde neón. Dejé a un lado el queso que había cogido. No podía concentrarme lo suficiente en comer, lo que no imaginé que fuera necesario hasta ese mismo momento. Todo en ella exigía mi completa atención.

—¿Quieres dar una vuelta por la casa? —preguntó.

No es que me apeteciera. Me encontraba muy bien ahí mirándola, y lo haría feliz durante el resto de la noche.

—Vamos —dijo. Me cogió del brazo y me condujo por el pasillo—. Llevo viviendo en Rhinebeck toda mi vida, pero me encanta viajar. A veces necesito alejarme de Alec y su colección de antigüedades encantadas.

—¿No vas al instituto?

—Me gradué pronto —comentó—. Creo que he aprendido más viajando que sentada en ninguna escuela.

Nunca había oído a nadie usar la palabra *escuela* para referirse al instituto. Quizá la gente rica hablaba de forma diferente.

Giramos a la derecha y me llevó por otro larguísimo pasillo decorado con marcos de filigrana de oro más terroríficos todavía. Me mostró la piscina cubierta, y dijo que la exterior era mucho mejor para nadar en verano.

Llegamos hasta unas altas puertas dobles. Las empujó.

La habitación solo podía describirse como un pequeño museo. Vitrinas llenas de artefactos se disponían a lo largo del perímetro de la habitación. Máscaras, espadas, cerámica, ropa y herramientas…

—Mi colección —dijo Marie—. Alec y yo estamos devolviendo todos estos artefactos a sus países de origen. La mayoría de ellos fueron robados, sacados de contrabando o vendidos en el mercado negro. Hay mucha historia saqueada. —Sacudió la cabeza—. Ahora los museos cobran la entrada para mirar cosas que ni siquiera les pertenecen.

—¿Cómo has logrado hacerte con todo esto?

—Esa es una larga y aburrida historia.

Me acerqué a una vitrina en el rincón más alejado. En su interior había un arco roto que parecía estar hecho de oro, y en él se veía la pequeña figura de una mujer con tres rostros.

—La diosa triple, la mismísima Hécate —explicó Marie—. Este fue un regalo de alguien muy cercano a mí.

—La guardiana de las llaves —añadí, repitiendo las palabras que había leído en uno de aquellos libros.

Marie entornó los ojos.

—¿Sabes algo de ella?

—Más o menos —contesté—. He estado leyendo algunas cosas y su nombre siempre aparece conectado con una mujer llamada Medea. —Aquel símbolo me recordaba al que había en el blasón de la puerta del jardín.

—He visto esa obra —comentó Marie—. Me encanta el teatro.

—A mí también —asentí sonriendo—. No la he visto, pero hay algunos retratos de ella en la casa.

—A Circe le encantaba leer. Y esa historia es trágica, realmente desgarradora. Quizá encontró algún paralelismo con su propia vida.

—¿Su vida fue trágica? —inquirí. Volví mi atención a otra vitrina llena de artefactos—. Tenía una gran casa, y está totalmente pagada. Dirigía un negocio y estoy segura de que ganaba un buen dinero, según lo que dijiste sobre lo mucho que le pagabas. A mí no me parece tan trágica.

Me volví para descubrir que Marie se encontraba a menos de un metro de mí.

El corazón se me subió a la garganta.

—No todo fue fácil para ella —dijo Marie en voz baja—. Llevaba una pesada carga.

—¿Qué carga? —insistí.

De pronto todo parecía más brillante, más ruidoso. Fui consciente de la vibración de las tuberías de agua caliente y del zumbido que emitían las luces de las vitrinas. El miedo había agudizado mis sentidos al máximo.

Marie dio unos pasos hacia mí.

—Has encontrado la botica y el jardín. Estoy segura de que has visto lo que yace detrás de esos altos muros.

—¿Las plantas que nutren la botica? —Mi voz sonaba pequeña, vacía.

—Eso es una parte, pero… —Se me quedó mirando con ojos escrutadores hasta que finalmente encontró algo que pareció preocuparla. Se acercó aún más, despacio, del mismo modo que había hecho cuando vino a mi casa. Sus ojos marrones brillaron bajo la pálida luz—. Protegían un insondable secreto.

CAPÍTULO 18

Sentí una irresistible urgencia por marcharme. No, por marcharme no, por salir corriendo.

—Lo siento —dijo Marie—. Por favor, no te vayas. —Juntó las manos delante de ella—. No pienses que intento presionarte para que me des alguna información.

—No tengo ninguna información —repliqué—. No… no he abierto la puerta.

Soltó un profundo suspiro de alivio.

—Mejor. No la abras.

—¿Por qué? ¿Qué hay detrás? —Me acerqué lentamente hacia la puerta.

—No lo sé exactamente. —Dejó escapar una larga espiración—. Circe cuidaba de una planta muy rara y muy venenosa. La única razón por la que estoy al corriente es porque… —Se calló de golpe. El dolor retorció sus hermosas facciones—. Por Astraea. Era pariente tuya y mi mejor amiga en el mundo entero, como una hermana.

Una parte del miedo se esfumó, pero mantuve la puerta en mi línea de visión.

—¿Qué es lo que sabía sobre esa planta?

Marie apartó la mirada, como si estuviera intentando evocar algún lejano recuerdo.

—Me dijo que era el centro de su mundo, que estaba consumiendo sus vigilias e incluso sus sueños. En una ocasión me

217

contó que habría dado su vida por mantenerla a salvo, y me reí.
—Se la veía disgustada, sacudió la cabeza y apretó los ojos con fuerza. Cuando los abrió de nuevo, unas gruesas lágrimas asomaron por ellos—. No me habló durante seis meses.

—¿Por qué? Hay un montón de plantas venenosas en el jardín. Al menos una docena de ellas son letales.

—No tiene nada que ver con esas otras plantas. Esta es diferente, porque si no, no la habrían escondido aparte. —Su tono se ensombreció—. Y si eso es cierto, y tengo todas las razones para pensar que es así, entonces no deberías abrir esa puerta nunca. Ni tampoco hablar de ello. Jamás.

—¿Dónde está Astraea ahora? —pregunté—. ¿Crees que sabe que estoy aquí? ¿Por qué no se está haciendo ella cargo de la casa y del jardín?

La cara de Marie se tensó.

—Astraea murió hace mucho tiempo.

—Oh, lo siento —dije, frustrada.

—¿Qué pasa? —preguntó Marie.

—Es como si todo el mundo que pudiera darme alguna respuesta hubiese desaparecido. Eso me coloca en un extraño lugar para intentar deducir las cosas. —Mientras repasaba la creciente lista de personas que habían fallecido y sus implicaciones, una idea me vino a la mente—. ¿De qué murió Astraea?

Marie me miró, vacilante.

—Mi madre biológica también murió. Y lo mismo Circe y Astraea. Cuanto más lo pienso, más me preocupa. —¿Qué plaga estaría aniquilando el árbol familiar de los Colchis? Solo quedaba yo. La pregunta me inquietó.

—La causa de la muerte es dudosa cuando eres una Colchis —declaró Marie.

Arqueé una ceja.

—¿Te importa decirme lo que eso significa?

Cruzó los brazos.

—Significa que si buscaras en la sala de archivos del registro del condado y pidieras una copia del informe del juez de instrucción sobre Astraea, o sobre Selene, puedo garantizarte que encontrarías problemas. Casi seguro verías que ha sido trasladado, perdido, presa de las llamas en el sótano de alguna parte…

—¿No sabes cómo murió ninguna de ellas? —pregunté.

Marie negó con la cabeza.

—No. Le pregunté a Circe sobre Astraea, pero ni siquiera ella pudo darme una respuesta. Durante mucho tiempo pensé que se trataba de otro secreto, algo más que habría jurado mantener en privado, pero ya no sé nada más. Quizá ella no supiera lo que le sucedió, o puede que sí, pero no quisiera decírmelo.

—¿Y qué pasa con el forense? —pregunté—. Esta es una población muy pequeña. ¿Sería posible obtener información directamente de él?

—Este es un pueblo pequeño. Tan pequeño que la oficina de nuestros médicos forenses y la funeraria siempre han sido dirigidas por la misma familia durante años. De hecho pienso que eso es ilegal, pero por si fuera poco, el tipo a cargo de ella es un gilipollas. Y como he dicho, los informes siempre resultan no estar disponibles o se han traspapelado.

—Entiendo lo que supone tener preguntas y sentir que no recibes una respuesta directa —dije—. Eso mismo me ha sucedido a mí desde que llegué aquí.

Marie se encogió de hombros.

—Astraea era mi amiga, y para alguien como yo no es fácil tener amigos reales. Si supiera lo que le sucedió, quizá eso me ayudaría a sentirme menos…, no sé, menos perdida.

Mi miedo se había desvanecido completamente, y posé suavemente mi mano en el brazo de Marie. Parecía vulnerable, insegura de qué hacer o qué decir ahora.

—Lo entiendo. Quizá pueda ayudar. ¿Sabes cómo puedo ponerme en contacto con el médico forense?

Sacó su móvil, y unos segundos más tarde había recibido un mensaje suyo.

—Esa es la información que tengo. Yo no me hago muchas ilusiones y tú tampoco deberías hacértelas.

—Ya veremos. No se pierde nada por preguntar —repliqué—. En cualquier caso, ¿qué tal está Alec?

—Vivo.

Esperé a que dijera algo más y contuve una risita nerviosa, cuando comprendí que el tono de su voz sonaba a decepción.

—Está arriba —indicó, advirtiendo mi confusión—. Probablemente lo encierren en la cárcel del condado por entrar ilegalmente en tu propiedad.

Parecía disgustada.

—Ya he hablado con mis madres sobre eso. Nadie quiere que lo encierren. Me preocuparía si mi abuelo…

Los ojos de Marie se abrieron de golpe durante una décima de segundo. ¿Cómo iba a decirle lo que pensaba sin sonar demasiado brusca?

—No me estás diciendo toda la verdad sobre quién es él, ¿no es cierto? No sé por qué, pero después de lo que has contado sobre tu amiga y de saber cómo odias que no te aclaren las dudas…

—Tienes razón —interrumpió Marie—. Tienes razón. No es mi abuelo, pero es familia, así que cuido de él, incluso cuando se mete en líos.

—Está bien. —Me alegré de que al menos me hubiera confesado eso—. Con eso me vale.

—¿Podemos dejar el resto de preguntas para otro momento?

—Aún tengo otra —dije—. ¿Estuviste husmeando fuera de la casa antes de que yo llegara?

Parecía contener una sonrisa.

—La señora Redmond, la abogada que lleva todo el papeleo de la casa, me contó que te vio en el sendero de entrada hace unas semanas. Me pregunto por qué estabas allí.

—Me estaba asegurando de que todo estaba en orden. Circe no habría querido a ningún desconocido en su casa.

—Yo soy una desconocida.

Marie negó con la cabeza.

—No lo eres, aunque lo sientas así.

Comprobé mi móvil. No tenía todavía ningún mensaje de Amá o de Ma. Esperarían a que dieran las once para recordarme mi toque de queda, y si no les enviaba un mensaje de vuelta, se subirían al coche cinco minutos después, como las hadas madrinas del cuento. Excepto que en lugar de despojarme de mi bonito vestido y mis zapatos de cristal, me quitarían mi tiempo libre, el móvil y cualquier idea que tuviera de sentirme casi mayor de edad.

—¿Tienes que irte? —preguntó Marie.

—Son casi las once.

—Esa no es una respuesta, ¿no?

Confié en que su pregunta significara lo que yo pensaba: que quería volver a verme.

—Deduzco que tú no tienes toque de queda.

—Ah, bueno —exclamó. Esta vez su decepción fue evidente—. Vamos. Te acompaño.

Me guio de vuelta por el laberinto de corredores hasta el sendero de entrada.

Nyx apareció de entre la oscuridad. Parecía venir del risco, de donde había salido el ruido que se había escuchado poco antes.

Marie carraspeó y Nyx se detuvo, se sacudió algo de la chaqueta y se abrochó los botones.

—Llámame. O te llamaré yo —dijo Marie—. Ah, y puedo llevarte a verlas cuando quieras.

—¿A quién? —pregunté acercándome al coche.

—A Selene y a Circe. Están en los terrenos de tu familia, no en el gran cementerio donde está enterrado todo el mundo. Se encuentra fuera del sendero trillado. Si alguna vez quieres ir, házmelo saber.

—Oh, vale. —No estaba segura de que fuera algo que quisiera hacer, y me había cogido desprevenida.

—Solo depende de ti —dijo Marie.

—Lo pensaré.

Me di la vuelta y Nyx abrió la puerta para mí.

Me senté en el asiento trasero. Guardé silencio mientras Nyx me llevaba de vuelta a casa.

Amá y Ma estaban en la puerta esperándome.

Me apeé.

—La señorita Morris me pidió que le diera esto. —Nyx me tendió una tarjeta—. Es mi número de teléfono. Dijo que podía pasarse por su casa siempre que quisiera.

—Es muy amable de su parte.

—Parece que le ha cogido afecto —comentó Nyx—. Creo que no ha tenido amigos desde que Astraea murió, y eso fue hace mucho tiempo.

—No puede haber sido tanto. Solo tiene diecisiete años.

Nyx soltó una carcajada.

—Discúlpeme. Técnicamente, eso es cierto.

—No sé lo que eso significa —repuse—. Pero sé que nadie de por aquí quiere darme respuestas y eso resulta de lo más irritante.

—Ella se las dará, estoy segura. —Se reajustó la chaqueta y se enderezó—. Se sintió deshecha cuando supo que no quedaba nadie de la familia Colchis. Y cuando descubrió que usted estaba emparentada con ellas… —Apartó la vista durante un instante—. Nunca la había visto tan aliviada.

—¿Por qué? ¿Qué importancia tiene que yo esté emparentada con ellas? Todos aquí me tratan de una manera que me hace sentir…, no sé, no lo comprendo.

Nyx parecía pensativa.

—¿Quién soy yo, o cualquiera de nosotros, para decirle cómo debe sentirse? Pero si no le importa, le haré una advertencia. Ahora que está aquí, la gente vendrá. Toda clase de gente, la mayoría sin mala voluntad. Intente mantener la mente abierta.

Pensé en Alec y en Marie y me pregunté si se refería a gente como ellos.

—Eso puedo hacerlo. Creo.

—Eso espero.

Me dio una palmadita en el brazo y se marchó.

Amá y Ma me hicieron contar con pelos y señales cómo había ido la visita. Querían cada insoportable detalle. Estuvimos levantadas durante una hora repasándolo todo: la biblioteca, los sofisticados aperitivos, el elegante coche, las dos piscinas, la afición de Marie por las cosas antiguas. Al final, estaban de acuerdo en que debería tener cuidado y que Marie probablemente tuviera mucho dinero y mucho tiempo libre. Pero yo sabía que tenía algo más que un interés pasajero por mí, y eso me iluminaba por dentro. Confiaba en poder verla de nuevo, muy pronto.

CAPÍTULO 19

Dormí, pero solo porque no podía escabullirme fuera de la casa en mitad de la noche para utilizar la nueva llave. Cuando desperté a la mañana siguiente, apenas eran las siete. Me quedé en la cama pensando en lo que Marie me había contado. Me había pedido que no abriera la puerta, que detrás de ella había algo insondable. Estaba preocupada por que la planta fuera venenosa, pero eso no era una preocupación para mí. Lo único en lo que podía pensar era en abrir esa puerta.

Cuando oí que Amá y Ma se levantaban, deslicé la llave del corazón en el cordón que usaba de llavero y bajé al vestíbulo para decirles que regresaría para el desayuno. En cuanto cerré la puerta a mis espaldas, eché a correr. Rodeé la casa y atravesé la pradera hasta la línea de árboles. El sendero se abrió para mí y penetré en él. Lo seguí hasta el jardín, y al llegar al claro, saqué la llave y abrí la puerta. Una rama de bocas de dragón trepadoras se deslizó por el muro y rodeó mi cabeza formando una corona de flores fucsias.

Ese era nuestro intercambio cada vez que yo entraba, y mi colección de joyas de flores estaba depositada por todos los rincones de la casa, sin que un solo pétalo o tallo se hubiera marchitado.

La verja se cerró de golpe a mi espalda y rodeé el recodo para dirigirme directamente hasta el Jardín Venenoso.

La sección delantera del jardín había vuelto a la vida desde que Karter y yo empezamos a trabajar en ella. El follaje estaba exuberante, vibrante y más animado de lo que lo había visto nunca. Se movía y estiraba cada vez que me acercaba a la puerta de luna. Me preparé a sentir el escalofrío del veneno en suspensión cuando alcanzó mi garganta y mis fosas nasales. Solo me llevó un segundo recuperarme.

Mientras la parte delantera del jardín reunía todos los tonos de verde, oliva y esmeralda posibles, el Jardín Venenoso también había vuelto a la vida como nunca antes. Mantas de belladona se entrelazaban con anchas hojas silvestres de ondulantes tonos de negro, gris y obsidiana, tan vibrantes y prismáticas como sus homólogas benignas. Letales espinas carmesíes surgían de las ramas de la garra del diablo, que había doblado su tamaño y ahora se retorcía a través del crecido follaje.

Caminé hasta el centro del muro trasero. La garra del diablo se rizó hacia arriba y reveló la puerta. Sostuve la llave en mi temblorosa mano y la piedra con forma de corazón destelló cuando la inserté en la cerradura. La giré y rechinó.

La puerta crujió. Esperaba otro jardín o zona de almacenaje, pero era un recinto oscuro no más grande que el ropero de un vestíbulo. El olor a tierra húmeda impregnaba el aire. El recinto tenía un techo inclinado de la misma piedra que los muros y estaba totalmente cubierto, de suelo a techo, con lianas de hiedra venenosa, ortigas y, para mi asombro, escobillón rojo.

Teóricamente, el escobillón rojo estaba extinguido. Únicamente había podido verlo en fotos en blanco y negro tomadas a finales del siglo XIX, cuando aún se conservaba una única rama en el Museo Británico. Sus flores con forma de estrella irrumpían de sus brotes de tres hojas y emitían un polen color óxido. Debería haberme causado llagas en la piel y obstruido mi garganta y mis ojos, pero una vez más, no me afectó más allá de sentir un gélido escalofrío. Sacudí la nube de polvo para apartarla y el arbusto retrocedió como si comprendiera su error.

225

Saqué el móvil y encendí la linterna. La maraña de escobillón rojo se retiró y mostró un estrecho tramo de escaleras que descendían. Solo quedaban a la vista los primeros peldaños. Me acerqué un poco más y sostuve el teléfono a la altura de mi pecho. La débil columna de luz iluminó el suelo de la habitación inferior. Los peldaños estaban cubiertos por una capa de resbaladizas algas verdes. El agua chorreaba por los muros, cayendo en delicados regueros que humedecían la piedra bajo mis pies. Sujetando con fuerza el móvil, descendí hacia la oscuridad.

Una pequeña habitación sin ventana cobró forma cuando mis ojos se adaptaron a la penumbra. Un receptáculo de cristal estaba dispuesto en el centro. Justo encima, un orificio cilíndrico del tamaño de una lata de refresco se abría en el techo. Miré a través de él, y aunque pude ver algo de luz del exterior, no era lo suficientemente fuerte para penetrar hasta ahí abajo.

Volví mi atención al receptáculo, que me llegaba a la altura de la cintura. Unas bisagras recorrían los laterales de los paneles de turbio cristal. Intenté abrir uno, pero no se movió. Enfoqué la luz y capté un primer destello de lo que contenía. Era una extraña planta que mostraba un inconfundible parecido con un corazón humano. El teléfono se resbaló de mi temblorosa mano y golpeó el suelo con un fuerte chasquido.

Me agaché para recogerlo mientras la luz parpadeaba. Una telaraña de cristal roto reflejó mi cara mientras comprobaba la extensión de los daños. Suspiré, y me arrepentí de haber bajado las escaleras.

Al rodear esa especie de urna, la luz hizo brillar algo colocado en la piedra cerca de la base. Me ajusté las gafas y me agaché para leer las palabras grabadas en la oxidada placa.

ABSYRTUS COR

Me levanté lentamente, con la mirada clavada en la urna de cristal. La planta del libro grande era real, y por la razón que fuera, Circe me había implicado en toda una extraña búsqueda hasta encontrarla. Estaba detrás de una verja cerrada con llave, de otra puerta también con cerradura, y de un recinto de plantas tóxicas que habría llevado a la mayoría de la gente al hospital si hubieran vivido lo suficiente para llegar a este.

Los muros de la habitación parecieron cernirse sobre mí. El corazón estaba dentro de la campana de cristal como algo salido de una pesadilla. La planta aparecía enraizada en un pequeño círculo de tierra rodeado de brillantes piedras negras e, inmediatamente a su lado, había un segundo círculo de tierra donde no crecía nada.

Busqué el modo de abrir la urna y descubrí una pequeña cerradura marcada por el mismo blasón que la puerta de arriba. Usando la llave de hueso blanco y el corazón de rubí, conseguí abrir la caja. Sin el brumoso cristal, pude estudiar la planta. Vista de cerca era todavía más extraña. Se parecía al dibujo del libro grande, pero no tenía el tono rosa ni estaba ahuecada, sino desmoronada y de color ceniciento. Los tallos en forma de arteria serpenteaban hasta penetrar en la tierra seca como hueso. Sin pensarlo dos veces, alargué la mano para tocar una de las hojas partidas. Tal vez resurgiera como las plantas de la floristería, allá en casa.

Mis dedos apenas habían rozado la hoja más cercana cuando una oleada de frío penetró en mi brazo como una descarga eléctrica. Me tambaleé hacia atrás, agarrándome la mano. Un sordo dolor se extendió hasta mi muñeca. Solté un grito, y mi voz levantó ecos en los muros de alrededor. Jadeante y con el corazón acelerado, caí contra la pared. Sentía como si la mano estuviera congelada en un bloque de hielo. El dolor era mucho peor que cuando me corté diseccionando la cicuta de agua, mucho peor que nada que hubiera sentido. Era la cosa más tóxica con la que jamás había entrado en contacto.

Cerré rápidamente la campana de cristal y salí de allí, asegurándome de cerrar también la puerta metálica. Me dolía la mano y el frío se había extendido por mi brazo como si el hielo fluyera por mis venas. Me froté el dorso de la mano, tratando de infundir calor a las puntas de mis dedos, pero el dolor de tocar mi propia piel era agónico. Recorrí el Jardín Venenoso sin dejar de sacudirme la mano.

Había comprobado que era inmune a la cicuta, a la hiedra venenosa y al escobillón rojo, pero esta cosa, el Absyrtus Cor, me había herido de una forma que no creía posible. ¿Acaso mi inmunidad tenía límites?

El dolor persistía, negándose a desaparecer.

Calculé el tiempo con el móvil. Solo después de treinta minutos, que me parecieron horas, empezó a disiparse.

Una aglomeración de adelfas rosadas había rebasado su parterre extendiéndose por el suelo y echándose sobre el eléboro hasta prácticamente ahogarlo. Decidí recortarlo en ese mismo momento y así pensar en otra cosa. Cogí una bolsa de basura y fui podando las adelfas y metiéndolas en la bolsa. Eché un vistazo hacia el lugar del muro donde estaba oculta la puerta. No sabía lo que era un Absyrtus Cor ni por qué tenía su propia estancia secreta, protegida por suficientes plantas como para matar a cualquier habitante de Rhinebeck varias veces. Marie dijo que era peligroso. Me había pedido que no abriera la puerta. Tendría que haberla escuchado.

Cogí la bolsa con las adelfas que había podado y dejé el jardín. La mano aún me dolía mientras recorría el camino de vuelta. Quería mantener esa habitación cerrada. Si eso es lo que Circe había querido que encontrara, se había cumplido su deseo. Ya la había visto, pero no pensaba volver allí. ¿Por qué aferrarse a una planta así? Algo tan venenoso era peligroso, aunque tampoco es que cualquiera pudiera acceder a ella. ¿Por qué arriesgarse? El miedo trepó por mi cuerpo y se enterró en mis pensamientos.

CAPÍTULO 20

El teléfono repicó en mi bolsillo. Me sorprendió que todavía funcionara. Era Karter.

—Hola, Briseis —saludó—. ¿Estás ocupada?

Lo puse en manos libres para no tener que presionar el cristal roto contra mi oreja.

—No, estoy volviendo del jardín. —Aún no estaba lista para compartir con él lo que había visto.

—¿Quieres que vayamos al cine?

—Claro. —Estaba deseando hacer cualquier cosa para alejarme del corazón. Karter me leyó la lista de las películas que daban en el cine.

—¿Te recojo a las siete? —preguntó.

—Perfecto.

Llegué a la casa, y estaba subiendo los peldaños de la entrada cuando un coche apareció en el sendero.

Un hombre mayor, con pantalones vaqueros y jersey de pico, se apeó. Me sonrió calurosamente. Estaba completamente calvo y lucía unas gafas redondas que colgaban del puente de su nariz.

—¿Necesita algo de la tienda? —pregunté.

No podía ser otra cosa.

—Así es —contestó—. Si no es demasiada molestia.

—Pase.

Abrí la puerta. Amá y Ma estaban en el sofá.

229

El hombre las saludó.

—Buenos días. Soy Isaac Grant.

Lo miré de arriba abajo. Amá y Ma se levantaron para estrecharle la mano.

—¿Grant? —pregunté—. ¿Conoce a la doctora Grant?

—Es mi hija —explicó el hombre—. Ella me dijo que se habían mudado aquí y pensé en pasarme a saludar y comprar un par de cosas.

Amá advirtió la bolsa que yo llevaba debajo del brazo.

—¿Qué es eso?

—Hierba —contesté.

Amá soltó la risa más falsa que había oído nunca y su vista saltó del padre de la doctora Grant a mí una y otra vez.

—Estoy bromeando —dije. Me volví hacia Isaac—. En serio es solo una broma. Por favor, no llame a su hija para que me detenga.

Él alzó las manos.

—Tu secreto está a salvo conmigo, pero puedo asegurarte que ella no se dedica a perseguir a vendedores de hierba, al menos mientras que la gente negra vaya a la cárcel por cargos de posesión, y personajes como Karen y Brad Johnson se estén forrando vendiéndola como comestible en Colorado. —Sacó su cartera y mostró una tarjeta que parecía un permiso de conducir pero en la que se leían las palabras «Programa Médico de Marihuana» impresas en la parte superior—. Si consigues que te den el certificado por este lugar, tal vez puedas convertirte en mi nuevo dispensario.

Por un segundo, me pareció ver el signo del dólar iluminar los ojos de Amá y Ma.

—No es esa clase de hierba —aclaré—. Es para la tienda. Una parte del material es venenoso.

Isaac guardó su cartera.

—Así que has vuelto al negocio, ¿no?

Asentí y luego lo guie hasta la botica y solté la bolsa con las adelfas sobre el mostrador.

—¿Puedo pedirle que se aleje un momento? No quiero que se acerque a esto.

Isaac dio varios pasos atrás.

Gracias a Amá y a su fase de comida cruda, que duró exactamente tres días, supimos que el armario con estanterías que había en la tienda, y que parecía un enorme deshidratador de esos que se utilizan para secar la piel de la fruta pero a mayor escala, servía en realidad para secar las plantas antes de transferirlas a los tarros.

Me acerqué al armario y saqué la balda superior, colocándola sobre el mostrador. Me disponía a coger la adelfa con mi mano desnuda, pero me detuve. Miré hacia Isaac, que estaba, por supuesto, observando cada uno de mis movimientos, así que cogí una pala y transferí la adelfa a la balda de secado sin tocarla.

—¿Qué... qué puedo ponerle, Isaac? —Parecía como si estuviera trabajando en la ventanilla para atender a los coches de un McDonalds, pero era mejor que preguntar «¿Qué clase de mierda silvestre puedo cultivar en mi extraño jardín para usted?».

—Necesito cincuenta gramos de azufre.

—¿De qué?

—De los pozos del infierno.

Giré la cabeza y miré alrededor.

—Perdóname —dijo, presionando la mano contra su pecho—. Mi sentido del humor ha sido descrito como cortante, pero no siempre es apropiado.

—El azufre suena peligroso.

—Técnicamente es sulfuro —explicó—. Pero *azufre* suena más dramático, y me gustan las cosas dramáticas.

Alcé la vista hacia las estanterías más altas. Todo estaba colocado por orden alfabético, pero no podía recordar haber visto algo marcado como *azufre,* y definitivamente no era algo que pudiera cultivar en un jardín, ya fuera o no venenoso.

Deslicé la escalerilla y empecé a subir. Entre el tarro de nueces de Brasil y el de brionia había una hendidura circular.

Pasé los dedos por ella y una pequeña puerta se abrió. El olor a huevos podridos impregnó el aire.

Encontré un tarro oculto. La etiqueta decía «Azufre».

—Asumo por la expresión de tu cara que lo has encontrado —observó.

Descendí por la escalerilla tratando de sostener el tarro lo más lejos posible de mí. En cuanto pisé el suelo, lo dejé sobre el mostrador.

—¿Quiere llevárselo todo? —dije, haciendo un gesto hacia él.

—Cincuenta gramos es todo lo que necesito por el momento.

Miré en los cajones para buscar algo con lo que servir los terrones de sulfuro amarillo del tarro. Nunca me quitaría su olor de la mano si lo tocaba. Revolviendo entre los papeles del mostrador, encontré una libreta de cuero atada con un cordón del mismo material. La abrí.

En su interior había resguardos de innumerables recetas. «450 g de artemisa, 100 g de polvo de raíz de acacia, 26 barritas de palo santo…», todo anotado con los nombres y las fechas: Louise Farris, 20 de octubre de 1995; Hudson Laramie, 12 de junio de 1990; Angela Carroll, 14 de agosto de 1993…

Al final de las cuentas había una lista de nombres y cantidades en dólares, y recordé que se suponía que debía apuntar el crédito de Lucille por las hierbas que vendría a recoger más adelante. Busqué hasta que encontré el nombre de «Lucille Paris» y apunté los cien dólares con la fecha. Dejé la libreta a un lado y encontré un par de tenacillas de madera. Pesqué varios terrones de azufre y los coloqué sobre la balanza.

—No conozco muchos usos para el sulfuro —dije—. ¿Querría contarme alguno?

Isaac se acercó al mostrador.

—Se puede hacer jabón con él. Mata los ácaros que afectan a las personas y a las mascotas. —Su voz era uniforme, y sus palabras, ensayadas.

—¿Tiene ácaros? —pregunté—. ¿O su mascota tiene ácaros?

—Mi mascota.

—¿Un perro? ¿Un gato? —No creía que estuviera diciendo la verdad.

No contestó, pero se rio suavemente. Me estudió con atención y luego su mirada se paseó por las estanterías.

—Así que ahora eres la poseedora de este lugar —comentó—. ¿Para qué crees que sirve?

«Ya empezamos con los malditos acertijos». Suspiré.

—Esto es una botica. Para remedios naturales.

Isaac se rio.

—Esa es solo una parte, sí. Esa es la cara que se muestra a la gente del pueblo, que no tiene ni idea de lo que sucede delante de sus narices.

Sonaba como si quizá fuera a proporcionarme algo de información y no una pregunta envuelta en un acertijo.

—Tienes muchos ingredientes aquí —continuó—. Por sí solos, se utilizan para remedios naturales, tés, brebajes y cosas así. Pero combinados, pueden ser mucho más poderosos.

—¿Combinados? —repetí confusa—. ¿Para qué?

—Un montón de cosas. La combinación de ciertas plantas puede provocar cambios en el mundo real.

—Suena a magia —dije bromeando.

No se rio.

—Sí, magia.

—¿Lo dice en serio? —No era que no lo creyese. ¿Cómo iba a negarlo cuando yo misma sabía lo que era capaz de hacer?

—Compláceme —pidió, volviendo a examinar las estanterías. Hizo un gesto hacia el armario de las hierbas venenosas—. Busca raíz de acónito. ¿Y serías tan amable de proporcionarme un plato de cobre?

Dudé durante un momento, pero me pudo la curiosidad. Bajé el acónito y rebusqué en los armarios más bajos hasta que encontré una pila de platos de cobre hondos.

—Por favor, coloca una raíz en el plato —indicó.

—¿Quiere que lo haga yo?

—¿Puedes? —dijo, con un matiz de preocupación en su voz—. Circe podía hacerlo con las manos desnudas. Había desarrollado cierta inmunidad con los años, pero he observado que tú no has tocado la adelfa. Y pensé…

Dijo algo más, pero ya no le oí. *Circe podía hacerlo.* Podía coger las plantas venenosas con sus manos desnudas. No era solo yo quien tenía un don, y Circe lo sabía. Isaac parecía pensar que era un poder que había ido adquiriendo, un efecto colateral de tocar las plantas tóxicas, pero yo sabía bien lo que era. Probablemente había nacido con ello. Esta posibilidad me generaba más inquietud.

—¿Te encuentras bien? —preguntó Isaac, sacándome de mi ensimismamiento.

—Sí. Estoy bien.

Abrí el tarro de acónito.

Él se tapó la boca y la nariz con la manga de su suéter. No olía, pero incluso una pequeña mota de polvo en su tráquea podría matarlo. Alargué la mano y saqué una sola raíz. El frío se aferró a las puntas de mis dedos haciendo que me dolieran unos instantes antes de volver a la normalidad. Dejé la raíz en el plato de cobre.

Isaac buscó en su bolsillo y sacó un pequeño vial. Lo destapó y vertió un brillante líquido plateado encima del acónito.

—¿Qué es eso?

—Me gusta practicar la alquimia —explicó—. Me ha llevado mucho tiempo producir esta sustancia. Es una muestra de mi práctica, pero es casi imposible de crear. Si fueras tan amable de presionar tu mano sobre él…

—¿Cómo? ¿Por qué?

Sonrió calurosamente, pero noté cierta compasión en su expresión, y no me gustó.

—No estoy seguro de cuánto tiempo llevas sabiendo lo que puedes hacer, o de hasta dónde has profundizado en lo que eres capaz. Pero seguro que no te has limitado a cultivar jardines, aunque esa es una parte muy útil. Tu don va mucho más allá de eso, y esa es la razón por la que gente como yo viene hasta aquí para encontrarse contigo. Esta botica ha sido un pilar para la comunidad mágica de Rhinebeck durante generaciones.

Comunidad mágica.

Marie había insinuado algo parecido, y también Lucille. Me culpé a mí misma por creer que se trataría de cultivar un poco de tomillo, tal vez albahaca, y que eso sería todo.

Isaac bajó la vista a la raíz de acónito.

—Yo no puedo transfigurar la mezcla. Puedo prepararla, pero se necesita más que eso para completar el proceso, algo que no puede ser aprendido en un libro. Los ingredientes que utilizo son altamente tóxicos, fatales para alguien como yo. Pero ese no es el caso para los demás. Pruébalo. Creo que encontrarás las respuestas que buscas.

Mi corazón latía fuerte. Pero como había hecho muchas veces desde que llegué a Rhinebeck, me dejé llevar. Ahuequé la mano sobre la mezcla y presioné con fuerza. Sentí frío. No sabía si debía cerrar los ojos. De pronto, sentí como si los tejidos de mi mano se desgarraran. Era un dolor intenso y la aparté, pero algo ya había sucedido. El líquido plateado había disuelto la raíz de acónito.

—¿Qué está pasando? —pregunté.

El viscoso líquido bullía emitiendo un cálido brillo.

Suspiró y dejó caer los hombros.

—Lo has conseguido.

—¿El qué?

Pasó cuidadosamente la mezcla a su vial y la guardó en su bolsillo.

—La verdadera prueba llegará en una semana. Me pasaré por aquí para hacerte saber si ha tenido éxito.

—¿Si ha tenido éxito el qué? —Estaba muy confusa—. El acónito es letal. Lo que quiera que sea ese líquido es peligroso. ¿Qué piensa hacer con él?

—Lo cuidaré con el máximo cuidado. Tienes mi palabra.

Amá y Ma se asomaron.

—¿Va todo bien? —preguntó Ma.

—Sí —contesté.

Isaac se detuvo en la puerta antes de salir y miró por encima del hombro.

—Guarda tus secretos con cuidado. Cuando uno sabe hacer algo bien, siempre hay quienes desean aprovecharse de ello. —Sacó un pequeño sobre blanco y lo dejó en el mostrador—. Te veré muy pronto. Cuídate.

Entonces, salió.

—¿Cómo ha ido? —Se interesó Amá—. ¿Ha comprado algo?

—Sí —contesté. Y miré mi mano, todavía dolorida—. Es un alquimista.

—¿Alquimista? —repitió—. ¿Qué quieres decir? ¿Es como un mago?

—Creo que sí —respondí.

Ma se acercó, cogió el sobre y miró el interior.

—¡Madre mía!

Sacó varios billetes nuevecitos de cien dólares.

Amá le arrebató el sobre.

—¿Qué es esto? ¿Son de verdad? ¿Qué le has dado?

—Solo un poco de azufre —dije.

Amá y Ma se quedaron perplejas.

—Sé que suena raro, pero este lugar va a proveernos de una… clientela muy especial.

—¿Como esa chica, Marie? —preguntó Amá.

Marie era especial, pero probablemente no de la forma en que ella estaba insinuando.

—Como Marie y como esa mujer que conocí en el pueblo, Lucille. El padre de la doctora Grant nos ha comprado algo, y regresará para comprar más. Solo tenemos que mantener la mente abierta sobre el tipo de personas que puedan aparecer.

Amá volvió a guardar el dinero en el sobre.

—No voy a mentir. No me gusta cómo suena eso, especialmente después de lo sucedido el otro día con aquel hombre. Lo recordarás. El loco del machete.

236

Ma se rio.

—Estás dándole demasiadas vueltas. Todo irá bien.

Confié en que tuviera razón.

CAPÍTULO 21

Mientras esperábamos en la entrada a que llegara Karter para ir al cine, Amá trató de reparar mi teléfono. Pegó cinta adhesiva transparente sobre la pantalla rota y quiso convencerme de que prácticamente estaba como nuevo. Lo que realmente me estaba diciendo es que había dejado de pagar el seguro por él y no podría comprarme uno nuevo por el momento. Me conformé con que no me presionara para saber lo que había sucedido.

—Me alegra que salgas con Karter —dijo Ma—. ¿Pero cuándo vas a dejar que esa chica rica te proponga una cita?

—Quizá sea yo quien le proponga salir. Pero no porque sea rica —contesté—, sino porque me gusta.

—Tú haz lo que te parezca, cielo —dijo Amá sonriendo—. Cualquiera es mejor que esa mandona de Jasmine o que el mujeriego de Travis.

—¡Amá! Vamos. Jasmine no era tan mala.

—Tú tienes tu opinión, yo la mía —dijo con altanería.

Mi exnovia no estaba preparada para tener una relación y nuestra ruptura fue mutua, pero todo lo que Amá y Ma vieron fue que empezó a verse con alguien del último curso en cuanto lo dejamos. Era demasiado para ellas. Pero ¿Travis? Sí, él se merecía ese título, y rompí con su polvoriento culo tan pronto como descubrí que se estaba viendo no con una, sino con otras dos chicas de diferentes institutos.

—¿Llevas el teléfono cargado? —preguntó Ma.

—Sí. Y la batería con el enchufe y el adaptador para coche.

—Juro que a veces salir de casa era como si me enviaran a una misión de la que nunca iba a regresar.

—¿Tienes dinero suelto? —preguntó Amá—. Ahora hay un montón de sitios en los que solo se puede pagar en efectivo. Y llévate el espray de pimienta contigo.

—Amá, solo vamos al cine. —Le di un gran abrazo—. Mientras estoy fuera, tú y Ma podéis ver algo de Netflix o jugar a cualquier cosa aburrida de esas a las que jugáis cuando no estoy por aquí. No te preocupes por mí.

Me devolvió el abrazo.

—Ten cuidado.

—Lo tendré. —Guardé el espray en el bolsillo solo para hacerla feliz.

El timbre de la puerta sonó. Ma contestó y Karter tropezó en el umbral.

Ma lo agarró del brazo.

—¿Estás bien?

Él se estiró la camiseta y se alisó los vaqueros.

—Estoy bien. Gracias.

Traía un pequeño ramo de margaritas en la mano.

—¿Son para mí? —pregunté.

—Sí —dijo, tendiéndome las flores—. Bonitas, ¿no? Sé… sé que te gustan las flores.

Amá y Ma intercambiaron una rápida mirada de preocupación.

Una especie de crujido atrajo mi atención. Los largos pétalos de un blanco lechoso se alargaron, y el soleado amarillo de la corola resplandeció.

—Cariño, ¿por qué no dejas que las ponga en agua? —sugirió Amá extendiendo el brazo para coger el ramo.

Karter miró las flores y luego de nuevo a mí, y sonrió, pero Amá parecía a punto de perder los nervios.

—No pasa nada —dije—. Ya lo sabe.

—¿Se lo has contado? —dijo haciendo un esfuerzo para mantener la calma.

—Ella me lo mostró —intervino Karter.

Ma sonrió.

—Habéis pasado tanto tiempo en el jardín que imaginé que tenía que saber algo. ¿Haciendo amigos, ligues y dinero? Nos ha tocado el premio gordo aquí, ¿eh?

Metí la mano en el envoltorio y agarré las margaritas por los tallos. El ramo se llenó de vida, una docena más de ellas floreció, las raíces llegaron hasta el suelo, buscaban tierra donde poder hundirse.

—Creo que estas tendrán que ir a una maceta —indiqué. Amá cogió las flores.

—¿Preparada? —preguntó Karter.

Les di un abrazo y me despedí con la mano cuando nos subimos a la camioneta.

—¿Imagino que no compartiste tus talentos con tus amigos allá en Brooklyn? —preguntó Karter.

Negué con la cabeza.

—Lo intenté. Quería hacerlo. Pero la cosa nunca funcionó.

—Me alegro que lo hicieras conmigo —dijo—. Me encantaría tener algún talento oculto que mostrarte, pero poseo cero habilidades interesantes. —Se rio—. Bueno, gané un concurso de deletreo cuando estaba en segundo de secundaria, así que si necesitas que deletree la palabra *ventajoso,* soy tu hombre.

—Es bueno saberlo —dije riendo.

—¿Te han gustado las flores? —preguntó.

—Me han encantado.

—Tenía el presentimiento de que si te compraba flores, presumirías de tu don. He estado pensando en todo lo que puedes hacer y a veces me pregunto si es real.

—Entiendo —asentí—. Es agradable no tener que esconderlo. De hecho me siento genial.

Después de intentar sintonizar una frecuencia de radio sin éxito, la apagó.

—Hablemos de la película. Tenemos dos opciones. Una es una comedia romántica, y la otra, una peli independiente de terror. Algo de vampiros.

—Me gustan las películas de miedo —dije.

—A mí también —reconoció—. Aunque no me gustan las que son solo de sustos, ya sabes. Prefiero las películas que te hacen pensar. ¿Has visto *Déjame salir*?

—¡Sí! —Me sentía muy emocionada por que tuviéramos un gusto parecido con las películas—. No voy a mentirte. La primera vez que llegamos aquí, eso fue lo que me vino a la cabeza. Me dije: «Por favor, no dejes que una anciana de pelo blanco se apodere de mi cuerpo».

Nos reímos hasta que se nos saltaron las lágrimas mientras entrábamos en la calle del Mercado, aparcábamos y nos bajábamos de la camioneta. Los árboles decorados con guirnaldas de luces blancas iluminaban la manzana.

Sentí la familiar urgencia de contenerme, de estar atenta a cada planta o árbol más próximo a mí. Mientras caminábamos por la calle del Mercado, los árboles susurraban, pero no hicieron demasiado ruido y me pregunté si tal vez se debiera a que me encontraba más a gusto con mis habilidades que antes.

—Aquí es —indicó Karter.

Me detuve y miré alrededor. No vi ninguna marquesina ni ninguna taquilla.

—¿Qué hay aquí?

—El cine. —Hizo un gesto hacia un hueco entre dos casas que habían sido convertidas en comercios. Sobre el callejón había un rótulo metálico que decía «Cine», y, más allá, un par de puertas que llevaban a lo que parecía la parte trasera de una vieja casa.

—¿En serio?

—¿Qué pasa? ¿Esperabas otra cosa?

—¿Me estás diciendo que este cine es la casa de alguien?

Karter se rio.

—Vamos.

De camino al vestíbulo, que no era mucho más que una sala pequeña, pasamos por delante de varias personas que se habían congregado fuera. El tipo que estaba trabajando en una máquina de palomitas con aspecto de haber sido fabricada en la misma época en que se inventaron las películas, al vernos llegar, se metió rápidamente detrás del mostrador.

—¿Vampiros? —preguntó.

—Sí —contestó Karter—. ¿La has visto? ¿Merece la pena?

—Es muy buena —aseguró el hombre—. Un poco sangrienta, pero de una forma artística que te hace pensar.

Miré de reojo a Karter y él sonrió.

—Entonces dame dos entradas —pidió Karter.

Saqué mi tarjeta de crédito para pagar, pero Karter ya estaba tendiendo un par de billetes de veinte.

—Yo invito.

Pagó por las entradas y por dos bolsas pequeñas de palomitas y dos botellas de agua, ya que aparentemente los refrescos no estaban permitidos en la sala.

—¡Disfrutad del espectáculo! —dijo el tipo lanzándonos un torpe saludo y volviendo a atender la máquina de palomitas. Claramente se tomaba su trabajo muy en serio.

Recorrimos un corto pasillo decorado con pósteres de viejas películas y bobinas antiguas.

Cuando entramos en el patio de butacas miré a Karter.

—Aquí hay como veinte asientos.

—Veinticuatro —precisó Karter—. Y todos vacíos. Elige el que quieras.

Había cuatro filas de seis butacas cada una, y la pantalla estaba tan cerca que podría haber lanzado una palomita contra ella y acertar. Elegí dos butacas en mitad de la segunda fila.

—No he visto nada igual en toda mi vida.

Karter se rio y se recostó en su asiento.

—Aunque es agradable, ¿no crees?

Miré alrededor cuando dos hombres entraron y se sentaron en la última fila.

—Es diferente —reconocí.

Las luces se redujeron. La película comenzó y probé mis palomitas. Tenían demasiada mantequilla y deseé tener algún refresco para beber.

Karter terminó su bolsa y clavó los ojos en la mía.

—¿Quieres más? —susurré.

Se rio.

—Compartir es solidario. Gracias.

Nos acurrucamos, tratando de mantener nuestras risas lo más bajas posibles, especialmente cuando el personaje en la pantalla estaba siendo despedazado por alguna clase de criatura no muerta. No muy oportuno, pero me sentía más feliz de lo que había sido en meses.

A media película, la puerta trasera de la sala se abrió y entraron dos personas más. Iban vestidas con ropa negra y una de ellas llevaba una gorra de béisbol, con la visera cubriendo su rostro. Se sentaron justo delante de nosotros.

—¿Qué pretenden? —susurró Karter—. La película ya está cerca del final.

Uno de los hombres de la última fila se aclaró la garganta. Me volví para observarlo, pero miraba hacia delante, evitando mis ojos.

La sala se quedó totalmente a oscuras cuando los personajes de la película entraron en una cripta subterránea. Cuando mis ojos se adaptaron a la oscuridad y Karter terminó el resto de mis palomitas, murmurando cosas como «qué diablos» y «estúpido» entre dientes, advertí que uno de los hombres de la primera fila no estaba prestando atención a lo que sucedía en la pantalla. Se había dado la vuelta para mirar hacia otro lado, parecía querer oír lo que yo dijera.

La pantalla parpadeó y la luz iluminó los asientos.

El hombre se volvió hacia la pantalla, calándose aún más la gorra en la frente. Me agarré al brazo de Karter. Algo no iba bien. Karter siguió mi mirada.

Parecía preocupado.

Uno de los hombres de la última fila se levantó y salió al pasillo, y otro que estaba delante de nosotros se aclaró la garganta.

Karter se puso súbitamente en pie, volcando mi botella de agua al suelo. Me agarró de la mano y tiró de mí hacia la salida, pero el hombre del pasillo nos bloqueó el paso.

—¿Te importa moverte? —le pidió Karter con un tono de enfado.

El hombre cruzó los brazos. Karter se acercó para pasar, pero el hombre le agarró de la pechera de la camisa. Karter quiso soltarle las manos para apartarlo. Yo retrocedí y me choqué con alguien más. Uno de los hombres de la primera fila estaba justo detrás de mí. Mi cuerpo se tensó.

«Lucha o huye».

Levanté la rodilla y eché el pie hacia atrás con toda la fuerza que pude. Agarré mi espray, quité el seguro, me giré y le rocié la cara. Cayó de rodillas, tosiendo y haciendo arcadas. El del pasillo trató de abalanzarse sobre Karter, que se apartó a un lado, por lo que el tipo fue a dar contra la pared. Agarré el brazo de Karter y salimos corriendo hacia la salida.

—¡Cogedla! —gritó alguien a nuestra espalda.

Karter tropezó, golpeándose el hombro con el marco de la puerta, y salió rebotado. Le agarré de la camisa y corrimos por el callejón. Cuando llegamos a la calle del Mercado, vimos que apenas había gente paseando.

—¡Tenemos que salir de aquí! —grité.

Karter me cogió de la mano.

—¡Vamos!

Corrimos a toda velocidad hasta la camioneta y nos zambullimos dentro. Karter manoseó torpemente las llaves. A través del parabrisas trasero vi a los cuatro hombres salir corriendo del callejón, mirando arriba y abajo de la calle.

—¡Venga, venga, venga! —grité.

Karter puso la camioneta en marcha y avanzamos a trompicones, dejando la calle principal y dirigiéndonos a toda velocidad hacia la casa, lo más rápido que su vieja *pickup* podía llevarnos. Toda la cabina traqueteaba y el motor rugía furioso a medida que cogíamos velocidad.

—Tengo que reducir un poco —explicó—. Este viejo trasto podría partirse en dos.

—¿Qué demonios está pasando? —Quise sacar mi móvil, pero se me cayó debajo del asiento—. ¡Mierda!

—No… no lo sé —contestó Karter—. ¿Qué vamos a hacer?

Mientras nos acercábamos al sendero que llevaba a mi casa, un par de faros por el carril contrario inundaron la cabina de la camioneta. Aún seguía sin ver a nadie detrás, pero redujimos la velocidad a cincuenta kilómetros por hora y el motor continuó renqueando como si fuera a calarse. No quería que nos atraparan solos en la carretera.

—¡Dale faros! —grité—. ¡Ponle las largas!

Karter puso las luces largas y tocó la bocina. El coche redujo la velocidad y se paró en el arcén.

Reconocí la pegatina en el lateral del vehículo.

—¡Son de Seguridad Pública! ¡Para!

Nos detuvimos en la pequeña pendiente junto a la calzada y yo salté del coche. Una mujer bajita de hombros anchos se apeó de su vehículo y corrió hacia mí.

—¿Se encuentra bien? —preguntó.

—¡No! ¡Alguien nos ha atacado en el cine!

La expresión de la mujer se volvió severa.

—Métase en su vehículo y cierre las puertas.

Volví a la camioneta y la mujer se acercó a la radio de su coche.

—¿Qué está haciendo? —preguntó Karter—. ¿Está llamando a la policía?

—No lo sé.

Unos minutos más tarde, un coche se detuvo justo detrás de nosotros. Karter agarró el volante y metió la primera.

—¡Espera! —grité, al reconocer a la persona que salía del coche. Era la doctora Grant. Corrió hasta nosotros y yo bajé la ventanilla.

—¡Doctora Grant! —medio grité—. ¡Unos tipos han tratado de atacarnos cuando estábamos en el cine!

Miró hacia la carretera, y luego cogió su *walkie-talkie*.

—¡Espere! —Salí.

—Briseis, ¿qué estás haciendo? —dijo Karter.

—Solo un segundo.

Arrastré a la doctora Grant hacia la parte trasera de la camioneta.

—Señorita Greene, necesito informar. Has dicho que os han atacado…

—Lo sé, pero espere un minuto, por favor. —Una súbita oleada de pánico se apodero de mí. Si la doctora Grant informaba de esto a la policía, mis madres harían el equipaje y volveríamos a Brooklyn, probablemente esa misma noche. No habría cantidad de dinero ni aire fresco ni pájaros piando suficientes para hacer que se quedaran si pensaban que yo estaba en peligro—. Por favor, doctora Grant. Si se lo cuenta a mis madres, me obligarán a marcharme, y no puedo hacer eso. —Miré a Karter. Pensé en Marie, en el jardín, e incluso en el corazón.

—Señorita Greene —estaba preparada para que me dijera que no tenía elección, que hacía su trabajo, pero suspiró—, tengo entendido que mi padre se ha acercado hasta vuestra casa esta tarde, ¿no es así?

—Sí —asentí.

—¿Y te ha dicho a lo que se dedica?

—Más o menos. Me ha dicho que era alquimista, como si pensara que yo tenía que saberlo. Mamá piensa que se trata de algo relacionado con la magia.

La doctora Grant contuvo una sonrisa.

—Creo que tendrás que preguntárselo a él si quieres una respuesta exacta. Lleva estudiando alquimia desde mucho antes de que yo naciera. Y lo mismo sucedía con mi abuelo, y con la madre de su abuelo, antes que él. Generaciones de práctica. —La doctora Grant apartó la vista a un lado antes de volver a mirarme—. Imagina su sorpresa cuando le dije que quería ser trabajadora social. —Sacudió la cabeza y su rostro se suavizó—. Estoy segura de que va a ser un cliente habitual de vuestra casa. Lo era cuando Circe y Selene dirigían el negocio.

—No será un cliente habitual porque no estaré aquí si mis madres descubren lo que me ha pasado. —Un nudo se formó en mi garganta—. No puede imaginar cómo eran las cosas para mí antes de llegar aquí. La forma en que me he sentido desde que llegamos aquí. No puede entender lo que esto significa para mí. Tengo que quedarme.

La doctora Grant echó la cabeza hacia atrás y cerró los ojos durante un instante.

—Mi único objetivo es intentar que la gente de esta comunidad esté a salvo. No siempre he sido capaz de lograrlo. —Su rostro se endureció de nuevo—. Siento como si te estuviera fallando, señorita Greene. —Se enderezó y sacó su libreta—. Cuéntame todo lo que ha pasado, todo lo que puedas recordar. Por el momento trataré de investigarlo discretamente. Te haré saber si descubro alguna cosa, pero si lo hago, tendré que decírselo a tus madres. —Sacudió la cabeza—. Esto va en contra de todo para lo que he sido entrenada, pero si te vas... —Suspiró—. Os merecéis vivir aquí en paz. Que me parta un rayo si un puñado de alquimistas gilipollas piensan que pueden obligaros a salir de aquí.

No se me había ocurrido que la gente que nos había perseguido formara parte de esa oscura comunidad de practicantes de magia. Lucille, el padre de la doctora Grant e incluso Marie y Alec eran gente amable, si bien un tanto rara, pero era evidente que la doctora Grant no estaba hablando de ellos.

—¿Cómo de preocupada debo estar? —pregunté—. No me lo está contando todo. ¿Necesitamos instalar una alarma o algo así?

—Probablemente no sería una mala idea —comentó—. Por ahora, dame toda la información que tengas sobre lo que ha sucedido en el cine.

Le conté todos los detalles que pude recordar, pero estaba oscuro y todo sucedió muy deprisa. Lo que sí tenía claro es que eran cuatro hombres que habían entrado en la sala por parejas. No habían dicho nada, y no había visto si se habían montado en un coche después de eso. El que se había precipitado sobre Karter era un tipo blanco, de constitución fuerte, pero no pude fijarme bien en los otros. Ella cerró la tapa de la libreta y me acompañó de vuelta hasta la camioneta, entonces volvió su atención hacia Karter.

—¿Tú eres Karter? —le preguntó.

—Sí, señora —contestó—. Karter Redmond.

—¿Tú también eres nuevo en el pueblo?

Karter se revolvió incómodo en su asiento.

—Yo crecí aquí, señora.

La doctora Grant le interrogó y resultó que él se había fijado menos que yo. Había visto a los hombres entrar en la sala y sentarse, pero no advirtió nada raro hasta que yo lo agarré del brazo. Ella guardó el cuaderno y le hizo una seña a su compañero.

—Os escoltaré hasta el sendero de entrada y luego seguiré mi camino. —Ella y yo intercambiamos una mirada de complicidad y regresó a su coche.

—¿Y qué hacemos ahora? —preguntó Karter—. ¿Tendremos que hacer una declaración oficial?

—Escucha —dije—. Necesito que me hagas un favor que va a sonarte ridículo, pero quiero que estemos en la misma onda.

Me miró suspicaz.

—¿De qué se trata?

—No quiero contarle a nadie lo que nos ha pasado. Si mis madres lo descubren, estaré de vuelta en Brooklyn mañana por la mañana.

Karter quiso decir algo, pero se contuvo, y luego dijo:

—¿No te preocupa quiénes sean esas personas? ¿Lo que intentaban hacer? Nos han atacado. Ese tipo intentó arrinconarme. ¿Eso no te preocupa?

—Sí. Pero la doctora Grant va a encargarse de ello. Ya se lo contaré a mis madres más adelante. Si se enteran ahora, todo habrá acabado. No puedo volver a lo de antes. No puedo perderte como amigo. —Las lágrimas brotaron de golpe—. La casa, el jardín, la forma en que mis madres se han relajado… Todo me hace sentir como si por fin estuviera donde debo estar. Necesito quedarme. Por favor, Karter. Necesito que lo entiendas.

Se oyó un gemido en alguna parte en la oscuridad, y un golpeteo atrajo mi atención a la ventanilla del asiento del pasajero. Algunos de los árboles más pequeños que flanqueaban la carretera se habían inclinado hasta donde lo permitían sus troncos. Sus ramas alargadas rascaban contra la ventanilla como uñas. Miré hacia atrás para ver si la doctora Grant lo había advertido, pero tenía la cabeza baja, parecía mirar su móvil. Toqué el cristal y respiré hondo para calmarme. Los árboles se enderezaron.

Karter me miró con la mandíbula apretada.

—De acuerdo, pero tienes que prometerme que me contarás lo que esa mujer, la doctora Grant, descubra, porque estoy preocupado. No quiero que te suceda nada. Pero tampoco quiero que te marches. En caso de que no lo sepas ya, no tengo muchos amigos. No pensaba que fuera tan importante tener amigos, hasta que te conocí y comprendí lo mucho que necesitaba uno.

Apreté su mano.

—Te prometo que te mantendré informado.

Karter me devolvió el apretón, y luego me llevó a casa.

CAPÍTULO 22

La doctora Grant nos siguió hasta el sendero de entrada. Karter se quedó esperando hasta que me vio entrar. Cerré la puerta con sigilo y pasé rápidamente por delante de la habitación donde Ma y Amá jugaban a una agresiva partida de Uno, confiando en que no me preguntaran por mi noche.

—Salto. Me llevo cuatro. Salto otra vez. Vuelvo hacia donde estaba y... ¡bam! ¡Comodín! El color es azul.

—No puedes jugar todas esas cartas en una tirada —estaba diciendo Amá cuando pasé por delante de ellas. Me hizo un gesto, pero siguió pendiente de Ma.

Ma hizo una mueca.

—Las reglas caseras dicen que puedo.

—Las reglas caseras dicen que eres una tramposa.

—¡Jamás! —gritó Ma riéndose—. Estás furiosa. A veces no pasa nada por perder. Yo aún te quiero.

Subí a mi habitación y me cambié la ropa por una camiseta y unos pantalones cortos. Me puse un gorrito y me tumbé en la cama. Intenté con todas mis fuerzas separar lo que había sucedido en el cine de todo lo demás que estaba ocurriendo. Los secretos se acumulaban y empezaba a sentirlos como una carga.

Miré hacia el armario. Un triángulo de papel sobresalía del borde superior. Me levanté y, poniéndome de puntillas, estiré un brazo para cogerlo. Era un cuaderno cuadrado cubierto por una gruesa capa de polvo. Por su forma y el crujido de sus páginas supe que se trataba de un álbum de fotos. Comprimidas entre las páginas de pegajoso papel transparente había fotos de una niña, probablemente de once o doce años, con una espesa cabellera oscura y grandes ojos marrones. Llevaba unas gafas demasiado grandes para su cara. En una foto estaba sentada debajo de un árbol con el rostro hacia el sol y los ojos cerrados. La hierba a su alrededor tenía un vibrante y casi antinatural tono verde. En otra, aparecía con ojos muy abiertos y una gran sonrisa. Otra persona le ofrecía un trozo de tarta. Detrás colgaba una colorida guirnalda de cumpleaños.

Miré las otras páginas en las que la niña iba haciéndose mayor. Ya siendo una adolescente, llevaba el pelo con trenzas, había cambiado las gafas por lentillas, y se la veía mucho más seria y centrada. En otra foto estaba sentada en una mecedora en el porche delantero de esta misma casa y un arbusto de acanto se inclinaba hacia ella, con sus flores blancas enroscándose en las patas de la silla y en sus tobillos.

Pasé las páginas hasta llegar a la última y extraje un pequeño retrato de debajo del plástico. Se había quitado las trenzas, y su rizado pelo natural sobresalía de un colorido pañuelo que cubría su cabeza. Llevaba de nuevo gafas y lucía un vestido largo azul y una sonrisa tan calurosa que pude sentirla a través de la foto. Le di la vuelta y advertí que estaba escrito: «Selene, agosto de 2004». Volví a girarla para contemplar la imagen. Tenía el brazo doblado y la mano apoyada sobre su ligeramente abultado vientre. Estaba embarazada de mí.

«Selene» ya no era solo un nombre. Ya no era un personaje sin rostro en la historia de mi vida. Había vivido aquí, había trabajado en la botica y había atendido el jardín. Conocía los secretos de este lugar, y si su hermana conocía mi inmunidad a las plantas venenosas, entonces quizá fuera porque ambas compartían esa misma habilidad.

Las palabras de Ma resonaron en mi cabeza. No tenía que elegir. Podía seguir escarbando. Podía descubrir más cosas sobre esta mujer y su trabajo, sin sentirme culpable por ello.

Saqué mi móvil y envié un mensaje de texto a Marie.

Bri: Me gustaría ver su tumba, si aún quieres enseñármela.

Unos minutos más tarde mi teléfono vibró.

Marie: Nyx te recogerá a las siete mañana por la tarde.

☙

Al día siguiente me quedé en casa. Karter me mandó un mensaje para comprobar cómo estaba, y la doctora Grant me contó que su oficina había acompañado a la policía a interrogar al tipo del cine encargado de la máquina de palomitas. Él solo había visto a dos hombres entrar en la sala. Habían pagado, pero como lo hicieron en efectivo no había forma de rastrearlo. Dijo que los otros dos debieron de colarse mientras él se tomaba un descanso para ir al cuarto de baño. No había descubierto nada importante, pero prometió llamar si lo hacía.

Un poco antes de las siete, les conté a Amá y a Ma a dónde iba, y tal y como Ma me había prometido, se lo tomaron bien. No hicieron preguntas. Cogí una docena de peonías ónix para que florecieran, extraídas de la que había cultivado para Amá en la cocina, y Ma improvisó un envoltorio con algunas de las bolsas de papel de la botica. Ambas me preguntaron unas veinte veces si quería que una de ellas o las dos vinieran conmigo para darme apoyo moral, pero yo quería hacer esa primera visita por mi cuenta.

Nyx me recogió a las siete y condujo lejos de la ciudad, en dirección opuesta al cementerio principal. Cuando súbitamente nos detuvimos, pensé que Nyx se había perdido. Estábamos en mitad de ninguna parte. La carretera que habíamos recorrido terminaba en un recodo sin pavimentar, rodeada de un espeso bosque oscuro por todas partes. Sin embargo, a través de los árboles, se entreveía un pequeño claro con una colección de lápidas de aspecto antiguo, olvidado y desatendido.

—La señorita Morris llegará enseguida —indicó Nyx.

—¿Por qué no ha querido venir con nosotros?

—Estaba ocupada, pero no se preocupe, vendrá. No se perderá la oportunidad de volver a verla.

Miré a Nyx a los ojos a través del espejo retrovisor.

—¿En serio?

—Sí —aseguró—. Resulta bastante irritante.

El sol fue hundiéndose en el cielo hasta convertirse en una bola de fuego. Los rojos y naranjas quemaron la luz dejando solo una latente oscuridad y envolviendo todo a nuestro alrededor en largas sombras. Un golpe en la ventanilla me sobresaltó. Era Marie. Me apeé para encontrarme con ella. Admiré su belleza como si fuera la primera vez que la veía. Vestía unos pantalones vaqueros negros, un suéter y botas negras.

Miré alrededor esperando encontrar un coche.

—¿Cómo has llegado hasta aquí?

—He compartido trayecto —declaró.

—Me dijiste que compartir trayecto era peligroso.

—No para mí.

Miré hacia la carretera.

—Sé reconocer cuándo alguien me está tomando el pelo.

Sus ojos centellearon.

—Vale. Y si te digo que ha sido por tu propio bien, ¿me creerías?

—Casi siempre que alguien dice que ha sido por tu bien, no es así. Así que no.

Marie me miró pensativa.

—¿Y si te dijera que ha sido por mi propio bien?

Sentí que se me erizaba la piel. Un instinto primario pareció cernirse sobre mí del mismo modo que cuando había estado con ella a solas en su casa.

—Podría creerte si tú lo dices.

—Está bien —asintió—. Ha sido por mi propio bien.

Hizo un gesto hacia el cementerio. El camposanto estaba acotado con una verja de hierro forjado que necesitaba desesperadamente ser reparada. La puerta principal parecía como si se hubiera salido de sus goznes años atrás, y los puntiagudos barrotes se inclinaban en extraños ángulos entre los árboles.

Marie deslizó su mano en la mía y una corriente nerviosa me encogió el estómago. Nyx se quedó en el coche mientras Marie tiraba de mí a través de la verja del cementerio.

Puede que el lugar hubiera estado tranquilo en su día, pero ahora los fragmentos de las lápidas de pálido mármol irrumpían entre el crecido follaje como rotos y mellados dientes. Había tal silencio que lo único que podía oír era el latido de mi corazón, que se aceleraba cada vez que Marie me apretaba la mano.

Mi teléfono sonó y el nombre de Karter apareció en la pantalla. Marie se detuvo. Intenté silenciarlo, pero accidentalmente rechacé la llamada.

—Haciendo amigos, ¿eh? —preguntó Marie.

—Es un chico que conocí en la librería. La que está en la calle del Mercado. Es mi amigo. Solo un amigo.

Quería que eso quedara muy muy claro.

Ella ni siquiera trató de ocultar lo feliz que eso la hacía.

—¿En la calle del Mercado? —repitió—. ¿Ese local de libros usados?

—Sí. ¿Lo conoces?

—Es nuevo. Abrió hace un par de meses.

—Ah.

Pensaba que Karter había mencionado que llevaba trabajando allí más tiempo que eso. Cuando traté de recordar lo que había dicho, advertí que la hierba crecida se estaba inclinando hacia mí. Marie se volvió y miró hacia el suelo. Yo di un paso atrás, soltándome de su mano y aplastando la hierba para intentar que dejase de estirarse hacia mí.

—No estoy demasiado sorprendida —comentó Marie—. Pero esa habilidad, ese don que compartes con la gente que vino antes que tú, nunca ha dejado de asombrarme. Es agradable volverlo a ver después de todos estos años.

Una parte de mí comprendió lo que sabía respecto a mis habilidades. Pero oírselo decir y comentarlo como si no fuera gran cosa me hizo sentir como si me hubiera quitado una pesada carga de encima.

El rojo intenso del atardecer fue rápidamente absorbido por una noche estrellada. Bajo esa luz moribunda, los robles de aspecto viejo se retorcieron en la oscuridad. Y mientras nos movíamos, crujieron y gruñeron.

—La mayoría de la gente que ha muerto en los últimos treinta años está enterrada en el cementerio de Grasmere —indicó Marie—. Este lugar es mucho más antiguo, y contiene los restos de familias cuyos linajes se remontan a muchas generaciones atrás.

Una lápida de granito con una estatua de un ángel llorando sobre ella destacaba entre los arbustos nudosos.

El nombre y la fecha aparecían tallados sobre la losa: «Beekman, 1623-1707».

El umbrío sendero nos llevó hasta la parte trasera de la verja de hierro, donde dos hojas superpuestas no terminaban de encajar.

Marie se deslizó a través de la abertura y esperó al otro lado. Yo vacilé.

—Un poco más —dijo Marie.

Me escurrí a través de la verja y seguí a Marie por los matorrales que crecían detrás del cementerio.

—Este es el lugar donde se hallaba el cementerio original —explicó—. Ten cuidado por dónde pisas.

Un montón de lápidas, la mayoría de ellas al nivel del suelo y tan rotas que formaban montones entre los arbustos, salpicaban el suelo. Me tambaleé intentando no pisarlas. Marie se detuvo de pronto y me topé con ella. Posó las manos sobre mis caderas para estabilizarme. Alcé la cabeza para encontrar su mirada, pero sus ojos estaban clavados más abajo. Seguí su afligida mirada. Allí, entre la hierba, los crecidos matojos y las raíces retorcidas, había una pequeña lápida blanca.

CIRCE COLCHIS
31 DE OCTUBRE DE 1970 - 12 DE ENERO DE 2020

Mi atención se desvió a la tumba que había al lado de la de Circe. Estaba cubierta por eléboros, una venenosa flor negra con un brillante cáliz amarillo central, que tapaban la inscripción.

Me agaché y los aparté a un lado. Un frío hormigueo atravesó mis dedos y luego se desvaneció. No miré inmediatamente la inscripción. ¿Sabía a quién pertenecía? ¿Por esa razón me había agachado para limpiarla sin dudarlo un instante? Traté de rehacerme y miré el nombre.

SELENE COLCHIS
8 DE SEPTIEMBRE DE 1977 - 24 DE DICIEMBRE DE 2007

Deposité las flores que había traído conmigo en la lápida, y el eléboro se enroscó alrededor. Una abrumadora tristeza me envolvió, robándome el aliento y trayendo consigo un torrente de silenciosas lágrimas.

—Siempre estuvieron muy unidas —susurró Marie solemne—. Y como he dicho, eran personas que protegían su intimidad y apenas se dejaban ver fuera del negocio de la botica. Creo que tiene sentido que quisieran estar aquí juntas con el resto de su familia.

Miré con ojos empañados el resto de inscripciones. En cada una de ellas aún era legible el apellido Colchis. Perseo, Danae, Ares… Todas con la fecha de nacimiento y muerte que iban desde mediados del siglo XIX, o incluso antes que eso.

Una de las lápidas no tenía fecha, pero en ella se podía leer Perséfone Colchis, y estaba tan devastada y rota que probablemente no sería legible durante mucho más tiempo.

—Están todos aquí —indicó Marie—. Esta ha sido su parcela desde que llegaron a este lugar. La casa en la que vives fue construida sobre el lugar de su hogar original. Han estado aquí desde entonces. —Sus ojos se nublaron—. Incluso después de que Circe cerrara la tienda, aún seguía allí como un fantasma, recorriendo los pasillos, llevando el luto cada minuto del día.

Pensé en lo que debió de haber sido para ella. Mi abuelo Errol era el mejor hombre que haya conocido nunca, y cuando murió, Ma no se levantó de la cama en una semana. Durante mucho tiempo, era como si estuviera viviendo por inercia. Se levantaba, se duchaba, comía y se iba a trabajar, pero era como si una sombra se cirniera constantemente sobre ella, sobre nosotras, porque nosotras también llorábamos con ella.

La cosa solo mejoró cuando acudimos a un profesional y recibimos la ayuda que todas necesitábamos para procesar lo ocurrido. No podía imaginar cómo habrían ido las cosas de no haberlo hecho. Quizá Circe no tuvo esa oportunidad. Cada cosa nueva que aprendía sobre esta gente los hacía más reales.

Los árboles que rodeaban la tumba inclinaron sus ramas en reflejo de mi propia tristeza.

—No te he traído aquí para ponerte triste —dijo Marie—. Quería que supieras que tienes una conexión aquí que es aún más fuerte de lo que sucede en la tienda, y el corazón es esa conexión. Todas hicieron turno para protegerlo, pero por mucho que intenté entenderlo, guardaron sus secretos fielmente. Era como si no pudieran consentir que nadie más compartiera su carga.

—¿No sabes por qué lo mantenían oculto? —pregunté—. ¿Por qué supone una carga?

Marie se acercó hasta una tumba meticulosamente mantenida. Un jarrón con orquídeas fucsias frescas estaba colocado a un lado. La placa decía «Astraea Colchis, 1643-1680». Se arrodilló y sacudió el polvo.

—Cuando era joven, estaba preparada para comerme el mundo. Estaba deseando dejar este lugar… Hasta que conocí a Astraea. Me quedé aquí por ella. Fue mi mejor amiga en un período en que no tenía a nadie en absoluto. —Tragó con fuerza—. Un verano, me puse enferma. Mucho más enferma de lo que había estado en toda mi vida. Mi hermana y mi padre ya habían muerto, y sabía que yo sería la siguiente. Astraea me salvó.

Mi corazón se encogió de dolor por ella, pero no podía fingir que había algunas cosas en lo que estaba diciendo que me intrigaron.

—Has dicho «cuando era joven», como si no fueras joven ahora. Estoy confusa.

Marie suspiró.

—Estoy pensando en cómo puedo explicártelo.

—¿Lo ves? Decir las cosas así no tiene sentido, y no voy a mentirte, me da mucho miedo. Como si literalmente me muriera de miedo.

Recordé cómo, por dos veces ya, el solo hecho de estar en su presencia había hecho que el miedo se apoderara de mí. No era la única cosa que sentía por ella, pero aun así me preocupaba.

Marie negó con la cabeza. Una expresión de dolor asomó a través de su rostro.

—Eso es lo último que quiero.

—Entonces tendrás que empezar a ser sincera conmigo. ¿Cómo pudo Astraea ser tu mejor amiga si murió en 1680?

—Todo lo que sé es que Circe te dejó todo a ti —dijo Marie, esquivando mi pregunta—. Ella quería que tú lo continuaras donde lo dejó.

—Yo no pedí nada de esto. Ni siquiera sé si quiero asumir esta responsabilidad. —Estaba dispuesta a cultivar el jardín y proveer la botica, pero ¿proteger el corazón? No sabía lo que eso significaba. ¿Protegerlo de qué? ¿Y por qué? ¿Porque era venenoso? Eso no tenía sentido.

Marie apretó la boca hasta que sus labios se convirtieron en una tensa línea.

—Esa es tu elección. Pero puedo decirte que la botica es importante para la gente de por aquí. Gente como yo. He estado pensando en una forma de ser más abierta contigo. Quizá… —Se detuvo, y sus ojos se abrieron como platos.

—¿Quizá qué?

—¡Chist! —Estuvo a mi lado tan rápido que ni siquiera vi cómo sus pies se movían, pero antes de que pudiera decir nada, algo se agitó entre los árboles. Marie echó la cabeza a un lado, y luego emitió una prolongada y lenta exhalación—. Si te pidiera que cerraras los ojos y los mantuvieras así hasta que te dijera que los abrieses, ¿lo harías?

—No... no lo sé, yo...

Un hombre vestido con una chaqueta oscura y una gorra de béisbol emergió de la línea de árboles. Tres hombres más entraron en el cementerio tras él.

—Me alegra verte de nuevo —dijo el primer hombre.

Marie me miró y comprendí dónde había visto a uno de ellos antes.

—Vino tras Karter y yo cuando estábamos en el cine —dije, con el corazón desbocado.

Marie se colocó delante de mí.

—¡Marchaos! —les dijo a los hombres. Su voz era baja, como un gruñido, y esa terrible sensación de estar en presencia de algo genuinamente peligroso volvió a apoderarse de mí.

—Entréganosla y te dejaremos vivir —dijo uno de los hombres más bajos.

—¿Me dejaréis vivir? —repitió Marie.

No podía ver su cara, pero su tono agudo me hizo pensar que estaba hablando con una sonrisa.

Apenas podía respirar. Cerré con fuerza las manos mientras un coro de gemidos emanaba del macizo de enormes sauces por detrás de mí. Las crecidas hierbas susurraron en la noche sin viento.

Uno de los hombres más altos dio un paso hacia delante y Marie levantó una mano.

—Última oportunidad para que os lo penséis. —Su voz sonó tan fría que me asustó, pero ella no parecía tener miedo. Sonaba furiosa.

—Nos la llevaremos por la fuerza si es necesario —amenazó el hombre.

—¿Llevarme dónde? —pregunté—. ¿Qué es lo que queréis?

—¿Es que no lo sabe? —inquirió uno de ellos.

—¡Cierra el pico! —le gritó el hombre alto.

—Cierra los ojos, Briseis —dijo Marie—. Por favor.

Temblaba con tal fuerza que apenas podía mantenerme derecha.

El primer hombre se lanzó hacia delante y cerré los ojos. Algo me impactó desde el frente. Súbitamente me sentí arrastrada por el suelo. Mis ojos se abrieron de golpe y clavé las manos en la tierra mientras una maraña de enredaderas me agarraba por la cintura, llevándome de vuelta a la línea de árboles. Un macizo de ortigas se alzó como un muro y, para mi gran asombro, una rara y letal planta llamada gimpi gimpi o aguijón del suicidio, de flores amarillo mostaza y venenosas y pelosas hojas, al sentirse amenazada, soltó unas afiladas púas como de puercoespín.

Un gemido de dolor atravesó el aire. Uno de los hombres más bajos yacía en el suelo. Rodó hasta ponerse de espaldas. Un gorgoteo enfermizo surgió de su garganta, que estaba desgarrada. Se quedó inmóvil de forma antinatural.

Traté de gritar, pero no me salió la voz.

Las enredaderas me sostenían con fuerza negándose a soltarme. Vi a Marie de pie al borde del claro dándome la espalda. El hombre alto estaba delante de ella.

—¡Marie! ¡Corre! —grité.

No se movió. El hombre se inclinó hacia ella. Pero las manos de Marie lo aferraron de la cabeza. Las enredaderas me agarraron con más fuerza, mientras las plantas venenosas se alzaban delante de mí como perros guardianes.

—¿Marie? —Volví a gritar.

Se oyó un fuerte chasquido y los brazos del hombre cayeron flácidos. Marie lo arrojó al suelo como a una muñeca de trapo. Las enredaderas se soltaron, y por fin pude moverme libremente.

—Tenemos que irnos —dijo Marie. Su voz había recuperado su tono cantarín habitual.

—¿Qué demonios está pasando?

El hombre alto yacía como un fardo en la hierba. El lugar donde debía estar su cabeza ahora era una oscura mancha en la hierba. ¿Era una sombra? ¿Un efecto de la luz? Los otros dos hombres no aparecían por ninguna parte.

Marie resopló con fuerza mientras se acercaba a mí.

—¿Has cerrado los ojos como te pedí?

—¿Estás hablando en serio ahora?

Las plantas que me rodeaban retrocedieron hacia la maleza.

Un olor metálico, como a monedas mojadas, impregnaba el aire a su alrededor. Los ojos de Marie estaban negros como el hollín, no se distinguía ni la pupila ni el blanco. Se inclinó hacia mí.

—Tienes tantos secretos, Briseis. ¿Puedes guardar uno más?

CAPÍTULO 23

Tuve que esforzarme para mantener los pies en el suelo mientras Marie tiraba de mí por el sendero que nos llevaría fuera del cementerio. Nyx estaba de pie en el lado del asiento del conductor, reajustándose la chaqueta.

—¿Dónde estabas? —preguntó Marie.

Nyx hizo un gesto hacia el suelo junto a la rueda trasera. Había un hombre tendido, con los brazos y las piernas doblados en ángulos antinaturales.

—Trató de escapar.

—Yo me he enfrentado a los otros tres —dijo Marie—. Han venido a por Briseis una vez más.

Nyx frunció el ceño.

—Eso es… preocupante.

—¿Preocupante? —repetí casi gritando.

Marie me empujó al interior del coche y se deslizó a mi lado. Nyx se puso al volante y muy pronto estuvimos en marcha de vuelta a mi casa.

Mi estómago se retorció y sentí el vómito ascender hasta el fondo de mi garganta. Me agarré al borde del asiento.

—¿Podrías decirme, por favor, qué está pasando? ¿Acaso has… acaso has matado a esos tipos?

Marie cogió una botella de agua de la neverita y vertió un chorro en sus manos y cara. Se secó después con las mangas de su suéter.

—Voy a tener que ser más sincera de lo que pretendía.

—Nada de mentiras —exclamé.

—¿Quiere que llame a la doctora Grant? —propuso Nyx.

Marie asintió.

—Un momento —dije—. ¿Sabe que estáis aquí fuera matando gente?

—No tenía planeado matar a nadie. Pero esa gente del cementerio ha venido a por ti, por dos veces. Y todo porque quieren lo que tienes.

—Yo no tengo nada —insistí.

Marie se ajustó el anillo de ágata con forma de calavera de su dedo y juntó sus manos ensangrentadas delante de ella.

—El Absyrtus Cor.

—¿Una vieja planta marchita?

—¿Recuerdas lo que dije sobre Astraea y cómo me ayudó cuando estuve enferma?

Solo pude asentir.

Marie bajó la vista.

—Ella utilizó el corazón para curarme.

—«Curar» no es la palabra correcta —intervino Nyx.

Marie puso los ojos en blanco.

—Sube el panel divisorio, por favor.

—Creo que lo dejaré bajado.

Marie la miró de reojo, y entonces giró su cuerpo para darle la espalda a Nyx.

—La protección del Absyrtus Cor es una obligación de tu familia. Como servicio a nuestra comunidad, ellos han estado cultivando plantas, tanto venenosas como benignas, que han sido utilizadas por gente que hace conjuros, vudú, trabajos de alquimia, brujería y otras cosas desde que puedo recordar.

La imagen de la tumba de Astraea regresó a mi mente. La lápida había sido limpiada, habían colocado flores, y su fecha de muerte databa de 1680. Miré a Marie a los ojos.

—¿Qué eres tú?

—No podría explicarlo aunque quisiera.

—Voy a necesitar que lo intentes si no quieres que me tire en marcha.

Otra oleada de náuseas se abrió paso dentro de mí y el sudor humedeció mi espalda.

Marie se recostó contra el asiento.

—Esa enfermedad de la que te hablé, la que me dejó tan enferma que pensé que iba a morir, era en realidad una plaga. Algún tipo de muerte negra.

—¿Qué? —No podía entender lo que estaba diciendo—. ¿Me estás diciendo que tuviste la peste? ¿Cómo es posible?

—Fue hace mucho tiempo —respondió Marie tranquilamente.

Me había hartado de ser tan educada.

—¿Cuántos años tienes? Porque me siento muy muy confusa.

—Trescientos setenta y seis.

Un agudo pitido resonó en mis oídos. Pensé que iba a desmayarme.

—No. Ni hablar. De eso nada. Para el coche. —No podía ver nada delante de mí—. Déjame salir. —Agarré el picaporte. Saltaría si tenía que hacerlo… Pero este no se movió—. ¡Déjame salir!

—Por favor, Briseis. —Marie posó una mano en mi hombro.

—¡No me mates! —chillé, tratando de apartarme de ella todo lo que me permitía el espacio del coche.

Nyx se echó a reír desde el asiento del conductor.

—Señorita Briseis, por favor, intente calmarse. Ella está demasiado pillada por usted para intentar matarla.

Marie agitó las manos en el aire.

—¡Nyx! ¡Maldita sea! Estoy tratando de ser seria. Está asustada y tú no estás ayudando.

Nyx se rio.

—Yo nunca te haría daño —dijo Marie—. Por ninguna razón, y mataría al que lo intentara. Pero supongo que no tengo que decírtelo, tú misma lo has podido ver.

—Quizá podríamos dejar de hablar de matar —sugirió Nyx.

Me di la vuelta y asomé la cabeza a través del panel divisorio, para ver si podía deslizarme por él de alguna manera. Pero Nyx iba delante, y ella también había matado a un hombre.

¿Qué clase de broma era esta? Ambas parecían indiferentes, como si no fuera gran cosa que Marie hubiera aplastado el cráneo de un tipo con sus manos desnudas o que Nyx hubiera doblado a un hombretón dejándolo retorcido como una galleta salada en forma de lazo.

Me volví hacia Marie. Busqué en su rostro algún indicio de malicia, algún indicio de que deseara avergonzarme haciéndome pensar que era algún tipo de monstruo. Solo vi amabilidad en sus ojos, que ahora habían recuperado su color marrón oscuro habitual.

—Está bien —dije para mí—. Está bien, solo… Solo déjame un minuto para pensar. —Traté de ordenar mis pensamientos—. ¿Esos tipos del cementerio iban detrás de mí porque yo tengo el Absyrtus Cor?

Hizo un gesto de asentimiento.

Me ajusté las gafas.

—¿Y lo quieren porque el Absyrtus Cor es una cura para la peste?

—Es una cura para una muerte inminente, sin importar la causa —contestó Marie—. Pero el resultado es la inmortalidad. Yo estoy aquí sentada igual que estaba el día en que Astraea utilizó el corazón para salvarme. Y seguiré teniendo diecisiete años eternamente.

—Pero aún sigue ahí, el corazón. Lo vi… —Me detuve, recordando el parche de tierra vacía al lado de la planta—. ¿Es que había dos?

—No sé cómo lo hizo, pero Astraea utilizó uno de ellos para salvarme. Imagina lo que alguien podría hacer para tener esa clase de poder.

—Yo… No sé qué decir. Esto no puede ser real.

Marie suspiró y sacudió la cabeza.

—A veces me gustaría que no fuera verdad. No te mentí cuando dije que me sentía perdida sin Astraea. Ella sabía en lo que me había convertido, incluso cuando yo aún no lo entendía del todo. Después de utilizar el corazón para salvarme, nunca me contó cómo llegó a estar en posesión de la planta, por qué ella y su familia sabían cómo cuidarla, de dónde procedía, nada. Todo esto es real y aterrador, pero necesito que sepas que estoy siendo totalmente sincera contigo. No te ocultaré nada más. Si hubiera sabido cómo decirte que soy…

—¿Inmortal? —La corté—. ¿Fuerte como el demonio?

—Sí —asintió Marie—. ¿Cómo se supone que iba a decírtelo sin que salieras corriendo?

¿Salir corriendo? ¿Es eso lo que quería hacer ahora que sabía su secreto, y que ella aparentemente conocía gran parte del mío? Tenía razón. Nada de lo que dijera podría haber suavizado el impacto de lo que acababa de compartir.

—No voy a salir corriendo, pero voy a necesitar un minuto para asumirlo.

—Eso es justo —dijo Marie.

Nos paramos delante de mi casa y la puerta emitió un chasquido para abrirse. Agarré el picaporte, y luego vacilé.

Marie extendió el brazo y cerró suavemente su mano sobre la mía. Sentí una aguda sensación de culpabilidad. Me había salvado en el cementerio. ¿Quién sabe lo que habrían hecho esos tipos si no hubiera estado allí? Solté el picaporte y me recosté en el asiento.

—¿Crees que estoy segura ahora que esos tipos han…? —No fui capaz de decir «muerto».

—No lo sé —contestó Marie—. No sé quién los ha enviado ni lo que planeaban hacer. Astraea siempre comentó lo peligroso que era estar en su posición —suspiró—. ¿Vas a intentar hablar con el forense?

Esa era otra de las cosas que había querido considerar: ¿por qué todos los miembros de la familia de mi madre biológica estaban muertos? ¿Eran esos tipos del bosque mi mayor amenaza?

Nunca podría cultivar el jardín y proteger el corazón si estaba muerta porque alguna enfermedad desconocida acosaba mi árbol genealógico.

—Me acercaré por allí mañana —contesté—. ¿Y tú has dicho que hablarás con la doctora Grant?

—Sí —asintió.

Salí del coche y advertí que ella ya estaba de pie en el lado del asiento del pasajero cuando cerré la puerta tras de mí.

—Mierda —exclamé, llevándome una mano al pecho.

—Lo siento. Lo siento —dijo. Había un genuino arrepentimiento en su tono—. Esta noche no ha ido como había planeado.

—Sí. Una cita de amigas en la cafetería habría estado bien —dije—. En su lugar hemos tenido, cómo diría, ¿una sesión terrorífica en el cementerio?

Se rio. Después de todo lo que había pasado esa noche, se rio. Se inclinó hacia delante, me besó suavemente en la mejilla, y luego volvió a subirse al coche y se marcharon.

Una parte de mí quiso correr tras ella y decirle que me besara como si me quisiera de la misma forma que yo la quería. Había matado a tres hombres adultos para protegerme y yo aún quería salir con ella. Entré en casa e intenté poner mi vida en orden.

∾

No pegué ojo. No pude. Había visto cosas que pensé solo existían en las pesadillas. Marie era alguna clase de ser inmortal, capaz de matar a tres personas sin apenas despeinarse, y el corazón la había convertido en lo que era. Su rostro permaneció en mi mente. Su beso persistió en mi piel.

Marie y Nyx habían dicho que llamarían a la doctora Grant, así que ella debía de saber más cosas de las que yo había intuido. ¿Significaba eso que no podría mantenernos a mí y a mis madres a salvo? ¿O que estaba dispuesta a hacer precisamente eso… por cualquier medio necesario?

A la mañana siguiente, llamé a Karter y le pregunté si quería acompañarme a la funeraria. Marie me había dicho que un hombre llamado Lucian Holt poseía más información sobre las muertes de la familia Colchis y quería obtener respuestas tanto como ella. La dirección, según Karter, estaba a solo veinte minutos en coche desde la casa. Me recogió y nos dirigimos hasta allí.

Aparcamos delante, pero no entramos directamente. Karter no dejaba de mirarme.

—¿Qué pasa? —pregunté—. Parece como si quisieras decirme algo.

—No te lo tomes a mal, pero se te ve agitada. ¿Estás bien? ¿Has dormido?

—No mucho. Tenía un montón de cosas en la cabeza.

—¿Quieres hablar de ello? —preguntó.

—Ahora mismo no —respondí—. Lo siento.

—No, no pasa nada. Cuando estés lista. —Se quedó mirando hacia la funeraria—. ¿Por qué siempre acabamos en los sitios más raros? El hospital, un jardín secreto en los bosques, una funeraria.

—Intentamos ir al cine y ya viste cómo acabó la cosa.

—Sí. Y hablando de eso, ¿has sabido algo de la doctora como se llame?

—Grant —dije—. Y no. Aún no.

No quería hablarle sobre Marie o sobre cómo la doctora Grant parecía saber mucho más de lo que estaba dispuesta a decirme. Nos bajamos de la camioneta y alzamos la vista a la entrada. Un letrero que decía Funeraria Lou estaba colocado delante del edificio.

—Imagina tener un bebé y ponerle el nombre de Lou —dije.

—Imagina poner a tu funeraria el nombre de alguien —replicó Karter—. En plan, ¿sabes una cosa, Lou? Hemos puesto tu nombre al lugar donde se embalsama a la gente muerta.

—Es tan tierno —bromeé sarcástica.

Ambos nos reímos, pero fue solo para descargar nuestros nervios. Karter estaba horrorizado por la funeraria en sí misma y

268

yo también, pero después de lo que había visto con Marie, me preocupaba que ese tipo fuera a ser un hombre lobo o algo así. No estaba preparada para eso.

La funeraria estaba instalada en una vieja casa victoriana con una pradera perfectamente recortada. Dos enormes sauces llorones flanqueaban la entrada. La cortina de hojas se agitaba bajo la brisa. Se frotaron contra mí cuando pasé en dirección a los escalones del porche. Un cartel escrito a mano junto a la puerta decía: «Por favor, entre». Hice girar el pomo y abrí la puerta.

Un ramo de claveles blancos descansaba sobre una pequeña mesa del vestíbulo. Había una sala de espera llena de cómodas butacas reclinables y sillones. A la derecha se encontraba una habitación más grande con sillas plegables dispuestas en filas. Al fondo de la habitación había una pequeña plataforma y, sobre ella, un ataúd abierto.

—¡Oh, no! —dijo Karter—. Hay un cadáver ahí dentro.

Alguien de pelo oscuro y blusa roja yacía en su interior. Ramos de rosas y tulipanes aparecían dispuestos alrededor del féretro. Una corona de flores en forma de corazón estaba colocada a los pies. Las rosadas rosas que lo adornaban habían empezado a tornarse parduzcas y a doblarse por los bordes.

Entré en la sala.

—¿Qué estás haciendo? —preguntó Karter entre susurros.

—Ese arreglo está estropeado —dije. Amá nunca hubiera dejado que unas rosas medio muertas fueran utilizadas para un servicio funerario en cualquier otra parte, ya puestos—. No puedo dejarlo así.

El pasillo central que llevaba hasta el ataúd estaba alineado con montones de claveles y dalias. Se veían frescas y orondas y apenas se movieron cuando pasé por delante. Karter me seguía muy de cerca. Cuando me aproximé al ataúd, miré en su interior. Una mujer mayor yacía dentro con la cabeza descansando sobre una almohada de satén blanco.

Había asistido a algunos funerales en mi vida. El último fue por la tía abuela de Amá, Bernice. Había niños en ese servicio que estaban muertos de miedo. Uno de sus padres les dijo que Bernice tendría el aspecto de estar durmiendo. Pero no era cierto. La gente muerta nunca tiene aspecto de estar durmiendo. La mujer del ataúd tampoco parecía como si estuviera descansando. Parecía una figura de cera.

Rígida.

Muerta.

Pasé mis dedos sobre los marchitos pétalos de las flores que adornaban el féretro.

Las rosas recuperaron su forma y esplendor cuando las toqué.

—Esa es toda una habilidad —dijo una voz.

Me giré en redondo, y a punto estuve de tirar el arreglo de flores. Karter subió a la plataforma de un salto, pero su pie resbaló y chocó con la base del ataúd. Agarré la caja para equilibrarla.

Un hombre alto y desgarbado estaba en el umbral. Llevaba pantalones caqui y una camisa abotonada hasta el cuello, con las mangas enrolladas hasta los codos. Era tan pálido que pude ver la telaraña de venas azules bajo su piel mientras se acercaba con paso firme a la plataforma. Un mechón de pelo de un blanco amarillento se extendía por la parte alta de su cabeza. Me recordó a Largo, el mayordomo de *La familia Addams*. Su mirada recorrió el arreglo de flores.

—Se ve mucho mejor.

—Soy Briseis Greene —dije rápidamente—. Marie me dio esta dirección. Dijo que aquí habría un hombre que quizá pudiera ayudarme.

Arrugó el ceño con expresión furiosa.

—¿Marie Morris?

—Sí —dije.

—De modo que esa troglodita se dedica ahora a dar información personal sobre mí, ¿no es así?

Estaba enfadado. Exageradamente enfadado.

—¿Querría bajar un poco el tono? —pedí.

Marie se había mostrado irritada cuando me proporcionó su nombre y dirección, pero a este tipo parecía que le estuviera a punto de estallar la vena del cuello en cualquier momento.

—Quizá no sea el momento adecuado para sacar el tema, pero ¿qué quiere decir con lo de que es una troglodita? —preguntó Karter.

—Es Marie —respondió el hombre—. Sí, eso he dicho, es una troglodita.

El hombre volvió su atención a mí y algo parecido a un reconocimiento destelló en sus ojos. Las líneas de su arrugada frente se suavizaron. Dio un paso hacia mí, y yo di un paso atrás. Karter se quedó inmóvil donde estaba.

—¿Y tú quién eres? —preguntó, con apenas un susurro, sin rastro de la rabia que había mostrado un momento atrás.

—Creo que tal vez ya sepa la respuesta a eso —repliqué.

Volvió a mirar las flores y se quedó pensativo, como si hubiera recordado algo.

—¿Y por qué ha dicho Marie que yo podría ayudarte?

Me bajé de la plataforma y Karter hizo lo mismo, tambaleándose detrás de mí.

—Dijo que era el forense y el director de la funeraria, y que era difícil obtener cualquier información de usted cuando se trataba de la familia Colchis.

El hombre parpadeó mostrándose un tanto conmocionado. Tras rehacerse, juntó las manos.

—Ciertamente cumplo una doble función aquí en Rhinebeck. Soy a la vez el médico forense del condado de Dutchess y el director de la funeraria.

—Le expliqué a Marie que pensaba hacer alguna indagación para descubrir qué le sucedió a la familia Colchis —continué—. Y ella me dijo que no me molestara porque los registros oficiales habían sido destruidos, y quizá no accidentalmente. Me dio a entender como si obtener información más detallada fuera un problema.

El hombre resopló.

—No anda muy desencaminada, pero esa chica nunca dice toda la verdad por mucho que lo intente. Lleva tanto tiempo mintiendo que ahora está en su naturaleza.

—¿Ustedes dos tienen algún tema pendiente? —preguntó Karter.

El hombre se inclinó hacia un lado y miró a Karter.

—No puedes ni imaginarlo.

—Entonces, si los registros están todos desaparecidos y no puedo encontrarlos, ¿por qué iba a mandarme Marie aquí? —inquirí.

—¿Te importaría seguirme? Creo que ya hemos molestado bastante a la señora Oliver. —E hizo un gesto hacia el ataúd—. Pobre mujer. Se cayó por un tramo de escaleras de hormigón. La reconstrucción ha sido difícil, pero creo que ahora parece tan encantadora como siempre.

—¿Reconstrucción? —repitió Karter—. ¿Y eso qué significa?

Los ojos del hombre se iluminaron.

—La gente quiere ver a sus seres queridos tal y como eran. La cabeza de la señora Oliver quedó aplastada por un lado debido al golpe con los escalones, y su pómulo fracturado. Tuve que pegar los huesos de vuelta en su lugar y arreglar el color de su piel, pero el trabajo es magnífico, uno de los mejores que he hecho. —Se quedó mirando extasiado al ataúd.

Karter parecía como si fuera a vomitar. Yo no era especialmente remilgada, pero sentí que el hombre estaba sobreactuando.

—Por aquí —indicó, haciendo un gesto hacia el vestíbulo. Lo seguimos fuera de la sala—. ¿Marie te dijo mi nombre?

—Sí —contesté—. Lucian Holt.

El hombre se detuvo en seco. Echó la cabeza hacia atrás dejando que sus hombros cayeran y suspiró pesadamente.

—¿No es correcto? —pregunté.

—No, no lo es —replicó con tono afilado—. Y ella lo sabe. Lucian era mi abuelo. Ellos dos debieron de tener algún amorío cuando eran quinceañeros. Bueno al menos cuando él lo era. Escandalizó a todo el pueblo, incluyendo a mi pobre abuela. Darte ese nombre es su modo de retorcer el cuchillo en la herida un poco más.

Pude notar que estaba enfadado, pero parecía algo fuera de lugar.

—¿También está enfadado con su abuelo? ¿O es solo con ella?

Volvió a resoplar.

—Él murió hace mucho tiempo, así que espero que esté ahí donde se merece. Ella, por otra parte, nos sobrevivirá a todos, ¿no es así?

Karter nos miraba como si su cerebro estuviera a punto de explotar. No conocía el secreto de Marie, pero este hombre claramente lo sabía, lo que hacía que todo lo que había dicho sonara absurdo. Llegamos hasta una puerta estrecha que conducía a un corto tramo de escaleras.

—Si Lucian era su abuelo, ¿entonces cuál es su nombre? —pregunté mientras descendíamos la escalera.

—Lucifer.

—¿Cómo dice? —preguntó Karter con un tono más agudo del necesario. Se detuvo—. ¿Está de broma, no?

—En caso de que no lo sepas, no soy un tipo bromista —explicó el hombre—. Nuestro negocio se llama Servicio Funerario Lou. Mi abuelo era Lou, al igual que su padre antes que él: Lewis, Louis, Lucian… Para continuar la tradición yo he seguido llevando las mismas iniciales.

—¿En qué universo Lou es el diminutivo de Lucifer? —preguntó Karter.

—En este —replicó—. Pero puedes llamarme Lou si eso te hace sentir más cómodo.

Karter se quedó inmóvil con la boca abierta y yo le solté un codazo en un costado. La escalera llevaba hasta una gran habitación abierta donde dos mesas de acero del tamaño de un cuerpo humano estaban dispuestas una al lado de la otra. Varias bandejas con instrumental y tubos estaban pulcramente organizadas sobre una encimera. En la pared del fondo había una pesada puerta con un cerrojo y una etiqueta de «Peligro biológico» pegada en el frente.

—Ahí es donde guardamos los cuerpos —explicó Lou siguiendo mi mirada—. No os preocupéis. Seguirán muertos.

Se giró y caminó hasta una habitación adyacente.

Karter se pasó ambas manos por la cabeza manteniendo los dedos delante de su boca.

—¿Y qué puñetas significa eso? —preguntó con un furioso susurro.

Seguí a Lou a la habitación de al lado, tirando de Karter detrás de mí.

Lou se sentó detrás de un escritorio abarrotado de montañas de papeles y carpetas. Se recostó en su silla.

—Realmente no es ninguna coincidencia que la familia Colchis conserve muy pocos registros escritos. Siempre fueron muy particulares, y creo que la mayoría de su información fue pasando de generación en generación por tradición oral. Una historia familiar oral, por así decir.

Eché un vistazo a la habitación.

—¿Así que no tiene ningún registro de cómo murieron?

—Yo soy el registro. —Se señaló la sien—. Todo está aquí dentro.

Karter me lanzó una mirada confusa.

—¿Entonces sabe cómo murieron? —pregunté—. Marie dijo…

—Marie se cree con derecho a saber cosas que no le incumben. —Sus ojos eran fríos y duros cuando pronunció su nombre—. Solo porque fuera amiga de Astraea no significa que yo tenga la libertad para compartir sus detalles médicos con ella. Yo tengo un modo de hacer las cosas, y si a ella no le gusta, lo siento mucho, pero no pienso cambiar generaciones de larga práctica porque no esté de acuerdo.

—¿Y podría decírmelo? —Tanteé.

Lou miró a Karter con gesto suspicaz.

—Podría decírtelo. Está claro como el agua que eres una Colchis de los pies a la cabeza, pero él... —Enarboló un huesudo dedo hacia Karter—. Él es un extraño.

—Yo confío en él —declaré, mirando a Karter, quien aún parecía muy alterado.

—No me has entendido bien —aclaró Lou—. Lo que quería decir es que él es ajeno a estas cosas. Un observador.

—No, él sabe lo que yo puedo hacer —objeté, dando un paso hacia Karter.

—¿Y crees que ese es el único secreto que merece la pena guardar? —inquirió Lou.

Ahora fue mi turno de irritarme.

—¿Puede ayudarme o no?

Lou tamborileó con sus largos dedos como palillos sobre el escritorio y ladeó la cabeza.

—Los registros fueron destruidos, perdidos. Y sí, tu familia se ha visto desproporcionadamente afectada por acontecimientos desafortunados, pero no por mala suerte. Es por una razón. —Se inclinó hacia delante, apoyando los codos en la mesa—. En cualquier grupo de personas, especialmente en aquellas que están vinculadas por la sangre, pueden encontrarse patrones o anomalías genéticas que causan un sinnúmero de enfermedades y afecciones.

Mi corazón se hundió.

—Lo sabía. Hay algo en mi genética, ¿no es así? ¿Algo fatal? ¿De qué se trata?

Lou negó con la cabeza.

—Tus vínculos sanguíneos se han visto afortunadamente libres de cáncer, afecciones del corazón u otros achaques de esa naturaleza. Sin embargo, tu familia también ha experimentado un inusualmente alto número de homicidios, accidentes sospechosos y declaraciones de fallecimiento tras la desaparición de alguno.

Mi piel se erizó.

—¿Qué?

—Ha habido doce homicidios no resueltos en las últimas seis generaciones de la familia Colchis —declaró Lou—. Cuatro ahogamientos. Y tres desapariciones sin resolver.

No podía creer lo que estaba oyendo.

—La adorada Astraea de Marie fue asesinada. —Miró a Karter, y gracias a Dios no reveló la fecha de su muerte—. Perseo Colchis en 1904 murió de un golpe en la cabeza. Phoebe Colchis en 1945 se ahogó… en una bañera seca. Adelaida en 1953, por estrangulamiento. El asesino nunca fue atrapado. Eurídice Colchis en 1984, por apuñalamiento. Y la lista continúa.

—¿Toda esa gente murió en este pueblo y nadie pensó que merecía la pena investigarlo? —pregunté.

—No —contestó Lou—. Porque si leyeras las causas de la muerte hechas públicas, no verías ninguna causa más allá de alguna tara hereditaria o algún desafortunado accidente que les hizo regresar con su Hacedor.

—Un momento —dije, sintiendo que la cabeza me daba vueltas—. ¿Está diciendo que alguien mintió sobre sus muertes? ¿Por qué? ¿Por qué no decir la verdad?

—Existen razones. Puedo asegurártelo —aseveró Lou. Y pareció que iba a decir algo más, pero se detuvo.

—¿Quieres que nos vayamos? —Me preguntó Karter súbitamente. Se había colocado delante de mí, dándole la espalda a Lou—. Podemos marcharnos si lo prefieres.

—No, estoy bien. Dame solo un minuto.

Se apartó a un lado, pero mantuvo su hombro presionado contra el mío.

—Necesito saber lo que le ocurrió a Circe y… a Selene.

La boca de Lou se curvó hacia abajo.

—Selene era tu madre, ¿no es cierto?

—Mi madre biológica, sí.

Lou respiró hondo.

—Intentaré ser lo más delicado que uno puede ser con estas cosas, aunque supongo que esto va a ser difícil de oír. Selene fue encontrada en una zona boscosa de su propiedad. Tenía una herida de bala en el pecho. Era mortal. Un homicidio.

—¿Alguien la mató… —la habitación se inclinó y tuve que apoyarme contra la pared para no caer, Karter posó una mano en mi hombro— y nadie se ocupó de averiguarlo?

—Fue investigada de la misma forma que las otras muertes —contestó Lou—. Y lamento decir que no se descubrió nada. —Realmente parecía sincero—. Cuando ella murió —continuó—, Selene tenía en su poder una fotografía de una bebé. En el dorso estaba el nombre de Briseis. Cuando Circe comprendió que yo sabía que Selene tenía una hija, vino a mí y me pidió que me llevara esa información a la tumba. Ninguna de ellas quería que tú vinieras a Rhinebeck. Por supuesto, yo accedí, pero algo debió cambiar sus mentes porque ahora estás aquí, y no puedo negar que siento mucha curiosidad por saber cuál es la razón.

—Y yo también —repliqué. ¿Por qué dejarme la casa a mí? ¿Por qué dirigirme al jardín y hacer que pareciera que yo pertenecía a este lugar si nunca quisieron que viniera?—. ¿Y qué pasa con Circe? ¿Cómo murió?

—Fue declarada muerta a principios de este año —explicó Lou—. Había desaparecido en 2010, tres años después de la muerte de Selene. Y nunca se volvió a saber de ella.

Me quedé impactada. ¿Había dejado las cartas para mí hacía tanto tiempo?

—Pero he visto su tumba.

—No encontrarás nada en la tierra bajo ella, te lo prometo.

—Sin embargo, sabía que iba a dejarme la casa. Me dejó unas cartas.

Una de las cejas casi transparentes de Lou se arqueó.

—¿Que hizo qué?

Karter dio una palmada y me miró.

—Ya está bien. Vale. Briseis, vámonos. Este tipo está lleno de mierda.

—¿Perdona? —replicó Lou furioso, retirándose de su escritorio y poniéndose en pie. Karter dio un paso hacia delante. Lou era alto y desgarbado, pero Karter era más torpe que el demonio. No podía imaginar a los dos luchando.

Agarré a Karter por la camisa y tiré de él hacia mí. Tenía más preguntas, pero no podía dejar que golpeara a este espectro de hombre en el sótano de su funeraria.

—Muchas gracias por su ayuda. Ahora debemos marcharnos.

Lou volvió su mirada hacia mí y su postura se relajó. Se sentó de nuevo en su silla.

—Ha sido un placer. ¿Le darás a Marie un mensaje de mi parte si vuelves a verla?

—Ah, claro —contesté.

Sonrió mostrando sus dientes amarillos.

—Dile que no me gusta tener que limpiar lo que va dejando. Es muy descuidada. Y, por favor, recuérdale que ha tenido mucho tiempo para organizar sus cosas.

—De acuerdo. —Supuse que se estaba refiriendo a los hombres del bosque. Cogí a Karter del brazo y lo guie escaleras arriba.

Dejamos la funeraria. Me sentí mejor después de apoyar mi cabeza contra el salpicadero y respirar hondo un par de veces. Karter ocupó el asiento del conductor y agarró el volante.

—¡Decirte esas cosas así de sopetón! ¿Qué demonios le pasa? —Estiró el brazo y me apretó el hombro—. Lo siento mucho, Briseis.

Me recosté en el asiento.

—No entiendo cómo estas cosas han estado sucediendo en este pueblo durante generaciones y todo el mundo ha querido mantenerlas ocultas. ¿Por qué motivo?

—No lo sé —dijo Karter—. Aún no he superado lo del jodido Lucifer de ahí dentro. Ese tipo era tan siniestro como el infierno. ¿No te parece que desprendía unas vibraciones escalofriantes?

—Así es, pero trabaja con cadáveres todo el día.

—Él mismo parecía un cadáver.

Karter quería alejarse de Lou lo máximo posible, pero yo era la que acababa de descubrir que un puñado de parientes míos habían muerto de forma terrible y que muchos de ellos, incluida mi madre biológica, habían sido asesinados. Lou estaba claramente implicado en el encubrimiento, pero su insistencia en que había una buena razón para ello me desconcertaba.

Karter me llevó a casa, y yo mandé un mensaje de texto a Marie para contarle que había visto a Lou y que necesitábamos hablar cara a cara. Me respondió al momento para decirme que Nyx pasaría a recogerme en unas horas.

CAPÍTULO 24

Cuando Karter me dejó en la casa, subí directamente a mi habitación. Me senté en la cama e intenté que mi mente se tranquilizara lo suficiente para poder poner orden a todo lo que Lou había compartido conmigo. Aún no estaba cerca de descubrir lo que se suponía debía hacer con el corazón y quién podía haber intentado arrebatármelo. Las plantas de la chimenea se volvieron hacia mí, demostrando a su manera que entendían mi frustración. Eso me hizo sentir mejor.

Bajé a la botica y recogí unos pocos y perfectamente cultivados coralillos asiáticos para reemplazar los que estaban rotos del collar de Marie. Doblé un pliego de papel suelto para convertirlo en un improvisado envoltorio y los deslicé en su interior.

Mi teléfono vibró. Una notificación de correo apareció en la parte superior de la pantalla con el nombre de la profesora Kent en el asunto. Guardé el paquete con el regalo para Marie en mi bolsillo y abrí el correo.

Hola, Briseis:
Angie me ha contado que estás pensando en graduarte en Botánica cuando vayas a la universidad, pero si cambias de idea y decides aventurarte en los estudios clásicos, házmelo saber. Pareces sentir pasión por ellos. En cuanto a tus preguntas, voy a intentar contestarlas por orden.

1) Sí, suelo cobrar una tarifa por consulta, pero no para esta conversación. No puedo expresar lo conmovida que me sentí por que entendieras el valor de aprovecharte de los conocimientos de otra persona. Eres una joya. En serio.

2) A menudo las historias que pensamos que son una leyenda están basadas, al menos en parte, en sucesos del mundo real. Hay historias, como la de las Sacerdotisas de Apolo o el Oráculo de Delfos, que muchos creen que son solo cuentos, pero se ha descubierto el templo real donde la Pitia se sentaba para manifestar sus predicciones. Hemos examinado el palacio de Cnosos donde el rey Minos gobernaba. Su esposa, Pasífae, fue la madre del Minotauro de la mitología griega. Ahora sabemos la localización de Troya, donde los troyanos introdujeron su famoso caballo lleno de invasores. Alejandro Magno hizo una peregrinación a la tumba de Aquiles para poder presentarle sus respetos. Esto es un hecho. Esta gente, esas historias, están basadas en certezas que han sido exageradas y distorsionadas con el tiempo.

3) Y en cuanto a Medea, se conoce poco sobre ella más allá de lo que cuentan los relatos clásicos, pero según he descubierto por mis propias investigaciones existen pruebas de que fue una persona real y que su historia antecedió a la mitología griega en cientos de años. De hecho fue descrita como una bruja o hechicera, pero no como imaginamos a las brujas hoy en día, sino más bien como una especie de sacerdotisa, una mujer iniciada en los misterios de un determinado grupo de creencias. La mayoría de las sacerdotisas se creía que habían sido elegidas por los dioses o diosas a las que servían. En el caso de Medea, era una devota de la diosa Hécate, pero Hécate solo aparece en la mitología griega en el siglo v a. C.,

281

lo que significa que, como muchos otros mitos griegos, se originó en algún momento muy muy anterior; mucho antes incluso que el Olimpo, es decir, antes de que Zeus, Poseidón y Hades entraran en escena. Hécate fue introducida con calzador dentro de la narración griega cuando la gente fue consciente de su existencia mucho después, pero una de sus más tempranas menciones es junto con Medea. Siempre estaban vinculadas, implicando algún tipo de conexión profunda que aún debe ser descubierta.

Se dice que Medea mató a su propio hermano en un intento por evitar que su padre, que era el hijo del dios Helios, la casara. Se decía que por ese motivo ella arrastraba una maldición. Lo que sí sé con seguridad es que esa leyenda ha sido retorcida, contada de nuevo y reinventada tantas veces que los elementos originales han quedado oscurecidos. No creo que matara a sus propios hijos, porque eso únicamente se afirma en la obra de Eurípides. Y hay ciertas pruebas para apoyar mi teoría.

Existe un legajo en los Archivos Vaticanos al que un colega mío tuvo acceso hace unos veinte años. Se trata de un conjunto de documentos que según creía él fueron salvados de la Biblioteca de Alejandría. Estas antiguas e invaluables reliquias estaban en bastante mal estado. Una de ellas era la historia de Medea, y esa versión era anterior en varios siglos a las historias que ahora conocemos. Se dijo incluso que fue compuesta por alguien que la conocía bien. Mi colega había planeado descifrar el griego antiguo y tratar de reparar el documento, pero su acceso a los archivos fue revocado inesperadamente, sin más explicación. Corrieron rumores de que el documento se había «traspapelado», lo que, se sobreentiende, significa robado o destruido. Yo me inclino más por destruido, porque es prácticamente imposible retirar nada de los Archivos Vaticanos sin que te descubran.

Te adjunto la única imagen conocida del documento. He hecho que la analizaran, pero ha sido en vano. La fotografía es de mala calidad y resulta imposible verla con la claridad suficiente para descifrarla. Sin embargo, constituye una prueba de que esa narración existió, y es un fascinante hecho en sí mismo.

Confío en que esto ayude a responder a algunas de tus preguntas. La mitología es un mundo oscuro, que se parece mucho a desentrañar un juego del teléfono escacharrado que se remonta a muchos siglos atrás. Los mensajes que vemos y oímos hoy en día puede que no tengan nada que ver con lo que decían inicialmente.

Por favor, mándame cualquier otra pregunta que se te ocurra.

Saludos,
Profesora Kent

Pulsé en el documento adjunto y una borrosa foto apareció en mi pantalla: un trozo de arrugado papiro metido entre plástico y sostenido por unas manos enguantadas de alguien con una bata blanca de laboratorio. Estaba demasiado borroso para distinguir nada de la escritura, pero algo llamó mi atención, algo que me pareció familiar.

Abrí el *zoom* para poder apreciarlo mejor, pero eso solo hizo que la resolución empeorara. Las plantas de la chimenea se retorcieron hacia mí. Uno de sus zarcillos se había quedado atascado en la ranura donde la chimenea se deslizaba.

De pronto recordé que la llave de la puerta secreta del Jardín Venenoso no era la única cosa que había encontrado en el cubículo oculto.

Salté de la cama y cogí el cuaderno de dibujo de debajo de mi colchón. Extraje el papel que estaba conservado en plástico y lo sostuve al lado de la imagen que aparecía en mi pantalla. Era imposible decir si las letras coincidían, pero los fragmentos rotos de cada documento encajaban.

Cogí mi móvil y llamé a Marie.

—Hola —contestó.

—Hola. ¿Va a venir Nyx a recogerme?

—Ahora mismo está de camino. —Incluso a través del teléfono me pareció notar que estaba sonriendo—. Suenas muy excitada.

—Necesito consultar tu biblioteca si te parece bien.

—Oh. ¿Solo quieres verme por mis libros?

—No. No, yo nunca…

Marie rio al teléfono.

—Estoy bromeando. ¿Te veré pronto?

—Sí.

Cogí el cuaderno de dibujo y el documento, que ahora sostuve con más cuidado que antes, y los guardé en mi bolsa. Bajé las escaleras y saludé a Amá y a Ma antes de reunirme con Nyx en el sendero de entrada. Esta vez me subí a su lado en el asiento del pasajero, y nos dirigimos a casa de Marie.

Nyx me guio a la biblioteca, donde Marie ya me estaba esperando. Prácticamente se abalanzó sobre mí, fundiéndome en un abrazo. Jadeé. Sobre todo porque mis pies estaban colgando a casi quince centímetros del suelo, pero también porque mientras me cogía en brazos, su cara había rozado la piel desnuda de mi cuello.

—Lo siento —dijo, bajándome al suelo. Dejó que sus manos trazaran la silueta de mis costados, hasta posarlas suavemente en mi cintura—. Después de lo sucedido, pensé que quizá nunca volverías. Estoy muy contenta de verte.

—Yo también —añadí rápidamente—. ¿Piensas levantarme del suelo cada vez que me veas?

Bajó los ojos.

—Un efecto colateral del corazón. Soy así desde que sucedió.

Posé mi mano en su brazo.

—Me parece bien. —Busqué en mi bolsillo trasero y le tendí el sobre con los coralillos asiáticos.

Ella miró el interior y sus dedos bailaron suavemente sobre el collar.

—Gracias.

—Tengo una pila de cosas que contarte, y no sé por dónde empezar.

Me cogió de la mano y me arrastró suavemente hasta el sofá.

—Karter y yo fuimos a ver a Lou —dije.

Su ceja se arqueó.

—¿Y cómo os fue?

—Mmm, te odia —anuncié—. Pensé que iba a explotar por combustión espontánea. Se puso furioso cuando mencioné tu nombre.

—El sentimiento es mutuo.

—Pero me proporcionó cierta información sobre mi familia biológica, y ninguna es demasiado buena. —Le conté lo que Lou había compartido conmigo: las extrañas muertes, los homicidios, las desapariciones. Marie no dijo nada hasta que terminé.

—¿Me estás diciendo que Circe no está en esa tumba?

Sacudí la cabeza.

—No, de acuerdo con Lou.

—Siento que hayas tenido que oír eso de su boca. —Puso una mano en mi rodilla—. Es un demonio, pero no creo que mienta. Si eso es lo que dice, probablemente sea cierto. Después de la muerte de Astraea, me marché de Rhinebeck durante mucho tiempo. Regresé y volví a marcharme. Seguía vigilando, pero desde la distancia, ya sabes. Pude conocer a Circe, pero ella era muy cautelosa. No sabía que hubieran perdido tanto durante generaciones.

285

—Y él está haciendo exactamente como dijiste, encubriendo las muertes, haciendo que parezca que no ha sucedido nada de extraordinario allí. Aún sigo sin entender la razón, pero hay algo más. —Saqué el cuaderno de dibujo y el otro documento de mi bolsa y se los pasé—. He descubierto esto en la casa y necesito saber lo que dice. —Le mostré en mi móvil el correo de la profesora Kent y la imagen borrosa.

—¿Entonces Medea era una persona real? —preguntó Marie—. ¿Y tenía algunas de las mismas habilidades que tú? —Sonaba preocupada, y por un momento se quedó mirando hacia un lado, antes de volver a girarse abruptamente hacia mí—. Ven conmigo.

Tiró de mí para levantarme del sofá y la seguí hacia el vestíbulo. Me condujo hacia un juego de puertas dobles al final de un estrecho pasillo. Llamó varias veces, pero no esperó a que quienquiera que estuviera al otro lado le contestara antes de girar el pomo y entrar.

—Ya hemos hablado de que vengas a verme —protestó la voz de un hombre.

Miré alrededor de Marie. Alec estaba sentado detrás de un enorme escritorio de caoba de ornamentadas patas labradas, oculto entre una pila de libros y distintas pantallas de ordenador. Su aspecto era mucho mejor que la última vez que lo vi.

—Tengo algo que necesito que mires —dijo Marie.

Alec descubrió mi presencia y se levantó.

—Señorita Briseis, me alegro de verte.

—¿En serio? —Se extrañó Marie—. La última vez que la viste le sacaste un machete.

—Cogí el machete para segar los arbustos y usarlo contra las enredaderas que intentaban matarme —corrigió—. Nunca intenté hacerle daño.

—No, si sabes lo que te conviene —replicó Marie.

Alec miró nervioso.

—En fin —dijo Marie tan tranquila como si no acabara de amenazarle—. Mira esto. —Le tendió el documento—. Bri iba a buscar en la biblioteca, pero quizá puedas ahorrarle algo de tiempo.

Su cara se contorsionó. Primero, pareció confuso, y luego, asombrado, mientras estudiaba el pergamino. Se enderezó.

—¿Dónde demonios has conseguido esto?

—¿Sabe lo que es? —pregunté—. ¿Puede contarme lo que dice?

Se sentó muy rígido, y con manos temblorosas sostenía el documento delante de él.

—Es muy antiguo. Está en protogriego, similar al griego clásico, pero con algunas marcas distintivas. Era muy común en el Período Heládico Inicial.

—Que fue… ¿cuándo exactamente? —preguntó Marie.

—Cuarto milenio antes de Cristo —contestó Alec. Se colocó un par de gruesas gafas metálicas de aumento e hizo un sitio en su mesa para posar el documento. Tecleó algo en su ordenador y abrió un archivo llamado «Fonemas Protogriegos Reconstruidos».

—Hablo con fluidez varias lenguas. El griego es una de ellas.

—Ya lo hemos pillado, tío listo —le cortó Marie—. Nadie te ha preguntado cuántos idiomas sabes.

—¿Envidia? —preguntó Alec.

Marie puso los ojos en blanco.

—Lo leeré en alto —dijo él—. Pero necesitaré un minuto para traducirlo adecuadamente. Tened paciencia conmigo.

Marie se encaramó sobre la mesa y yo di la vuelta para mirar al papiro que estaba traduciendo.

—«Medea era la hija del rey Aetes de Colchis, amada sobrina de la hechicera Circe, y, lo más importante, una…». —Hizo una pausa—. La palabra está ilegible. Sabemos por otros textos antiguos que Medea era una devota de Hécate, y esas palabras podrían encajar, pero también un centenar más. —Anotó un par de cosas y continuó—: «Medea estaba dotada con el poder de la inmunidad para todos y cada uno de los venenos».

El teléfono se me cayó de la mano. Marie lo recogió antes de que me diera tiempo a parpadear.

—¿Te encuentras bien? —preguntó Alec.

Asentí, pero no, no estaba bien.

Él continuó. Dirigía su mirada del ordenador al documento y viceversa.

—«Medea se convirtió en la más poderosa hechicera de esas tierras. Su hermano, Absyrtus, era su siempre presente protector». —Se detuvo, para comprobar su trabajo—. Aquí, la palabra «δηλητήριος» está en conjunción con la palabra «μάγισσα». «Veneno» y «bruja», pero no reconozco la forma en que está utilizada aquí.

Hizo otra anotación y luego continuó leyendo mientras yo intentaba no hiperventilar.

—«Medea era conocida por todo el territorio, así que era de lo más natural que los hombres poderosos que buscaban dinero y poder recurrieran a ella confiando en que podría poner sus talentos al servicio de sus solicitudes. Pero ella no podía ser comprada. No se la podía convencer».

Había estado agarrando mi móvil tan fuerte que la palma de mi mano comenzó a sudar, y pequeños fragmentos de la ya fracturada pantalla cayeron en ella. Medea no era solo una mujer en un viejo retrato. No era solo un personaje en un puñado de viejas historias. Era una persona que venía de un lugar llamado Colchis, alguien inmune al veneno, que tenía un hermano llamado Absyrtus.

—«Jason, comandante del Argo, buscó a Medea y concibió un plan para engañarla. Le dijo que Absyrtus y su padre conspiraban contra ella intentando casarla con un hombre de su elección. Medea se sintió devastada. Jason declaró su amor imperecedero por Medea y le dijo que él la protegería de Absyrtus y su padre, pero que para poder hacerlo, necesitaba encontrar el legendario Vellocino de Oro, que le permitiría convertirse en rey.

»Medea accedió a ayudarle a buscarlo, y después de abandonar su hogar y su familia, navegaron por el mundo en busca del Vellocino de Oro. Pero después de muchos años y del nacimiento de sus tres hijos, regresaron con las manos vacías y Jason comenzó a cansarse».

Alec hizo una nueva pausa.

—¿Conoces la historia de Medea?

—La he leído —dije—. Pero la versión que leí no era como esta.

Alec sacudió la cabeza.

—No, en absoluto. Pero si nos ceñimos a la lengua, este documento es anterior al que se considera el original. —Dejó escapar una pequeña risa—. Es imposible, pero la familiaridad e informalidad de ello me recuerda el tipo de documentos que vemos y que datan de un período en el que la gente empezó a escribir las historias de su familia en lugar de transmitirlas de forma oral.

Se inclinó y siguió leyendo.

—«Sin saberlo Medea, Absyrtus la había estado buscando. Cuando la encontró, le contó la verdad. Nunca había existido ningún plan para casarla. Jason le había mentido y la había engañado para que le ayudara a conseguir el Vellocino de Oro. Cuando ella se lo reprochó furiosa a su esposo, Jason y sus hombres se llevaron a los niños y a Absyrtus como cautivos y amenazaron con matarlos si Medea no encontraba el vellocino y se lo daba a Jason.

»Medea solicitó la ayuda de la diosa, quien le reveló que el vellocino se encontraba en el bosque sagrado de Ares, custodiado por un dragón que nunca dormía. Medea envenenó al dragón, se apoderó del vellocino y luego, comprendiendo que nunca se libraría de él, decidió matar a Jason. Elaboró el veneno más letal que pudo, lo destiló en una copa de vino, y se lo sirvió. Entonces observó horrorizada cómo Jason les daba a probar la comida y la bebida a sus hijos antes de tomarla. Los niños cayeron al suelo, retorcidos de dolor. Jason apresó a Medea, se apoderó del vellocino por su cuenta, y ejecutó a Absyrtus cortando su cuerpo en seis pedazos.

»Medea, presa de un sufrimiento sin fin, recurrió a la diosa para pedir ayuda. Hécate apareció con un…».

Alec se detuvo y comprobó sus notas y de nuevo la pantalla de su ordenador.

—El documento está dañado aquí. Hay una palabra incompleta, «Κυν__λο», y la palabra «κυνηγόσκυλο», que significa «perseguir», podría encajar en el espacio.

Y prosiguió con el relato.

—«Hécate apareció con un sabueso y abrió las puertas del inframundo. Jason huyó con el vellocino y Medea observó cómo Hécate mataba a todos los presentes. En un acto de compasión, la inmunidad de Medea afloró en las venas de sus hijos y estos se salvaron.

»Jason hizo uso del vellocino y tomó a la princesa Creúsa por esposa, y así se convirtió en rey. Medea y sus hijos se retiraron a la isla de Aeaea, hogar de la hechicera Circe. Allí pasó sus días cuidando de su Jardín Venenoso, donde enterró las seis partes del cuerpo de Absyrtus. En el lugar donde la tierra cubría cada una de las partes, crecieron unas plantas peculiares, plantas que solo la amada familia de Absyrtus podía atender. Medea las nutrió con gotas de su propia sangre y rayos de luz de luna».

Sentí como si me hubiera caído del borde de un acantilado. Esa enfermiza sensación de caída libre hizo que el estómago se me revolviera. La mano de Marie se quedó firmemente plantada en mi cintura.

—Esto es fascinante —comentó Alec mientras continuaba estudiando el pergamino—. La forma en que la historia está contada aquí, su antigüedad… Nunca había visto nada parecido fuera de un museo. —Me observó con atención—. ¿Dónde dijiste que lo encontraste?

Marie se inclinó y retiró el papel de la mesa. Él parpadeó, tratando de cogerlo.

—Ten cuidado —dijo furioso—. Es delicado.

Marie me pasó el documento, y con un gesto sutil me indicó la puerta.

—Gracias, Alec. Ya puedes volver a entrar ilegalmente en los archivos encriptados del MoMA.

—La historia nos pertenece a todos —replicó él cuando cerramos la puerta detrás de nosotras.

Miré a Marie directamente a los ojos.

—Encontré la llave.

Ella parpadeó.

—¿La llave de qué?

—De la puerta del jardín.

—Y no la abriste.

No era una pregunta, sino una afirmación, como si al decirlo fuera a hacerse realidad.

—Lo hice. Y he visto el corazón.

Los ojos de Marie se agrandaron.

—Briseis. —No tuvo que decir nada más. Pude notar la decepción en su voz.

—Tú no lo entiendes —dije—. Todo me ha estado llevando hasta allí, y este documento, o lo que quiera que sea, es prueba de ello.

Sacudió la cabeza, evitando mi mirada.

—¿Quieres verlo? —pregunté.

Marie alzó los ojos lentamente hacia mí.

—¿Me llevarías allí? Circe nunca hubiera…

—No me importa lo que Circe hizo y lo que no. ¿Cómo se supone que puedo saber lo que ella quería? Todo lo que me dejó es una pista o un acertijo o ambas cosas, y estoy harta. No fue nada concreta, de modo que voy a hacer las cosas a mi manera.

—Eso no es justo —replicó Marie—. Tu familia ha estado custodiando el corazón durante generaciones. ¿Y ahora vas a permitir que cualquiera pueda verlo?

—Tú no eres cualquiera. Ni tampoco lo es Karter. Confío en vosotros dos. Y, sinceramente, esta familia ya ha sido lo bastante cerrada y secreta, pero todo el mundo parece conocer nuestro negocio. No dejo de encontrarme con gente que sabe más sobre la casa, la tienda y el jardín que yo. —Suspiré—. Circe tenía sus razones para hacer las cosas de una manera, y yo tengo las mías.

La frustración se había apoderado de mí. Esto no era solo por el corazón. Era por no querer empezar cada nueva relación con una mentira.

—Guardarlo en secreto no me va a mantener a salvo. Tú misma pudiste verlo. —Saqué mi teléfono—. Voy a decírselo a Karter. Podemos ir los tres juntos y quizá se nos ocurra qué hacer con él.

—No, no puedes hacer eso —rechazó Marie—. No puedes enseñárselo a él. Es demasiado peligroso… Es tu responsabilidad y únicamente tuya.

Me aparté de ella.

—Si me quedo aquí y llevo la tienda, si Karter y yo seguimos siendo amigos, si tú y yo…

Los ojos de Marie se iluminaron.

—¿Si tú y yo qué?

—Si queremos ver adónde nos lleva esto, entonces no quiero tener secretos.

—No te estoy pidiendo que guardes secretos. Te estoy pidiendo que seas más selectiva sobre con quién compartes algunas cosas.

Casi me reí.

—¿Lo estás diciendo en serio? Esa es literalmente la definición de guardar secretos. He tenido que mentir a todo el mundo, incluso a mí misma, solo para existir. Estoy harta de mentir y esconderme.

—¿Crees que no sé lo que es una carga? ¿Lo que es ocultarse? —espetó Marie con voz tensa—. ¿Crees que no sé lo que los malditos secretos pueden hacer y lo que se siente al tener que dejar a todo el mundo atrás por culpa de ellos? —Apartó la vista.

No había pretendido herirla, pero tuve la impresión de que había tocado un punto sensible.

—Lo siento. No quería disgustarte. Quizá si pudiera compartir esto con Karter y contigo, no tendríamos que vivir a solas con nuestros secretos. Ninguno de nosotros se quedaría atrás si pudiéramos estar juntos en esto.

Ella eliminó la distancia que había entre nosotras en medio parpadeo. El olor de su perfume, su cálido aliento en mi mejilla, hacían que fuera casi imposible contenerme. Alcé la barbilla de modo que nuestros labios casi se tocaron. Me pregunté qué se sentiría, cómo sabría un beso suyo.

—Miraré lo que quieras que desees enseñarme —dijo suavemente.

—¿Lo que quiera que desee enseñarte?

Se rio.

—El corazón.

El calor sonrojó mi cara.

—Exacto.

Me rozó al pasar y yo la seguí fuera hasta el coche, donde Nyx estaba esperando para llevarnos de vuelta a la casa. Le envié a Karter un mensaje pidiéndole que se reuniera con nosotras allí. Me deslicé en el asiento trasero del coche y Marie se colocó a mi lado, pegada a mí, su pierna descansando contra la mía. Mi problema iba a ser concentrarme en cualquier cosa que no fuera ella.

CAPÍTULO 25

Karter apareció al mismo tiempo que nosotras. Salí para saludarlo, y al hacerlo, él miró por encima de mí hacia Marie y sus ojos estuvieron a punto de salírsele de las órbitas como en los dibujos animados. No podía culparlo. Ella producía ese efecto en la gente. La miré para ver si lo había advertido, pero no parecía que lo hubiera visto en absoluto. Estaba estirándose la camiseta bajo su chaqueta y haciendo ese movimiento de tirar hacia arriba que la gente hace cuando los pantalones empiezan a deslizarse de sus caderas.

Le di un abrazo a Karter.

—Hola.

—Uy, hola —murmuró Karter, aún perplejo.

Marie se acercó y se quedó a mi lado.

—Soy Marie. —Su tono era amistoso pero seco.

—¿La misma Marie de la que habló ese chiflado de Lucifer?

—¿Tú también pensaste que es un gilipollas?

Karter dio una palmada.

—¡Uf! ¿Lo ves? Briseis tuvo un rollo raro con él, pero no quiso darle importancia.

—Oh, me gustas —dijo Marie sonriendo.

Karter ladeó la cabeza.

—Nos contó algo sobre su abuelo, pero tú eres…

—Está bien —interrumpí su razonamiento antes de que empezara—. Vamos dentro para que os enseñe algo.

Entramos en la casa y saludé a mis madres, que estaban viendo algo en mi portátil en la sala principal. Guie a Marie y a Karter escaleras arriba hasta la torre. Encendí la luz antes de pasar la página del libro gigante que mostraba la ilustración del Absyrtus Cor.

Karter bajó la vista a la ilustración.

—¿Es esto una planta?

—Se llama Absyrtus Cor.

—¿Está esto en tu jardín? —preguntó—. No lo he visto.

—Sí, está en el Jardín Venenoso. Yo no lo he cultivado. Nunca he visto nada parecido. Es venenoso, la cosa más tóxica que he tocado nunca.

—¿Lo tocaste? —preguntó Marie.

Me eché hacia atrás.

—Pensé que sería como todas las otras cosas venenosas que puedo tocar, pero sentí como si fuera a caérseme la mano.

Marie cruzó los brazos sobre su pecho.

—Necesito que dejes de intentar matarte.

Apreté su brazo suavemente.

—Tenías razón respecto a que no era como las otras plantas. —Fui pasando los dibujos del libro—. Las demás plantas tienen instrucciones, pero no el corazón. Yo no hubiera sabido cómo cultivarlo, pero ahora lo sé.

—¿Qué ha cambiado? —preguntó Karter.

—Encontré un documento y Marie me ha ayudado a traducirlo. Es antiguo. Antiquísimo, en realidad. Y cuenta la historia de Medea. —Hice un gesto hacia el cuadro de la pared—. Ella procedía de un lugar llamado Colchis, el mismo nombre de mi familia biológica. —Tuve que decir en voz alta lo que mi instinto me decía que era cierto—. Creo… creo que estoy emparentada con ella.

Marie jadeó tan fuerte que empezó a toser.

—Espera, espera, espera. —Karter sacudió la cabeza—. ¿De verdad piensas que tu árbol familiar se remonta hasta tan atrás?

—Tiene sentido —repuse—. Pensaba que Circe y Selene estaban obsesionadas con ella, pero no es eso. Es normal tener retratos de tus parientes colgando de las paredes, ¿verdad?

Karter se encogió de hombros.

—Supongo.

—Y ella era toxicóloga —declaré.

—¿Qué es una toxicóloga? —preguntó Karter.

—Alguien como yo. Alguien entendida en venenos y que además puede trabajar con plantas venenosas y no verse afectada. Todas las cosas que he descubierto sobre esta casa y mi familia me llevan a Medea y a eso. —Señalé el dibujo del corazón—. La gente que he conocido desde que llegué a Rhinebeck sabe que está ahí fuera, pero no se mezclan. Ni siquiera quieren hablar de ello, como si fuera un secreto a voces. Todos parecen pensar que fuera mi responsabilidad. Medea era la cuidadora original del corazón. Podía hacer todo lo que yo puedo hacer. —Me levanté. Solo había una cosa que deseaba hacer—. Vamos. Quiero volver a mirarlo.

Marie empezó a protestar, pero me dirigí hacia el piso de abajo antes de que pudiera decir nada. Karter y ella me siguieron hasta el frente de la casa y a través de la pradera. Ni siquiera me detuve cuando me acerqué al sendero oculto. Las enredaderas y las ramas se separaron.

—Quédate cerca de mí —le recordé a Karter.

—Ya sé lo que hay que hacer. —Miró hacia Marie—. ¿Y qué pasa con ella?

—Yo estoy bien —aseguró ella.

No le había preguntado por los límites de su poder. Pero no parecía preocupada por su seguridad, así que continué andando.

Aproximadamente a medio camino hacia el jardín, advertí que las sombras se hacían más largas. El sol se estaba poniendo en el horizonte cuando entramos en el sendero, pero después del correo de la profesora Kent y lo que había aprendido sobre el documento antiguo, no podía esperar ni un día más, ni una hora más.

Cuando llegamos al claro, saqué mi teléfono y encendí la linterna. Karter hizo lo mismo. Los árboles se echaron a un lado para revelar la verja. La abrí haciendo un gesto a Karter y a Marie para que entraran. La puerta se cerró de golpe a nuestra espalda.

Incluso en la creciente oscuridad pude ver los ojos de Marie iluminarse maravillados. Había sido sincera conmigo cuando dijo que nunca había estado dentro del jardín.

—Espera a ver esto —dije, tirando de ella hacia el Jardín Venenoso.

La garra del diablo se enroscó sobre la puerta de luna.

—Vamos a ir directamente al muro del fondo —expliqué. Y me volví hacia Karter—. Espera aquí hasta que te diga que entres.

—Puedo… ayudar —se ofreció Marie. Hizo un gesto como si estuviera cogiendo a un bebé y acunándolo en sus brazos.

La miré fijamente y luego a Karter. Me estaba sugiriendo cogerlo en brazos y llevarlo a través del Jardín Venenoso. Tuve que morderme el carrillo para no reír. ¿No sería ridículo ver a Karter transportado en brazos como un niño pequeño? Se le veía demasiado asustado para dejar que eso sucediera, así que negué con la cabeza.

—¿Cómo podrías ayudar? —preguntó Karter.

Marie fingió no haberlo oído, y él se metió las manos en los bolsillos, mirando alrededor nerviosamente. Caminé a través del Jardín Venenoso y me detuve delante del muro del fondo. Las enredaderas se apartaron, y abrí la puerta oculta. El escobillón rojo floreció apuntando hacia la puerta. Levanté la mano y la planta retrocedió.

—¿Listo? —Llamé a Karter—. Contén el aliento y corre. ¡Ahora!

Karter salió disparado, tropezando una vez y a punto de caer de bruces, pero Marie tiró de él hacia la puerta. Se detuvieron delante de mí.

—Oh, guau —exclamó Karter, mirando a Marie—. ¿Haces ejercicio?

Lo empujé a través de la puerta y Marie se deslizó a continuación. Me coloqué entre ellos y el escobillón rojo con flores en forma de estrella.

—Por aquí abajo —indiqué, haciendo un gesto hacia la escalera.

Desaparecieron hacia abajo y les seguí una vez que estuve segura de que el escobillón rojo no iba a actuar por su cuenta. Descendí los peldaños hasta la pequeña y húmeda habitación. Karter y Marie estaban totalmente en silencio. Las luces de nuestros móviles iluminaban el pequeño espacio. La planta yacía en su urna de cristal. Karter se inclinó hacia delante y yo rápidamente puse mi brazo delante de él.

—Este es el Absyrtus Cor —señalé—. Es la planta más letal con la que he entrado en contacto. No quiero que ninguno de vosotros salga herido. No deberíais estar aquí, pero tenía que enseñaros esto. Es real. Existe.

Examiné el orificio del techo, y Karter siguió mi mirada.

—Creo que cuando la luna se alza, brilla a través del hueco —expliqué.

—¿Qué clase de planta crece en la oscuridad? —se extrañó Karter—. ¿Acaso las plantas no necesitan la luz del sol?

—El cactus reina de la noche solo florece en la oscuridad. —Solté las clavijas de la campana de cristal y miramos en su interior—. Pero esto es otra cosa.

Marie se quedó tan inmóvil como las sombras.

—Ni siquiera sé qué decir.

Yo había sentido lo mismo la primera vez que lo vi. Si no hubiera visto el tallo arrugado y las hojas lacias bajo este, habría pensado que estaba mirando un auténtico corazón humano, preservado de algún modo.

En mi clase de Biología, habíamos hecho una excursión al museo y visto un corazón humano suspendido dentro de un frasco de formaldehído. Tuvimos que señalar las partes y apuntarlas en una hoja, y todas ellas estaban ahí, en esa extraña planta. La parte plana y cerúlea de los ventrículos derecho e izquierdo estaba apuntando hacia arriba. La maraña de lo que podían ser las arterias irrumpía del fondo alimentando los largos y gruesos tallos.

Karter se asomó por encima de mi hombro.

—¿Qué demonios? ¿Has intentado regarla? ¿Has intentado devolverla a la vida como a las otras que hay arriba?

—No. Pero no creo que el agua pueda cambiar nada. No creo que sea lo que necesite.

—¿Y qué necesita? —preguntó Karter.

—Si fuera un corazón real, ¿qué podría necesitar? —repliqué.

Los ojos de Karter se abrieron de golpe a la luz de la luna.

—¿Estás insinuando que lo que necesita es sangre?

Marie posó una mano en mi hombro, mirándome preocupada.

—¿Sabes lo que sucederá si lo haces?

—¿Y tú? —repliqué.

Sacudió la cabeza.

—No.

—¿Sabes si Circe lo mantuvo con vida? ¿O si lo dejó morir?

Marie evitó mi mirada.

—Lo mantuvo con vida. Y también lo hizo Astraea. Dijo que tenía que hacerlo.

Este era el trabajo que Circe había mencionado. No la tienda ni el Jardín Venenoso, sino esto, el cuidado de esta planta tan especial.

—Veo que has hecho toda clase de cosas imposibles —comentó Karter súbitamente. Dio unos pasos y se quedó al lado de Marie—. Así que no estoy demasiado sorprendido porque estemos aquí realizando algún tipo de ritual de sangre en la oscuridad en una apestosa cámara subterránea. Pero en serio, esto es peligroso. Sobre todo para mí, porque está claro que tu amiga no está preocupada. —Pareció cederle el turno a Marie para que replicara, pero no insistió.

—Oh, claro que estoy preocupada —aseguró Marie—. Pero no de la forma que crees. —Me miró—. Me preocupa que si no

299

cuidas del corazón y te ocupas de él como lo hicieron Circe y Selene, pueda perderse… o lo roben. Si realmente crees que estás emparentada con Medea, el árbol genealógico de su familia se remonta a cientos de generaciones. —Suspiró—. Siempre me he preguntado por qué se arriesgaron, por qué la familia sintió que tenía que hacer todo esto después de la carga que parecía representar para ellos.

Hice un gesto hacia la planta.

—Lo conservaron porque es él, es Absyrtus. Los corazones son sus restos mortales.

—¿Corazones? —preguntó Karter—. ¿Es que hay más de uno?

—Los hubo —asentí—. Originalmente eran seis.

Marie se acercó más a mí.

—¿Y qué podría perderse si no haces esto?

—Briseis… —empezó Karter con voz suave y temblorosa—. ¿Qué vas a hacer?

Me quité uno de los pendientes y lo sostuve contra mi dedo índice hasta que la piel se rompió. Sostuve la mano sobre el Absyrtus Cor y me apreté el dedo. Una sola gota de sangre cayó sobre él.

La venosa superficie de la planta se expandió ligeramente, como si la hubieran empujado desde el interior. Di un salto hacia atrás, con el corazón desbocado. Karter jadeó. Marie retrocedió.

—Se ha movido —dije.

—¡No fastidies! —exclamó Karter.

La planta volvió a moverse. Karter corrió hacia las escaleras, subiéndolas de dos en dos.

—¡Karter! ¡Espera! —grité.

Me abalancé a trompicones tras él. Iba directo a la puerta mientras el escobillón rojo se volvía para enfrentarse a él, sus flores se abrían preparadas para ducharle con su letal poder. Me interpuse entre él y la planta y recibí una pluma de veneno color óxido que aterrizó en mi cara.

Un gélido entumecimiento me robó el aliento. Algo cruzó por delante de mí como una exhalación mientras mi visión se empañaba. Me eché hacia atrás, y al deslizarme sobre el resbaladizo musgo verde me torcí el tobillo. Un grueso zarcillo de garra del diablo se enroscó en mis brazos y piernas para impedir que cayera por las escaleras. Me enderezó y salí a toda prisa al Jardín Venenoso.

Con los ojos muy abiertos, Karter esperaba al otro lado de la puerta de luna. Marie se encontraba a su lado, sacudiendo la cabeza. Ella lo había levantado hasta dejarlo en un lugar seguro, probablemente con la suficiente fuerza y velocidad para hacerle creer que todo había quedado atrás.

—Genial —dije para mis adentros. Ahora iba a tener que contarle secretos que no me tocaba compartir, y no sabía por dónde empezar. Cerré la puerta y eché la llave. Mi tobillo derecho me dolía. Renqueé hacia Karter.

—¿Estás herido? —pregunté. No vi ningún corte ni arañazo en él, pero no supe distinguir si el asombro de su cara era de miedo o de estar intentando procesar todas las extrañas cosas que acababa de ver.

—¿Qué... qué ha sido eso? —preguntó—. ¿Lo has visto?

De pronto sentí el calcetín demasiado apretado. Mi tobillo se estaba hinchando.

—Tengo que volver a casa. Creo que me he roto el tobillo.

Marie se puso inmediatamente a mi lado, y con la mano en mi cintura tiró de mí.

—Creo que necesito tumbarme —dijo Karter—. Algo no va bien.

Mi corazón dio un brinco.

—¿Has tocado algo? ¿No has contenido el aliento?

—No está envenenado —afirmó Marie—. Me he asegurado de que no tocara nada. Yo, sin embargo... —Un corte irregular se había abierto en la parte superior de su antebrazo, todo un entramado de venas, negras como el cielo de la noche, había quedado a la vista. Le cogí la mano.

301

—Oh, no.

—No importa —dijo—. Estaré bien.

Karter me miró. El sudor cubría su frente y su boca había adoptado una dura expresión. Se sacudió para salir del estupor.

—Vamos —dijo él—. Salgamos de aquí.

Abandonamos el jardín con Marie llevándome prácticamente en volandas, y cerramos la puerta.

La oscuridad era completa y agobiante. Karter nos guiaba de vuelta a la casa iluminando con su móvil el sendero por delante de nosotras.

Continué bajando el pie al suelo para al menos mantener la ilusión de que Marie solo me estaba ayudando y no levantando todo mi peso sin esfuerzo, pero a cada intento mi pierna me dolía a rabiar. Hice una mueca.

—Si sigues intentando ayudarme, voy a tener que levantarte tan alto que no podrás tocar el suelo en absoluto —amenazó Marie.

—¿Cómo hiciste conmigo? —inquirió Karter, mirando por encima de su hombro—. ¿Es que no vamos a hablar de eso? ¿Crees que no me he dado cuenta de que me levantaste como si fuera una pluma? ¿Como si no estuviera viendo los pies de Bri colgando por encima del suelo todo el rato que hemos estado caminando? Soy un hombre casi adulto…

—Podía haber dejado tu trasero ahí dentro —espetó Marie—. Si lo hubiera hecho, ahora tu piel se estaría desgarrando de tus huesos y tu garganta se habría obstruido.

La actitud de Karter cambió radicalmente. Abrió la boca para hablar, pero no le salían las palabras con normalidad.

—Yo… lo siento. Yo solo… ¿Cómo lo has hecho? ¿Quién eres?

Marie no dijo nada.

—No creo que debamos decirle a nadie lo que hemos visto —comenté—. Ni sobre el corazón, ni las habilidades de Marie ni sobre nada. No ahora mismo.

—Ni siquiera estoy seguro de lo que vi —contestó, mirando a Marie.

—Lo explicaré todo —dije—. Lo prometo. Pero ahora mismo necesito llegar a casa. El tobillo me está matando.

Karter asintió, pero su expresión continuó tensa y su mirada no dejaba de volverse hacia Marie.

Ella me llevó hasta la puerta principal, con Karter siguiéndonos bastante más atrás. Ma estaba esperando.

—Ya han regresado —gritó. Marie me dejó suavemente en el suelo. Un ahogado gemido escapó de mi boca cuando el dolor del tobillo volvió a aparecer. La frente de Ma se frunció—. ¿Qué te ha pasado?

—Me tropecé —expliqué—. Está bastante hinchado.

Ma y Marie me ayudaron a entrar y me llevaron hasta el sofá. Amá se arrodilló a mi lado y me quitó el zapato y el calcetín.

—Mierda —exclamó.

Mi tobillo estaba empezando a amoratarse.

—¿Puedes moverlo? —preguntó Ma.

Encogí los dedos de los pies. El dolor era solo en la parte exterior del tobillo.

—Me duele, pero quizá sea solo una mala torcedura.

—Deberíamos ir a urgencias —sugirió Amá.

—No —rechacé la idea—. Eso no va a pasar. —Me recosté contra los cojines—. Puedo ponerme algo. ¿Podríais ayudarme a llegar a la botica?

Amá y Ma intercambiaron una mirada. Marie y Karter levantaron las manos para ayudarme.

—Podrías hacerlo tú, ¿no? —dijo Karter mirando a Marie directamente a los ojos.

—¿Sabes qué? —intervine—. No importa. Ya voy yo.

Me puse en pie y empecé a cojear por el pasillo, con Marie y Karter siguiéndome muy de cerca. Encendí las luces de la tienda y traté de acercarme al mostrador, pero resbalé. Marie deslizó una mano alrededor de mi cintura, agarrándome la parte de atrás de la blusa y tirando de mí antes de que nadie lo viera. Amá y Ma entraron y me ayudaron a colocar la pierna sobre el mostrador.

—Necesito ese libro —indiqué señalando el libro grande que había bajado de la torre y que tenía instrucciones manuscritas de un ungüento para golpes y dolor. Marie me lo tendió y yo empecé a pasar las páginas—. Y el tarro de árnica.

Karter colocó la escalerilla bajo la estantería y subió hasta la última fila.

—Amá, ¿puedes traerme el mortero y la maja?

Ella se masajeó las sienes.

—Cielo, no creo que este sea el mejor momento para fabricar una poción o lo que quiera que sea que estás a punto de hacer.

—Por favor —pedí.

Deslizó a regañadientes el mortero de piedra y la maja hacia mí, y Karter me pasó el tarro con el árnica seca. Comprobé dos veces las instrucciones del libro, y luego saqué un puñado y la machaqué hasta convertirla en un fino polvo; añadí un poco de aceite de oliva y lo mezclé hasta conseguir una espesa pasta. Unté la mezcla en mi tobillo y lo envolví con un plástico. El alivio fue inmediato.

Ma se acercó hasta mí.

—No sé qué clase de brujería estás haciendo, pero está a punto de ahorrarme un buen dinero en cuidados de tu salud, así que yo te apoyo. Si te hace falta algo, házmelo saber. Tal vez una de esas marmitas, de esas grandes que usan las brujas.

Marie reprimió una sonrisa.

—¿Un caldero? —sugirió Amá.

—Sí —asintió Ma sonriendo—. Un caldero, un sombrero de cucurucho, una escoba, pintura verde para la cara…, lo que necesites.

—Debería irme a casa —anunció Karter.

—Gracias por ayudarme a regresar —dije.

—No he sido de mucha ayuda, pero me alegro de que estés bien —dijo—. Te llamaré mañana.

Me apretó la mano, le hizo un gesto rápido a Marie, y luego desapareció por el pasillo.

—Yo también me voy —dijo Marie.

Se agarró suavemente el brazo donde había visto esas rayas negras. El veneno estaba abriéndose paso por su cuerpo, pero dijo que no me preocupara. No pensaba que fuera a poder hacer nada.

Se inclinó y me besó en la mejilla, dejando que sus labios se entretuvieran un segundo más del necesario. Se volvió y caminó hacia la puerta.

—Hasta pronto, Mamás Greene, me ha gustado volver a veros.

Ma sonrió.

—Puedes volver siempre que quieras. Te haré unos gofres.

—No, eso ni lo sueñes —rechazó Amá. Cogió el brazo de Marie enroscándolo bajo el suyo y se la llevó por el pasillo—. Nunca dejaré que te haga eso, cariño. No te preocupes.

Ma me ayudó a bajar del mostrador.

—Creo que me voy a la cama —dije.

—Deja que te ayude a subir —sugirió.

—No, estoy bien. Puedo hacerlo. Te quiero.

—Y yo a ti más.

Me arrastré hasta el vestíbulo y fui subiendo la escalera mientras Ma se reunía con Amá en la sala principal. Gateé hasta mi cama y me arropé subiendo las sábanas por encima de mi cuello.

La imagen del Absyrtus Cor se había grabado a fuego en mi mente. Busqué en Google «corazón humano» y en la lista de resultados apareció el vídeo de un corazón donante que continuaba bombeando por un sistema de tubos y máquinas. Si le hubieran dado la vuelta enterrándolo en la tierra, habría sido igual a la planta del jardín. Cerré el vídeo, arrojé el teléfono a los pies de la cama e intenté dormir.

CAPÍTULO 26

A la mañana siguiente, encontré a Ma en la cocina preparando huevos revueltos y tostadas.

—¿Quieres que vaya a buscar un extintor? —pregunté.

—Calla —dijo.

Me acomodé en una silla. La hinchazón de mi tobillo había bajado, pero aún me dolía. No creía que pudiera regresar todavía al jardín, pero no era capaz de dejar de pensar en el corazón.

Amá entró en la cocina vestida con un gorrito rojo y una andrajosa bata que parecía haber sido usada por Freddy Krueger para practicar antes de cortar en rodajas a esos chicos de la calle Elm.

—Este polen va a matarme hoy —declaró, dando un sorbetón—. Bri, cariño, sé que tienes que guardar reposo, pero tu brazo funciona, ¿no? Tenemos que acabar con el polvo si queréis que siga viva. Todos los alféizares que limpié la semana pasada ya están cubiertos otra vez de una gran capa de polvo verde.

—Sí, señora —dije. Sabía que lo único que me libraría de la limpieza del domingo por la mañana sería probablemente la muerte, así que después de terminar el desayuno, busqué la escoba y un puñado de trapos limpios, y me dirigí a la botica para empezar la tarea.

Abrí las ventanas de la tienda, dejando que penetrara una cálida brisa. El sol se filtraba de forma oblicua a través del cristal vidriado de la pared exterior, arrojando haces de luz azul y verde sobre el suelo. En el vestíbulo, escuché los familiares acordes de Sam Cooke cantando y sonreí. Habían puesto esa canción en su boda y me encantaba, pero ahora era la música que usaban para la limpieza de la casa, a la que seguiría o el grupo Earth, Wind & Fire o Zapp & Roger. Tobillo roto o no, era el momento de limpiar.

Agarré un trapo y lo humedecí bajo el grifo. Una gruesa capa de polvo se había asentado en las ranuras de la ventana abierta, tiñéndola de verde por todo el polen que flotaba en el aire. Lo limpié y continué por todo el reborde de madera que recorría la habitación. Luego repasé la parte trasera del mueble de secado, tenía el tamaño de un ropero.

El trapo se me enganchó en el reborde donde se había separado de la pared. Tiré con fuerza, tratando de soltarlo. Se liberó con un suave clic, al tiempo que una pequeña y estrecha portezuela se abría delante de mí. Una ráfaga de aire con olor dulce emanó del interior.

—¡Amá! ¡Ma!

Ma apareció primero, sosteniendo un cuchillo de cocina, y Amá llegó tras ella, con su pistola paralizante chasqueando bajo el sol de media mañana.

—¿Qué pasa? —preguntó Ma frenética.

—¡Mirad! —Apunté hacia la portezuela. Sus juntas estaban perfectamente alineadas con el panel de madera. Nadie que lo mirase habría descubierto que estaba allí—. El trapo se enganchó en algún tipo de pestillo cuando estaba limpiando. Y simplemente se ha abierto.

Amá me empujó suavemente hacia atrás.

—Espera un minuto —dijo Ma.

Salió corriendo de la habitación y regresó, un momento después, con una linterna. La encendió e iluminó la habitación que estaba detrás de la puerta. El haz de luz atravesó la oscuridad para revelar un espacio del tamaño de un dormitorio grande. No había ventanas ni otras puertas. Ma entró y Amá y yo la seguimos.

Las paredes, pintadas de negro, hacían que el espacio pareciera más pequeño de lo que en realidad era. El olor dulzón resultaba más penetrante ahí dentro. Me recordó a la miel y al papel quemado.

Había una pequeña mesa al fondo de la habitación. Al acercarnos, la luz de la linterna de Ma bailó en su mano temblorosa.

—¿Qué es esto? —inquirió Amá, y su voz fue apenas un susurro.

La superficie de la mesa estaba cubierta por una tela negra. En el centro había una gran estatua de una mujer con tres caras, Hécate, la diosa a la que Medea servía. Varios objetos estaban dispuestos sobre la superficie: tres oxidadas llaves maestras, puñados de lo que estaba segura era artemisa, pieles de ajo, velas negras con restos de cera que habían rebosado y se habían secado formando varias capas, y cebollas que habían brotado y cuyas raíces serpenteaban a través del mantel negro antes de pudrirse para quedar en nada. Había pequeños cuencos, piedras negras, una guirnalda de flores marchitas alrededor del cuello de la estatua, y un jarrón de cristal lleno de desnudas patas de mirlo.

—Es un altar —indicó Amá.

—La tía Leti tiene uno —dije.

—Pero no es así —replicó—. El suyo es para trabajar, para… —Se quedó callada. Sus ojos se entornaron y seguí su mirada. Colocada en la base de la estatua, había una fotografía, rasgada por uno de los bordes y manchada de marrón por abajo como si algo la hubiera salpicado. Reconocí al instante a la dicharachera niña pequeña, de no más de un año.

Era yo.

Ma estiró el brazo para cogerla, pero Amá la cogió por la muñeca.

—No lo toques. No toques nada. —Su voz sonaba aguda y su cara estaba tensa. Amá sacó su móvil y marcó un número.

—Leti, necesito… necesito tu ayuda.

No me gustó cómo sonaba eso.

Había auténtico miedo en su voz, y de pronto me sentí muy incómoda. Ma se acercó y me pasó un brazo por el hombro, y yo la abracé con fuerza.

—Hay un altar en esta casa —explicó Amá al teléfono—. Y una estatua de una mujer con tres caras. —Hizo una pausa mientras la tía Leti le hacía una pregunta—. Ajos, cebollas, flores negras, patas de cuervo. —Su rostro se relajó cuando mi tía habló—. Leti, espera un momento, te voy a poner en el altavoz. —Sostuvo el móvil en alto—. Adelante.

—Esa no es mi especialidad, Thandie, ya lo sabes.

—Lo sé —admitió Amá—. Solo repite lo que acabas de decirme.

—La diosa triple es Hécate. También conocida como la reina de las brujas, guardiana de las llaves y de las encrucijadas. En la mitología griega, se decía que había ayudado a Deméter a buscar a Perséfone.

El vello de mi brazo se erizó.

—Es antigua —continuó la tía Leti—. Una diosa original, o una entidad con la que la diosa fue etiquetada porque no tenían un nombre para lo que era. Las flores negras, las patas de cuervo, las piedras negras, las velas… Todo eso es para ella, como una ofrenda. A menudo se dice que iba acompañada por un perro negro. Ella es la guardiana de las mujeres y los niños, así que yo no estaría demasiado preocupada.

—Es demasiado tarde para eso, Leti —dijo Ma.

—Había una foto de Briseis en el altar —comentó Amá.

Se escuchó una profunda respiración y una larga pausa.

—Quítame del altavoz —pidió la tía Leti.

Amá habló con ella durante unos minutos más, mientras Ma se colocaba detrás de mí para examinar algo en la pared.

—Briseis, mira —dijo.

Había algo ahí dibujado, una especie de laberinto de líneas entrelazadas, como enredaderas, con cada nueva hoja mostrando un nombre. Había cientos de ramas, cada una albergaba docenas de generaciones bajo ella. «Colchis» estaba pintado con una florida caligrafía en lo alto, y justo debajo estaba el blasón: el mismo que había en la puerta oculta del Jardín Venenoso, en el escritorio del cuarto de detrás de mi chimenea y en el dibujo que la señora Redmond me había dado.

—Ilumina aquí con la linterna —pedí.

Ma apuntó la luz hacia lo alto de la pared. El rostro inconfundible de Medea emergió de la oscuridad, sus ojos negros mirando hacia nosotras. Su nombre estaba escrito debajo del retrato, y cada rama surgía de ella. Ella era la fundadora de ese árbol familiar. Seguí el trazo de las ramas hasta que encontré, cerca de la parte de abajo, donde las hojas estaban más dispersas, mi nombre bajo el de Selene: Briseis Colchis.

Amá se colocó detrás de mí y pareció absorber todo el dibujo de la pared en un único vistazo.

—Cariño, esto es increíble. Mira qué lejos se remonta.

Escruté la pared. Casi arriba del todo, a la derecha de la cara de Medea, había otro retrato, el de un hombre. Sus ramas se entremezclaban con las de Medea, pero se separaban abruptamente.

—¿Qué es lo que ha dicho la tía Leti? —pregunté.

—Volverá a llamarme —dijo Amá. Intercambió una mirada con Ma, quien asintió, y ambas me sacaron de la habitación.

—Ese árbol se remonta a muy atrás —comentó Ma—. ¿De verdad piensas que es real? Quiero decir…, ¿cómo podemos estar seguras?

Era real. Tenía que serlo. Había una razón por la que mi sangre había despertado al corazón de su letargo. Mi sangre era la sangre de Medea, y ella había sido la guardiana original de la planta. Necesitaba hablarles de eso y sobre mí. Ya no podía retrasarlo más.

—Tengo que deciros algo y sé que va a sonar imposible, pero es importante.

—Cariño, puedes hablar con nosotras de cualquier cosa —dijo Amá—. Ya lo sabes.

Tendría que haberles contado esto mucho antes. Confié en que entendieran por qué había esperado.

—Desde que vinimos aquí, sé que las cosas han sido un poco raras. Personas extrañas que aparecen de repente, esta tienda, el jardín. Pero creo que todo está conectado. —Intenté concentrarme para que todo sonara coherente—. Circe me dejó unas cartas.

Ma se enderezó.

—Estas me llevaron al jardín. Ella sabía lo que yo era capaz de hacer con las plantas. Pero también sabía algo sobre mí que yo desconocía hasta unos días antes de que llegáramos aquí, cuando me corté el pulgar. —Respiré hondo—. Ma, aquel día cuando me asustaste, yo estaba trabajando con una cicuta de agua. Es una de las plantas más venenosas del mundo.

—¿Y de dónde sacaste algo así? —quiso saber Amá.

—La cultivé en el parque y traje a casa una muestra para estudiarla. Solo pensaba tomar unas cuantas notas y luego deshacerme de ella. La diseccioné y había veneno en la hoja del escalpelo cuando me corté en el pulgar. Debería haberme matado.

Las lágrimas inundaron los ojos de Amá.

—Cariño, tendrías que habérnoslo dicho. Te habríamos llevado directamente al hospital.

—No habríamos tenido tiempo. No debería haber habido tiempo. Tendría que haber muerto en los primeros cinco minutos, pero no fue eso lo que pasó.

—¿Qué estás diciendo? —preguntó Ma.

—Soy totalmente inmune. He estado en contacto con todas las plantas venenosas que se os puedan ocurrir desde que llegamos aquí y no ha sucedido nada. Circe sabía que yo era inmune y que podría cultivar el jardín que encontré. Allí hay plantas que son demasiado tóxicas para que alguien que no sea yo pueda manejarlas. Y esa es la razón por la que esas personas han estado viniendo por aquí. Puedo hacer crecer cosas que no pueden conseguir en otra parte. Y lo mismo podían hacer Circe y Selene, ya que la familia Colchis ha estado regentando esta tienda durante generaciones.

Ma y Amá continuaron mirándome fijamente, sin poder hablar.

Inspiré hondo y proseguí con la parte que sabía que sería la más dura de entender para ellas.

—Además, encontré un documento en el que se dice que la diosa Hécate, exactamente la misma diosa a la que está dedicado ese altar, concedió el poder de la inmunidad a Medea, y sus hijos heredaron ese poder de ella. Ha ido transmitiéndose a todos los de su linaje. Y ahora lo tengo yo, pero... —Me callé de golpe.

—¿Qué pasa? —preguntó Amá.

Entrelacé las manos.

—Circe y Selene estaban manteniendo una planta llamada el Absyrtus Cor. Absyrtus fue el hermano de Medea que murió asesinado. Desmembrado. Medea guardó las seis partes de su cuerpo en su jardín. Esas partes germinaron en una planta que no se parece a ninguna otra que exista: el Absyrtus Cor, y hay una ahí afuera en el jardín. La familia Colchis ha estado llevando esta botica y protegiendo el corazón, pero creo que Selene intentó evitar que yo tuviera nada que ver con este lugar.

De no haber sido por Circe, yo nunca habría sabido nada de esto. Pero ese era un detalle que aún no tenía sentido si ella y Selene estaban tan unidas como todos los demás parecían creer.

—Alguien estaba tras el corazón —continué—. Este tiene unas propiedades muy especiales. Por eso... —vacilé.

Los indicios de todo lo que había aprendido se combinaron como los zarcillos de las enredaderas del Jardín Venenoso, ineludibles y letales. La gente que había venido a por mí quería el corazón. Quizá alguien había estado siempre buscándolo, matando a los miembros de la familia Colchis para intentar conseguirlo. Una parte del corazón había hecho a Marie inmortal y, claramente, alguien quería esos poderes para sí, y los quería con la suficiente desesperación como para matar por ello. Todo lo que había aprendido apuntaba a una conclusión.

—Creo que esa es la razón por la que Selene fue asesinada.

Amá parpadeó, y luego se llevó una mano al pecho.

—Briseis, ¿estás hablando en serio? ¿Quién te ha contado eso?

—El forense.

—Pensé que ella había enfermado —comentó Ma—. Eso es lo que nos dijeron en la agencia.

—Ha habido algunos problemas con los archivos del registro —informé. Sentía como si estuviera mintiendo y diciendo la verdad al mismo tiempo. El problema era que Lou tenía un trabajo que hacer en Rhinebeck y que este estaba inextricablemente vinculado con intentar mantener intactos los secretos de la familia Colchis.

Una alarma sonó en el teléfono de Ma. Ella suspiró.

—Se supone que debo ir a la floristería y ponerme al día con Jake. También tengo que ir al banco para hacer un ingreso, pero todo eso puede esperar.

—Adelante, puedes ir, Ma —dije—. No pasa nada.

—No es eso lo que parece, Briseis —replicó.

—Necesitamos ingresar ese dinero en el banco —intervino Amá—. No quiero que vayas, cariño, pero hay que hacerlo.

Ma suspiró.

—Lo sé. Lo sé.

—Hasta que Leti vuelva a llamarme, vamos a ir paso a paso —dijo Amá. Posó una mano en mi hombro—. Podemos hablar sobre Selene si eso te preocupa, y vamos a asegurarnos de que su muerte sea debidamente investigada si no lo ha sido ya. ¿Has estado enterándote de todos estos detalles y no nos has dicho nada? Cariño, eso me preocupa.

—Lo siento. No quería arruinaros todo esto.

—No somos tan frágiles, cielo —repuso Amá—. Y no nos estás arruinando nada. —Cogió mis manos entre las suyas y las sostuvo con fuerza—. Te he observado y he visto cómo tu poder ha ido creciendo durante todos estos años. A veces me preguntaba lo que significaba, de dónde venía. Ahora parece que tenemos algunas respuestas.

—¿No piensas que todo suena inverosímil? —pregunté.

Amá sacudió la cabeza.

—Como suene no marca ninguna diferencia para mí. Esto no es solo algo que llevas en tu sangre. Eres tú. Es quien eres. ¿Cómo puedo dudar de lo que nos estás contando cuando he visto lo que eres capaz de hacer?

Las lágrimas resbalaron por mi cara. Aún había preguntas que necesitaban respuesta, pero podían esperar. Amá me rodeó con sus brazos. Ma se acercó y nos envolvió a las dos como hacía siempre cuando Amá y yo empezábamos a llorar.

CAPÍTULO 27

Amá dejó a Ma en la estación de tren para que pudiera volver a Brooklyn y reunirse con Jake. El resto del día transcurrió como en una nube. A primera hora de la tarde, me deslicé al lado de Amá en el sofá mientras esperábamos la llamada de la tía Leti. Había mandado a Karter un puñado de mensajes preguntándole si estaba bien, pero no me había contestado.

El timbre de la puerta de entrada sonó.

—Ya voy yo —dijo Amá. Salió al vestíbulo y unos segundos más tarde escuché la voz de Karter.

Me levanté para recibirle, pero cuando entró en la habitación delantera, parecía disgustado. El blanco de sus ojos estaba inyectado en sangre.

—¿Puedo hablar contigo?

—¿Qué pasa? Te he estado mandando mensajes.

—¿Puedo hablar contigo a solas? —insistió.

Amá resopló.

—No es un buen momento, Karter.

Se acercó a mí con una mirada extraña.

—Lo siento, pero tendrás que escucharme. Tienes que marcharte. Todas vosotras. Tenéis que salir de aquí.

—¿Qué? ¿Por qué? —pregunté confusa.

Karter estiró el brazo y me cogió de las manos.

—¿Puedes confiar en mí? ¿Puedes, por favor, escuchar lo que te estoy diciendo?

—Te estoy escuchando, pero lo que dices no tiene ningún sentido —repliqué—. Si es por el corazón, no tienes por qué preocuparte. Se lo he contado a mis madres. Ya lo saben. No pasa nada.

—No se trata de eso. Me refiero a que eso es solo una parte, pero escucha…: ¿alguna vez has oído hablar de algo llamado el elixir de la vida?

Traté de no mostrar desconcierto mientras sentía cómo una conmoción recorría mi cuerpo. Había visto instrucciones para algo llamado el elixir de la vida, pero estaban en el cuaderno de dibujo detrás de la puerta oculta de mi dormitorio. Algo no encajaba. ¿Cómo podía saber eso?

Amá se adelantó para conducirle a la puerta.

—Karter, cielo, este no es un buen…

—Escuchadme —dijo alzando la voz—. Tú y yo hemos visto la planta. Vimos lo que hacía, y creo que la planta es la que fabrica el elixir. ¿Sabes lo que haría la gente por ponerle las manos encima a algo así? ¿Sabes cuánto peligro estás corriendo? Ya oíste lo que dijo el tal Lou. ¿Acaso crees que esto es un juego?

Amá se interpuso entre nosotros.

—Tienes que irte —dijo—. Márchate antes de que te eche.

El timbre volvió a sonar.

—¿Qué es esto? ¿Acaso vamos a celebrar una maldita fiesta? —protestó Amá, mientras se acercaba furiosa para abrir la puerta—. Me alegro de verla, doctora —dijo en voz alta—. Karter ya se marchaba.

La doctora Grant entró en la sala principal y clavó sus ojos en Karter. No sabía si era la madre de alguien, pero le puso a Karter una de esas miradas que significaban que no iba a permitir que nadie la molestara.

Él se dio la vuelta y se marchó sin decir palabra. Sus pisadas resonaron en los escalones del porche y oí cómo su camioneta patinaba en la grava del sendero.

—Mi padre me pidió que me pasara por aquí —explicó la doctora Grant—. Y tengo alguna información que quiero compartir con las dos, pero antes que nada, ¿te importaría si te preguntase cuánto sabes exactamente sobre Karter?

Su pregunta me pilló desprevenida.

—¿Karter?

—Después de que me encontrara con vosotros la otra noche —miró precavidamente hacia mi madre—, hice algunas indagaciones. —Sacó una pequeña libreta y pasó las hojas—. Nació aquí, el mismo año que tú, pero no fue al colegio en Rhinebeck. Al menos no bajo ese nombre. La librería solo lleva abierta seis meses. Antes era un café. Las matrículas de su camioneta pertenecen a un hombre que murió hace dos años. Eso a veces sucede cuando alguien se olvida de transferir la licencia, pero me resultó muy chocante. ¿Qué más sabes de él?

—Lleva trabajando en la librería mucho más que seis meses. Su madre tiene la oficina en el piso de arriba. Es una abogada especializada en herencias. Ella es quien nos trajo aquí. Pero espere, pensé que su investigación había terminado. —Los tipos a los que se suponía debía encontrar, los hombres que nos habían perseguido en el cine, están muertos.

La doctora Grant entendió a qué me refería.

—Y así es. Quería estar segura de que sabes de quién te estás rodeando.

—¿Por qué? —preguntó Amá con un matiz de ira en su voz—. Yo soy su madre. Creo que puedo manejar con quién se está rodeando.

—Claro, lo sé. Yo… —Se trabucó con las palabras y bajó la vista el suelo—. Lo siento. Les he fallado.

—No lo entiendo —dije—. ¿Está hablando de lo que sucedió con Marie?

—¿Qué sucedió con Marie? —quiso saber Amá.

Pero ahora no era el momento.

—Estoy hablando sobre Selene —explicó la doctora Grant—. Yo estaba en la estación la noche que murió. Estaba trabajando en otro caso cuando oí la dirección, y la reconocí inmediatamente. Me puse en marcha con el oficial al mando.

—¿Sabe cómo murió? —conseguí decir. Sentía la garganta seca, y presión en el pecho—. ¿Sabía que alguien la mató? ¿Estaba… estaba allí? ¿Y no me dijo nada?

—Era mi amiga —repuso la doctora Grant—. Mi amiga, y no pude salvarla —continuó—. Cuando comprendí quién eras, juré que no dejaría que nada te sucediera.

Amá puso una mano en su brazo y dijo con tono firme pero reconfortante:

—Lo que sucedió no fue culpa suya. No creo que deba cargar con ese tipo de culpa.

—Pero lo hago. —La doctora Grant suspiró—. Lo hago, excepto que no me he quedado cruzada de brazos sintiendo lástima por mí. He utilizado todos mis recursos para intentar resolver el asesinato de Selene y la desaparición de Circe.

—Un momento —interrumpió Amá—. ¿Esta mujer, Circe, vive? Pensé que había fallecido. Ella legó este lugar a Bri.

—Fue declarada muerta a principios de este año. Eso se lo dejaron claro, ¿no? —preguntó la doctora Grant.

Amá y yo negamos con la cabeza.

—Desapareció después de que Selene muriera —explicó la doctora Grant—. Nunca encontramos ninguna prueba de juego sucio. Es posible que ella planeara algo para asegurarse de que heredaras la casa en caso de su muerte, pero eso es algo que una abogada debería haber podido responderte. —Su teléfono sonó y miró la pantalla—. Tengo que coger esta llamada, pero estaremos en contacto.

Amá la acompañó a la puerta y yo me senté en el sofá.

Me empezaba a doler la cabeza.

Amá entró y se sentó a mi lado.

—Supongo que hemos encontrado la trampa, ¿no es así? —pregunté—. Pensamos que esto era demasiado bueno para ser verdad. Una gran casa con todo pagado, que, sin embargo, está llena de memorias tristes de mis parientes muertos y un puñado de plantas letales.

—Pensé que la trampa consistiría en una mala fontanería o en termitas, pero no en secretos de familia, en diosas y en un

Jardín Venenoso —dijo Amá cerrando los ojos y frotándose el cuello—. Desde luego deberían haber puesto eso por escrito. Voy a buscar un paracetamol y ver si tu tía ha dado ya con algo más. —Me dio un abrazo—. Todo va a ir bien, cariño. Te lo prometo.

Se dirigió al piso de arriba, y yo regresé a la habitación escondida de la botica, esta vez armada con dos linternas y un encendedor del cajón de la cocina.

Encendí las velas negras que flanqueaban la estatua de Hécate. Mi foto estaba en medio de las otras ofrendas del altar. Un escalofrío me recorrió cuando la luz de las velas danzó a través del espacio. La tía Leti mantenía su altar lleno de flores frescas, ron, puros y café solo, y aunque yo no sabía los entresijos de su práctica, sí que sabía que era importante que las cosas del altar estuvieran frescas y limpias.

Regresé a la botica y agarré el cubo de la basura que estaba detrás del mostrador. Arrojé los ajos podridos y las cebollas al cesto, tomando nota de dónde estaba colocada cada cosa, y luego fui a la cocina y cogí ajos frescos, cebollas y un trapo húmedo para limpiar el polvo de la figura.

Si estaba dispuesta a creer todo lo que había aprendido sobre la familia Colchis, Medea y su hermano Absyrtus, entonces eso significaba que también debía creer que la diosa a la que estaba dedicado este altar era la única responsable de la inmunidad al veneno que yo ahora poseía. Si Hécate era real y estaba deseando recompensar a Medea por su lealtad, quizá también hiciera lo mismo por mí.

El timbre de la puerta volvió a sonar, y Amá soltó una retahíla de maldiciones antes de bajar a toda prisa las escaleras. Regresé al vestíbulo para ver quién era.

—¿Señora Redmond? —Amá sonaba sorprendida—. ¿Va todo bien? Se la ve… alterada.

Mientras la señora Redmond entraba cojeando en el vestíbulo, intenté con todas mis fuerzas que mi expresión permaneciera igual, pero me quedé horrorizada ante su aspecto.

Su ojo derecho estaba hinchado y totalmente cerrado. La piel de alrededor tenía un tono púrpura casi negro y el lado izquierdo de su cara y el cuello estaban plagados de rojeces. Llevaba la rodilla izquierda vendada, pero una oscura mancha roja se filtraba a través del tejido. Las heridas de su mano estaban supurando y su pelo se veía desordenado.

Amá sacudió la cabeza.

—¿Qué demonios le ha sucedido?

—Ha habido una confusión con el banco —dijo la señora Redmond, evitando mi mirada—. Aparentemente Circe y Selene debían varios años de impuestos, y ahora pende una orden de embargo sobre la propiedad. La casa y la finca van a ser vendidas en subasta. Deben marcharse inmediatamente.

—¿Cómo dice? —repliqué asombrada—. Usted dijo que la casa era mía, que ellas querían que yo la tuviera. Dijo que los impuestos habían sido pagados a través de un fondo.

—Ya sé lo que dije —espetó la señora Redmond. Su fachada profesional había desaparecido—. Estaba ultimando la búsqueda del título cuando descubrí el error. Circe debía haber sido una mejor empresaria. Tendrán que devolverme las llaves. —Me lanzó una afilada mirada—. Todas ellas. Y vaciar la propiedad en veinticuatro horas.

—Espere —dije—. Tal vez podamos hablar con el banco. Podemos pagar los impuestos, o pedir un préstamo o algo así.

—¿Cómo es que usted no sabía nada de esto? —preguntó Amá mirando fijamente a la señora Redmond—. ¿No es usted una abogada especializada en herencias? ¿No debería haberlo sabido antes?

—Esta noticia también es nueva para mí, pero le aseguro que he hecho cuanto estaba en mi poder para respetar los deseos de la señorita Colchis. Al final ha resultado que era una mentirosa y no fue honesta cuando se trató de dejar la propiedad libre de cargas. ¿Sabe cuánto tiempo he perdido tratando de facilitar este proceso de transmisión de la propiedad?

—Yo misma me presentaré en el banco —declaré.

La señora Redmond abrió su maletín y sacó una pila de papeles.

—Todo está aquí. No se puede hacer nada.

En lo alto de la pila había un aviso para que abandonáramos la propiedad. Arrojó todo sobre la mesita auxiliar. Me miró y levantó la mano.

—Las llaves.

Amá se interpuso entre nosotras.

—Salga de aquí.

—Espera un minuto —dije—. Señora Redmond, ¿qué le pasa? ¿Por qué está actuando así? ¿Acaso no sabía todo este tiempo que Circe estaba desaparecida? Cómo hizo entonces ella para dejarme las cartas y…

—No puedes ni hacerte una idea del tiempo y los recursos que he dedicado a esta transacción —espetó furiosa. Dio un paso hacia mí—. No hagas esto todavía más difícil de lo que es. Dame las llaves.

Estiró el brazo y Amá le retiró la mano.

—No se atreva a tocar a mi hija —la increpó.

—¿Me está amenazando? —preguntó la señora Redmond.

—Tómeselo como quiera —dijo Amá—. Tiene aspecto de haber recibido ya hoy un buen repaso. Tal vez no quiera empeorarlo.

La señora Redmond miró a su alrededor.

—Cuando vacíen la propiedad asegúrense de dejar las llaves, o solicitaré una orden para su arresto. La policía ya está al tanto de la situación. Siento que tenga que ser de este modo.

—No parece sentirlo en absoluto —repliqué—. Quizá si hiciera mejor su trabajo, esto no habría sucedido. La doctora Grant me ha dicho que Karter no creció aquí como él dice. ¿En qué más nos han mentido?

La señora Redmond clavó sus ojos en mí.

—La doctora Grant debería ocuparse de sus asuntos.

Se volvió y caminó hacia la puerta de entrada. Amá y yo la seguimos.

Se dirigió cojeando hacia su coche, pero se detuvo en el último escalón.

—Quizá sea lo mejor.

Miró hacia nuestro coche. Estaba aparcado con una extraña inclinación. Las ruedas habían sido rajadas de nuevo.

—En cualquier caso, parece que la gente no quiere verlas por aquí.

Amá se sacó una de sus zapatillas y, con un furioso gruñido, se inclinó hacia delante. La agarré de la camiseta, intentando impedir que bajara del porche y le diera con la zapatilla a la señora Redmond.

—¡Amá! ¡No vale la pena! ¡Déjalo!

La señora Redmond sonrió con aire de superioridad, como si hubiera ganado esta pequeña batalla. Cuando se marchó, volvimos a entrar en la casa. Amá seguía gritando furiosa mientras llamaba a Ma para contarle lo sucedido. Me senté en el suelo y estuve ojeando el papeleo que la señora Redmond nos había dejado.

—Hay un aviso de desahucio —dije, sorprendida por toda la terminología legal de los documentos—. ¿Cómo pueden desahuciarnos si esta es mi casa?

—Tienes que pagar impuestos —explicó Amá mientras aún hablaba con Ma por el móvil.

—Sí, pero ¿acaso la señora Redmond no debería haberlo sabido? Me refiero a que ¿no tendría que haber existido algún aviso previo o algo así? ¿Hemos pasado directamente al desahucio?

—Yo no era ninguna experta, todo eso carecía de sentido para mí. Miré un papel tras otro, pero no encontré ningún informe sobre impuestos debidos o facturas sin pagar. Algunos de los papeles tenían frases que estaban tachadas. No había un número de teléfono ni la dirección del banco—. ¿Cómo vamos a saber con quién se supone que debemos hablar de esto? —Frustrada, volví a dejar los papeles en la mesa—. Necesito un poco de aire.

Salí y me quedé en el porche. Algo no encajaba. No podía simplemente quedarme sentada y esperar a que la señora Redmond volviera a aparecer, acompañada de la policía. Pensé en llamar a Nyx para ver si podía venir a buscarme, pero abrí la aplicación de compartir coche y encontré uno a solo cinco minutos de la casa. Pulsé «Aceptar compartir», volví al interior de la casa, metí la pila de papeles en mi bolsa, y di un beso a mi madre en la coronilla.

—¿A dónde vas? —preguntó.

—Volveré pronto. Intenta no preocuparte demasiado, ¿vale?

Salí a la puerta principal y me subí a mi coche compartido.

Había media docena de bancos en Rhinebeck y decidí pasarme por todos ellos con mi carné de identidad y todos los documentos para ver qué podía averiguar.

Las primeras tres paradas no dieron resultado. Necesité media hora en cada uno para que pudieran comprobar sus archivos y me dijeran que no tenían ninguna información para mí. A medida que la tarde transcurría, me preocupó no poder cumplir toda la lista antes de que los bancos cerraran. Caminé entre las distintas ubicaciones, con el tobillo palpitando y la frustración aumentando ante cada callejón sin salida.

En el cuarto lugar, una sucursal del Hudson Valley Bank & Trust, entregué mi carné de identidad a la mujer del mostrador. Ella me miró perpleja y sentí ganas de gritar.

—Deje que lo adivine —repliqué—. No tiene ni idea de lo que estoy hablando.

La mujer sacudió la cabeza.

—No, es que… ¿Puede esperar un momento?

Me quedé sentada en el vestíbulo mientras ella se marchaba con mis documentos. Regresó a los pocos minutos y me condujo a un despacho privado donde una mujer mayor con una blusa de un verde chillón nos esperaba detrás de un enorme escritorio, con mi pila de papeles delante de ella. Un pequeño helecho colocado sobre el alféizar de la ventana se giró lentamente hacia mí.

—Señorita Greene —dijo. Se inclinó hacia delante tendiéndome la mano—. Soy Evelyn Haley, la directora de la sucursal. Por favor, siéntese.

Tomé asiento mientras la otra mujer abandonaba el despacho, cerrando la puerta tras ella.

—Siento mucho molestarla —dije.

—No es ninguna molestia —aseguró—. Debo decirle, señorita Greene, que quizá debería venir acompañada de sus tutores legales antes de que procedamos.

—¿Por qué? —pregunté—. Me refiero a que ya sé que hay impuestos pendientes de pago sobre la propiedad, pero si pudiéramos, por favor, llegar a un acuerdo para abonarlos o algo así… Solo necesitamos un poco de tiempo. —Aún seguía furiosa por cómo la señora Redmond nos había dejado en la estacada—. Por favor, dígame lo que debo hacer. Encontraré la forma de pagar.

—Señorita Greene, ya veo que esto le está generando bastante estrés, pero debo admitir que ahora mismo me siento muy confusa.

—¿Confusa? —pregunté.

Buscó en un cajón y sacó una pila de papeles pulcramente organizados que dejó sobre su mesa. Posó una mano encima de ellos.

—Señorita Greene, estos documentos son los documentos oficiales de la propiedad del 307 de Old Post Road. Fueron redactados en enero de este año cuando la señorita Colchis fue legalmente declarada fallecida. Debe entender que cuando no existe testamento…

—Espere. La señora Redmond dijo que Circe me dejó la casa en su testamento.

La mujer negó con la cabeza.

—No hubo testamento, ningún papel legal ni nada. La casa está pagada, y los impuestos han sido abonados a través de un fondo para unos cien años.

—No lo entiendo. —Sentí como si una piedra se hubiera atascado en el fondo de mi estómago—. ¿Entonces por qué tenemos que marcharnos?

—Señorita Greene, en primer lugar no debería estar en la casa. Al menos, todavía no. —La señora Haley apretó los labios—. Estos documentos —indicó, tocando los que la señora Redmond me había dejado— no son válidos. Registramos esta información como inválida porque los originales se perdieron.

CAPÍTULO 28

M e agarré a los brazos de la silla.
—¿Cómo dice?
—Hasta que la señorita Colchis no fue declarada legalmente muerta, la casa no podía ser subastada ni vendida ni ninguna otra cosa. En enero de este año, cuando se hizo la declaración y se certificó, nos preparamos para sacar la finca a subasta. Sin embargo, recibimos la visita de una mujer que representaba a una agencia de adopción en Red Hook. Nos contó que Circe tenía una pariente viva y nos proporcionó información sobre usted. Los documentos debían haberle sido enviados hace varias semanas, pero hubo un imprevisto que retrasó el proceso. La señora Taylor, la persona encargada de llevar a cabo esta transferencia, no vino a trabajar. Ella estaba en posesión del papeleo original, pero lamentablemente... —Su voz se quebró—. Lamentablemente, nos informaron hace algunos días de que habían encontrado su cuerpo cerca de aquí. La policía ahora cree que hay algún tipo de juego sucio en todo esto.

El informativo que vi en la televisión de la oficina de la señora Redmond había dicho algo sobre que se había descubierto un cuerpo.

—Inmediatamente fijamos nuevos números de cuenta para el patrimonio de la señorita Colchis y así poder protegerlo. Pero el proceso de restablecer todo el asunto nos llevó mucho más tiempo del que habíamos previsto. —Hizo una larga y profunda inspiración, se aclaró la garganta y se enderezó—. ¿Cómo ha conseguido los papeles invalidados?

—Una mujer se presentó en nuestro apartamento de Brooklyn. Primero contactó con mi madre, y luego vino a visitarnos en persona. Trajo estos papeles consigo y dijo que podíamos mudarnos. Nos trasladamos hasta aquí…

—¿Ella pudo darles acceso a la propiedad?

—Me entregó las llaves.

La mujer parecía desconcertada.

—Necesitaremos firmar los documentos actualizados y sus tutores legales tendrán que estar presentes, pero este aviso de desahucio es totalmente falso. —Sacudió la cabeza como si estuviera disgustada—. He oído hablar de este tipo de estafas. Son timadores profesionales que explotan a las familias de algún fallecido reciente, aunque esto no parece como si intentaran sacar dinero o incluso quedarse con la propiedad. Es como si quisieran que ocuparan la casa con otros propósitos. Es muy raro. —Sacudió la cabeza, aturdida—. Tenemos que llamar a la policía.

Mi mente no paraba de dar vueltas.

—¿Estaba usted aquí cuando la mujer de la agencia de adopción se presentó? ¿Pudo verla?

—Sí.

—¿Qué aspecto tenía?

Lo consideró un momento.

—Fue hace algún tiempo, pero era alta, de cabello negro con un mechón gris justo en el centro de su cabeza.

La señora Redmond.

—Llame a la policía —dije—. Llame a la doctora Grant. Ahora mismo.

La mujer cogió inmediatamente el teléfono y empezó a marcar. Yo salí al vestíbulo y mandé mensajes a Amá y a Ma, para informarlas de lo que estaba ocurriendo. Después envié un mensaje a Karter.

Bri: ¿Tú sabías lo que tu madre estaba haciendo todo este tiempo?

No quería creer que estuviera al corriente. Después de todo lo que le había mostrado, todo lo que había compartido con él. Me sentí estúpida. Mi teléfono vibró con su respuesta.

Karter: Deberías regresar a Brooklyn. Inmediatamente. Aquí no estás segura.

Intenté llamar a Amá. No obtuve respuesta.

Una furiosa actividad en la parte delantera del vestíbulo llamó mi atención. La doctora Grant apareció corriendo.

—¿Qué está pasando aquí? —preguntó.

La conduje hasta el despacho de la directora de la sucursal.

—Tenía razón sobre Karter, y su madre es aún peor. Ha estado mintiéndonos a mí y a mi familia y a todo el mundo todo este tiempo. —Miré a la directora—. Por favor, cuénteselo. Yo tengo que irme.

—No —insistió la doctora Grant—. No te vayas.

—Voy a buscar a mi madre y nos reuniremos de nuevo aquí. —Salí apresurada del banco y llamé a Amá, luego a Ma y de nuevo a Amá. No contestaron. Volví a pedir un vehículo compartido para que me llevara. Mi teléfono sonó.

—¡Ma! —grité.

—¿Qué pasa?

—¿Dónde estás?

—Estoy volviendo, pero aún tardaré un poco. Tu madre sonaba muy disgustada. ¿Qué está pasando?

—¿Cuándo fue la última vez que hablaste con ella? ¿Con Amá?

—Hace un rato, cuando me pidió que regresara. ¿Por qué? —El miedo teñía su voz—. Briseis, ¿qué está pasando?

—Tienes que venir aquí. ¿Has cogido el tren?

—No. He alquilado un coche. Estoy conduciendo, pero ni siquiera voy por la mitad del trayecto.

—Ma, la señora Redmond nos ha mentido. No hay nada malo con la casa, al menos no en el sentido que ella sugirió.

—Oh —exclamó, y soltó un suspiro de alivio—. Está bien. Eso es bueno. Pero espera…, ¿por qué estás tan alterada entonces?

—Ella no es la persona que se suponía que debía contactar con nosotras respecto a la casa. Todos esos papeles los tenía una mujer del banco que desapareció y luego fue encontrada muerta.

Ma jadeó.

—La señora Redmond —continué— sabía cosas de mí. Ella fingió ser de la agencia de adopción y le entregó al banco nuestra información para conseguir los papeles de la casa. Circe no nos dejó esta casa, y tampoco creo que me escribiera esas notas. Todo fue cosa de la señora Redmond.

—¿Por qué? —preguntó Ma.

—El corazón —contesté—. De eso se ha tratado todo el tiempo.

Mi coche apareció y me subí en él.

—Tienes que venir rápido —le dije—. Voy a buscar a Amá y a reunirme con la doctora Grant de nuevo en el banco.

—Ya voy —dijo Ma. Y colgó.

Llamé a Amá diez veces más, sin obtener respuesta. Le envié mensajes sin parar. No contestaba a ninguno, y me estaba poniendo cada vez más nerviosa. Me negué a admitir que le hubiera sucedido algo malo. Quizá estaba en la ducha, o puede que en otra habitación donde no podía oír el teléfono. Me dije que estaba preocupándome sin necesidad, pero el mensaje de Karter no dejaba de repetirse en mi cabeza.

Deberíais volver a Brooklyn. Inmediatamente. Aquí no estás segura.

Al entrar en el sendero de acceso salté del coche antes de que se detuviera completamente. El tobillo me daba punzadas, pero corrí lo más rápido que pude.

—¡Amá!

El silencio que me recibió fue más estruendoso que la oleada de sangre que ascendió a mis oídos cuando mi corazón empezó a palpitar a un ritmo furioso. Subí volando las escaleras, ignorando el dolor de mi tobillo, y miré en su habitación, en la habitación de invitados, y luego volví a bajar. Una arrolladora sensación de pavor se apoderó de mí.

Corrí hacia la botica.

—¡Amá!

Cogí el móvil con manos temblorosas mientras intentaba mandar un nuevo mensaje a Ma. Me detuve. Allí, sobre el mostrador, había una hoja de papel con cuatro palabras garabateadas.

Mira por la ventana.

Me precipité hasta la ventana y la abrí de golpe. Mi madre estaba en la línea de los árboles con la señora Redmond detrás de ella.

Dejé el teléfono y salí corriendo al exterior. A mi alrededor, la hierba se retorcía violentamente, furiosa. Cuando atravesé la pradera trasera y me acerqué a la señora Redmond, Amá se estremeció. Me detuve en seco. La madre de Karter sostenía un cuchillo contra la garganta de Amá.

Estaba toda despeinada, su ojo bueno muy abierto.

—Un paso más y la mataré.

—Por favor, no le haga daño —supliqué. Di otro paso.

La señora Redmond presionó el cuchillo contra la garganta de Amá.

—¿Qué está haciendo? Sé todo lo de la casa, los documentos y...

—¡Tú no sabes nada! —gritó—. ¡Ya no tengo tiempo para esto! ¡He esperado demasiado! —Hizo un gesto hacia la cortina de enredaderas—. Ábrela. Llévanos al jardín, y si intentas cualquier cosa, si una sola brizna de hierba se mueve en mi dirección, la mataré. ¿Entendido?

Clavé los ojos en mi madre.

—Quédate en el sendero y no toques nada cuando lleguemos al jardín —avisé a mi madre.

—¡Silencio! —aulló la señora Redmond. Su mano sostenía con firmeza el mango del cuchillo. Haría exactamente lo que amenazaba con hacer, sin dudarlo un segundo.

La cortina de enredaderas que custodiaba el sendero oculto se separó cuando me acerqué. Caminamos por él mientras el sol se hundía por detrás del horizonte. La señora Redmond mantenía el cuchillo en el cuello de mi madre, maldiciendo y quejándose a cada paso. Los árboles gruñeron y contorsionaron sus troncos para inclinarse hacia mí: sus ramas como ansiosos brazos se extendían para abrazarme. Tuve que ignorarlos. Quizá podrían inclinarse y despellejar a la señora Redmond, pero no antes de que rajara la garganta de Amá. Me centré en el terreno que se extendía delante de mí, algo cada vez más difícil debido a la creciente oscuridad.

Cuando llegamos al claro, la señora Redmond alzó la vista hacia el muro del jardín. Gruesas ristras de euforbio serpenteaban para abrirse paso y mezclarse con la hiedra.

—Intenté llegar aquí por mi cuenta —dijo la señora Redmond sin aliento—. Saber que estaba aquí y no ser capaz de llegar… —Soltó una risa ligera.

Ahora entendí lo de sus heridas.

—¿Y cómo le fue? —pregunté sarcástica.

Amá dejó escapar un ahogado gemido cuando la señora Redmond oprimió el cuchillo contra su garganta.

—¿Quieres seguir abriendo la boca?

Apreté los dientes con tanta fuerza que pensé que se me iban a romper.

—Intenté razonar con Circe y con Selene —explicó la señora Redmond, empujando a Amá hacia la verja—. No quisieron escucharme. Quizá tú seas más lista que ellas. —Me lanzó una afilada mirada—. Abre la puerta.

Me sentía confusa. La señora Redmond tenía el cuchillo tan apretado contra el cuello de mi madre que unas gotas de sangre resbalaron por su garganta. No tenía elección. Saqué las llaves que colgaban de mi cuello y abrí.

—Señora Redmond, por favor, no haga esto.

No sabía cuál era su plan, pero parecía absolutamente desesperada. No podía imaginar lo peligroso que era aquello.

—Entrad —indicó con firmeza.

Entré en el jardín.

La señora Redmond inspeccionó la parte delantera.

—Sigue adelante.

—No podemos continuar.

—¿Por qué no? —preguntó.

—Ya sabe por qué —espeté.

Sonrió satisfecha.

—¿Has empezado a atar cabos?

Empujó a mi madre hacia delante. En el umbral del Jardín Venenoso, mientras la luna llena comenzaba a alumbrar sobre nosotras, me volví para mirarla la cara.

—Por favor, Amá no puede entrar ahí, ni tampoco usted. No es seguro.

La señora Redmond me miró altiva.

—¿Crees que no lo sé? ¿Crees que eres especial? ¡Descendiente de Medea, con la inmunidad corriendo por tus venas! ¿Y para qué te sirve cuando ni siquiera sabes qué hacer con ella?

—¿Cómo sabe tanto sobre mí?

—¿Crees que eres la única persona que desciende de la grandeza? Piensa un poco, cielo. —La señora Redmond mostró una mueca burlona mientras yo trataba de entender a qué se refería—. Tú eres descendiente de Medea, pero yo soy descendiente del hombre que la hizo ser lo que era: del propio Jason, el bisnieto de Hermes. —Alzó la cabeza hacia el cielo en una silenciosa reverencia.

La historia decía que Jason había tomado otra esposa después de Medea, y ahora comprendí por qué la señora Redmond estaba a punto de matar a Amá para poder poner sus manos sobre el corazón. Ella y yo nos encontrábamos en bandos opuestos de una milenaria deuda de sangre familiar.

—Jason no hizo a Medea ser quien era —repliqué furiosa, recordando la historia que Alec me había ayudado a descifrar—. Sus habilidades procedían de otra parte, no de un gilipollas asesino sediento de poder.

—Nadie se acuerda ya del nombre de ella. Todo el mundo conoce la historia de Jason y el Vellocino de Oro. Medea no es más que una ocurrencia. Era patética.

—¿Cree que lo sabe todo de ella? ¿De mí? Se equivoca.

—Sé que eres la única que está en disposición de cultivar el Absyrtus Cor —contestó la señora Redmond—. Eres la única que queda que puede hacerlo. Pero ¿puedes manejar ese poder? ¿Estás en condiciones de asumir esa clase de responsabilidad? Si ni siquiera sentías atracción por este lugar. Tuve que guiarte hasta aquí.

Estaba equivocada. Había sentido una conexión con la casa, con la gente que había vivido aquí antes, y con el propio jardín. Esa era la razón por la que no quería marcharme, pero sus pullas me revelaron lo que ya sospechaba.

—Usted falsificó todas las cartas.

—Todas ellas excepto el mapa. Circe lo dejó tras de sí. ¿Disfrutaste de tu pequeña cacería de carroñera? Es imposible acceder a este lugar incluso teniendo la llave del jardín exterior, pero lo intenté, Briseis. —Alzó su brazo herido—. Solo para comprender que estaba más encerrado de lo que imaginaba y que no tenía la maldita llave. —Se rio como una desquiciada—. Quizá fuera suerte o el destino o la magia lo que te guio hasta la última llave, pero ahora que la tienes, puedes conseguirme la única cosa que he estado buscando toda mi vida.

Un aterrador pensamiento surgió en mi mente.

—¿Mató usted a la mujer del banco?

Amá inhaló con fuerza.

La señora Redmond entornó los ojos.

—Hice lo que tenía que hacer.

—Usted dijo que era su amiga.

Mostró una torcida y malvada sonrisa. Eso también había sido una mentira.

—No voy a dárselo —negué—. No puede tener el corazón.

La señora Redmond alzó la mano y golpeó la cabeza de mi madre con el mango del cuchillo haciendo que se desplomara en el suelo. Luego se inclinó sobre su cuerpo y presionó la punta de la hoja sobre su corazón.

—¡No lo haga! —grité.

—Quiero el Absyrtus Cor, y lo quiero ya. —Su voz se quebró. Por primera vez, vi algo en sus ojos que no era pura maldad o falsa amabilidad. Era auténtica desesperación.

—Quiero saber por qué —dije—. ¿Por qué lo necesita tan ansiosamente? ¿De verdad quiere vivir para siempre? ¿Y qué pasa con Karter? —Seguía furiosa con él. Me había mentido, había roto mi confianza de la forma más terrible fingiendo ser mi amigo cuando yo tanto necesitaba a alguien. Pero también me había advertido de que no estaba a salvo. Quise creer que una parte de él aún estaba de mi lado.

—Él me importa un comino —gruñó la señora Redmond. Sacudió la cabeza y apretó los dientes como si hubiera dicho algo que se suponía era un secreto—. Mi familia siempre ha buscado el corazón, y sus razones eran insignificantes y egoístas. Yo lo quiero para algo mucho más grande y más profundo de lo que ellos pudieron imaginar. —Inspiró lentamente—. Mis antepasados aún caminan por la tierra. Imagínate. Dioses entre nosotros. Y si tengo que dejar a Karter atrás para ocupar mi legítimo lugar entre ellos… Que así sea.

Su desdén por su propio hijo era evidente, pero me costó entender el resto de lo que estaba diciendo.

—¿A qué se refiere con que aún caminan por la tierra?

—Hermes vive —susurró—. Al igual que muchos otros. Yo procedo de ellos. Les pertenezco. He estado buscando y he encontrado rastros de ellos… Pistas. —Estaba temblando mientras hablaba. Tenía el aspecto de que podría deshacerse en cualquier momento—. Sé que están ahí fuera, pero no puedo seguir buscándolos con este cuerpo mortal. Necesito más tiempo. El corazón puede proporcionarme todo el tiempo que sea necesario y cuando los encuentre, me recibirán en mi hogar. —Presionó el cuchillo y un círculo de sangre brotó a través de la camiseta de mi madre.

—¡Pare! —grité—. ¡Yo se lo traeré! ¡Pero, por favor, no le haga daño!

La señora Redmond se levantó y caminó hacia mí. Apoyó el cuchillo bajo mi barbilla, y sus ojos adquirieron una mirada enloquecida, mientras la mano temblaba ligeramente.

—Llévame a él.

Su motivación para ese elaborado plan de herencia cobró más sentido cuando comprendí que ella esperaba ocupar su lugar entre algún tipo de antiguos seres divinos. No pensaba que fuera posible que estuviera diciéndome toda la verdad, pero no importaba. Ella lo creía así, y estaba dispuesta a hacerme daño y también a la gente que me importaba con tal de obtener lo que deseaba. Intenté pensar en algún modo de salir de ahí a la vez que protegía a Amá y al corazón, pero no se me ocurrió cómo.

Bajé la vista al cuerpo desplomado de mi madre. Su pecho subía y bajaba, y pude advertir el blanco de sus ojos bajo sus párpados medio abiertos.

La señora Redmond hizo un gesto hacia el Jardín Venenoso.

—Llevaste allí a mi hijo. Tú le enseñaste el corazón.

—Ojalá no lo hubiera hecho. ¿Tiene una idea de lo venenoso que es?

—Claro que sí —contestó, poniendo los ojos en blanco y mirando su reloj—. Para eso te necesito. Voy a entrar contigo, pero debes saber que si algo me sucede, Ma podría tener un desafortunado accidente cuando llegue a casa. Las cosas malas suceden todo el tiempo, Briseis. Tú ya lo sabes, ¿no? Pero Ma no tendrá una inmerecida abominación para protegerla.

Mi sangre se convirtió en hielo cuando comprendí que se estaba refiriendo a Marie y a cómo me había protegido de los hombres en el cementerio.

—¿Cómo puede saber eso?

Agarró con fuerza el cuchillo.

—Karter planeó la excursión al cine perfectamente, pero no todo salió según lo previsto. Tuve que hacer unos cambios sobre la marcha.

—¿Karter? —Yo había mordido directamente su anzuelo. La traición quemó cualquier resto de esperanza de que no fuera igual de malvado que su madre—. ¿Hizo que esos hombres vinieran a por mí?

La señora Redmond sacó una mascarilla de su bolsillo y se la colocó en la cara. Pero incluso con la boca tapada pude advertir que estaba sonriendo.

—Muévete —increpó.

Me empujó hacia delante, la punta de su cuchillo en mi espalda. La guie hasta el muro del fondo, donde las enredaderas se apartaron para revelar la puerta oculta. Mientras hurgaba en las llaves que colgaban del cordón, eché un rápido vistazo hacia ella. No estaba tosiendo, pero sus ojos estaban inyectados en sangre y se había levantado la blusa para cubrirse la nariz y la boca. Aparentemente la mascarilla no le parecía suficiente protección. Me entretuve en la puerta, confiando en que el veneno del aire le pasara factura.

—¡Date prisa! —ordenó.

Me empujó contra la puerta metálica y mi cabeza golpeó contra el blasón. Un agudo dolor me atravesó el cráneo. Me agarré la cabeza para aplacarlo.

—Inmune al veneno pero no a las heridas en la cabeza, por lo que veo —dijo la señora Redmond.

Empujé la puerta para abrirla y entré a trompicones en el oscuro espacio. La señora Redmond pasó detrás de mí, tan cerca que pude oler su sudor. Me agarró del hombro clavando sus uñas y me empujó por las escaleras mientras el escobillón rojo apuntaba sus dardos venenosos hacia ella.

—Si no estoy de vuelta en la casa para las once, Ma será una mujer muerta. —Me recordó rápidamente.

Sostuve la mano en alto delante de las flores del escobillón rojo. Estas se plegaron y retrocedieron.

Entramos en la cámara subterránea mientras la luz de la luna que brillaba en el exterior se colaba por el orificio del techo, bañando la todavía marchita planta bajo su pálida luz. Abrí el receptáculo.

La señora Redmond echó un vistazo al interior.

—¿No lo has alimentado?

—¿Alimentado? —Detesté la forma en que eso sonaba, como si fuera algún tipo de monstruo—. Me pinché el dedo.

—¿Te pinchaste el dedo? ¿Quién te crees que eres, la jodida Bella Durmiente? Levanta tu mano.

Me agarró de la muñeca y clavó el cuchillo a lo largo de mi palma, haciendo un profundo corte. Grité mientras ella empujaba mi mano dentro del receptáculo. La sangre brotó de la herida y se derramó sobre la superficie del corazón.

Esta vez hizo algo más que moverse en el interior del fanal de cristal. Se contrajo, y luego el redondo lóbulo bulboso se tornó rosa justo donde mi sangre había caído. Finos regueros de sangre se deslizaron por los tallos que serpenteaban hasta el suelo. Y luego, mientras los rayos de luz de luna se filtraban por el orificio del techo, el Absyrtus Cor comenzó a latir.

CAPÍTULO 29

El corazón latió como si hubiera recordado el modo de insuflar energía a un cuerpo de carne y hueso. Su pulso firme y regular, claramente audible, reverberaba en mis huesos. La fresca infusión de mi sangre era bombeada a través de su tallo descendiendo hacia hundirse en el suelo.

—Levántalo —ordenó la señora Redmond.

La vez anterior apenas había rozado una de sus arrugadas hojas secas y eso me hizo sentir como si me hubiera roto cada hueso de la mano. ¿Cómo se suponía que iba a desenraizarlo del todo?

La señora Redmond se alejó del receptáculo. Por desesperada que estuviera, conocía su poder, y tenía miedo de él. Pensé en arrojarlo contra ella. Estaba segura de que la mataría, pero Ma aún no había regresado, y no sabía a quién habría mandado la señora Redmond para que la esperara a su regreso.

Metí la mano y agarré la base de la planta mientras yo aún seguía sangrando. Un gélido frío entumeció mi palma. Tras un fuerte tirón, las raíces del corazón se despegaron de la tierra. El frío se extendió por mi brazo hasta la parte derecha del pecho. La conmoción me dejó sin aliento. Me tambaleé, caí de rodillas y solté la planta. Esta continuó latiendo, dando pequeños saltos por el suelo como un pez recién sacado del agua.

—¡Levántate! —ladró la señora Redmond.

Agarré el corazón, tropezando con los escalones mientras el frío invadía cada parte de mí y se extendía hasta mi cuello y la cara. Una ola de náuseas me recorrió. Me apoyé contra la húmeda pared de piedra para estabilizarme mientras el corazón pendía de mi mano. Trozos de tierra y sangre se desprendían de sus carnosas y expuestas raíces. La señora Redmond me gritó para que siguiera moviéndome.

Medio tambaleante conseguí llegar hasta el Jardín Venenoso, donde caí de rodillas, soltando el corazón y agarrándome el pecho. El paralizante dolor empezaba a remitir, pero no antes de que la señora Redmond volviera a amenazarme. Recogí la planta y el frío se intensificó. No podía recuperar el aliento.

Dando tumbos hacia delante, conseguí llegar a la puerta redonda antes de tener que dejar otra vez el corazón en el suelo. La señora Redmond se quitó la mascarilla y se acercó a mi madre, que se había dado la vuelta y se aferraba la cabeza aún atontada. La cogió por debajo de los brazos y la obligó a ponerse en pie.

—No puedo respirar —jadeé. Mi propio corazón parecía latir desbocado. Veía luces bailando en mis ojos—. No puedo. No puedo llevarlo.

La señora Redmond clavó el cuchillo en el brazo de Amá retorciendo la hoja en la herida y provocando un agudo grito de dolor.

—¡Pare! —supliqué.

Retiró el cuchillo y Amá se inclinó medio desmayada hacia adelante, pero la señora Redmond la sostuvo con fuerza.

—Volvamos a la casa. Vamos —ordenó.

Dejamos el jardín con la señora Redmond empujando a Amá por detrás de mí. Las enredaderas se deslizaban alrededor de mis tobillos; gruñidos y susurros nos rodeaban por todas partes mientras recorríamos tambaleantes el sendero.

—Si una sola cosa se acerca a mí, le rajaré la garganta —amenazó la señora Redmond.

Continué caminando tan rápido como podía, pero el veneno del corazón se había extendido por cada articulación de mi cuerpo. Cada paso suponía un dolor insoportable, como si mis huesos chocaran entre sí.

Cuando por fin emergimos a la pradera trasera, noté los brazos y piernas pesados y la visión borrosa a través de las gafas. La señora Redmond empujó a Amá hasta la casa, y ella gimió. No había dicho una palabra desde que recuperó la consciencia, y aún tenía una mirada perdida.

Cuando pasamos al interior, traté de dejar la planta en el suelo nuevamente, pero la señora Redmond negó con la cabeza.

—A la botica.

Luego nos hizo retroceder contra la pared y sentó a mi madre en una silla, manteniendo el cuchillo sobre ella.

—Ve a buscar algo con lo que atarla —ordenó.

Dejé el corazón sobre el mostrador y traté de rehacerme. ¿Era esto lo que se sentía al ser inmune al Absyrtus Cor? No había forma de que alguien más hubiera podido entrar en contacto con esta planta sin caer muerto.

Encontré un rollo de cinta adhesiva en el armario del vestíbulo y se lo llevé a la señora Redmond.

—Échate en el suelo —me indicó, empujándome—. Boca abajo, con las manos detrás de la cabeza, y no se te ocurra moverte.

No vacilé. Amá aún seguía sangrando de la herida en el brazo, y un rastro de sangre seca recorría su frente donde la señora Redmond la había golpeado. Me tendí inmóvil mientras la señora Redmond ataba a mi madre a la silla, y luego se colocó detrás de ella con el cuchillo en la garganta.

—Levántate —me ordenó—. Trae la adelfa. —Hizo un gesto hacia la escalerilla.

Trepé por los peldaños apenas capaz de coordinar mis brazos y piernas lo suficiente como para subir y agarrar el tarro. Cuando por fin conseguí cogerlo y posarlo sobre el mostrador, me sentí como si hubiera corrido una maratón. Me dolían los huesos. Mis músculos se contraían. La mano me palpitaba. El corte en mi palma se parecía a una sangrienta y desdentada boca. La señora Redmond sacó su móvil e hizo una llamada.

—Ven a la botica.

Unos minutos más tarde, oí a alguien bajar de un coche y la puerta de entrada se abrió. Unos pasos se acercaron por el pasillo y Karter apareció en el umbral.

Al detenerse allí y mirar la escena, a mi madre sangrando y atada con cinta adhesiva a la silla, y a mí al borde del colapso, su expresión no cambió. Cerró la puerta y echó el cerrojo de bronce. Cuando este emitió un chasquido, una nueva oleada de pánico me invadió.

—Pensé que habías dicho que nadie iba a salir herido —dijo Karter mirando a mi madre.

—Y yo pensé que habías dicho que ibas a dejar de quejarte —replicó la señora Redmond con frialdad—. No habría tenido que hacer daño a nadie si hubieran cooperado. ¿Has traído el resto del material?

Karter posó en el suelo la bolsa que llevaba. Rebuscó en ella y extrajo un cuenco de piedra labrado con extraños símbolos, dos pequeños viales de líquido y un frasco lleno de miel color ámbar, y depositó todo sobre el mostrador.

—Karter, ¿qué estás haciendo? —pregunté—. ¿Cómo has podido hacerme esto?

Una perversa sonrisa cruzó la cara de la señora Redmond.

—¿Acaso creías que tú le gustabas lo suficiente como para traicionar a su propia madre? ¿Pensaste que tenías un amigo? —Se rio—. Me ha estado ayudando todo este tiempo, pinchando vuestras ruedas o manteniéndote ocupada cuando yo lo necesitaba. —Sacudió la cabeza—. ¿Por qué todas las personas de tu familia sois tan estúpidas?

—Mamá… —empezó Carter.

—Cállate —espetó la señora Redmond—. Ven aquí y sostén esto.

Karter se acercó y tomó el cuchillo. Lo presionó contra el cuello de mi madre sin ninguna vacilación. La señora Redmond se acercó al mostrador y ordenó las cosas que él había sacado.

—¿Tienes idea de cuánto tiempo he soñado con este momento? —preguntó con voz temblorosa—. Recolectando los ingredientes más raros del planeta, juntándolos todos, solo para sentirme como una fracasada porque no podía encontrar esta única pieza perdida. —Se alisó el pelo y presionó las manos contra el mostrador—. Selene era cabezota. Y también Circe. Sus convicciones, su lealtad a la memoria de Medea y su afecto por los antiguos modos no les permitían desviarse de su curso. Cuando estuvieron fuera del cuadro, pensé que mi búsqueda había llegado a su fin. —Una enrevesada sonrisa asomó a sus labios—. Pero entonces no sabía nada de ti, la niña a la que intentaron salvar.

Un súbito y terrible estruendo reverberó a través del suelo. Una nube de polvo cayó del techo y el miedo oscureció el rostro de la señora Redmond.

—Debemos darnos prisa —dijo. Me cogió del brazo clavando las uñas en mi piel—. Machaca el Absyrtus Cor por entero. Ahora. —Me empujó hasta el mostrador y yo clavé la vista en Karter. El muy cobarde desvió la mirada.

La señora Redmond siguió mis ojos.

—Mátala si la señorita Briseis aquí presente intenta hacer algo.

Karter bajó la mirada, pero asintió.

Los dedos me dolieron cuando cogí la planta. El corazón había dejado de latir. Las hojas se habían marchitado y los lóbulos estaban ahora cenicientos. El olor a podrido era tan intenso como la sensación de frío. Deshice el corazón en trozos y los coloqué en el mortero, y luego los aplasté todos juntos.

La señora Redmond deslizó el cuenco de piedra hacia mí.

—Viértelo ahí.

Incliné el mortero y los trozos machacados del corazón se deslizaron en el cuenco. Ella cogió los dos viales de líquido, uno dorado y otro plateado, y los vertió dentro. Luego añadió tres cucharadas de miel. El contenido centelleó y una densa neblina color ceniza emanó de él. La señora Redmond se quedó inmóvil, como en éxtasis, pero yo retrocedí varios pasos. El cuenco traqueteó y los tarros de las estanterías chocaron entre sí.

—Pon tu mano ahí dentro —indicó la señora Redmond—. Completa la transfiguración.

No me moví. La señora Redmond hizo un gesto hacia Karter. Él hundió sus dedos en la herida del brazo de mi madre. Amá gritó débilmente y luego sollozó, mientras su cuerpo se convulsionaba con cada presión.

—¡Está bien! ¡Está bien! —Metí mi mano con el corte en el cuenco, tratando de recrear la sensación que había tenido cuando el padre de la doctora Grant me mostró cómo transfigurar el contenido que habíamos colocado en el plato de cobre. Cerré los ojos e intenté concentrarme. Una cálida sensación surgió en mi palma apartando el frío. Los líquidos y los trozos de corazón se mezclaron bajo mi mano. Me eché hacia atrás cuando sentí un espasmo en los músculos.

La señora Redmond se quedó mirando fijamente el cuenco cuando un ensordecedor chasquido rasgó el aire. Luego se hizo el silencio. Agarró el cuenco y vertió su contenido en un vial de cristal vacío. El líquido era rojo como la sangre y espeso como la miel.

CAPÍTULO 30

—El elixir de la vida —anunció la señora Redmond sin aliento. Sostuvo en alto el vial admirando su contenido—. Ha tenido miles de nombres a lo largo de los años, pero el Absyrtus Cor fue siempre la pieza más importante de la fórmula. ¿Podéis haceros una idea de lo importante que esto es para mí?

Karter estaba mirando a su madre, pero no con reverencia o admiración, sino con tristeza. Tenía la mandíbula apretada, y sus dedos se retorcían sobre el mango del cuchillo. No pude soportarlo. Tenía que poner fin a todo esto.

Mientras la señora Redmond contemplaba boquiabierta el elixir, me acerqué bordeando el mostrador, bajé un hombro y me abalancé sobre ella, agarrándola del vientre. Nos estrellamos contra el suelo, pero mi hombro golpeó el mostrador con la caída, haciendo que una punzada de dolor me recorriera el brazo. El vial de cristal escapó de su mano y rodó por el suelo.

—¡Cógelo! —gritó.

Karter saltó por encima de mí para atrapar el elixir, pero yo lo agarré de la pierna y cayó de bruces contra el suelo con un espeluznante crujido. Se quedó inmóvil un segundo, y luego se arrastró hacia delante, gimiendo, sosteniendo su mandíbula, que ahora colgaba en un ángulo muy poco natural. Se retorció en el suelo y quise retenerlo, pero al intentar soltarse la pierna me golpeó en la cabeza. Todo se volvió negro.

—Briseis —murmuró—. Lo… lo siento.

Cuando mi visión volvió a enfocarse, pude sentir la sangre resbalando de la parte alta de mi oreja hasta mi boca abierta. Sabía igual que olía el Absyrtus Cor, a metal húmedo. Karter cogió el vial mientras yo le arañaba.

—¡Apártate de él! —gritó la señora Redmond. En realidad, no le importaba nada su hijo. Lo único que le preocupaba era el elixir. Se había movido por detrás de mi madre, sosteniendo un puñado de materia vegetal. El tarro de hojas de adelfa secas yacía a sus pies—. Selene intentó alejarme del corazón. —La rabia ardía en sus ojos—. Pagó por ello con su vida.

Me llevó un momento comprender lo que estaba reconociendo. Me puse en pie.

—¿Usted… usted la mató? ¿Mató a Selene? —Un dolor paralizante, que no tenía nada que ver con haber sostenido el corazón, recorrió mi cuerpo.

La señora Redmond me miró.

—Parece que voy a tener el raro privilegio de dejarte huérfana por segunda vez. —Empujó los trozos de adelfa hasta meterlos en la boca de Amá y puso una mano sobre sus labios. Me abalancé sobre ellas, pero Karter me agarró por los brazos, reteniéndome. Mi madre forcejeó con sus ligaduras, pero había perdido tanta sangre que no tuvo fuerza para impedirlo.

—¡Amá! —Mis piernas cedieron bajo mi peso. Unas devastadoras ampollas brotaron en su cara. Jadeó mientras la señora Redmond le metía otro puñado de hojas en la boca, haciendo que sus propios dedos se llenaran de ampollas.

El daño ya estaba hecho. La señora Redmond corrió al fregadero y metió la mano bajo el agua. Karter aflojó su apretón y me aparté de él, dejándome caer al lado de mi madre. Le quité las hojas de la boca y acuné su cabeza mientras sus ojos se quedaban en blanco. Un sonido como de gorgoteo surgió de su garganta.

No podía respirar. No podía ver claramente. Karter tendió a su madre el vial y se abrazaron. Les odié con todas mis fuerzas.

De pronto la puerta de la botica se abrió de una patada. Ma apareció gritando y se precipitó hasta donde estábamos. Se agachó para quitar a Amá la cinta adhesiva de las manos y los pies. Después la tumbamos en el suelo y Ma la sostuvo, con las lágrimas rodando por su cara.

Amá no hablaba ni lloraba. El color había desaparecido de su rostro. Sabía que el veneno era rápido, y la señora Redmond le había suministrado el suficiente como para matar a cincuenta personas. Se quedó muy quieta, no parecía real.

Y luego… murió.

Un grito de rabia brotó de la garganta de Ma rasgando el aire. Furia y dolor se acumularon en mi interior. Me levanté apretando los puños en mis costados. No había ninguna razón para contenerme más. Cientos de raíces y enredaderas irrumpieron a través de los cristales brotando directamente del suelo, rompiendo los tablones de madera. Se retorcían como tentáculos, deslizándose a través de cada grieta.

La señora Redmond gritó cuando las enredaderas se enroscaron en su muñeca. Una más pequeña se enrolló en la pierna de Karter, y este la rajó con el cuchillo. Me centré en la señora Redmond, moviéndome hacia ella mientras me dejaba llevar totalmente por mi furia y mi pena. Un trío de delgadas raíces entró por la ventana y aferró sus piernas. Deseé que la exprimieran hasta quitarle la vida.

Karter logró zafarse y salió disparado en dirección al pasillo, pero se detuvo de golpe.

Una enorme figura con forma de bestia oscureció el umbral.

Mi corazón, que ya latía desbocado en mi pecho, casi se detuvo.

Un gruñido gutural brotó de las sombras, y un perro del tamaño de un oso avanzó pesadamente por la habitación, con sus húmedos labios retraídos para mostrar unos brillantes colmillos amarillos. Karter tropezó con sus propios pies al tratar de huir de la criatura. La señora Redmond forcejeaba con las enredaderas. Yo me quedé paralizada donde estaba.

Justo entonces, una alta figura encapuchada apareció en el vestíbulo en sombra.

Vestía una flotante capa negra que se fundía tan perfectamente con la oscuridad que pensé que mi mente, presa del miedo, la rabia y la pena, me estaba jugando una mala pasada. Solo el aterrado gemido de Ma me hizo saber que era real.

Cuando la figura se agachó para traspasar el umbral, la capucha cayó sobre sus hombros. Una nube de lustrosos rizos enmarcaba su cabeza. Su piel, del rico tono de las calas negras, brillaba en la oscuridad. Rodeando su cabeza había una especie de corona de seis o siete puntas que irradiaba algo semejante a los dorados rayos del sol. Sus ojos negros se entornaron al deslizarse en la habitación. El perro se inclinó hacia ella como un cachorro, mientras lo acariciaba entre las orejas.

Intenté no gritar.

—Cálmate —le dijo al perro. Su voz era una sinfonía de truenos, viento y fuego.

Karter se tambaleó hasta apoyarse en el mostrador, tirando el mortero y la maza, que rodaron por el suelo. La misteriosa mujer emitió un ruido como un suspiro y el perro saltó sobre él. Karter gritó. La señora Redmond seguía forcejeando con las raíces.

La mujer se dirigió a mí.

—Suéltala —ordenó, con la justa amabilidad.

Dejé escapar un largo y lento suspiro.

Las enredaderas se soltaron de la señora Redmond y se acercaron deslizándose hacia mí. La señora Redmond se tambaleó y la alta mujer la cogió por la garganta, alzándola del suelo como si fuera una pluma. Fue en ese momento cuando comprendí que la mujer debía medir tres o cuatro metros de alto.

Se apoderó de la mano de la señora Redmond, aplastándola entre la suya. La señora Redmond dejó escapar un aullido como el de un animal herido. El vial del elixir de la vida cayó de sus manos y aterrizó sobre el mostrador. Karter se revolvía entre las garras del perro negro.

—Talón —llamó la mujer. El perro retrocedió y Karter se agarró la pierna para detener el sangrado. La mujer se volvió hacia la señora Redmond.

—Katrina Valek.

—¿Co-cómo? —balbuceé.

La mujer entornó los ojos hacia la señora Redmond de tal forma que envió una descarga de puro y auténtico terror que me recorrió por entero.

—¿Has renegado de tu propio nombre? Melissa Redmond, Louise Farris, Angela Carroll. Mentiras.

Mi mente pareció girar sobre sí misma. Esos eran los nombres del libro de contabilidad de la botica. Ella había estado ahí, intentando acceder al corazón durante años, o incluso décadas.

—¿Cómo los encontraste? —preguntó la mujer de la capa. Su mano se cerró aún más sobre la garganta de la señora Redmond, o mejor dicho, de Katrina Valek—. Los custodios del corazón. ¿Cómo los encontraste?

Katrina agitó las piernas desesperada. La mujer aflojó su mano ligeramente.

—La línea de Jason permanece —jadeó Katrina—. Hemos estado persiguiéndolos desde el comienzo. Nosotros deberíamos haber sido los que nos beneficiáramos de su magia. —Un hilillo de sangre asomó por la comisura de su boca.

—Los guardianes del corazón determinan quién es y quién no es merecedor de poseerlo —declaró la mujer.

—¿Por qué? —preguntó Katrina, furiosa—. ¿Por qué tienen que decidirlo ellos? Selene era egoísta. ¡Quería guardarlo para sí!

—Para protegerlo —replicó la mujer—. Y tú la sacrificaste como a un animal.

Me estremecí. Me dolía oír lo que la señora Redmond —Katrina— le había hecho a Selene. La mujer hizo una pausa, y luego miró hacia mí. Su mirada era hipnótica. Había algo antinatural en la forma en que se movía, en la forma en que hablaba.

—Tú no lo blandirás, Katrina —afirmó la mujer de la capa—. No eres merecedora del poder que otorga.

—¡Me merezco estar entre ellos! ¡Entre los dioses!

La alta mujer ladeó la cabeza hacia atrás y dejó escapar una risa que sacudió los muros de la casa e hizo temblar el suelo.

—No mereces tal cosa.

Katrina golpeó a la mujer en la cara. Esta ni siquiera se inmutó. Con un giro de muñeca, arrojó a Katrina contra el suelo. El perro se abalanzó sobre ella, hundiendo sus dientes en su hombro. Esta chilló de agonía.

Me tambaleé hasta donde se encontraba Ma, sentada al lado del cuerpo sin vida de Amá. Mis oídos zumbaban como si la presión del aire de la habitación hubiera cambiado. Un enorme y negro vacío surgió en la puerta. El calor irradiaba de él, tan agobiante que alcé la mano para cubrirme los ojos. Me quemó la nariz y el interior de la garganta.

El perro tiró de Katrina hacia la abertura. Algo en el interior emitía una intensa luz como la de una ardiente brasa. En un furioso movimiento, el perro agitó la cabeza y la arrojó al vacío. Lo último que vi antes de que Katrina desapareciera fueron sus desquiciados y aterrados ojos.

La mujer cogió el vial del elixir de la vida y caminó hasta donde yacía Karter. Se agachó sobre él.

—Abandona este lugar y no regreses nunca.

Karter se puso torpemente en pie, y mientras avanzaba cojeando hacia la puerta, me miró. El gigantesco perro gruñó furioso y Karter salió corriendo de la botica.

La alta mujer se alzó y caminó hacia mí. Ma retrocedió, tirando del cuerpo de Amá con ella, pero yo me levanté y le planté cara. Ella se arrodilló y extendió el brazo para coger mi cara entre sus manos. Su piel era fría y suave al tacto. Olía a fuego.

Una extraña intuición se apoderó de mí. Era como si ya la conociera. Mi profundo miedo se atenuó para dar paso a una honda sensación de entendimiento.

—Por favor, mi madre, ella… está herida.

—Está muerta —corrigió la mujer.

Me invadió una pena profunda. La mujer secó mis lágrimas con la manga de su manto.

—La muerte solo es dolorosa para los vivos. —Su mirada recorrió mi cara. Trazó el contorno de mi barbilla. Su mano, desde la palma a la punta de los dedos, era más larga que toda mi cara. Sus hombros se veían inhumanamente anchos, incluso arrodillada era mucho más alta que yo. Miré a la mujer cuya apariencia parecía transformarse a medida que estábamos en las sombras.

Su rostro se suavizó y sus ojos se volvieron más luminosos.

—¿Me conoces?

—No... no lo sé —balbuceé. No lo creía, pero sentía que debía hacerlo.

—Vosotras os parecéis todas tanto, los miembros de esta antigua familia... Mi familia.

Parpadeé. Esta no era Medea, si los retratos que colgaban por toda la casa eran precisos, pero sí se parecía algo a ella. Las mujeres de alguna forma estaban conectadas...

De pronto caí en la cuenta. Sabía exactamente quién era.

—Hécate.

Sus ojos se convirtieron en oro líquido en la oscuridad. Asintió suavemente.

—Pero Medea..., las historias, ella era vuestra fiel devota.

—Mi hija —corrigió—. Y Absyrtus, mi hijo.

Mi corazón se aceleró cuando la revelación llegó a mi cerebro. Esta familia no fue creada solamente por gente que era devota de una diosa. Eran parte de ella, al igual que Medea y su hermano Absyrtus lo eran, y yo también.

Hécate se levantó.

—Guiaré a tu madre en su viaje al inframundo. Ella estará a salvo bajo mi vigilancia.

El vial del elixir de la vida centelleó en su mano.

—¿Podemos usarlo? ¿Para traerla de vuelta? —pregunté.

Sacudió la cabeza.

—Para hacer que su vida sea eterna, aún debería haber vida. Por sí solo el vial no es suficiente para traer a los muertos de vuelta. Pero… —Su voz se quebró.

—Pero ¿qué? Por favor. Haré cualquier cosa. Por favor, ayúdame. Ayúdala.

Miró hacia Amá y luego de vuelta a mí, agachándose y poniendo su cara muy cerca de la mía.

—¿Podrás hacer lo que nunca se ha hecho? ¿Lo que nadie ha sido capaz de hacer desde que las partes del corazón fueron separadas por primera vez?

Pensé en el diario de Circe. *Absyrtus formando un todo, maestro de la muerte.*

—Las seis partes. Si consigo reunirlas, ¿podré salvarla?

—Ahora debe venir conmigo —declaró Hécate—. No puedo evitar la muerte indefinidamente, pero puedo mantenerla durante todo un ciclo de la luna. Reúne las seis partes y resucítala.

—¡Pero no sé dónde están! ¿Y si no consigo encontrarlas?

Hécate acarició mi cara, y depositó el vial del transfigurado corazón de Absyrtus en mi mano. Luego se volvió y se arrodilló al lado de mi madre. Ma se tensó pero no se movió. Me quedé observando cómo la diosa del manto deslizaba sus brazos bajo el cuerpo de Amá, acunándola como a una niña. Después se encaminó hacia el vacío, con el perro a sus talones, y desapareció en el abismo.

CAPÍTULO 31

Hécate era real y Amá estaba muerta, pero teníamos la oportunidad de salvarla si conseguía reunir las seis partes del hermano de Medea, Absyrtus. Yo era la única que podía hacerlo. Era la única que quedaba de los descendientes de Medea. De la familia de Hécate.

Llamé a la doctora Grant. Cuando llegó, Ma y yo intentamos resumirle todo lo sucedido. Ella nos miró como si no pudiera creer lo que estaba oyendo. Nos sentamos en la habitación delantera, trabucándonos con nuestras propias palabras por la ansiedad de soltarlo todo.

Llamé a Marie y le expliqué lo ocurrido mientras ella se acercaba corriendo a casa. Cuando llegó no dijo nada, pero se la veía agotada. Aún tenía su brazo lesionado cubierto, sin embargo sostuvo mi mano mientras Nyx se quedaba haciendo guardia en la puerta.

—¿Qué vamos a hacer ahora? —preguntó Ma a través de un torrente de lágrimas—. ¿Qué vamos a hacer?

—Tenemos un mes —contesté tranquila—. Y tenemos esta pieza —sostuve en alto el vial—. Y ya está transfigurada.

Marie cogió mis manos entre las suyas.

—Yo bebí el elixir que Astraea me dio —comentó en un susurró.

—Entonces tenemos un vial y a una persona que ha consumido el elixir. Ya son dos.

352

Me quedé mirando a Marie. ¿Acaso se estaba considerando como una pieza del corazón en sí misma? No podía ver cómo, pero Hécate dijo que las seis partes podían ser reunidas. Mirando el rostro de Marie, no me gustó nada lo que eso implicaba, o la forma en que esa pregunta me hizo sentir.

—¿Dónde están las otras cuatro partes? Si Circe las estuvo buscando y no fue capaz de encontrarlas, si nadie en esta familia ha sido capaz de hacerlo después de todo este tiempo, ¿cómo se supone que voy a localizar cuatro partes en solo un mes?

El mapa que estaba oculto detrás de la chimenea de mi dormitorio tenía unos alfileres clavados, pero esa era mi única pista.

—¿Por dónde podemos empezar? —preguntó Ma.

Volvió a deshacerse en lágrimas y la doctora Grant le pasó un pañuelo.

—Y luego está también el tema de Karter, o comoquiera que sea su nombre real —indicó la doctora Grant—. Dijiste que había quedado muy malherido. Investigaré en los hospitales y las clínicas, pero probablemente no se haya quedado por aquí.

Sentí que las lágrimas volvían a brotar. Me levanté y salí de la habitación.

—Cariño, espera —dijo Ma.

—Necesito un minuto. —Sentía como si estuviera atrapada en una pesadilla. Lo único que quería hacer era despertarme de ella.

Caminé de vuelta a la botica. Numerosos fragmentos de los tarros rotos estaban esparcidos por el suelo levantado. El mostrador se había torcido en su base. El tarro de adelfas yacía abierto en el suelo y un gran círculo de madera ennegrecida teñía el suelo al lado de la puerta, justo en el lugar donde Hécate había desaparecido con Amá.

Merodeé entre los restos de la botica y entré en la habitación detrás del panel oculto. Alcé la vista al retrato de Medea, evitando la rama del árbol genealógico de Jason. No podía soportar mirarla. Me senté frente al altar agarrándome la cabeza y llorando hasta que noté que no podía respirar.

Una conmoción me sacó de mi desesperación. La doctora Grant estaba gritando, y de pronto, todo quedó en silencio. Corrí hacia el vestíbulo y la sala principal.

Ma y Nyx estaban de pie una al lado de la otra. Una mujer alta con la cabeza llena de trenzas que le llegaban hasta la cintura sujetaba a Marie del brazo. Marie no luchaba, pero parecía alterada. La doctora Grant estaba encogida en un rincón de la habitación. Había otra persona allí, junto a la doctora, con su espalda vuelta hacia mí.

La mujer de las trenzas advirtió mi presencia.

—¡Lo siento! —gritó la doctora Grant.

—¿Has estado aquí todo este tiempo? —preguntó furiosa la extraña—. ¿Y no advertiste lo que estaba ocurriendo? Después de lo que sucedió con mi hermana pequeña, ¿no pensaste que debías estar más vigilante que nunca? Eres mucho más lista que eso, por Dios, Khadijah, ¿qué pasa contigo?

—¡He estado vigilando! ¡Durante catorce años he estado aquí intentando arreglar esto! —insistió la doctora Grant—. ¡He intentado ayudar!

—Circe —dijo la mujer alta que estaba al lado de Marie—. Circe, mira.

La mujer se volvió y nuestros ojos se encontraron. Llevaba la cabeza cubierta con un pañuelo verde oscuro retorcido en un elaborado nudo. Mechones de rizos negros como carbón sobresalían por debajo. Compartíamos los mismos ojos marrones y ella incluso lucía un par de gafas tan grandes como las mías, que se ajustó a la nariz.

—Briseis —exclamó, con voz ahogada por la emoción—. Yo… Nunca pensé que volvería a verte.

Un ruido sordo atrajo mi atención.

Pero no era exactamente sordo, sino más bien palpitante. Como el rítmico latido de un corazón.

Depositadas en la entrada había dos urnas de cristal idénticas, cerradas con candados, sus paneles pintados de negro. El sonido emanaba de ellas.

Volví mi atención a la mujer, a Circe, que me sonrió calurosamente.

—Tengo mucho que contarte —dijo.

AGRADECIMIENTOS

Cuando tenía tres años, se estrenó en los cines una nueva versión de la película *La pequeña tienda de los horrores*, y muy poco después comencé el habitual repaso a otros clásicos como *Annie*, *El mago* y *El mago de Oz*. Durante años estuve obsesionada con la planta carnívora de la obra hasta el punto de apuntarme a distintos concursos de arreglos florales (¿sabíais que existía algo así?). Gané varias cintas de primeros premios siempre con la esperanza de que algún día tendría la oportunidad de cuidar de una extraña y maravillosa planta. Cuando cumplí diez años, se estrenó la película *El jardín secreto*, y lo interpreté como una señal de que yo estaba hecha para vivir en algún estado azotado por el viento donde podría tener mi propia «parcela de tierra». Pero dada la clase de niña que era, me preguntaba cómo sería tener una planta del tipo Audrey II detrás de esa reja cerrada.

Jugueteé durante años con esa idea cuando empecé a pensar en escribir de forma profesional, pero la dejé aparcada mientras trabajaba en la novela *Cenicienta ha muerto*. No fue hasta 2017, cuando encontré un artículo del Jardín Venenoso de Alnwick en Inglaterra, una parcela rodeada por una verja de hierro que alberga algunas de las plantas más letales del mundo, que decidí recuperar la idea de un jardín secreto donde creciera una planta rara y letal. Tras leer el artículo, me senté en mi escritorio y escribí un primer borrador de lo que se convertiría en *Este venenoso corazón*.

Muchas de las cosas raras y maravillosas que me gustan aparecen en esta historia: plantas venenosas, mitología griega, legados ocultos y viejas mansiones decadentes, por lo que he disfrutado mucho escribiéndola.

Para mi pareja, Mike, mis bebés, Amya, Nylah, Elijah y Lyla, y mi hermano, Spencer, os quiero muchísimo. Gracias por ser mis mayores apoyos, mis más ruidosos animadores. A mi padre que está en el cielo, Errol Brown, te echo muchísimo de menos. Sé que estarías orgulloso de mí. Sigue mostrándome el camino y yo seguiré poniendo el trabajo.

Todo mi agradecimiento a mi extraordinaria agente, Jamie, por no despedirme de una patada al proponerle una idea que era esencialmente sobre plantas venenosas, mitología griega y una atmósfera de inspiración gótica. Sin trama, solo vibraciones. Gracias por ser una incondicional defensora de mi trabajo.

A mis increíbles editoras en este proyecto, Mary Kate Castellani y Annette Pollert-Morgan, gracias por vuestro valioso aliento y magnífica y penetrante información. Gracias también a todos los de Bloomsbury, en Bloomsbury Inglaterra y Bloomsbury Australia y Nueva Zelanda, incluyendo a Knesia Winnicki, Erica Barmash, Beth Eller, Lily Yengle, Lucy Mackay-Sim, Namra Amir, Claire Stetzer, Phoebe Dyer y Tobias Madden, por todo vuestro apoyo, duro trabajo y entusiasmo. No podía haber deseado un equipo mejor. Estoy encantada por que hayamos conseguido llevar esta historia por todo el mundo.

Toda mi gratitud eterna a los maravillosos autores, profesionales de la edición y gente del gremio que he conocido a lo largo del camino. Gracias por vuestro apoyo y ánimo. Confío en poder hacer lo mismo por vosotros siempre que pueda. Esta comunidad ha sido un salvavidas. Un gran aplauso para el Pelotón. Ya sabéis quiénes sois. Me siento feliz por compartir comunidad con vosotros.

Para todos los blogueros de libros, las estrellas de libros en YouTube, los *instagramers* de libros y todo el equipo de TikTok de libros, ¡os quiero mucho! Gracias por vuestro duro trabajo, por cada comentario, cada estímulo, cada foto, cada *cosplay* con el que os habéis disfrazado. Un especial aplauso a Melody Simpson por Melanin en la categoría de Infantil y Juvenil.

Cada escritor tiene ciertos hábitos que hacen que su rutina sea algo más fácil, así que me gustaría tomarme un momento para dar las gracias al café, las galletas Biscoff y mi leal Alpha-Smart. ¡No podría haberlo logrado sin vosotros!

Y como siempre, a los lectores, os estoy muy agradecida por vuestro continuo apoyo, vuestra ilimitada creatividad e infinito entusiasmo. Ver cómo mi trabajo llega hasta vuestras manos es el orgullo de mi vida. Espero que sigamos juntos en este viaje durante mucho tiempo. Feliz lectura.